蕉風付合論

梅原章太郎　著

青簡舎

目次

凡例

一、本書は主に、蕉風俳諧の付合を解読し、その結果から蕉風俳諧を論じたものである。したがって、主観的な鑑賞や感想の類は一切含まず、あくまで客観的と思われる試案に基づいて論旨を展開したつもりである。

二、底本は現今の信頼すべき翻刻本に拠るものとし、可能な限り原本ないしは影印本と照合した。

三、引用した文献のうち、特に注記のないものは以下の通り。

『八代集抄』……明治三十五年六合館刊本
『山家集』……寺澤行忠編『山家集の校本と研究』所収『山家和歌集』版本
『伊勢物語』……片桐洋一・青木賜鶴子編『演習　伊勢物語―拾穂抄―』
『枕草子』……『枕草子春曙抄』（北村季吟古註釋集成3・4）
『源氏物語』……『湖月抄』
『平家物語』……佐藤謙三校注『平家物語』（角川文庫）
『太平記』……日本古典文学大系本
『曾我物語』……日本古典全集本
『義経記』……日本古典全集本
『徒然草文段抄』……明治二十四年国文館刊校正補注国文全書本

謡曲……野々村戒三編『謡曲三百五十番集』（あくまで便宜的ではあるが）

四、ルビは原典に付されたものであれば原典のままとし、校訂本文に拠るものはそれに従った。読みの便宜上、私に施したものは平仮名を用いた。

蕉風付合論

森川　昭先生に

第Ⅰ章　蕉風付合論序説

1　ただ付いてさえいればいいのか

乾裕幸・白石悌三『連句への招待』（一九八〇）の「心行《こころゆき》」の説明に、貞享元年刊『引導集』「中品・当代三句放」に載せる次の西鶴の三句が挙がっている。

浪爰もとへ状をおこせよ
御手前は足摺《ズリ》しても叶ふまじ
見やる通りに蚊帳がせまいが　　井原西鶴

同書の解説には、「打越―前句は、鬼界が島の流人俊寛僧都の俤取り。付句はそれを日常的世界へ大きく転じているが、前句―付句において、足摺↓蚊の〈あしらひ〉と句意上の脈絡とは相互に正当化しあいつつ、放れと寄りの付合を成立させていることがわかる」とある。

『定本西鶴全集第十三巻』（一九五〇）頭注に「『二葉集』参看」とあり、同巻所収『二葉集』（延宝七年刊）の西鶴

の付合五十四組のなかに、

　　其方は足ずりしてもかなふまじ
　　　見やる通に蚊屋がせばいぞ　　井原西鶴

とあるので、あとの付合は、酒盛りでもした武門の子弟たちが「蚊帳」のなかで雑魚寝をしていて、蚊が寄ってくるのでバタバタと「足摺」をしているひとりに対して、蚊帳の奥にいるひとりが、おまえはそこにいるかぎりいつまでも蚊にねらわれるよ、と声をかけたのが前句で、それに対して、見てのとおり蚊帳が狭くておれだけ蚊帳の外なんだよ、と応じたのが付句ということになる。つまり、「足摺」する理由を飛んでくる「蚊」で「あしら」った訳である。

打越と前句の付合はどうか。打越は『平家物語』巻第二「卒都婆流しの事」、康頼入道が卒都婆に書き付けた二首のうちの「薩摩がた沖の小島にわれありと親には告げよ八重の潮風」（角川文庫本に拠る）の、『湖月抄』須磨巻「なみたゞこゝもとに立くる心ちして」（長島弘明氏の御教示に拠る）という成句を用いた換骨奪胎で、康頼を話者としてそのまま一首の俤となり、前句は巻第三「足摺の事」、「都の御使、いかにも叶ひ候ふまじとて、取り付き給ひつる手を引き除けて、船をばつひに漕ぎ出す。僧都せん方なさに、渚に上り倒れ伏し、幼き者の乳母《めのと》や母などを慕ふやうに、足摺をして、これ乗せて行け、具して行けと宣ひて、喚《をめ》き叫び給へども、漕ぎゆく船の習にて、跡は白波ばかりなり」に拠って、俊寛に対する都の御使の宣告の俤となる。

要するに、打越と前句は俤付、前句と付句は心付、それも宮本三郎（一九七四）のいう「意味上の連関によって前句を説明する体」の「句意付」で付いていることが確認できる。ここまでで、二つの問題点が浮かび上がってくる。

一つはいずれの付合も単純明快、読めば読めてしまえること。『去来抄』修行にいう「其附たる道筋しれり」である。もう一つは、それに関連するのだが、明らかに読み方の異なる俤付と心付とが併存する違和感がぬぐいがたくあること。この二つである。ひと言でまとめれば、何であろうとただ付いてさえいればいいのかという期待外れの思いである。

もちろん、より洗練され複雑化した蕉風の付合から遡ってこの三句を眺めるからこそ、そうした食い足りなさを覚えるのであるが、具体的にどこがどう違うのかを明らかにするのは存外容易ではない。手始めに俤付から考えてゆきたい。

2　俤の透明度

宮本三郎（一九七四）所引の談林俳論書、『詠句大概』（天和元年）には、

古事・物語・詩賦の類、是又とりかへてつかふ一作おかし。其まゝに付ては、一句こはぐ〳〵しく、聯句のやうにてあとも付がたし。言葉・趣向をとりかへて、古人の名もかくしぬけて、面白（き）こそ、このましく、又あともかへつてよき句をもとむる物ぞかし。

とあって、その観点からすると、西鶴の前句はほとんど『平家物語』を「其まゝに付」けている。いわば俤の透明度が高くてガラス張りのようで、すぐ俊寛を振り捨てる都の使とわかってしまう。そうすると、それ以外にぴったりく

るような「古事・物語・詩賦」は簡単には見つからないから、「あとも付がた」くなって、句意付によって「日常的世界へ大きく」逃れるしかなくなるのである。大ざっぱな言い方をすれば、あたかも時代物が次の瞬間には世話物に変わっているかのごとくである。

蕉風はどうか。次の三句で考えてみる。『猿蓑』所収「梅若菜」歌仙の初裏である。

稲の葉延の力なきかぜ　珍碩
ほつしんの初にこゆる鈴鹿山　芭蕉
内蔵頭かと呼声はたれ　乙州

打越と前句との付合について、『浪化宛去来書簡』は、「此は実《まこと》は西行をおもひよせたる句にて候。西行、行脚のはじめ東国へくだり、すゞかにて詠歌有《あり》しよし。故事をケ様《かやう》に用ひ申候へば、耳にあまらず候。此句を／行脚して歌よみ初《そむ》るすゞか山／と仕候はば、一句もあしかるべく、あと〳〵も付がたく可有御《ござあるべく》ざ候。右之句にては、万人の身の上にかよひ、しかも西行の面影うつり申候」と述べる。しかし、この説明だけでは、なぜ打越に前句が付くのかわからない。

打越は、西行歌「つの国のなにはの春は夢なれやあしのかれ葉に風わたるなり」（新古今・冬、御裳濯河歌合二十九番）に拠って、西行の感慨の俤となる。前句は去来のいうとおり、「伊勢にまかりける時よめる／鈴鹿山うき世をよそにふり捨ていかになりゆくわが身なるらん」（新古今・雑中、山家集）に拠った、思い出の鈴鹿山を想起する西行の感慨の俤である。

前句と付句はどうか。『去来抄』修行には、「又、人を定ていふのみにもあらず。たとへば、／発心のはじめにこゆるすゞか山／内蔵の頭かと呼ぶ人は誰ぞ／先師曰、いかさま誰ぞがおもかげならんとなり」とあって、こちらも俤付である。『合類節用集』（延宝八年）巻三官位部「内蔵《クラ》ノ頭《カミ》」の項に、「相当従五位下唐名倉部郎又（以下略）」とある。同じく「左右近衛府《サウコンヱノフ》ノ中将《チウジヤウ》」の項に、「相当従四位下唐名羽林中郎将又（以下略）」ともある。したがって、白石悌三（一九九〇）が「宇津の山で旧知の修行者に出会う、伊勢物語の東下りの故事など念頭に置いたか」と述べたように、『伊勢物語拾穂抄』第九段「……ゆき〳〵てするがのくにゝいたりぬ。うつの山にいたりて、わがいらんとする道はいとくらふほそきに、つたかへではしげり物心ぼそくすゞろなるめを見る事と思ふに、す行者あひたり。かゝる道はいかでかいまするといふを見ればみし人なりけり。京にその人の御ンもとにとてふみかきてつく……」に拠って、前句を宇津山の道をたどりながらの修行者の感慨の俤とし、付句は「かゝる道はいかでかいまする」と修行者に呼び止められて怪訝に思った若き日の在五中将の胸中の俤である。

去来が「人を定ていふのみにもあらず」というのは誤解であって、確かにこの修行者が「発心のはじめ」に「鈴鹿山」を越えたかどうかは、「さも有べし」、つまり越えたかもしれないし越えないかもしれない不可知のことだが、「内蔵頭かと呼声はたれ」と発問するのは在五中将以外にありえないのだから、この付合が『伊勢物語』第九段の俤であることに変わりはないのである。白石悌三（一九九〇）も芭蕉の評を引いて、「特定のモデルはない」というが、かりに芭蕉が本当にこう評したとすれば、それは反語であって、これでやっと蔦の細道の出会いの俤になったな、というのが本意であろう。なお、氏は「前句の人が俗名で呼ばれ、こんな所でいったい誰がと驚く気持を付けた」ともするが、前述の通り前句を思うのは修行者であり、付句で「内蔵頭か」と呼ばれるのが在五中将と解するのが正しい。

このように、蕉風の俤は西鶴のそれに比べて解像度がそうとう低い。巧妙に隠されているといってもよい。ひと言でいえば、わかりにくいのである。だからこそ読み解く楽しみがあり、同じ俤付のまま「あとも付」けやすくなる。そうなると西鶴の付合のように、時代物の次は世話物という展開ではなく、一見世話物風ながら実際は時代物という、ちょうどお家物の陰画のようなポリフォニックな構成が発句から挙句まで持続可能になるのである。俤付について、支考はこういっている。

面影とは観相に似ながら、或は源氏狭衣より、或は軍書物語のしなぐ〱、たとひ能といひ狂言といひ、古代のありさまを思ひよせて、当句の人の面影に写さば、是も句ごとにあるべけれど、其世に其人の名をさしては、例の一二句に過べからず。たとひ発句にも附句にも、それぐ〱の面影をよせながら、目にたゝず耳にひゞかぬは、つねに故翁の案方にして、百句は百句ながらとしるべし。これらは殊に秘蔵の沙汰也。

（支考『俳諧古今抄』巻五「附合に七名八躰の事」）

「これらは殊に秘蔵の沙汰也」とは思わせぶりだが、「発句にも附句にも、それぐ〱の面影をよせながら、目にたゝず耳にひゞかぬは、つねに故翁の案方にして、百句は百句ながらとしるべし」という記述は、なるほど、「享保庚戌三月日」という刊記をもつ支考最晩年の『俳諧古今抄』に初めて現れる新情報であり、その真偽が問われなければならない。

3　走《ハシリ》・響《ヒヾキ》・馨《ニホヒ》

蕉風の付合に初めて言及したのは、芭蕉生前の元禄五年に刊行された支考の『葛の松原』である。

○世に景気附・こゝろ附といふ事は侍れど、
○走《ハシリ》　敵よせ来るむら松の音
　有明のなしうちゑぼし着たりけり
○響《ヒヾキ》　夜明の雉子は山か麓か
　五む十し何ならはしの春の風
○馨《ニホヒ》　稲の葉のびの力なき風
　発心の初に越る鈴鹿やま
無所住心のところより附きたらば、百年の後、無心の道人あつて、誠によしといはむ。いとうれしからずや。

この三つの付合はどういう付き方をしているのか、換言すれば、この三つの付合の付様はそれぞれ何なのか。

「走」の句例。前句を『烏帽子折』の後場、赤坂の宿での熊坂長範一党の「寄せかけて、打つ白浪の音高く、鬨を作つて騒ぎけり」（以下注記のないものは『謡曲三百五十番集』に拠る）という、その鬨の声を聞く元服二日目の義経の胸中の俤とする。「むら松」は「さて松明の占手はいかに」「一の松明は斬つて落し、二の松明は踏み直し、三は取つて投げ返して候が、三つが三つながら消えて候」「それこそ大事よ。それ松明の占手といつぱ、一の松明は軍神、二の松明は時の運、三はわれらが命なるに、三つが三つながら消ゆるならば、今夜の夜討はさてよな」という熊坂主従の会話を承ける。

付句は、「不思議やな内にては吉次兄弟ならではあるまじきが、さて何者かある」という熊坂の問いに対する「投げ松明の影より見候へば、年の程十二三ばかりなる幼き者、小太刀にて切つて廻り候ふは、さながら蝶鳥の如くなる由申し候」という手下の答の俤である。「梨打烏帽子」は義経が被る出来立ての「三番の左折」の烏帽子の俤である。石田元季（一九二八）・阿部正美（一九七八）は「梨打烏帽子」の語でそのまま『巴』の俤とするが、それでは露骨すぎて俤付にはならないし、次の句も付けられない。

「響」の句例。「夜明の雉子は山か麓か／五む十し何ならはしの春の風」。

前句を『太平記』巻第十「亀寿殿令落信濃事《カメジユドノシナノヘオトサシムル》」、元弘三年五月、新田義貞軍に攻められた鎌倉の北条高時が自刃して鎌倉幕府が滅びる直前、高時の次男亀寿を生き延びさせ期を窺えと命じられた諏訪盛高が、高時の妾《おもひびと》、二位殿の御局《おつぼね》の元から亀寿の身柄をもらい受けるべく、「トテモ隠レアルマジキ物故ニ、狩場ノ雉ノ草隠タル有様ニテ、敵ニサガシ出サレテ、幼キ御尸《オンカバネ》ニ、一家《イツケ》ノ御名ヲ失レン事口惜候。其ヨリハ大殿ノ御手ニ懸ラレ給テ冥途マデモ御伴申サセ給タランコソ、生々世々《シヤウジヤウセゼ》ノ忠孝ニテ御座候ハン」（日本古典文学大系本に拠る）といって、亀寿を連れ去るのに拠って、「敵」は「狩場ノ雉」を草の根分けて捜し出しますよ、という盛高のたとえ話の俤とする。

付句は同じく「亀寿殿令落信濃事」の終章、「其後盛高此若公《ワカギミ》ヲ具足シテ、信濃へ落下リ、諏訪ノ祝《ハフリ》ヲ憑《タノン》デ有シガ、建武元年ノ春ノ比、暫関東ヲ劫略《コフリヤク》シテ、天下ノ大軍ヲ起シ、中前代《ナカセンダイ》ノ大将ニ、相模二郎ト云ハ是ナリ」とあるのに拠った、中前代の乱の首謀者、相模二郎時行の挙兵の感慨の俤である。「五墓日《ごむにち》」だの「十死一生《じっしいっしゃう》の日」だのと、大悪日を避ける習わし事にかまっている場合ではない、一度は死んだ身、進軍あるのみ、といったところか。「今日知ラズ誰カ計会セン、春ノ風春ノ水一時ニ来ラントハ」（『和漢朗詠集註』立春）という白氏句を思わせる「春の風」は、相模二郎の類に吹きつけると同時に彼自身、あるいは反乱軍全体の隠喩でもある。同じ『太平記』巻第二十二「義助朝臣病死事付鞆軍《トモノイクサノ》事」に、「金谷《カナヤ》修理大夫経氏《ツネウヂ》ヲ大将トシテ、勝《スグツ》タル兵三百騎、皆一様《イチヤウ》ニ曼荼羅《マンダラ》ヲ書テ縨ニ懸テ、兎《ト》テモ生テハ帰マジキ軍《イクサ》ナレバトテ、十死一生ノ日ヲ吉日《キチニチ》ニ取テ、大勢ノ敵ニ向ヒケル心ノ中《ウチ》、樊噲モ周勃モ未得《イマダエザル》振舞《フルマヒ》也」とあって、「五む十し何ならはしの」という心境を解説する。

「馨」の付合は既に確認済みである。西行歌二首に拠る俤付である。

支考は「世」の「景気附・こゝろ附といふ事」に対して蕉風の「走・響・馨」を対比させたつもりだったはずだが、結果的にこれらはすべて、付様としては俤付といわざるをえない。これはどういうことか。

周知のように、後年支考はこの部分の記述について、芭蕉に難詰された由を語っている。

名目伝に馨・走・響も、葛の松原を御学び被成候哉。是は故翁在世の時に、響とは起情の事也、走とは拍子の事也、馨は百句が百句ながら二句の間のにほひをいへば、附方の一名には如何ならんと、其時に故翁に難破せられて、此たび十論に弁義を付て、其誤りを悔ミ申候。

（支考『口状（露川責）』享保八年）

＊

三名　遺稿ノ夜話に、元禄のはじめ奥羽の紀行に葛の松原を撰して湖南より武江に遺したるに、故翁の返書に、文章は例のおよびがたしと其角も嵐雪もにくみ侍れど、他人の俳論の明なるほどは自己の俳用の暗きにも似たらん、響とは例の起情なり、走とは例の拍子なり、今さら別名をあぐる故なし、まして馨といふ事は百韵が百句ながら二句の間にこもれるを和歌には余情といひ俳諧にはにほひといふ、それを一法の名となせるは附合の事も不会得にや、去比か難波の両吟にも自己の先作を取あはす合点にや、当前の工夫薄く一座の名聞をかざらむとせば風雅の冥加にもかなふまじ、其外に遊山翫水の沙汰あれど我家に三条の法（引用者注…『俳諧十論』第九変化ノ論にいう「有心附」「会釈《アシラヒ》」「遁句《ニゲク》」の「三法の附方」）を忘れずは五刑の外は罪ゆるすべしとあり。此状は永く獅子庵にとどめて百世の門人の遺誡たらんとぞ。誠に此夜話の厲言をおもへば、馨とは附合の専用なれば杓子を定規のちがひにもあらねど、あながちに一法の名をとがめて他人の俳論と自己の俳用とに我師の理論を踏破せむとや。祖翁の眼力は今もおそれぬべし。

（支考『十論為弁抄』享保十年刊）

支考が新しく提唱した「三法」を喧伝するために、かつての「三名」を犠牲にしたというのが再論、再々論の原因であるが、何もなかったところにここまで話をでっちあげることはさすがに難しかろうから、少なくとも何らかのかたちで芭蕉の譴責はあったのだろう。要するに、「走・響・馨」でも「起情・拍子・にほひ」でも何でもよいが、これらはあくまで「付様の塩梅」（『去来抄』修行）であって、付様そのものではないのである。

4　俤・思ひなし・景気

許六の『宇陀法師』（元禄十五年刊）にも、蕉風の付様に関する言及がある。

一、俳諧付やうの事、師説に千変万化すといへ共、つまる所は只三つに極る。執心あらば口伝をうくべし。

俤の句　口伝

尼になるべき宵のきぬ〴〵
月影に具足（鎧）とやらを見透して
　思ひなしの句　口伝
半分は鎧はぬ人も打まじり
　舟追のけて蛸の喰あき
　景気の句　口伝
乗懸の挑灯しめす朝下風
　汐さしかゝる星川の橋

「俤の句」から見ていこう。

前句を『通盛』の後場、「唯幾たびも追手の陣を心もとなきぞとて、宗徒《むねと》の一門さし遣はさる、通盛も其随一たりしが、忍んで我が陣に帰り、小宰相の局に向ひ、『既に軍《いくさ》、明日《みやうにち》にきはまりぬ。痛はしや御身は通盛ならで此うちに頼むべき人なし。我ともかくもなるならば、都に帰り忘れずは、亡き跡弔《と》ひてたび給へ』、名残をしみの御盃、通盛酌を取り、指す盃の宵の間も、転寝《うたゝね》なりし睦言は、たとへば唐土《もろこし》の、項羽高祖の攻を受け、数行《すかう》虞氏が涙も、是にはいかで増るべき。灯火《ともしび》暗うして、月の光にさし向ひ、語り慰む所に」とあるのに拠って、一ノ谷合戦の前夜、別れの盃を交わす通盛と小宰相の局の有様の俤とする。

付句は、『平家物語』巻第九「小宰相の事」で、通盛のあとを追って入水した小宰相殿が遺体となって船上に引き揚げられたのち、「さる程に、春の夜の月も雲居に傾《かたぶ》き、霞める空も明け行けば、名残はつきせず思へども、さてしもあるべき事ならねば、浮きもや上《あが》り給ふと、故三位殿の著背長の一領残つたるをひきまとひ奉り、終に海にぞ沈めける。乳母《めのと》の女房、今度は後れ奉らじと、続いて海に入らんとしけるを、人々留《とゞ》めければ、力及ばず。せめての心のあられずさにや、手づから髪をはさみ下《おろ》し」とあるのに拠った、白み始めた海上に沈んでゆく小宰相殿の遺骸に着せられた通盛の鎧を、目をこらして見つめる乳母の女房の動作の俤である。

宮脇真彦（二〇〇二）はこの付合について、「出陣する恋人との別れに臨んで見慣れぬ鎧を、大丈夫かと心細げに見ている武家の妻の様子で、どれとは限定できないものの軍記物語の一節にありそうな情景である」とするが、誤読である。

「思ひなしの句」はどうか。「半分は鎧はぬ人も打まじり／舟追のけて蛸の喰あき」。

前句を『平家物語』巻一「鹿《しゝ》の谷の事」、鹿の谷の俊寛僧都の山荘に集まって謀議をめぐらした新大納言成親はじめ、近江の中将入道蓮浄俗名成正、山城守基兼《もとかぬ》、式部大輔雅綱、平《へい》判官康頼、宗《そう》判官信房、新平判官資行、武士の多《た》田蔵人《だのくらんど》行綱、そしてある夜御幸した法皇と故少納言入道信西の子息たる浄憲法印、信西の従者で今は法皇の近習たる西光法師等、陰謀に加担した面々の様子の俤とする。

付句は同巻三「有王が島下りの事」、はるばる俊寛を鬼界が島まで訪ねてきた召使いの有王に、俊寛が「これは去《こ》年《ぞ》少将や判官入道が迎ひの時、その瀬に身をも投ぐべかりしを、由なき少将の今一度《いちど》都の音信《おとづれ》をも待てかしなど慰め置きしを、愚かにもしやと頼みつゝ、ながらへんとはせしかども、この島には人の食物《くひもの》も絶えて無き所なれば、身に力のありし程は、山に上つて硫黄《いわう》と云ふ物を取り、九国より通ふ商人《あきんど》にあひ、食物に代へなどせしかども、日に副《そ》ひて弱りゆけば、今はさやうの業《わざ》もせず。かやうに日ののどかなる時は、磯に出でて、網人《あみうど》・釣人《つりうど》に、手を摺り膝を曲《かゞ》めて魚を貰ひ、汐干《しほひ》の時は貝を拾ひ、荒海布《あらめ》を取り、磯の苔に露の命をかけてこそ、憂きながら、今日まではながへたれ」と答えるのに拠った、有王に俊寛が告げ知らせる足摺以降の食生活の俤である。「思ひなし」というが、だれでも知っている俊寛が俤だから、簡単には解読できないように思い切って奇抜な付句にしただけで、実質上は俤付である。

最後の「景気の句」については、章を改めて考える。

5 「四五年の後は……」

「景気の句」を読む。この付合は元禄六年刊洒堂編『深川』所収、元禄五年十二月上旬江戸の許六亭で巻かれた「洗足に」四吟歌仙初裏に見える。打越から挙げる。

ふたりの柱杖あと先につく　　堂
乗掛の挑灯しめす朝下風　　蘭

雑。前句を『鵜飼』のワキの安房清澄の僧とワキツレの従僧とが甲斐の国行脚の途次、石和に到着する動作の俤とする。

付句は、後場で後ジテの地獄の悪鬼が、前ジテの鵜遣いの霊の「一僧一宿の功力に引れ、急ぎ仏所におくらんと」（貞享五年山本長兵衛刊本に拠る）して、「鵜舟を弘誓の船になし、法華の御法の助け舟、篝火も浮ぶけしきかな。まよひのおほきうき雲も、実相の風あらく吹て、千里が外も雲はれて、真如の月や出ぬらん」と告げるのに拠った、僧たちの供養が奏功して鵜遣いの霊が成仏を遂げる瞬間の俤である。「乗掛の挑灯」は「鵜舟の篝火」の、「朝下風」は「真如の月」ならぬ「朝日」とともに「あらく吹」く「実相の風」の俤であり、「実相の風」が殺生の象徴たる「鵜舟の篝火」を「しめす」、つまり吹き消すことで鵜遣いの極楽往生が成就することになる。

精巧に組み上げられた寓意としての景気の句であり、実体としての景色を詠んだものではないことに注意すべきである。

乗掛の挑灯しめす朝下風
　汐さしかゝる星川の橋　　蕉

雑。前句を『鴨長明道の記（東関紀行）』の箱根越えのくだり、「この山をも越えおりて、湯本といふ所に泊りたれば、太山《みやま》おろし烈しく打ちしぐれて、谷川みなぎりまさり、岩瀬の波高くむせぶ、暢臥房《ちやうぐわばう》の夜の聞《きき》にも過ぎたり。かの源氏の物語の歌に、涙もよほす滝の音かなといへる、思ひよせられて哀れなり」（新編日本古典文学全集本に拠る）とあるのに拠って、箱根湯本で鎌倉へ向かう長明一行をおそった「太山おろし」の俤とする。

付句は、『松葉名所和歌集』巻第二「星河　伊勢」に見える「名寄　かぎりあれば橋とぞならぬ鵲の立るしるしに星河の水　長明」（『歌枕名寄』巻第十八「星河」では「かぎりあれば橋とはならぬかさゝぎのたてるにしるしほしかはの水　鴨長明」）に拠った、長明の日に映じた満潮で崩壊し始める「かさゝぎのわたせる橋」（新古今・冬、百人一首）の光景の俤である。「星川」は、『古今夷曲集』巻第六「離別付羇旅」に見える狂歌、「伊勢桑名の辺、ほし川・あさけ・日ながといふ三ケ村をよめる／西行上人／桑名よりくはで来《きた》ればほし川の朝けは過て日ながにぞ思ふ」（新日本古典文学大系本に拠る）でも知られる伊勢国員弁郡星川村のことで、歌枕。ただし実際には「星川」という川は存在しない。

また、カラス科の鳥でカラスより小さいカササギは日本では佐賀平野にしかいないそうだから、ここでイメージされるべきは「日本で冠羽を持つふつうの白鷺」（『日本国語大辞典第二版』「笠鷺」）、つまり浅瀬に「立」つことができるコサギであろう。

周知のように、許六の『歴代滑稽伝』にはこの付合について、「愚老が俳諧、四五年の後《のち》はみなケ様《かやう》に成《なる》と申されけり」という記述がある。「ケ様」とはいかなる点か。付句は前句に、句の話者が鴨長明という同一人物であることによって付いている。さらにいずれも「景気の句」で、しかも山からの強風が提灯の火を吹き消す瞬間、満ち潮が浅瀬の小鷺の群れを飛び立たせる瞬間をそれぞれ捉えている。このうちいちばんの工夫の見せどころは、換言すればいちばん難しいのは、前句に匹敵するような、大きく変化する瞬間を捉えた情景を案出することである。付様は一応俤付なのだが、景気の句が前句と付句とで拮抗し、照応する点が新機軸ということか。

6　親句と疎句

白石悌三（一九九〇）が記すように、「前句と付句が多少なりとも縁語関係で結ばれているのを親句《しんく》、縁語関係に全く頼らないものを疎句《そく》という。蕉風俳諧は疎句に属する」ものとすれば、縁語に全く頼らない疎句でありながら、なおかつ前句と付句とが解読できる形で、つまり作者の独りよがりでなく客観的にだれもが納得しうる形で付くことを可能にするのは、前句の句意を汲んで因果関係ないしは逆因果関係で付ける心付と、ここまで見てきたような（だれかの目に映じた「景気」を含めた）俤付との二種類しかない。そして蕉風は心付を排する。理由は西鶴の付合で確認したように「其附たる道筋」が簡単にわかってしまって面白くないからであり、簡単にわからないような句を付けると、今度はたちまち「道筋」がたどれなくなって独りよがりに陥ってしまうからである。実際、西鶴にこんな例がある。

おもふ矢つぼの鹿いざりける
露霜に柱かたぶく御所深み

元禄三年九月刊の『物見車』巻之三で点を請われた西鶴は、この付合に「気色にあらず、心付と聞えず。古事ある事なるべし」と脇書し、翌四年八月刊の「物見車返」と角書された『俳諧石車』でも、「此句に移りなし。前句に見合けるに、いかな事付たる所なし。爰を以古事かとは脇書あり」とした上で、「頭書に、古事も有、外の巻を見るべしといふ。此筆の手間に、何の古事と書ぬはいかに」とか、「作者自註にも古事とは書ぬを、古事とは」と文句を並べている。

ちなみに、『物見車』の作者加賀田可休の自註には、「あれはてたる山御所、今住人も少々にて、筑地玉形石垣にまとふ草も、露霜にいたく見ゆるさまなり。猟師の追ひ下す獣《ケモノ》の御所ちかくなれば、弓矢を捨て恐れたふとむ心を付タリ」とあり、同じく歩雲子こと滝方山の頭書には、「段々脇書を見るに心えがたし。一句はけしきなり。又古事もあり。外の巻にて見るべし」とあるが、ほかの巻には何の記述もなく、それを西鶴は怒っているのである。

ともかく、読者としての西鶴に、作者可休のいう猟師の「弓矢を捨て恐れたふとむ心」は伝わらず、ついに「心付と聞え」ることはなかった。これでは作品をわざわざ刊行して読者に供する意味がないことになる。乾裕幸（一九八二）のいう「連句の解体」である。

西鶴の評はもう一つのことを教えてくれる。「此句に移りなし。前句に見合けるに、いかな事付たる所なし」という場合に考えられるのは、「古事か」の一点あるのみということである。蕉風はそれを朧化して俤とし、疎句を成立させる唯一の原理としたのである。なぜそのものずばりの故事ではなく、俤でなければならないのかは前述のとおりだが、さらに付け加えるべきことがある。

一問曰、古事をもて付る事、古来より耳ちかからぬ古事はせぬ事といへり。史記、漢書等の書をさがし用ひ《ママ》は古事につくる事あるべからず。但し人のあまねく聞しらぬ古事は用べからざるか。
答曰、尤古事を用る事誹かいの古実也。承るがごとく十三経廿一史の中を求めば古事ならぬ事はあるべからず。されども余り耳遠ならんは興なければ用捨すべきか。しかしながら人の知学不同あり。されば大知の人のあさく思ふ古事も、小智の人は耳遠くしらぬと思ふべし。かゝればいづれの故事か人のあまねくしるしらぬといふさかひ、はかりがたし。一句さし合あまた有て難句なる時は、やり句をせんよりはいか程むづかしき故事なりともせらるべし。但し古事の句は一句のしたて様にむづかしき習の侍る也。
（寛文二年刊是誰『玉くしげ』）

これは貞門の説くところだが、たとえば、西鶴の知らない故事など付合に用いていいものだろうか。黄庭堅の僻典の類である。それで作品の意図が伝わらなかったら、こちらも「連句の解体」である。したがって、ある意味では、だれでも知っている古典のエピソードを、簡単にはそれと知れないように俤としてぼかして付様とするしか方法がなかったともいえるのである。

7 「いわゆる匂付」としての連歌的余情付

付様としての俤付の選択は、「句に一句も付ざるなし」（『去来抄』）とか「俳諧の連歌と云は、よく付と云字意なり」（『宇陀法師』）といった芭蕉の認識に基づき、この認識は西鶴も共有していたはずである。付句が前句に付いていなければ「連句の解体」がおこるのは必定であって、そもそも貞徳がこう述べていた。

又、前句によく付たれども句作《くづくり》よろしからぬと、又なま付なれども一句の姿風流なるは、いづれかまさり侍らんと、人とひあへるに、常の連歌には、前句に少うとくとも句がらのよきを本とす。誹諧は是に替《かはり》て、いかに一句の仕立いとよしと云共、前句に付ぬ所あらば、めでたからぬ句と思ふべし。句作縦《たとひ》賤しくとも、能付るを本意とすと見えたり。たとへばうつはもの、われたるをつぐに、手もとじんじやうに色のよき漆にてうつくしくつぎたりとも、漆よはくはなれ何の詮なきがごとし。縦刷毛づかひふつゝかなりとも、末代はなれぬやうにつぐをよしとすべし。

（寛永廿一年識語『天水抄』第二）

ところで、白石悌三（二〇〇一）によれば、「元禄期は（「雅文壇出身の第一世代」の「門下」たる）第二世代が寛文格を超えて「しゃれ風」を確立し、第一世代が連歌からの独立を強調するあまり実現しえなかった連歌・俳諧を一貫する付合文芸の理想、つまり（「一句が独立するとともに前句に付かねばならないという」）二律背反的均衡を俳諧に実現した時期であ」り、「連歌の消滅するこの時期に連歌的余情付が俳諧史に出現するのは必然のなりゆきであっ」て、「さらに、言語学上の孤立語による表現である漢詩の句と句、聯と聯とのうつりに余情付の気味を学んだであろうことも付け加えうる。かくて心敬が「親句は有相、疎句は無相、親句は教、疎句は禅」（『ささめごと』）といった高次の疎句が俳諧に実現する。元禄期の初心者たちは「親疎の事をも弁へず」（素外『俳諧根源集』）いきなりその疎句に学んだのである」という構図が描かれる。

　また、今栄蔵（二〇〇二）は、「談林のゆきづまりを克服しようとして俳壇全体が苦悶しながら動きまわっているうちに辿った道は、ある意味できわめて必然的なコースだったのだといえる。その結果として、付合における心付・景気付、風体上では幽美（優美）・景気の体、これが貞享元禄風の基調となる」とし、その「心付」について、如泉・松春・和及の各論から、「前句の内容の単なる延長、単なる説明に終わっては付句で新しい世界が開けてくることがない、それをきらって、前句の内容に直接支配されない、すなわち遠く間接につながる世界を付句に描きだすことによって、両句の間に連想の幅や深みが生まれてくることをねらった主張だと見られる。ここに元禄の心付論の特質はあった。そして遠く付けるという主張は「付く」よりも「移る」の重視となり、「下手の句はよく付く、上手の句はよく移る」（『空戯縁矢《はいかいふちゃ》』『祇園拾遺物語』）ということがほとんど合言葉にさえなっていたのである」と結論づける。

　両氏の見解を整理すると、貞徳のいう「前句に少うとくとも句がらのよき」連歌的余情付が、延宝末から貞享初にかけての漢詩文調流行の洗礼を経た元禄期に「必然のなりゆきで」出現し、句意付ではないもう一つの心付として、疎句重視の傾向に拍車をかける、といったところか。

　元禄俳壇の趨勢がそのようなものだとすると、『物見車』の可休に「武江の桃青、今は粟津の辺に住て、世の誹諧を批判（加点）せずとなん」と不参加の理由を説明された芭蕉がこだわる俤付は、ちょうどホモフォニー全盛の世に相も変わらずバッハが極めようとしていたポリフォニーのように、完全な時代遅れの代物ということになる。少なくとも「前句に少うとくとも」よい連歌的余情付は厳格な俤で付けるより格段に楽だし、読むほうもわかったような顔をしていればそれでいい訳だから。

俤付で捌けるただひとりの男の死とともに蕉風も消え去る。だれも芭蕉と同じようにはできないし、そもそも世間がそれを欲していない。『去来抄』や『三冊子』の歯切れの悪さは、芭蕉の言説を伝えようとしながらも、執筆当時の去来や土芳が自分の周囲の同時代の俳諧愛好者の志向にも当然ある程度迎合せざるをえなかったことの裏返しである。

たとえば、『去来抄』修行の次のくだり。

去来曰、附け物にて附け、心づけにて附るは、其附たる道すじ知れり。附け物をはなれ、情をひかず附んには、前句のうつり・匂ひ・響なくしては、いづれの所にてかつかんや。心得べき事也。去来曰、蕉門の附句は、前句の情を引来るを嫌ふ。唯、前句は是いかなる場、いかなる人と、其業・其位を能見定め、前句をつきはなしてつくべし。先師曰、附けものにて付る事、当時好まずといへども、附物にてつけがたからんを、さっぱりと附物にて附たらんは、又手柄なるべし。

最初の「附け物をはなれ、情をひかず附んには、前句のうつり・匂ひ・響なくしては、いづれの所にてかつかんや」という一文には、付様の塩梅の説明はあっても付様の説明がない。「俤付」という本来そこにあるべき付様の名をいわずにおくと、自ずと「連歌的余情付」の名が浮かび上がってくるから不思議である。

続く「唯、前句は是いかなる場、いかなる人と、其業・其位を能見定め、前句をつきはなしてつくべし」という命令も、本来なら「是いかなる場、いかなる人」と見定める根拠となるのが故事、本歌・本説であるはずなのに、あえて「俤」をいわないので、またもや前句に付かなくてもよい疎句を可能にする「連歌的余情付」が見え隠れするのである。

最後の「先師曰」は、今はもう流行らない物付（詞付）だが、それでも付いていないよりはましだといっているのだろう。二つの「去来曰」の次に、まるでアリバイのように置かれているのがいかにも言い訳めいている。『冬の日』以降、芭蕉が捌いたはずの主要な歌仙で、寄合だけで付いている付合にはいまだお目にかかれずにいるが。

宮本三郎（一九七四）は、『三冊子』が伝える「すみ俵は門しめての一句に腹をすへたり」という芭蕉の遺語によって、

桐の木高く月さゆる也　　野坡
門しめてだまつて寝たる面白さ　　芭蕉

の付合を、「句は芭蕉も極めて自信のあった余情の付けとして、『炭俵』中の圧巻であったが、その高遠な匂をききとれぬ野坡は……」と評する。この付合の付様が「余情の付け」との判断だが、残念ながら誤読といわざるをえない。

前句は『古文真宝前集』所収、蘇東坡「薄々酒」のうち、「五更待漏靴満霜、不如三伏日高睡足北窻涼」の前半、「五更ニ漏ヲ待テ靴霜ヲ満ツ」、および『諺解大成』の注、「宰相たる人五更の時朝廷に朝すれば、門闕猶未開、故に門外に在て禁中の漏刻晨を報じて門の開を待つを云、宋朝丹鳳門の右に待漏院を置、此れ宰相漏を待つの処也、冬の時味爽に朝すれば晨の霜靴中に満る也」、そして、『詩人玉屑』巻之二十一に見える蘇東坡「卜算子」の初句、「缺月掛疎桐、漏断人初静」に拠った、宋の宰相蘇東坡がとある未明に待漏院で目にした冬の夜空の俤である。

付句は「薄々酒」の「三伏日高《タケ》テ睡リ北窗ノ涼ニ足レルニハ如カズ」、および注の「言は宰相の貴官となりて、五更に朝に進て漏を待ち、寒を凌て立て靴中に霜を満んよりは、逸居して自ら放にし、三伏の暑き時日高るころ、北窗の清風颯と来て涼き下にて昼寝し、睡足て快きが勝れると也」、そして同じく『古文真宝前集』所収の蘇東坡「和陶淵明擬古」の「有客扣我門、繋馬門前柳。庭空鳥雀噪、門閉客立久。主人枕書臥、夢我平生友。忽聞剥啄声、驚散一杯酒。倒裳起謝客、夢覚両愧負。……」に拠った、蘇東坡の感想の俤である。「陶淵明ガ古ニ擬スルヲ和ス」の注には、「門戸は深く閉て扣けども応へなければ客は入不得して外に久しく立やすらふ也。主人は家裡に在て書を枕として臥せり。午睡の中偶我が平生の交深き友を夢みたると也、是来客主人の夢に入ことを云」とある。

以上、蘇軾の詩句による俤付とわかるが、おそらく『三冊子』を書いた土芳にしてからが連歌的余情付として読んでしまっているはずで、後世が誤読するのもある意味致し方のないことではある。

私はこれまでの付合解読の結果から、蕉風の付合は支考が記したように、基本的にすべて俤付であるという結論に達した。私以前の解読の歴史は、元禄期に生じやがて付様の主流となる連歌的余情付をもって蕉風の主な付様と誤解し、近代にいたっては、樋口功（一九二三）のように連歌的余情付を「匂付」と称して蕉風固有の優れた付様のようにロマン派的に曲解し、以後は今に至っても、なぜこの付句であってほかの付句ではだめなのかがはっきりしない、いわば腹芸のような誤読が続けられている。

繰り返すが、蕉風俳諧の付合は、俤付によって疎句間を関連づけずにはおかないという点で、完全に時代遅れであった。ただその基本方針は、そうしないと付合が形骸化し、いずれは「連句の解体」を招くという芭蕉の文学史的認識に支えられていたから、少なくとも彼の死までは孤塁が守られたのだ。同じく「付く」ことに最後まで拘泥した西鶴が『万の文反古』、芭蕉が『奥の細道』その他の紀行と、長島弘明（二〇〇六）のいう「近世で例外的な一人称小説」をそれぞれ作品として抱えこんでいるのは、そうしたことの反作用と見られなくもない。

グレン・グールドならバッハの楽譜とピアノがあれば事足りるように、蕉風の付合を読むには、『三冊子』も『去来抄』も『宇陀法師』も七名八体説もロマン主義も必要ない。芭蕉のテクストがあればそれで十分である。

［参考文献］

樋口功（一九二三）『芭蕉研究』
石田元季（一九二八）『江戸時代文学考説』
潁原退蔵（一九四二）「蕉風の附合論」（「芭蕉研究」第壹輯）
野間光辰（一九五〇）『定本西鶴全集第十三巻』
野間光辰（一九七〇）『定本西鶴全集第十二巻』
宮本三郎（一九七四）『蕉風俳諧論考』
南信一（一九七四）『総釈去来の俳論上』
阿部正美（一九七八）『芭蕉連句抄第五篇』
乾裕幸・白石悌三（一九八〇）『連句への招待』
乾裕幸（一九八一）『ことばの内なる芭蕉』
白石悌三（一九九〇）『芭蕉七部集（新日本古典文学大系70）』
阿部正美（一九九〇）『芭蕉俳諧の展望』
白石悌三（二〇〇一）『江戸俳諧史論考』
宮脇真彦（二〇〇二）「俤考」（「江戸文学」第二十六号）
今栄蔵（二〇〇二）『初期俳諧から芭蕉時代へ』
長島弘明他（二〇〇六）「シンポジウム西鶴と浮世草子の研究」（「リポート笠間」No.47）

第II章　『冬の日』の発句に前書は必要ないのか

はじめに

『冬の日』の新出写本が上野洋三（二〇〇二）によって紹介されたとき、私が衝撃を受けたのは、氏の論考の小題の一つにあるように、「発句の前書がない」ことだった。新出本を芭蕉自筆の清書本と判断する氏は、その事実から、「少なくとも、芭蕉があれらの前書を作ったのではない可能性が大きい」、「また、それぞれの発句の作者が、最初から付していたのではない、という可能性もある」とし、「とすれば、版本『冬の日』の実際的な編集者として、現在もっとも有力と見られる荷兮がやったことだと考えるのが、妥当に思われて」くると推論する。

新出本の真偽を判定する能力は私にはないが、新出本のおかげで版本『冬の日』の六つある発句とその前書とを改めて見直したいという気にさせられたのは確かである。以下、順番に五つの前書と六つの発句とを検討する。

1　「狂句こがらしの」

まず、五つの前書と発句をすべて掲げる。

笠は長途の雨にほころび帋衣は
とまり〳〵のあらしにもめたり
侘つくしたるわび人我さへあはれに
おぼえけるむかし狂哥の才士此
国にたどりし事を不図おもひ
出て申侍る

狂句こがらしの身は竹斎に似たる哉　芭蕉

おもへども壮年
いまだころもを振はず　埜水

はつ雪のことしも袴きてかへる
つえをひく事僅に
十歩　杜国

つゝみかねて月とり落す霽かな
なに波津にあし火焼家は
すゝけたれど　　重五
炭売のをのがつまこそ黒からめ

田家眺望
霜月や鸛《カウ》の彳《ツク》々ならびゐて　　荷兮

表紙の原題簽に「冬の日尾張五哥仙全」とあるのに随えば、この五句で必要十分なはずなのに一巻は終わらず、「追加」の表六句がある。

追加
いかに見よと難面うしをうつ霞　　羽笠

なぜ「五哥仙」に「追加」したのか。中村俊定（一九五九）は、「予定した巻が完了してなお興が尽きない時追加する」とのみいうが、仮にそうであるとしても、この「追加」によって「五哥仙」の体裁は変わる。どう変わるのか。六歌仙になるのである。

六歌仙は『古今集』仮名序の順でいうと、僧正遍昭、在原業平、文屋康秀、喜撰法師、小野小町、大伴黒主だが、巻頭の芭蕉にあてはまりそうなのは、さしあたって唯一の女性である小野小町であろう。

松田修（一九七五）は、「私にとっての不思議は、たとえば近世詩の第一人者である芭蕉、すでに桃青という号を持つ彼がなぜ芭蕉を名のるようになったのか」と述べ、『誹諧類船集』で「芭蕉」と「女」とが寄合として密接な関係をもつことを挙げたあと、「芭蕉の意識としては風流の庵、敗れやすきを愛するということ、当然でもあろう。しかし、それら芭蕉による理由を超えて、「女」を連想するものがあっても、抗議できぬはずである。それを承知しつつ、あえて「芭蕉」を号としたところに、芭蕉の裡なる一点の「女」が、うかがえるのではないか。芭蕉とは芭蕉自身が設定した、裡なる「女」のコードなのではないかとさえ思われるのである」と結論する。

「心付」によって「付心」を列挙する元禄五年刊の『俳諧小傘』では、「芭蕉」の項に「女」は見えず、「女」のほうにも「芭蕉」は見あたらないから、「芭蕉」イコール「女」とまでは断言できないのかもしれないが、氏の主張はおおむね首肯できる。

一点首肯しかねるとしたら、それは「裡なる」という詞である。「裡なる」ではなくて、芭蕉は積極的にそう取ってほしかったのではないか。女手で「はせを」と書けば男の名になり（紀長谷雄を想起していただきたい）、男手で「芭蕉」と書けば女を連想させる、この木だか草だかはっきりしない曖昧な植物の名を、歌仙の作者名としてはうってつけのものとして、芭蕉は利用したのではないか。『旅寝論』の「此比門下の集を見るに、多くは我を翁とかゝせり。

尤憚るべし」、『去来抄』の「はせをは仮名にて書ての自慢也」という芭蕉の遺語は、そうした文脈で発せられたのではなかったか。

久保田淳（一九九五）は、「歌合で天皇や摂関が「女房」として作品を出すことも、性ややつしの問題とからんでくると思うよ。それから、定家あたりから言い出して、為兼が展開する、対象になりかえって詠むという理論、あれにしても両性具有的な心を自身に課していると思うんだ」と述べる。女になって詠むのは日本の伝統なのである。

芭蕉が芭蕉号を用いた最初は天和二年三月刊の千春編『武蔵曲』で、巻頭の「梅柳さぞ若衆哉女かな　芭蕉翁桃青」以外の号はすべて「芭蕉」である。翌天和三年六月刊の『虚栗』は「芭蕉」で通している。その芭蕉号で名古屋にデビュー、いわば襲名披露したのが、貞享元年の『冬の日』の巻頭句なのである。

芭蕉句の前書、つまり口上の「此国」とは、表紙の原題簽にある「尾張」を指す。『竹斎』下にあるように、京から東に下る途中、名古屋で開業して「天下一の藪医師《やぶくすし》の竹斎」（日本古典文学大系本に拠る）の看板を出した竹斎の外出時の服装は、「折節冬の事なれば、破《やぶ》れ紙子に布裏付け」といったものだから、十月（『増山井』）の季語である「紙子」を着用している点は一致する。また、看板の側に「扁鵲や耆婆にも勝る竹斎を知らぬ人こそあはれなりけれ」の歌を書く「狂哥の才士」もまた、明らかに発句中の「竹斎」を指す。

問題は、「侘つくしたるわび人、我さへあはれにおぼえける」という一文が、「わびぬれば身を浮草のねをたえてさそふ水あらばいなんとぞ思ふ」（古今集・雑下）とか、「うつ、にはさもこそあらめ夢にさへ人めをもると見るがわびしさ」（古今集・恋三）とか、「あはれなるやうにてつよからず」（古今集・仮名序）とか、「我が身」の「我」という字も含めて妙に小町的な物言いに聞こえることで、「芭蕉」という名で人が女性を連想するのだとしたら、この前書の自己紹介の口上は、発句の途中あたりまで女の声で聞き取られるべきなのではないだろうか。

寛永一八年刊の徳元編『誹諧初学抄』に、「木枯《こがらし》の女」の説明がある。「左の右馬かみが時々かよへる女也。神無月の比ほひ、月おもしろかりし夜、うちよりまかで侍るに、あるうへ人きあひて此車にあひのり侍り。こよひ人待らん宿なんあやしく心くるしきとて、此女の家はたよぎぬ道なりければ、門に車を立ておりぬ。うへ人いたくすゞろぎて、門ちかきらうのすのこだつ物にしりかけて、と斗月を見る。ふところなりける笛を取出て吹ならし、かげもよしなやと、つゞしりうたふ。内よりわごんのよくなるを、りちにしらべ、今めきたり。扨上人のよめる、／琴の音も月もえならぬ宿ながらつれなき人を引やとめなん／と吟ずれば、すの内より、女、／木がらしに吹あはすめる笛の音を引とゞむべきことの葉ぞなき／となまめきかはす。いとあだ〱しき女なりけり」とある。『源氏物語』帚木巻の雨夜の品定めで、左馬頭が語る浮気女である。『山之井』の「落葉」にも「又木《こ》がらしの女のこと葉をよせ」とある。『湖月抄』の傍注にも「木枯女」ないしは「木枯」とある。

「狂句」は「狂哥」に対して、「以下は狂客の発句です」の意である。尾羽うち枯らしたような初冬の破れ芭蕉は、しかし仲冬十一月以降の「雪の中《うち》の芭蕉」（『芭蕉』）のように、存在しえないところまではかろうじて達しておらず、目には見えないけれども感知はできるという点で、十月の風、「木枯《コガラシ》」（『増山井』）のようなものである。一方、「こがらしの身」は『源氏物語』に拠れば、芭蕉の精が女身であるように、女の身であるはずである。ところがそれが「竹斎に似」ているのだから、前書と発句の話者は坊主頭の「痩法師《やせぼうし》」（『竹斎』）の中年男であることがここで初めて明確になる。「芭蕉」なんて色っぽい名前で、一陣の木枯らしのように情ない中年男が現れてしまって、ほんとに申し訳ありませんね。

2 「はつ雪の」

おもへども壮年
　いまだころもを振はず
　　　　　　　　　　　埜水
はつ雪のことしも袴きてかへる

「はつ雪」で十月（『増山井』）。先注は、『文選』所収、左思「咏史八首（其五）」の終章、「被褐出閶闔《かつをかうむりてしやうかうをいで》、高歩追許由《かうほしてきよいうをおひ》、振衣千仞岡《ころもをせんじんのをかにふるひ》、濯足万里流《あしをばんりのながれにあらはん》」、および『杜律集解』所収の七律「曲江対酒《きよくかうにさけにたいす》」の尾聯、「吏情《りじやう》更覚滄洲遠《さらにおもふさうしうのとほきを》、老大徒悲未払衣《らうだいいたづらにかなしみていまだころもをはらはず》」（本文は寛文十三年油屋市郎右衛門刊本に拠る）を引く。『古文真宝前集』所収の沈休文「長行歌」の結句に、「少壮ニシテ不努力《ツトメズンバ》、老大ニシテ徒ニ傷悲セン」とあるので、杜詩の「老大」に対して「壮年」と遣ったものと知れる。

ところで、六歌仙の僧正遍昭にこんな歌がある。

深草のみかどの御時に蔵人の頭にてよるひるなれつかうまつりけるを諒闇になりにければさらに世にもまじらずしてひえの山にのぼりてかしらおろしてけりその又のとしみな人御ふくぬぎてあるはかうぶり給はりなどよろこびけるをきゝてよめる

僧正遍昭

みな人は花の衣になりぬなりこけのたもとよかはきだにせよ（古今集・哀傷）

『八代集抄』の頭注には、「みな人は叙爵して花の衣になるに、我は世を背きたる苔の袂よ、かはきだにせよ、せめて泪のひる世あれかしと也。仁明崩御の時、世にもまじらず二帝につかへず、ひえの山に上りて出家して慈覚大師の御弟子に成て遍昭といふ」とある。

したがって、「その気はあるのですが何せ壮年の身、まだ衣を振るって俗塵を落とせません」という意味の前書は、何よりも六歌仙の一人の「衣」に関する歌があることによって、ここに存在するのである。

発句は、『山之井』の「雪」の傍題として最初に「初雪の見参」が挙がり、同じく『山之井』年中日々之発句の「十月大」の「廿日」過ぎに、「初雪を題にて／見参は花めづらしやけさの雪」とあるように、初雪見参《はつゆきげんざん》で宮中に参内して帰宅する王朝の少壮貴族の感慨を掠めた自嘲気味の滑稽と読み取れる。

3　「つゝみかねて」

つえをひく事僅に

十歩

つゝみかねて月とり落す霽《しぐれ》かな

杜国

「霽」で十月（『増山井』は「初時雨」の傍題）。『誹諧類船集』の「杖突《ツエツク》」に、「郭休が杖は夜行に十歩をてらす光あり」とあって、この典拠は寛永一六年刊『開元天宝遺事』の「夜明　枝《ママ》」（「目録」では正しく「夜明杖」とする）の記事、「隠士郭休有一柱杖、色如朱染、叩之有声。毎出処遇夜、則此杖有光、可照十歩之内、登危渉険未嘗足失、蓋杖之力焉」（『和刻本漢籍随筆集第六集』に拠る）である。杜国句の前書は、発句とのつながりから考えて、明らかに「郭休が杖」の故事を前提にしている。つまり前書は、「明るくて歩行が可能だったのは、わずか十歩の間だけだったよ」と告げている。

発句は、西行歌「大かたの秋をば月につゝませてふきほころばす風の音哉」（『山家和歌集』巻下「月十首」、寺澤行忠『山家集の校本と研究』に拠る）に拠って、「大方の」冬を包んでいた「月」が何とも「つゝみかねて」、夜空から「とり落す霽」だよ、という意になる。

「月」に芭蕉を擬し、落ちこぼれの「霽」に自分をなぞらえた謙退の挨拶である。

さらに西行歌は、業平の「大かたは月をもめでじ是ぞ此つもれば人の老となるもの」（古今集・雑上）に言及する。『八代集抄』頭注に「何にても一物に貪着して一身を忘るゝ心のをこたりのつもれば老となる所を思ひかへして、大かたは月をもめでじと思ひ取たる心也。月をもといふに心を付べし」とある。『伊勢物語拾穂抄』第八十八段には、「むかしいとわかきにはあらぬこれかれともだちどもあつまりて、月をみて、それがなかにひとり」として当該歌が挙がる。六歌仙の三人目である。

4 「炭売の」

なに波津にあし火焼家は
す、けたれど
炭売のをのがつまこそ黒からめ　　重五

「炭売」で十月（『増山井』「炭竈《スミガマ》」の傍題に「炭」「売炭《バイタン》の翁」あり）。恋。人まろの「なにはびとあし火たくやはす、たれどをのがつまこそとこめづらなれ」（拾遺集・恋四）に拠る。『八代集抄』の頭注に、「す、たれは煤垂《タル》れど、也。とこめづらは常珍《トコメヅラ》也。屋の妻にいひかけて我が妻は珍しきと也」とある。『夫木和歌抄』巻三十「屋」冒頭に載る本文は、「難波人あし火たく屋のす、たれどおのが妻こそとこめづらしき」（国書刊行会本に拠る）である。

前書が「なに波津に」となっているのは、「難波津に咲くやこの花冬ごもり」の一首に影響されたものか。前書は、「難波津に芦火焚く屋は煤け」て黒いけれど、と逆接で発句につながり、発句は、炭売である自分の妻こそ商売柄もっと黒いだろう、と応じている。

こんな「黒」さを競うだけのような発句が、なぜ詠まれなければならないのか。理由の一つは、「つ、みかねて」の巻の名残表七句目、「晦日《ミソカ》をさむく刀売る年　重五／雪の狂呉の国の笠めづらしき　荷兮」という付合にある。前句を『芦刈』のシテ、日下《くさか》の左衛門《さゑもん》の零落の俤とし、付句は芦売となった左衛門が謡う笠尽くしの歌の一節の俤である。したがってシテが、「芦火たく屋は煤垂れて、おのが妻衣《つまぎぬ》それならで、又は誰にか馴衣《なれごろも》」と口に出す以上、この前書は付句の作者荷兮を間接的に指示することにならないか。荷兮さんの家は煤けて黒いそうですが、いちばん黒いのは「炭売」のわたしですよ、つまり、いちばんみなさんの足をひっぱっているのはたぶんこのわたしです、というメッセージの挨拶が生じる。

もう一つ理由がある。大伴黒主の「人をしのびにあひしりてあひがたく有ければ其家のあたりをまかりありきけるおりにかりのなくをきゝてよみてつかはしける／おもひ出て恋しきときは初かりのなきてわたると人しるらめや」（古今集・恋四）。『八代集抄』の頭注に、「恋しく思ひ出る時はかくのみ鳴てとをるとも人はしらじとの心を折節鳫の鳴に付てよそへてよめり」とある。発句の「黒からめ」の形容詞は「黒主」を示唆し、かつ彼の恋の歌の助動詞「らめ」を模倣しているのである。

「おほとものくろぬしはそのさまいやし。いはゞたきゞをおへる山人の花のかげにやすめるがごとし」という『古今集』仮名序の記述どおり、「たきゞをおへる山人」に「花」を配した形の発句である。

5　「霜月や」

田家眺望

霜月や鸛《カウ》の彳々《ツクつく》ならびゐて　　荷兮

「霜月」で十一月。杜甫の七律「野望」を『杜律集解』から引く。

野望

金華山ノ北涪水《ふうすい》ノ西　仲冬風月始テ凄凄
山越嶲《えつすい》ニ連テ三蜀ヲ蟠《メグ》リ　水巴渝《はゆ》ニ散ジテ五渓ニ下ル
独鶴ハ知ラズ何事ニカ舞フ　饑烏人ニ向テ啼ント欲スルニ似タリ
射洪《しゃこう》ノ春酒寒クシテ仍《なほ》緑ナリ　目極テ神ヲ傷《いたま》シム誰《た》ガ為ニ携ヘン

首聯の「金華山」を、明暦二年刊『杜詩分類集註』第二十三巻は「金華城」に、頸聯の「饑烏」を同じく「饑鳥」とする。

荷兮句と並べてみると、前書の「田家眺望」はこの七律の題名「野望」の、「霜月」は「仲冬」の、そして「鶴」に似るが、鳴かずに嘴を打ち合わせて音を出す「鸛」は「饑鳥」ないしは「饑烏」の、それぞれ俤となっていることがわかる。「独鶴」が芭蕉を、「彳々《ツク》ならびゐ」る「鸛」が自分も含めた尾張連衆を寓した謙退の挨拶である。「十一月迄の間、連中寄合たる下心可成」と述べた『俳諧冬農日槿花翁之抄』が近いが、鳴かない「鸛」の中に芭蕉は入っていない。

六歌仙であてはまるのは、「わがいほは都のたつみしかぞすむ世をうぢやまと人はいふなり」(古今集・仮名序、雑下)の喜撰法師だろう。杜甫の「野望」の第一句さながらである。「宇治山の僧きせんはことばかすかにしてはじめをはりたしかならず」という『古今集』仮名序の記述が、発句の「て」留めに反映した可能性もある。

6　「いかに見よと」

追加

いかに見よと難面《つれなく》うしをうつ霞　　羽笠

「霰」で十一月（『増山井』）。『誹諧類船集』に「難面《ツレナキ》」という項目があるが、ここはもちろん連用形で読むべきである。何丸（一八二三）の『七部集大鏡』は、「愚考夫木集に、刈小田の鴫の上毛《うはげ》にふる霰玉もて鳥をうつかとぞ見る。又行助此古歌取《こかとり》にていへりしは、玉をもて鳥を内野の霰かな」（俳諧叢書本に拠る）と類想歌を掲げるが、『夫木和歌抄』巻第二十二「田」に載るのは、信実の「かりをだのしぎのうはげに降霰たまもてとりをうつかとぞきく」という本文であり、念のため見た『新編国歌大観』の静嘉堂文庫本の本文も「きく」である。

ともかく、荻原井泉水（一九七〇）は信実歌に基づいて、「いかに見よというのが、鳥なら昔から云っていることだが、牛をうっている霰はどうか、というところに本歌があってそれを転向していったという気持があるのではないか」と解し、阿部正美（一九七六）は、「いかに見よ」を「どうだ、これを見よ。どうだ、これでもか。霰が牛に対して自らの力を誇示する気持をあらはす」と解し、「「いかに見よ」を芭蕉の「猿を聞人捨子に秋の風いかに」（『野ざらし紀行』）の場合と同じやうに解するのは誤りである」とする。

おそらく発句の「本歌」は『夫木抄』の信実歌ではなく、六歌仙の残りの一人、文屋康秀の代表作、「ふくからに秋の草木のしほるればむべやまかぜをあらしといふらん」（古今集・仮名序、秋下巻頭、小倉百人一首）である。この一首が発句の話者の念頭にあるから、わたしにどのように解釈しろというつもりで、「霰」は「難面《つれなく》うしをうつ」のでしょう、という意になるのである。

霰に打たれるがままの「うし」に作者羽笠を寓し、「難面うしをうつ霰」に、実質五歌仙で終わっているのに羽笠に強いて六番目の発句を詠ませようとする、『冬の日』の編者をなぞらえていることは間違いあるまい。

（追記）

芭蕉の追善集、『枯尾華』の冒頭にある其角の「芭蕉翁終焉記」には、「先頼む椎の木もありと聞えし幻住菴はうき世に遠し、木曾殿と塚をならべてと有したはぶれも後のかたり句に成ぬるぞ」という一節があって、その遺言通り芭蕉は義仲寺の義仲塚の隣に葬られた。なぜ芭蕉は「木曾殿と塚をならべて」と言い残したのか。あるいは、なぜ「木曾殿と塚をならべて」という芭蕉の言葉が其角には「たはぶれ」に聞こえたのか。一応の結論を出しておきたい。

たとえば安東次男（一九七七）は次のように述べる。

死んでもどうせ六道のよいところへなどゆけぬと考えている男が、たまたま木曽路の旅に魅せられ、義仲の墓の傍に仮住して、志半ばに横死した妄執者の心根を思い遣らぬはずがなく、「たはふれ」にもせよ、死に臨んで芭蕉が木曾冠者の名を口にしたのは、無用者の考のゆきついたところをよく示している。いや、そんなことをまともに口にしたのでは俳諧が俳諧にならぬから、「たはふれ」とあえて断ったのだ。「木曾殿と塚をならべて」とは、「軽み」の俳諧師が最後に思い設けた工夫のように見える。／みほとけの慈悲を願うこともなく死んだ正真の俳諧師が、あの世へ行ったら同行がいなくてもよいと考えるはずはない。芭蕉は、「枯野」の句をたずさえてあの世で木曾殿とさしで俳諧をやってみたい、そうすれば、不出来のまま辞世となってしまったような句も救われる、と考えたのではないか。本当の辞世は、「枯野」の句ではなく、其角が伝える「木曾殿」云々のさりげないことばである。

（「枯野の夢」）

「枯野」の発句は「不出来のまま辞世となってしまったような句」ではないし、「本当の辞世」は別の発句であるが、今は触れない。それよりも「木曾殿と塚をならべて」を「たはぶれ」と解したのは書いた其角であり、芭蕉も当然「たはぶれ」のつもりで口にしたのだろうから、「あえて断ったのだ」（しかしいったい誰が？）というのは明らかにおかしい。つまり、なぜ芭蕉が「木曾殿と塚をならべて」といえば其角に通じる冗談になるのかが、ここではまったく説明されていない。

『女郎花』の「男塚女塚」の場合、放生川に身投げした妻を葬った女塚に女郎花が咲いて、それを妻の生まれ変わりと感じた小野頼風が後を追って入水、男塚が隣に築かれる。義仲寺の場合は義仲の塚が一つあるだけである。いうまでもなく、義仲自身がそのようにしむけたからである。主従五騎となったとき、無情にも、「己は女なれば、これよりとうとう何地《いづち》へも落ちゆけ。義仲は討死をせんずるなり。若し人手にか〻らずば、自害をせんずれば、義仲が最後の軍《いくさ》に、女を具したりなど云はれん事、くちをしかるべし」（『平家物語』巻九「木曾の最期の事」）と巴に命じて悔しい思いをさせ、「あはれ好《よ》からう敵《かたき》の出で来《こ》よかし。木曾殿に最後の軍して見せ奉らん」と言わしめたあと、今井四郎兼平が一騎で防戦するあいだに結局一人で討たれたのが義仲である。

『巴』や『現在巴』になると、「汝は女なり。しのぶ便《たより》もあるべし。これなる守小袖を、木曾に届けよこの旨を、背かば主従三世の契絶えはて、ながく不興」（『巴』）、「実に実にそれは汝軍《げ》なれども、誠の心あるならば、形見を持ちて故郷《ふるさと》へ帰り、様かへ跡弔《と》ひ申すべし」（『現在巴』）といわれる巴は、「くれぐれの御遺言《ごゆゐごん》の悲しさ」（『巴』）に泣かされ、「今此際《きは》になりぬれば、落ちよと仰せ候ふは、情《なさけ》なの御事《おんこと》や。何《いづ》れの国の果までも、命のあらん其程は、御供《おんとも》に参るべし。情なの今の御諚《ごぢやう》やな」（『現在巴』）と恨み言を洩らす、より情緒的な側面を付与される。『巴』の後ジテは、「女とて御最後《ごさいご》に、召し具せざりしそのうらみ」、「女とて御最後に、捨てられ参らせし恨めしや」と「執心」を語るのである。

したがって、一方に「木曾殿と塚をならべ」たくてもできなかった「女武者」の存在があり、もう一方に「木曾殿と塚をならべて」と語る男の名が「女体《によたい》の身」（『芭蕉』）を連想せざるをえない「芭蕉」である事実を置くとき、はじめて痛烈な「たはぶれ」が成立する。すなわち、木曾殿は巴がおそばにいなくてお寂しそうだから、巴に代わってお相手申し上げるべくこの芭蕉を隣に葬り、女塚を築いてくれたまえ。

文政十一年刊『柳樽』百一編に「木曾殿と後ロ合セに巴すね　梅鳥」（本文は岡田甫校訂『誹風柳多留全集八』に拠る）の一句がある。義仲寺境内の句碑に刻まれた「木曾殿と背中合の寒さかな」を踏まえた滑稽である。高木蒼梧（一九七二）が指摘するように、碑の句は『葛の松原』所収、「木曾塚に旅寝せし比／木曾殿と背《セナカ》あはする夜寒哉」という伊勢の又玄《いうげん》の句が、芭蕉塚ができたあとで誤伝されたらしく、しかも岩田九郎（一九五五）も述べるように、「ひろく芭蕉の作と信じられていた」（しかしいったい、芭蕉の霊が詠んだとでもいうのか？）そうである。「木曾殿と塚をならべて」と難題を吹きかけられても、其角なら即座に「巴がすねますよ」と応じたような気がする。

［引用・参考文献］

越人（一七一九？）『俳諧冬農日槿花翁之抄』（『中村俊定先生古稀記念近世文学論叢』一九七〇所収森川昭翻刻に拠る）
飛泉（一七一九？）『飛泉見聞記』（同前）
升六（一七六六）『冬の日注解』（樋口功校訂解説『古俳書文庫第八篇』）
何丸（一八二三）『七部集大鏡』（佐々醒雪・巖谷季雄編『俳諧叢書(1)俳諧註釈集上巻』）
天野雨山（一九四九）『芭蕉七部集連句評釈　冬の日』
潁原退蔵・山崎喜好（一九五一）『芭蕉講座第四巻連句篇（上）』
岩田九郎（一九五五）『川柳評解』
中村俊定（一九五九）『冬の日・笈の小文』
大谷篤蔵・木村三四吾・今栄蔵・島居清・富山奏（一九六三）『校本芭蕉全集第三巻連句篇（上）』
荻原井泉水（一九七〇）『芭蕉未完成連句』
高木蒼梧（一九七二）『義仲寺と蝶夢』
木村三四吾（一九七四）「『冬の日』初版本考」（同氏編『潁原文庫本　冬の日』所収）
松田修（一九七五）「コードの機能」（「ユリイカ」五月号）
阿部正美（一九七六）『芭蕉連句抄第四篇』
田中善信（一九七六）「「狂句こがらし」考」（「高知女子大学紀要人文社会科学編」第二十五巻）
井本農一・栗山理一・中村俊定（一九七七）編『増補国語国文学研究史大成12　芭蕉』
安東次男（一九七七）『定本芭蕉』
森川昭（一九七八）「冬の日前後の芭蕉と知足」（「連歌俳諧研究」第五十五号）
森川昭（一九八一）「知足宛幸秋書翰考」（「連歌俳諧研究」第六十号）
安保博史（一九八三）「尾張蕉門成立の俳壇史的意味について」（「連歌俳諧研究」第六十四号）
堀切実（一九八九）『蕉門名家句選（上）』

上野洋三（一九九〇）『芭蕉七部集　新日本古典文学大系70』
森川昭（一九九〇）「冬の日以前の山本荷兮」（「江戸文学」第三号）
安保博史（一九九二）「貞享初年の新風」（森川昭編『俳諧史の新しき地平』所収）
濱森太郎（一九九五）『松尾芭蕉の一二〇〇日』
久保田淳（一九九五）「閑人閑語」（「國文學」第四十巻九号）
堀切実（一九九七）『松尾芭蕉集②　新編日本古典文学全集71』
上野洋三（二〇〇一）「芭蕉筆『冬の日』について」（国文学研究資料館編『芭蕉と元政』所収）
村松友次（二〇〇四）『対話の文芸　芭蕉連句鑑賞』
曽貽芬（二〇〇六）点校『唐宋史料筆記叢刊　開元天寶遺事　安禄山事迹』

真偽はともあれ、『芭蕉句選年考』や『家伝惟然師伝』に見える知足宛芭蕉書簡と称される記事に拠って、仮に初案があったものとして一句を読んでみる。

山吹や蛙飛込む水の音

「山吹」で三月（『増山井』）。「蛙」は二月だから、この句の季語ではない。一句は、読人不知の「人の心たのみがたくなりにければ山吹のちりさしたるをこれを見よとてつかはしける／しのびかねなきてかはづのおしむともしらずうつろふやまぶきの花」（後撰集・春下）、そして同じく読人不知の「題しらず／さは水にかはづなく也山ぶきのうつろふかげやそこに見ゆらん」（拾遺集・春）に拠って、「なく」以外の手段を用いて「かはづ」に「水の音」を出させるにはどうしたらよいかを追求した結果である。なぜ「水の音」が必要なのか。「水の音はさびしき庵の友なれや嶺の嵐の絶まくに」（山家集・巻下・雑）を踏まえた、「さびしき庵」に遊びに来てくれよというメッセージを発するためである。

深沢眞二（二〇〇四）は、次の付合で参照すべき『袋草紙』巻三の、節信が能因に「井堤《デ》ノカハヅ」のミイラを見せた逸話に拠って、この句を「帯刀節信はきっと井手まで出かけて行って、山吹の咲く川辺で蛙を追いかけまわしたんだろうね、蛙たちはこぞって「ゲロゲロ、逃ゲロ」「ゲロゲロ逃ゲロ」とばかり水音をたてて川に飛び込んだことだろうよ、という滑稽な想像なの」だとする。

私にはいくつか疑問がわく。まず、発句の話者はだれなのか。発句の挨拶は何なのか。そして、節信が「川辺で蛙を追いかけまわした」としたら、『無名抄』「目録上」にある「井手の山吹并ニかはづの事」に見える、「ある人」が井手の「古老」から聞いた次の話と齟齬を来さないか、ということである。

それにとりて、井での河づと申ことこそ、やうある事にて侍れ。よの人思ひて侍るは、たゞかへるは、みなかはづといふぞと思つて侍めり。それもたがひ侍らず。されどかはづと申かへるは、ほかにはさらに侍らず。たゞこの井で河にのみ侍也。いろくろきやうにて、いとおほきにもあらず、よのつねのかへるのやうに、あらはにおどりありく事なども、いとも侍らず。つねには水にのみすみて、夜ふくる程に、かれがなきたるは、いみじく心すみ、ものあはれなるこゑにてなん侍。春夏のころ、かならずおはしてきゝたまへ。（以下略、本文は石原清志編無刊記本影印に拠る）

この古老のいう通りとすれば、井手の蛙を捕るには水中で網などを用いて捕獲するしかないのではないか。私は「山吹や」の本文にはもう一つ確信が持てないでいる。「山吹や」と「蛙飛込む水の音」が私の中で上手く繋がらないのである。しかしながら、次の付合はそれなりに成立する。ただし氏のように、最初から発句を『袋草紙』の逸話で読んでしまうと、読み替えられなくなってしまう。

山吹や蛙飛込む水の音
　芦の若葉にかゝる蜘の巣

「芦の若葉」で二月（『増山井』二月に「草の若ば」および「角《ツノ》ぐむ芦《アシ》」あり）。季戻りである。前句を『袋草紙』巻三、「加久夜長刀帯節信《かくやのをさたちはきときのぶ》ハ数奇ノ者也。始テ能因ニ逢テ相互ニ感有リ。能因ガ云ク、今日ノ見参ノ引出物ニ見ス可キ物侍リトテ、懐中自《より》錦ノ小袋ヲ取リ出ス。其ノ中ニ鉋屑《カンナクズ》一筋アリ。示シテ云ク、是ハ吾ガ重宝也、長柄ノ橋造《つくる》ノ時ノ鉋クヅナリト云々。于時《ときに》節信喜悦　甚《はなはだし》フテ又懐中自《より》紙ニ囊《つゝ》メル物ヲ取出セリ。之ヲ開テ見《みる》ニカレタルカヘルナリ。コレハ井堤《デ》ノカハヅニ侍云々。共ニ感歎シテ各之懐ニシテ退散スト云々。今ノ世ノ人ハ嗚呼《をこ》ト可称《しやうすべき》歟」とあるのに拠って、井手でこれから蛙を捕ろうとする節信の感慨の俤とする。

付句は、能因の「正月ばかりに津の国に侍けるころ人のもとにいひつかはしける／こゝろあらん人に見せばや津の国のなにはわたりのはるのけしきを」に拠った、「難波わたりの春の景色」の俤である。「蜘の巣」で「そとをりひめのうた　わがせこがくべきよひなりさゝがにのくものふるまひかねてしるしも」（古今集・仮名序）の一首に言及し、今夜あたりだれかお邪魔するんじゃないですか、という挨拶とする。

＊

続いて、「古池や蛙飛込む水の音」の句意を検討するが、その前に、この句を含む『あつめ句』全三十四句を概観したい。「貞享丁卯秋／芭蕉翁桃青」と巻尾にある芭蕉自筆の『あつめ句』は、同じ秋の紀行『かしまの記』と合わせて二巻一双の巻子本とされ、杉風に贈られたものである。

巻頭一句目。「やまがにとしをこえて／たがむこぞしだにもちおふうしのとし」。『甲子吟行』にも見える貞享乙丑の歳旦吟である。「たれならむあら田のくろに菫つむ人は心のわりなかりけり」（山家和歌集・上、以下本文は寺澤行忠（一九九三）『山家集の校本と研究』所収の版本『山家和歌集』に拠る）に拠って、見知らぬ人を見とがめている。「やまが」は現実には芭蕉の故郷伊賀上野であるが、漢字で書けば「山家」であり、いうまでもなく西行の家集の題名を想起させる。

二句目。「またのはるはあむにありて／いくしもにこゝろばせをの松かざり」。「たがむこぞ」と問いながら、もはや「やまが」の最近の事情に疎いことを自覚する話者は、しかし自分の知っている「やまが」の記憶を十二分に活用しながら、「またのはる」即ち翌貞享丙寅の歳旦吟を「あむにありて」詠む。ここからフィクショナルに構成された江戸の「あむ」での一年を綴る『あつめ句』の世界が始まる。

一句は、「菊／いく秋に我があひぬらん長月のこゝぬかにつむ八重の白菊」（山家和歌集・上）および「野の家のあきのよ／ねざめつゝながきよかなといはれのにいく秋さても我身へぬらん」（同・上）に拠って「いくしも」を案出し、「つばなぬくきたのゝちはらあせ行《ゆけ》ば心すみれぞ生《おひ》かはりける」（同・下）に拠って「心ばせを」（古今集・物名歌）を捉え返すことで成立するが、世捨て人が心の中で「松かざり」をする気になったのは、「家々に春を翫といふことを／門ごとにたつる小松にかざゝれてやどてふ宿に春は来にけり」（同・上）と西行が詠んだからである。

三句目。「ふるはたやなづなつみゆくおとこども」。「ふるはた」は「ふるはたのそばのたつ木にゐる鳩の友よぶこゑのすごきゆふぐれ」（新古今集・雑中）に拠るが、一句が唱和するのは「ふるきいもがそのにうへたるからなづなたれなづさへとおほしたつらん」（山家和歌集・下・恋十首）であり、愛娘の比喩としての「なづな」を「おとこども」は七草粥の具として、本当に摘み取ってしまう。

四句目。「おきよ〳〵わが友にせむぬるこてふ」。「胡蝶」は二月だが、「寝る胡蝶」で正月とする。一句は「独聞虫／ひとりねの友にはならで蛬《きりぎりす》なく音をきけば物おもひそふ」（山家和歌集・上）を打ち返し、「ませにさく花にむつれてとぶてふのうら山しきもはかなかりけり」（同・下）で詠まれた虫を呼び出している。

五句目。「あるひとのかくれがをたづね侍るに、あるじは寺に詣でけるよしにて、とし老たるおのこ、独庵をまもり暮ける。かきほに梅さかりなりければ、これなむあるじがほなりといひけるを、かのおのこ、よそのかきほにてさふらふと云をきゝて／るすにきて梅さへよそのかきほかな」。一句は、『芭蕉新巻』が指摘するように、「さがに住けるに道をへだてゝ坊の侍りけるより梅の風にちりけるを／ぬしいかに風渡るとていとふらんよそにうれしき梅の匂ひを」（山家和歌集・上）への唱和である。

六句目。「ひとゝせみやこの空にたび寝せしころ、みちにて行脚の僧にしる人になり侍るに、このはるみちのおく見にゆくとて、わが草庵をとひければ／またもとへやぶの中なる梅花」。一句は、「とめこかし梅さかりなるわがやどをうときも人はおりにこそよれ」（御裳濯河歌合、新古今集・春上）に拠って、せっかく「尋《と》め来かし」という呼びかけに応じてくれた人がいるのにすぐに旅立ってしまって、また元の通りだれも尋ねてはくれないという変奏になっている。

七句目。「里梅／さとのこよ梅おりのこせうしのむち」。「山ざとの梅といふことを／香をとめん人をこそまて山里のかきねの梅のちらぬ限は」（山家和歌集・上）の詞書と歌とで繰り返される「山里」を「里」に奪い、「伊せのふたみのうらにさるやうなるめのわらはどものあつまりて、わざとのことゝおぼしくはまぐりをとりあつめけるを、いふかひなきあま人こそあらめ、うたてきことなりと申ければ、かひあはせに京よりひとの申させ給たれば、えりつゝとるなりと申けるに／今ぞしるふたみのうらのはまぐりをかひあはせとておほふ也けり」（山家和歌集・下）に拠って、梅花一枝が「さとのこ」の手で次々に「牛の鞭」にされてゆくことを詠む。

八句目。「ふる池や蛙とびこむ水のおと」。最後に回す。

九句目。「はらなかやものにもつかず啼ひばり」。「ひばり」で二月。芭蕉自身が『あら野』の序で言及するように、「心性さだまらずと云事を題にて人々よみけるに／雲雀立あら野におふるひめゆりのなに、付ともなき心かな」（山家和歌集・下）の一首を、「行路夏といふことを／雲雀あがるおほの、ち原夏くればすゞむ木陰をねがひてぞ行」（同・上）の「大野の茅原」から案出された「はらなか」を用いて、換骨奪胎した句である。

十句目。「永き日もさえづりたらぬひばり哉」。「永き日」で三月。「三月つ晦日に／今日のみとおもへばながき春の日もほどなくくるゝ心ちこそすれ」（山家和歌集・上）に拠って、春の盛りに「永き日」を短くする難題に解答を与えた句である。

十一句目。「華／花さゐて七日つるみるふもと哉」。「花」で三月。「花咲きし鶴の林のそのかみを吉野の山の雲に見るかな」（御裳濯河歌合）と「おもひやるたかねの雲のはなならばちらぬ七日ははれじとぞおもふ」（山家和歌集・上）の二首に拠って、「ふもと」の「あむ」で「花」を見ながら「花咲きし鶴の林のそのかみ」を「ちらぬ七日」のあいだ想像する話者の横着を詠む。題の「華」には「蓮華」とか「優曇華」のような仏教的な含意がある。

十二句目。「はなのくもかねはうへのかあさくさか」。「よしの山高ねの桜咲そめばか、らん物かはなのうす雲」（山家和歌集・下）と「題しらず／つくぐ〵と物を思ふにうちそへて折哀なる鐘のをとかな」（同・下）、および「長楽ノ鐘ノ声ハ花ノ外《ほか》ニ尽キヌ」（『和漢朗詠集註』雨）に拠って、「花の雲」のせいで上野東叡山の時の鐘やら金竜山浅草寺の梵鐘やら聞き分けがつかないとする。

十三句目。「隣菴の僧宗波たびにおもむかれけるを／ふるすたゞあはれなるべき隣かな」。「ふるす」は二月だが、次の一首によって三月尽となる。「春のほどはわがすむ庵の友に成てふるすな出そ谷の鶯」（山家和歌集・上）に拠って、「古巣な出でそ」という願いを受け入れた「隣菴の僧宗波」が「たびにおもむかれける」とき「春」が終わる仕儀となる。

十四句目。「ほとゝぎすなく〳〵とぶぞいそがはし」。「ほとゝぎす」で四月。『句選年考』頭注が指摘するように、「時鳥なく〳〵こそはかたらはめしでの山路に君しかゝらば」（山家和歌集・下）の上の句を、ちょうど後年の「ほとゝぎす啼や五尺のあやめ草」さながらに、ひねった作である。

十五句目。「時鳥むつきは梅の花さけり」。「時鳥／わがやどに花たちばなをうへてこそ山郭公待べかりけれ」（山家和歌集・上）に拠って、「あむ」に「梅の花」は咲いても、「花橘をうゑて」いないので「山ほとゝぎす」が来ないのだなあという落胆を詠む。『芭蕉句解』が挙げる「ほとゝぎす花橘になりにけり梅にかをりしうぐひすのこゑ」は『西行上人集』に載せるが、「花たちばなをうへてこそ」の一首に拠ると考えるほうが面白く読める。

十六句目。「ほとゝぎすまねくか麦の村《むら》お花《ばな》」。「霧中草花／ほに出るみ山がすそのむら薄まがきにこめてかこふあき霧」（山家和歌集・上）の「むらすゝき」から「村お花」を案出し、「ほに出てしのゝを薄まねく野にたはれてたてる女良花かな」（同・上）に拠って、「あむ」には一向に来てくれない「ほとゝぎす」をひょっとしたら群尾花めいた麦の穂が招いてくれないかなあ、と戯れる。

十七句目。「さみだれに鳰のうき巣を見にゆかむ」。「山桜咲ぬと聞てみにゆかん人をあらそふ心とゞめて」（山家和歌集・下）の上の句と「五月雨に小田の早苗やいかならんあぜのうき土あらひこされて」（同・上）の上の句に拠って、『袖中抄』巻十三や『無名抄』上「頼政哥　俊恵《しゅんゑ》撰《えらぶ》事」で問題にされている歌語「鳰のうき巣」の実態を、水かさの増す近くの池に観察にゆこう、という、「ますほの薄」の登蓮法師のような「いみじかりけるすき物」ぶりを詠む。

十八句目。「髪はえて容顔青しさ月雨」。「水たえぬ入江のまこも苅りかねてむなでにすぐる五月雨の頃」（宮河歌合・廿一番、山家和歌集は「水たゝふ」と「むなでにすつる」）に拠って、「髪」が生えても「苅りかねて」、入り江を覆うマコモの茎葉のように芭蕉の精の「容顔」も青い「五月雨の頃」だよ、の意。「容顔」は「中にも、巴は色白う髪長く、容顔まことに美麗なり」（『平家物語』巻九「木曾の最後の事」）とか、「一宮《いちノみや》已《スデ》ニ初冠《ウヒカウムリ》メサレテ、深宮《シンキユウ》ノ内ニ長《ヒトトナラ》セ給《タマヒ》シ後、御才学《ゴサイガク》モイミジク容顔《ヨウガン》モ世ニ勝《スグ》レテ御座《オハセシ》カバ」（『太平記』巻第十八「春宮還御事」）とか、他人の顔の尊称として遣っても自分の顔については普通用いないだろう。したがって一句の「容顔」は、話者芭蕉が自分の素顔を『芭蕉』のシテの深井の面のつもりで評した用語と考えなければならない。

十九句目。「門人杉風子夏の料とてかたびらを調し送りけるに／いでや我よきぬのきたりせみごろも」。「せみごろも」で夏（「かたびら」は五月）。上五の「いでや我」は西行歌の初句「いかでわれ」「いつかわれ」「君にわれ」「などかわれ」等の類想で、「月みればいでやと世のみおもほえてもたりにくゝもなる心かな」（山家和歌集・上・恋）の「いでや」を用い、「あやひねるさゝめのこ蓑きぬにきんなみだの雨をしのぎがてらに」（同・下・恋百十首）の「綾ひねるさゝめの小蓑」（「猿も小蓑を」はこれに由来する）、ないしは「我はたゞかへさでをきんさよ衣きてねしことをおもひ出つゝ」（同・下・恋十首）の「小夜衣」を「蟬ごろも」に奪っている。だいたい夕顔巻の巻末で、源氏から小君《こぎみ》を介して小袿《こうちき》を返してもらった空蟬が、立冬の日に「蟬のはもたちかへてける夏衣かへすをみてもねはなかれけり」と返歌したくらいだから、前の句の『芭蕉』のシテの気分はこの句にも横溢している。

二十句目。「ゆふがほに米やすむ哀なり」。「ゆふがほ」で六月。井上敏幸（一九九二）に拠れば、「天和二年頃筆「三つ顔」懐紙中の「夕顔卑賤／ゆふがほに米搗休む哀哉」（『芭蕉の筆蹟』等所載）、また同じ頃門人高山麋塒に与えたかとされる真蹟短冊（『芭蕉図録』等所載）、「屑屋に、夕皃這懸たる庭に立臼のかたあり」という図柄の真蹟自画賛

（日本詩人選17尾形仂氏『松尾芭蕉』昭和46・3の口絵、井本農一氏紹介の敲氷の「祖餞」中の写し。『武蔵野文学』18昭和45・12）の三種」が『あつめ句』以前に存在するので、中七を「米搗やすむ」と補う。

一句は、西行歌「あさでほす賤《しづ》がはつきをたよりにてまとはれてさく夕がほの花」（夫木和歌抄・夏部三・夕顔）に拠って、「麻手干す賤が泊木《はつき》」の代わりに杵を所持した「米搗」を配す。また真蹟自画賛の図柄は、「昔思ふ庭にたきゞを積みおきて見し世にも似ぬ年の暮かな」（宮河歌合・廿九番右勝、家集は「うきゞ」、西行物語は「うき木」）に拠る。

二十一句目。「酔《よふ》て寝むなでしこ咲《さけ》る石の上」。「なでしこ」で六月。堀信夫注解『日本古典文学全集松尾芭蕉集』が指摘するように、小町と遍昭の贈答、「いそのかみといふ寺にまうで、日のくれにければ、夜あけてまかりかへらんとてとゞまりて、此寺に遍昭侍りと人のつげ侍ければ、物いひ心みんとていひ侍る／いはのうへに旅ねをすればいとさむしこけのころもをわれにかさなん」に対する「かへし／世をそむくこけの衣はたゞひとへかさねばうとしいざふたりねん」（後撰集・雑三巻頭）の二首、『和漢朗詠集註』納涼の「すゞしやと草むらごとにたちよればあつさぞ増《マサ》るとこなつの花」、そして守武の「小松生ひなでしこ咲るいわほ哉」（木導編『水の音』序に拠る）に拠るが、一句は「しにてふさむ苔の莚をおもふよりかねてしらるゝ岩かげの露」（山家和歌集・下）への唱和である。

二十二句目。「すみける人外にかくれてむぐら生しげる古跡をとひて／瓜作る君があれなと夕すゞみ」。「瓜」と「夕涼み」とで六月。『芭蕉翁句解大成』が指摘するように、「夏熊野へまいりけるに、岩田と申所にすゞみて、下向しける人につけて、京へ同行に侍ける上人のもとへつかはしける／松がねの岩田のきしの夕すゞみ君があれなとおもほゆる哉」（山家和歌集・下）の裁ち入れだが、「撫子のませに、うりのつるのはひかゝりたりけるに、ちいさきうりどものなりたりけるをみて、人の哥よめと申せば／撫子のませにぞはへるあこだうりおなじつらなるなをしたひつゝ」（西行法師家集）に拠って、前の句と連係する。

二十三句目。「くさの戸ぼそに住わびてあき風のかなしげなるゆふぐれ友達のかたへいひつかはし侍る／蓑虫の音《ね》を聞にこよくさのいほ」。「蓑虫の音」で七月（『増山井』に「みのむしなく」がある）。『枕草子春曙抄』「むしは」の「みのむしいとあはれなり。をにのうみければおやににて、これもおそろしき心ちぞあらんとて、おやのあしききぬひきゝせて、今秋風ふかんおりにぞこんずる、まてよといひてにげていにけるもしらず、風のをときゝしりて八月《はづき》ばかりになれば、ちゝよ〳〵とはかなげになくいみじくあはれなり」に拠るが、「題しらず／哀たゞ草の庵のさびしきは風より外にとふ人ぞなき」（山家和歌集・下）への唱和である。

二十四句目。「月／雲おり〳〵ひとをやすめる月みかな」。「月見」で八月。「中〳〵にとき〴〵雲のかゝるこそ月をもてなすかざり也けれ」（山家和歌集・上）に拠るが、一晩中桜を見つめている『西行桜』のワキが意識されているかもしれない。

二十五句目。「名月や池をめぐりてよもすがら」。「名月」で八月。「池上月といふことを／みさびゐぬ池の面のきよければやどれる月もめやすかりけり」（山家和歌集・上）、あるいは「池にすむ月にかゝれる浮雲ははらひのこせるみさび也けり」（同）に拠り、「夜もすがら月こそ袖に宿りけれむかしの秋をおもひいづれば」（新古今集・雑上、山家和歌集・上）を匂わせる。いずれも夜空を見上げず、水面に映った月ばかり見る点で一致する。

二十六句目。「いさゝかなる処にたびだちてふねのうちに一夜を明して暁の空篷《とま》よりかしら指出《さしいで》て／あけゆくや二十七夜も三かの月」。「月」で八月。「さやかなる影にてしるし秋の月とよにあまれる五日也けり」（山家和歌集・上）への唱和である。「十夜《とよ》にあまれる五日《いつか》」を「二十七夜《や》も三日《みか》」に奪う。

二十七句目。「もの一《ひとつ》我がよはかろきひさご哉」。「ひさご」で九月（『増山井』に「ひよん」がある）。「後世を思はん者は糂汰瓶《ジンダカメ》一《ヒトツ》も持まじき事也」（『徒然草文段抄』第九十八段）に拠って、芭蕉は後年「秋のいろぬかみそつぼもなかりけり」と詠んだが、この「もの一」という表記はやはり「糕汰瓶一」を踏まえる。「深夜聞蛬／我よとや更行月をおもふらんこゑもやすめぬきり〴〵す哉」（山家和歌集・上）の「我《わが》よ」を用いて、「壺中ノ天地」（『和漢朗詠集註』仙家、『曾我物語』巻第一「費長房が事」）の壺を「かろきひさご」に奪う。

二十八句目。「みちのほとりにてしぐれにあひて／かさもなき我をしぐるゝかこは何と」。「しぐるゝ」で十月。「かさはありその身はいかになりぬらんあはれはかなきあめのしたかな」（西行物語・中）の初句を切り返す。

二十九句目。「古園／花みなかれてあはれをこぼすくさのたね」。「花みなかれて」で十月（『増山井』に「名草のかる、冬也」とある）。「野の渡りの枯たる草といふことを双林寺にてよみけるに／さまざまに花咲たりとみしのべのおなじ色にも霜がれにけり」（山家和歌集・下）に拠って字余りの上五を置き、「哀しるなみだの露ぞこぼれける草の庵をむすぶちぎりは」（山家和歌集・上）と「なべてならぬ四方の山べの花は皆吉野よりこそ種は取りけん」（御裳濯河歌合・四番左）とに拠って、中七下五を構成する。

三十句目。「元起和尚より酒をたまはりけるかへしにたてまつりける／水寒く寝入かねたるかもめかな」。「寒く」あるいは「うきねの鳥」（『増山井』）で十月。「さえわたるうら風いかにさむからん千鳥むれゐるゆふさきのうら」（山家和歌集・上）と「おなじたびにて／風あらき柴の庵は常よりもね覚ぞ物はかなしかりける」（同・下）とに拠って、「庵」の布団に「かもめ」を浮かせる。

三十一句目。「我くさのとのはつゆき見むと、よ所に有ても空だにくもり侍ればいそぎかへることあまたゝびなりけるに、師走中の八日はじめて雪降けるよろこび／はつゆきや幸庵にまかりある」。「初雪」は十月（『増山井』）だが、前書を以て十二月とする。「雪朝待人といふことを／我やどに庭より外の道もがなとひこむ人の跡つけでみん」（山家和歌集・上）と「雪に庵うづもれてせんかたなく面白かりけり、今もきたらばとよみけんことを思ひ出てみけるほどに鹿の分てとをりけるをみて／人こばとおもひて雪をみるほどにしか跡つくることもありけり」（同）に拠って、西行に倣って帰宅する自分の足跡さえ厭う話者の酔狂を詠む。

三十二句目。「初雪や水仙のはのたはむまで」。「水仙花」で十一月だが、前句の前書を以て十二月とする。また「蠡海《れいかい》集には小寒の節の花也」という『増山井』の記事に拠れば「水仙花」で十二月となる。明の王逵《わうき》撰『蠡海集』は正保二年の刊本がある。「枯野に雪のふりたるを／かれはつるかやがうはゞにふる雪はさらにお花《ばな》の心ちこそすれ」（山家和歌集・上）と「賀茂の臨時の祭かへり立の御神楽土御門内裏にて侍りけるに竹のつぼに雪のふりたりけるをみて／うらがへすをみの衣とみゆる哉竹のうらばにふれる白ゆき」（同）に拠って、新境地を開く。

三十三句目。「もらふてくらひこふてくらひやをらかつゐもしなずとしのくれければ／めでたき人のかずにも入む老のくれ」。「くれ」で十二月。「つねなきことをよせて／いつか我昔の人といはるべきかさなる年を送りむかへて」（山家和歌集・上）に拠って、「めでたき」に二重の意味をこめる。

三十四句目。「月雪とのさばりけらし年の暮」。井上敏幸（一九九二）が指摘するように、「憂き身こそいとひながらもあはれなれ月を眺めて年をへにける」（御裳濯河歌合第六番右、西行物語・中）という人生の回顧を、一年の回顧に詠み替える。

*

「ふる池や」を除く三十三句がすべて、いわば西行の主題による変奏曲の様相を呈しているのに、「ふる池や」の一句だけが例外ということはありえないだろう。

八句目。「ふる池や蛙とびこむ水のおと」。「蛙」で二月。井上敏幸（一九九二）が指摘するように、「みさびゐて月もやどらぬにごり江に我すまんとて蛙鳴なり」（山家和歌集・上）が明らかに意識されている。その理由は、しかし氏が述べるように「西行の歌における「かはづ」の、「みさびゐて月も宿らぬ濁江にわれ住まん」とする姿勢と、『あつめ句』における芭蕉の貧居の実践への覚悟とは、ぴったり呼吸があっているから」ではない。

二十五句目の「名月や池をめぐりてよもすがら」を検討して、「池にすむ月にかゝれる浮雲ははらひのこせるみさび也けり」（山家和歌集・上）を掲げた。「すむ」は「住む」と「澄む」との掛詞である。

源順歌「三条太政大臣の家にて八月十五夜に水上月といふ事を読る／水きよみやどれる月の影さへや千世まで君とすまんとすらん」（詞花集・秋）の『八代集抄』の頭注には、「住に澄をそへて太政大臣の家なれば月影さへ君と、もに千世もすまんとするらんと祝へる也」とある。また、俊恵歌「故郷月を読る／ふる里の板井の清水みくさゐて月さへすまずなりにけるかな」（千載集・雑上）の頭注には、「神楽歌、我門の板井の清水里遠み人しくまねばみ草ゐにけり、是を本歌にて古郷の板井に月さへすまずと読て人住ぬ心を含て也」とある。さらに読人不知「にごり江のすまん事こそかたからめいかでほのかにかげを見てまし」（新古今集・恋二）の頭注には、「澄と住とをそへて濁江は影の見えぬ物なれば其人と相住事こそかたからめ俤をほのかにもいかでみんと也」とある。

西行の「我すまんとて蛙鳴くなり」の「すまん」も、「住まん」と「澄まん」が掛かっている。つまり「月もやどらぬにごり江」でも、そこに「住まん」とする「蛙」の「鳴」き声が「澄まん」という論理である。そこで『あつめ句』の話者は考える。「我すまんとて蛙」が「鳴」かないとき、それでも「にごり江」ならぬ「ふる池」に「澄む」という状態を成立させるにはどうすればいいか。

「照る月の光と共にながれきておとさへすめる山川の水」。『拾玉集』日吉百首秋二十首の一首、慈円の歌である。『あつめ句』の話者は「蛙とびこむ水のおと」が「澄む」と提案する。そして発句の挨拶を知らせるのが次の一首である。「水の音はさびしき庵の友なれや嶺の嵐の絶ま〱に」（山家和歌集・下）。つまり、さびしいから庵に遊びにこいよ、というメッセージが発信されることになる。

「ふる池」という詞について深沢眞二（二〇〇四）は、「たとえば連歌寄合書『竹馬集』の「池」の項の「句作」に「池ふりて」とあることからして、「古《ふ》りたる池」なら連俳に普通の表現だと言えるだろう。「古池」はそれを縮めた語と、あまり複雑な経緯を想定せず、単純に考えておきたい」と述べるが、「古池《こち》」なら李白の五言古詩「邯鄲南亭観妓」（『分類補註李太白詩』巻二十）に見えるし、しかも『詩人玉屑』巻之十四李杜の「二公優劣」に、「平原君安クニカ在ル、科斗生古池（科斗古池ニ生ズ）。坐客三千人、而今知有誰（而今《じこん》知ンヌ誰カ有ル）」と引かれている。「科斗」は「かへる子」、つまりオタマジャクシである。

＊

古池や蛙飛込む水の音
芦の若葉にかゝる蜘の巣

「芦の若葉」で発句と同季の二月。前句を、「水なしときゝてふりにしかつまたの池あらたむる五月雨のころ」（山家和歌集・上）および「月池の氷に似りといふことを／水なくて氷ぞしたるかつまたの池あらたむる秋のよの月」（同）に拠って、『枕草子春曙抄』で「池は／かつまたの池」と第一に称される「古池」のほとりに佇む西行の感慨の俤とする。

付句は、「難波わたりに年超に侍けるに春立心をよみける／いつしかも春きにけりと津の国の難波のうらを霞こめたり」（山家和歌集・上）に拠った、西行の目に映じる「難波の浦」の春の景色の俤である。衣通姫の歌を介した挨拶は「山吹や」の付合と変わらない。

＊

さびしいから遊びにこいよ、という「水の音」のメッセージを受けて企画されたのが貞享三年閏三月刊の『蛙合』である。全二十番四十句追加一句で、「坐客三千人」とまではいかないものの、芭蕉以外に四十人が参加した体裁になったのだから上出来である。

可般図

一番

左　芭蕉

古池や蛙飛こむ水のおと

右　仙化

いたいけに蛙つくばふ浮葉哉

芭蕉の句が西行歌の論理を発展させたように、仙化の句が拠るのは、源俊頼の「あさりせし水のみさびにとぢられてひしのうき葉に蛙なくなり」（千載集・夏）の一首であるが、下の句から音を消去して話者の主観を加えるにとどまり、「蛙飛こむ水のおと」が「澄む」と看破する芭蕉句のもつ過激さはない。

見逃せないのはトリを務める第廿番右の其角の句である。「こゝかしこ蛙鳴ク江の星の数」。判は、「右は、まだきさらぎの廿日余り、月なき江の辺り風いまだ寒く、星の影ひか〳〵として、声々に蛙の鳴出たる、艶なるやうにて物すごし。青艸池塘処々蛙、約あつてきたらず、半夜を過と云ける夜の気色も其儘にて、看《み》ル所おもふ所、九重の塔の上に亦一双加へたるならんかし」とする。「青艸池塘処々蛙、約あつてきたらず、半夜を過」は、大内初夫（一九九四）が指摘するように、『聯珠詩格』に見える南宋の趙師秀の七絶「有約」の承句と転句である。

「こゝかしこ蛙鳴ク江」とは西行歌の「みさびゐて月もやどらぬにごり江」にほかならない。「月もやどらぬにごり江」に、まして「星」が宿ることなど考えられないから、「星の数」は「星の影ひか〳〵として」という判詞とは裏腹に、何匹いるのかわからないほどたくさん鳴いている「蛙」の数の形容のはずである。つまり其角は、「月もやどらぬにごり江」に比喩の形で「星」を「やどら」せることに成功した訳で、明らかに芭蕉の「水の音」の句への唱和を目指した句である。

＊

『あつめ句』にもどって、「ふる池や蛙とびこむ水のおと」と「名月や池をめぐりてよもすがら」の二句が呈する絶対矛盾について検討する。「ふる池」と「池をめぐりて」の「池」は同じ池なのか。

「ふる池」の句は『庵桜』『蛙合』『春の日』『あつめ句』に所出し、真蹟懐紙四点と真蹟短冊三点が残るが、前書をもつものは一つもない。それに対して、貞享四年霜月仲三日刊の其角編『続虚栗』秋之部には、「名月や池をめぐつて夜もすがら　芭蕉」の句に「草庵の月見」の前書を見る。また元禄五年二月刊の其角編『雑談集』巻尾に、「丁卯のとし／一芭蕉菴の月みんとて舟催《ふなもよひ》して参りたれば／名月や池をめぐつて夜もすがら　翁／すゝめて船にさそひ出しに清影をあらそふ客の舟大橋に圻《ワカ》れてさはぎければ淋しき方に漕廻して各句作をうかゞひけるに仙化が従者《ズザ》舳《トモ》のかたに酒あたゝめて有ながら／名月は汐にながるゝ小舟哉　吼雲／翁をはじめ我々もかつ感ジかつ耻て九ツを聞て帰りにけり羽化登仙《ウクハシテトウセンス》の二字仙化に有とて雲に吼《ホエ》けんの心をとり連衆みな半四郎とは云ざりけりその後も秀句多し」とあって、「池」は芭蕉庵にありそうである。

「ふる池」には月が「澄」まないから、「月のためみさびすゐじと思ひしにみどりにもしく池の浮草」（山家和歌集・下）を取らないかぎりは、同じ池で「名月や池をめぐりてよもすがら」と水面の月を賞翫することはできない。『雑談集』に「丁卯のとし」とあるのは其角の記憶違いで、「丁卯歳春三月二十五日」と刊記にある尚白編『孤松』に、「名月や池をめぐりて夜もすがら　桃青」と既に見えているから、その前年貞享三年の「丙寅」の誤りとされる。『蛙合』の年の八月十五夜である。

仲春の「ふる池」は「水のおと」を句面に出すことで、さびしいから遊びにきてくれと弟子たちに語りかけていた。それに対して仲秋の「池」は、隅田川に浮かぶ舟からの月見に誘い出そうとして、庵を訪問した弟子たちに与える形で詠まれている。「みさびゐぬ池の面のきよければやどれる月もめやすかりけり」（山家和歌集・上）、だから「中院右大臣出家思立よしものがたり給ける」ときのように、君たちも「月のいとあかくよもすがら哀にて明にければ帰（西行歌「夜もすがら月をながめて契をきしそのむつごとに闇は晴にし」の詞書）ってほしい。結果として、仲春の「ふる池」が仲秋の「みさびゐぬ池」の見立てであったことが暴露されるのではないか。というより、春に「ふる池」を詠んだから、名月にあえて「草庵」の「池」を詠んだのではないか。

「この新開地（深川）の「古池」とはどんなものであったのだろうか。理に棹させば自然堤防上に古池のありようはない。埋め立ての低地の汐気の多い水溜りに、蛙が生きられたのだろうか。無常の汐水に蛙投身とはけだし滑稽の境地というべきである」と鈴木理生（一九八一）は述べる。芭蕉を移植できる土壌ならば、「古池」は無理でも小さな池ぐらいなら掘れそうな気もするが真水の水源がない。「茅舎買水／氷苦く偃鼠《エン》が咽《ノド》をうるほせり」（『虚栗』）の前書にあるように、深川では飲料水を水船から買うのである。やはり「埋め立ての低地の汐気の多い水溜り」どまりで、池と呼べる代物ではなさそうである。

西行歌に拠るかぎり、現実のカエルも現実の池も必要ない。たぶん芭蕉庵に池はなく、だから其角は『雑談集』に芭蕉の句のみ掲げて、よけいなことを記さなかったのだと思う。士朗旧蔵の「芭蕉桃青」署名「ふる池や／かはづ／飛こむ／みづの音」の自画賛がある。脇で身構える蛙の大きさからすれば、明らかに洗面器よりも小さな池の水面を画面下部中央にあしらっている。「ふる池」はそこにあり、「かはづ」はそこにいる。

＊

深沢眞二（二〇〇四）は、「当時（元禄三年春頃）少なくとも伊賀の連衆に対して芭蕉は、『袋草紙』を踏まえた俳意の強い作としてではなく、「蛙」の「古池に飛び込む水の音」それ自体が俳諧性を持つものとして自句を語っていたらしい。旧作に新たな解釈を与えて語り直したと見るべきである」と述べる。『袋草紙』はともかくとして、芭蕉自身が自分の「ふる池」の句に対する見方、さらには俳諧の言語の捉え方を大きく変えたという点では、私は氏に賛同する。しかし、私はこの芭蕉のなかで生じた、いわばコペルニクス的転回が、元禄三年ではなく、もっと早い時期から生じているものと考える。

「古池や」の句の成立直後に詠まれたとわかる七吟歌仙がある。「貞享三年九月初六の日」の序をもつ清風編『誹諧ひとつ橋』の巻頭に見える。

三月廿日即興

花咲《さき》て七日《なぬか》靏《つる》みる麓かな　　芭蕉
懼《おぢ》で蛙のわたる細橋　　清風

発句は『あつめ句』で既に検討したが、この場合亭主に対する挨拶がある。西行歌の「七日は晴れじ」に拠って満開の桜を鶴林に見立てたことに変わりはないが、なぜ清風が「靏」に比せられるのか、「麓」とはどういう意味だろうか。

二つの疑問を解決するのが庄内藩の城下の名、「靏ヶ岡」という地名である。清風は尾花沢の豪商であるが、「大石田」でも「新庄」でもない「靏ヶ岡」こそこの発句の下敷きとなる。「靏ヶ岡」から「靏」が「麓」の江戸に舞い下りて、「七日」の間はお相手できる訳ですね、という挨拶が発生する。

脇は前句を、『太平記』巻第六「民部卿三位局御夢想事《ミンブキヤウサンミノツボネゴムサウノ》」に、吉野の奥に隠れる大塔宮の母の三位局が、心痛のあまり「北野ノ社僧ノ坊ニ御坐《オハシマ》シテ、一七日《ヒトナヌカ》参籠」したところ、夢に「衣冠正シクシタル老翁ノ、年八十有余《イウヨ》ナルガ、左ノ手ニ梅ノ花ヲ一枝持《ヒトエダモチ》、右ノ手ニ鳩ノ杖ヲツキ、最《イト》苦シゲナル体《テイ》ニテ、御局《オンツボネ》ノ臥給タル枕ノ辺《ヘン》ニ立《タチ》」、何もいわずに「持《モチ》タル梅《ノ》花ヲ御前《マヘ》ニ指置《サシオイ》テ立帰ケリ。不思議ヤト思召テ御覧ズレバ、一首ノ歌ヲ短冊ニカケリ。／廻《メグ》リキテ遂ニスムベキ月影ノシバシ陰《クモル》ヲ何歎クラン／御夢覚テ歌ノ心ヲ案ジ給ニ、君《キミ》遂ニ還幸成《ナリ》テ雲ノ上ニ住マセ可給《タマフベキ》瑞夢也ト憑敷《タノモシク》思召ケリ。……況乎千行万行《イハンヤセンカウバンカウ》ノ紅涙ヲ滴《シタダリツクシ》 尽テ、七日七夜ノ丹誠《タンゼイ》ヲ致サセ給ヘバ、懇誠暗《コンゼイアン》ニ通ジテ感応忽《カンオウタチマチ》ニ告《ツゲ》アリ」とあるのに拠って、「七日七夜ノ丹誠」の結果、梅花一枝を持つ老翁の瑞夢を見た三位局の感慨の俤とする。

「花」は「梅ノ花」の、「靏」は「八十有余」の「老翁」の、それぞれ俤となる。

脇は同巻「人見本間抜懸事」、赤坂の城に先懸けしようと「大音声ヲ揚テ名乗」った人見四郎入道恩阿《オンア》と本間九郎資貞《スケサダ》だが、城は「鳴《ナリ》ヲ静メテ返事モ」しないので、「人見腹ヲ立テ、早旦《サウタン》ヨリ向《ムカツ》テ名乗レ共、城ヨリ矢ノ一《ヒトツ》ヲモ射出《イダ》サヌハ、臆病ノ至リ歟《カ》、敵ヲ侮ル歟、イデ其義ナラバ手柄ノ程ヲ見セントテ、馬ヨリ飛下テ、堀ノ上ナル細橋《ホソハシ》ヲサラサラト走渡リ、二人ノ者共出《ダ》シ屏《ベイ》ノ脇ニ引傍《ヒッソウ》テ、木戸ヲ切落サントシケル間、城中是ニ騒《サワイ》デ、土小間《ツチザマ》・櫓《ヤグラ》ノ上ヨリ、雨ノ降ガ如クニ射ケル矢、二人ノ者共ガ鎧ニ、蓑毛《ミノケ》ノ如クニゾ立《タチ》タリケル」とあるのに拠った、二人の動作を目にした赤坂の城内の兵の感想の俤である。「蛙」が音読みのアを介して「恩阿」の俤となる。従来は「懼《おぢ》て」と濁らずに解されてきたが、私はそれではこの付合が読めない。「蛙」なら「細橋」から堀に落ちようとへっちゃらなはずである。「懼」る理由がない。

「蛙」には清風自身が擬されているが、「三月廿日」の「蛙」は明らかに季戻りである。それでも詠まれているのは、清風に編集中の『蛙合』への唱和の意図があったからだろう。その証拠に、二番目の両吟歌仙の発句と脇は、「春行に頬《ツラ》愚なる蛙哉　湖春／茅花《ツバナ》のそよぎ蓊《ソレ》矢一筋　清風」、三番目の両吟歌仙の発句と脇は、「とまり江や火を焚《タク》舟に寄《ヨル》蛙　才麿／霞を遠き声の折り笛　清風」で、京でも江戸でも「蛙」を発句に詠むように、あらかじめ正客に頼みこんでいる。

ことほど左様に「古池」の句は反響を呼ぶ。それは「水の音はさびしき庵の友なれや嶺の嵐の絶まく〳〵に」（山家和歌集・下）に拠った、さびしいから庵に遊びにこいよというメッセージがもたらした結果である。『蛙合』や『誹諧ひとつ橋』によってそのメッセージが成就されるとき、「古池」の句は「水のおと」が「澄む」句から「蛙飛こむ」句に、いわば軽量化される。含意を一つ振り落とすのである。換言すれば、『あつめ句』の文脈と切り離されて「蛙」の発句合に番えられることで、「みさびゐて月もやどらぬにごり江に我すまんとて蛙鳴なり」（山家和歌集・上）に対する本句の意味が閑却され、芭蕉自身が「此度蛙之御作意、爰元に而《て》云尽したる様に存候処、又々珍敷御さがし、是又人々驚入申候」（貞享三年閏三月十日付去来宛書簡）と書き記すように、「蛙」の「作意」を競うちの一句へとスリム化するのである。

問題はここからである。おそらく『蛙合』が完成した時点で、芭蕉は「蛙」が「池」に「飛こ」めばたぶん「水の音」が現実にするだろうという、風景描写という概念が当然の前提となっているわれわれから見れば何でもないような推定に、始めて気づいたのではないか。だとすればそれは、「作意」の極致のような発句が「誠」の俳諧に変成した瞬間である。

支考が『葛の松原』に記した「弥生も名残おしき比にやありけむ、蛙の水に落る音しば〳〵ならねば」という想像は、あくまで「古池」の句から発想されたフィクションで、尾形仂（二〇〇二）に拠れば、「蛙はヌラヌラした皮膚と円錐形の体型から、春の交尾期、その水に飛び込む音はほとんど聞き取れない」そうである。したがって、「古池」の句は現実そのままではむろんありえない。しかし、尾形仂（一九七七）が引くように、「其句の内に、さも有べき景気あらば、当風の発句也」（元禄四年刊和及著『当流増補番匠童』「面八句の事」）、あるいは「ほ句は人の尤《もつとも》と感ずるがよし。さも有べしといふは其次也。さも有べきやといふは又其次也。さはあらじといふは下《げ》也」（『去来抄』修行）とあるのに拠れば、「作意」の粋たる「古池」の発句は「さも有べき景気」で「人の尤と感ずる」それに変容したといえる。そして時はいまだ貞享三年閏三月、『当流増補番匠童』の初版『詼諧番匠童』が刊行された元禄二年三月まで丸三年、素堂が「ある時人来りて今やうの狂句をかたり出しに、……あるは上代めきて、やすくすなほなるもあれど、たゞにけしきをのみいひなして情なきをや。古人いへる事あり、景の中に情をふくむと」と、貞享四年霜月刊の『続虚栗』序に記すまで一年と七ヶ月ある。『蛙合』が「たゞけしきをのみいひな」す風潮に棹刺した、あるいはその魁となった可能性は大である。

ともかく、芭蕉の「誠」の俳諧の実践を二三拾ってみる。「よくみれば薺花さく垣ねかな」（『続虚栗』）。今栄蔵（一九九四）や堀信夫（一九九五）は貞享三年春の作とするが、「古池」の句との関連で考えると乾裕幸（一九七六）や阿部正美（一九八四）のように翌四年の作と考えるほうがいいかもしれない。『挙白集』巻第一、「正保三年三月廿日小塩山にて人々にすゝめられて七首に同じこゝろを」とある四首目の「春のうたの中に／古郷のまがきはのらとひろくあれてつむ人なしになづな花さく」への唱和である。また、「よくみれば」は、「くもりなきかゞみの上にゐるちりをめにたてゝみる世とおもはばや」（山家和歌集・下）、および「紅のいろなりながらたでのほのからしや人のめにもたてぬは」（同）の「目に立つ」に由来する。「古池」以前の芭蕉は「よくみ」てはいなかった。たぶんこの句の作者（話者ではなく）は実際にナズナの「花」をしげしげと見つめたのである。もちろん、藤原長能の「女のもとになづなの花につけて遣しける／雪をうすみ垣ねにつめるからなづななづさはまくのほしき君かな」（拾遺集・雑春）から西行歌までの和歌における「なづな」の含意を、この句は排除してはいない。とはいえ、この句の軽さはどうだろう。「誠」の俳諧こそ「かるみ」の別名ではないのかと思いたくなる。

「初雪や水仙のはのたわむまで」（『あつめ句』）。貞享三年冬の作。既に見たように、西行歌の「かれはつるかやがうはゞにふる雪」と「竹のうらばにふれる白ゆき」に拠って、葉の上に積もる雪を詠むが、黄庭堅のように「水仙花」（『古文真宝前集』）は詠んでも「水仙のはのたわ」み具合まで見た話者は日本で初めてだろう。しかしながら、作者芭蕉は描写してはいない。和泉式部の一首、「地獄の絵につるぎの枝に人のつらぬかれたるを見てよめる／あさましやつるぎの枝のたはむまでこはなにの身のなれるなるらん」（金葉集・雑下）と、それを踏まえた『女郎花』のキリの「こはそもいかにおそろしや。つるぎの枝のたはむまで、如何成罪のなれる果ぞや」（延宝五年武村市兵衛刊本に拠る）

の「たはむまで」に拠っているからである。

なぜそういえるのか。『あつめ句』でこの句の前に配置される「はつゆきや幸庵にまかりある」の前書の日付、「……師走中の八日はじめて雪降けるよろこび」はこの句にも効いている。「くちおしきもの／せちゑ仏名《ぶつみやう》に雪ふらで雨のかきくらしふりたる」（『枕草子春曙抄』巻五）と述べた清少納言は、「御仏名《おぶつみやう》のあしたぢごくゑの御屏風《みべうぶ》取渡《とりわた》して、宮に御らんぜさせ奉給ふ。いみじうゆゝしき事限《かぎ》りなし。是見よかしとおほせらるれど、さらに見侍らじとて、ゆゝしさにうへやにかくれふしぬ。雨いたく降てつれ〴〵なりとて、殿上人うへのみつぼねにめして御あそびあり。…」（同巻四）とも記す。「ぢごくゑの御屏風とりわたし」の頭注の最後に、「栄花物語第三さま〴〵の悦《ヨロコビ》の巻に十二月の十九日になりぬれば、御仏名とて地獄絵の御屏風などとう出てしつらふとあり」とある。『増山井』十二月は、「御《ヲ》仏名《ブツミヤウ》　十九日。けふより廿一日まで三ヶ日、仁寿殿の御本尊をうつし、御帳の内にかけて、三世の諸仏の名号をとなへ、六根の罪を滅する事也」とばかりで地獄絵屏風についいて触れないが、『枕草子』や『栄花物語』は和泉式部が御仏名に地獄絵の屏風を見て一首を詠んだことを証する。『あつめ句』の話者はそれに合わせて「師走中の八日」、つまり十二月十八日の初雪を詠んだのである。その証拠に『続虚栗』での「初雪や幸庵ンに罷有ル　芭蕉」の前書は、「十二月九日はつ雪降のよろこび」に替えられている。「初雪」の本来の季は十月（『増山井』）だから、それに少しでも沿うべく九日引き上げられたのではない。本当は「十二月九日」に初雪が降ったのに、『あつめ句』の作者（話者ではなく）は地獄絵を見る御仏名に合わせて故意に「師走中の八日」としたのである。要するに芭蕉は、『続虚栗』の段階で「たはむまで」の含意を放棄したのだ。ちょうどその二十八年前、オランダのデルフトでヨハネス・フェルメールが、《窓辺で手紙を読む若い女》（ドレスデン国立美術館蔵）の奥の壁に掛かっていたキューピッドの画中画を塗りつぶしたように。その意味でこの前書の書き換えは、「古池」以後でなければ起こらない現象といえる。

＊

こうした芭蕉における「物」の発見がいかに革命的であるかは、次のような句と較べてみると一目瞭然である。「小ぜりつむ沢の氷のひまたえて春めき初るさくらゐの里」（山家和歌集・下）に拠る。「よくみれば」の前の句は「古草や新艸《にひくさ》まじり土筆《つくづくし》　文鱗」で「土筆」は二月、「根芹」の次は「路々は束ねてもちる杉菜かな　沾徳」で「杉菜」も二月だから、この句は二月の扱いである。『増山井』では「芹」は「七くさ」、「なづな」とともに「若菜」の傍題で当然正月である。したがって芭蕉の句は「薺花さく」が、冬市の句は「花さく根芹」が季語ということになる。

「春ふれて川辺花さく根芹哉　冬市」（『続虚栗』）。「よくみれば」の句の次に配列された発句である。

ところで、乾裕幸（一九七六）に拠れば、文化四年刊の『花声集《くわせい》』に模刻された芭蕉の真蹟には、「よくみれば」の句とともに「花咲て七日靏見る麓かな」の句が並記されているという。「ふる池」の句と「ながき日もさへづりたらぬ雲雀かな」の句が並記されたのは、まず何よりも二句が同季だからである。「花咲て」の句の前書は「三月廿日即興」であった。「なづな花さく」の長嘯子の歌の詞書には「正保三年三月廿日」とある。これは偶然ではない。

「薺花さく」と「花さく根芹」とを二月と見なした『続虚栗』の編者、其角の句を検討する。「うすらひやわづかに咲る芹の花」（『猿蓑』）。『猿蓑』巻之四「春」は、「梅」十五句に始まって、「初子日」一句、「若菜」二句、「なづな」一句、「菜つみ」一句、「若菜つみ」一句、「七種」一句、「根芹」一句、そしてこの「芹の花」一句、「朧」二句、「鶯」五句、「柳」四句、「青柳」一句、「雪汁」一句、そして「待中《まつうち》の正月もはやくだり月　揚水」の次が芭蕉の「猫の妻」と越人の「猫の恋」でこれは二月だから、「芹の花」の扱いは「七種」以後「正月」の「のぼり月」までの季ということになる。一句は明らかに芭蕉の「よくみれば」に対する唱和である。しかしながら、其角は「よくみ」てはいない。

セリ科セリ属の水生多年草、セリの花期はいつか。陽暦で七月から八月の暑い盛りである。『図説俳句大歳時記・夏』（一九六四）は、「芹の花」の季を初夏とするが例句がない。『大歳時記第一巻句歌春夏』（一九八九）は、「芹」を三春として其角の句も挙げるが、「芹の花」の項はない。花の咲く頃は葉も茎も固くなり食用には適さないから、誰も摘まないそうである。現実に存在するセリの花など冬市や其角の眼中にはなく、「せりの花」の「作意」のみがある。

白石悌三（二〇〇二）が述べるように、「元禄期俳壇の「しやれ」は、……鬼貫のいう作意の句が「まこと弁へぬ人の、さまざまに句を作りて、是にても未聞え兼ておもしろからじとひたぬきに詞をぬきて、後には何の事とも聞えぬ句」に堕し、幽玄の句が「その詞やすければ、いはば誰もいふべき所」と安易に考えられ「聞え候へばあまりすぐにて意味なき発句」に堕して享保期へ向うのである。前者の作意の句は、其角の定家尊奉を受け継いで沾徳を統率者とする都市俳壇に「無心所着」の知巧を競い、後者の幽玄の句は、芭蕉の西行尊奉を受け継いで支考・野坡らの行脚俳人たちによって地方俳壇へ「軽み」の平淡美を売る」のであれば、その二つの流れの源流が其角の「うすらひや」の作意と芭蕉の「よくみれば」の誠とであることは言を俟たない。

白石悌三（一九八八）は、「芭蕉らには、顧みて貞享三年を「俳諧の替り目」（槖塒宛杉風書簡）とする認識があった。それは貞享連歌体が成立し、俳諧を〈風雅〉とする自覚のととのう時期である。その上に〈まこと〉の理念が生まれ、それが〈風雅のまこと〉論としてある程度かたちを成してくるのは、いわゆる『笈の小文』の旅の途上であることがうかがわれた」ともいう。しかし、『続虚栗』春之部に、「艸庵を訪ける比／永き日も囀たらぬひばり哉　芭蕉／原中や物にもつかず鳴雲雀　同／と聞えけるに次で申侍る／啼々《なくなく》も風に流るゝひばり哉　孤屋」とあるから貞享四年二月の興行だろうが、孤屋の発句で始まる三吟歌仙があって、その初裏二句目から四句目はこうである。

李白に募《ツノ》る盞の数　　　馬
俳諧の誠かたらん草まくら　　角
雪の力に竹折《をる》ル音　　　屋

「李白に募る盞の数／俳諧の誠かたらん草まくら　角」。雑。前句を、李白の身を案じて杯を重ねる杜甫の様子の俤とし、付句は杜甫の五律「春日李白ヲ懐フ」（『杜律集解』）の後半、「渭比《(ママ)》春天ノ樹、江東日暮ノ雲。何レノ時カ一樽ノ酒、重テ与《とも》ニ細ニ文ヲ論ゼン」に拠った、いつかどこかの旅宿で文学についてとことん語り合いましょうという李白へのメッセージの俤である。「俳諧」が「文」の俤となる。

「俳諧の誠かたらん草まくら／雪の力に竹折ル音　屋」。「雪」で十一月。前句を、草庵で門弟たちに「俳諧の誠」を説こうとする芭蕉の詞の俤とする。「草まくら」が「草庵」の俤である。付句は、刑部卿範兼「夜深聞雪《フケテゆきヲきク》といふ事を／あけやらぬねざめの床にきこゆ也まがきの竹の雪のしたおれ」（新古今集・冬）に拠った、「古池や蛙飛こむ水のをと」（『春の日』）のパロディーである。

其角の付句は「俳諧の誠」という概念が貞享四年春二月には芭蕉によって既に提唱されていたことを示し、孤屋の付句は「俳諧の誠」を体現した作品が「古池」の句であることを教える。

芭蕉は作意の極致というべき「古池」の句で、逆に「蛙」が「飛こ」めば「水のをと」がするかもしれないという現実、ミシェル・フーコーがいう「物」の世界に出会ってしまった。もちろん、それが描写とか写生を介して写実という様式に結実するにはあと百数十年以上必要なことは、日ごろ写生を欠かさなかった円山応挙ですら作品から装飾性を排除しようとは思いもよらなかったことでも明らかである。芭蕉は「物」の世界と媒介なく結びつく言語（ホモフォニー）を、とりあえず「誠」と命名する。付合という、本来ポリフォニックな文学形式において「誠」を実現するにはどうすればいいのか。「古池」以後の芭蕉は付合のポリフォニーにますます磨きをかけながら、発句と文とで構成される紀行文のホモフォニーの追求の手も緩めないだろう。

［引用・参考文献］

乾裕幸（一九七六）『芭蕉全句集』
尾形仂（一九七七）「蕉風と元禄俳壇」（同氏『俳諧史論考』所収）
鈴木理生（一九八一）「芭蕉庵と江戸の町」（『別冊太陽』三十七号所収）
阿部正美（一九八四）『新修芭蕉伝記考説作品篇』
白石悌三（一九八八）「風雅のまこと」（同氏『芭蕉』所収）
井上敏幸（一九九二）「芭蕉庵の形象」「芭蕉庵の夏」（同氏『貞享期芭蕉論考』所収）
今栄蔵（一九九四）『芭蕉年譜大成』
大内初夫（一九九四）『元禄俳諧集（新日本古典文学大系）』
雲英末雄（一九九四）「解説」（『元禄俳諧集（新日本古典文学大系）』所収）
堀信夫（一九九五）『松尾芭蕉集①全発句（新編日本古典文学全集）』
小林頼子（一九九九）『フェルメールの世界　17世紀オランダ風俗画家の軌跡』
白石悌三（二〇〇一）「誠と作意」（『江戸俳諧史論考』）
尾形仂（二〇〇二）「芭蕉鑑賞事典・発句」（同氏編『芭蕉ハンドブック』所収）
深沢眞二（二〇〇四）「蛙はなぜ飛びこんだか」（同氏『風雅と笑い―芭蕉叢考―』所収）

第Ⅳ章　『丙寅初懐帋』百韻解読 ―『初懐紙評註』芭蕉自注説への疑義―

はじめに

私の作業仮説は単純である。『冬の日』以降の芭蕉生前の俳諧はすべて俤で付けられているというものだ。芭蕉没後に初学のために支考が唱えた七名八体を芭蕉の付合の解読に適用するのは冠履顚倒であるし、いわゆる匂付はロマン主義＝写実主義が生んだ近代の産物である。芭蕉の時代にアプリオリの描写が存在しえないことは、ミシェル・フーコーの『言葉と物』や一七世紀オランダ絵画に関する美術史家の論考を援用して既に論じたので繰り返さない（第Ⅵ章参照）。

さしあたって私としては、先の仮説を真なる法則とすべく芭蕉の捌いた俳諧をどんどん解読し、すべての付合が俤で読めることを演繹的に明示すれば足りる訳である。作業は一見、馬鹿の一つ覚えの様相を呈するだろうが、『去来抄』にあるように付様はあくまで俤一種類であり、だからこそ逆に去来ではなく支考の、「付句は一句に一句也」という断定が千金の重みを持ってくるだろう。芭蕉たちはたった一つしか存在しない最良の付句を見つけるために七転八倒し、そうして発見された付合がちょっとやそっとでは読者に解読されないように俤というヴェールを施したのである。したがって、俤とは本歌本説の朧化の謂である。

ところで、周知のように『初懐紙評註』なる書が伝世していて、これが芭蕉の自注だというのが現在までの定説になっている。「貴氏、芭蕉翁に請て、当流の俳道の意味心得がたし、願は句解したまはらんやと侍れば、則興加筆し侍る。終日の席、はせを持病心よからず、五十韻にして筆をたつ」（俳書大系本による）という後書きさえなければ、美濃派以降の俳諧観で『初懐帋』を誤読した最初期の冠履顚倒の例だろうと私などは思うのだが、如何せん字面だけでは自注でないと証明するのは困難である。とはいえ、私の作業仮説にとって『初懐紙評註』芭蕉自注説がいわば目の上のたんこぶにあたる以上、反証となるような『初懐帋』の別解をまず公にするのが先決というものだろう。本稿はそうした二重の意図の下に成立している。要するに、『初懐紙評註』が芭蕉の自注であるか私の作業仮説が正しいかはオールターナティヴなのである。

『初懐帋』についてはかつて大礒義雄「其角の原刊本『丙寅初懐帋』」（『連歌俳諧研究第三十二号』一九六七・二所収）によって愛知教育大学蔵本が紹介されたが、二〇〇四年十月に上野市で開催された俳文学会全国大会の折、雲英末雄氏から口頭で、同書を貞享三年刊と見なしてよい旨の御教示をいただいた。天下の孤本ということになる。したがって本文は同書とほとんど変わらない『鶴のあゆみ』を底本とする古典俳文学大系本に拠ることとする。

1　発句

日の春をさすがに鶴の歩ミ哉　　　其角

先注は以下の通り。

①　元朝の日のはなやかにさし出て、長閑に幽玄なる気色を、鶴の歩みにかけて言つらね侍る。祝言外にあらはす。「流石に」といふ手尓葉感おほし（『初懐紙評註』）。

②　愚考日の春は月の秋に対しての雅言なり（何丸『七部集大鑑』）。

③　こは旭さす田面にあさる鶴の、歩みては羽をのし懸けのし懸けするを眺め、「大方の友鶴は空に羽うつ日の春を《ヂヤノニ》あのつるを見よ「立ムトハ《サスガニ》スルモノノヤハリ」歩みゐるはさても長閑な鶴なるかな」と云ふ心にて、此をはぢやのにの心、さすがにはさうはするものゝやはりの心也（曲斎『七部婆心録』）。

④　此句は歳旦に鶴といふ取材としては旧いものを用ひながら、表現に作者の力が漲つてゐる。「日の春」は「春の日」を転じたのみではなく、陽光を以て春を象徴してゐる心がおつとりと出てゐる、そのおつとりとした心を、鶴が大股にゆつくりと歩む姿態を以て、更に具体化したのである。「さすがに」とは、さすがに春らしくといふ程の意、空に飛ぶよりも地を歩む方が、却つて和平の感じもある（荻原井泉水『初懐紙評註』）。

⑤　此の句或書に芭蕉が、『日の春』は『春の日』『立春』など置くべく、其角が手ぶりにて其の時は華やかに聞きしも後にはおもしろからず感ぜし由語りしと記せり。真偽は確かならざるも『春の日』など穏かにいふが却つて趣遠く聞ゆべし。されど当時は芭蕉とても未だ醇乎たる蕉風と謂ひ難かりし期なれば、況や佶屈奇渋の言ひぶりを晩年までも持続せる其角に此の語法ありしは怪しむを要せず。『日の春を』といへばいかにも華やかに聞ゆ。『さすがに』の語まことに面白く置かれたり。句ぶりも其角の口つきにて又其角の句中の秀逸なるものなるべし（樋口功『芭蕉の連句』）。

⑥　絹柳百員巻頭◎鶴の歩みのゆたかなるに初春をよそへたり（明治書院版『五元集拾遺』頭注）。

⑦　元朝の旭日を浴びて丹頂の鶴が庭をゆつたりと歩いて居るさまは、歳旦の景物として誠に此の上もなくふさはし

いものであらう。連句の場合発句の一般的条件としては、たけ高くと言ふのであるが、この句はその模範的例句として屡々引用されて居る（穎原退蔵『俳諧名作集』）。

⑧ 新春の日の光がうららかにさす中を鶴が歩んでゐるが、さすがに瑞鳥とよばれるだけに悠々とゆたかなことだと、初春をことほぐ心をよんである。註にあるやうに、「さすがに」の語がよく一句の風情をくはへてゐて、まことに其角独特の華やかさを示してあますところがない（山崎喜好『芭蕉講座第四巻連句篇（上）』）。

⑨ 元朝には、さすがにものがみなめずらしく感ぜられるが、ことにあのおうような鶴の歩む姿は、いかにも初春を寿ぐにふさわしいものであるの意（中村俊定『芭蕉句集』）。

⑩ 元日の朝日をあびて鶴がゆったりと歩いている。そのおうような姿はいかにも初春の景物としてはふさわしく感じられる、との句意である（栗山理一『近世俳句俳文集』）。

⑪ 初日が華やかにさし出る中を、鶴が如何にも瑞鳥にふさわしく悠々と気品高く歩んでゐるといふのである。芭蕉の自注には……と評してをり、如何にも其角らしい華やかな素材に新春を寿ぐ余情をあらはした佳句であつて、調べもまことに長高い感じを受ける。具体的な情景としては、「旭さす田面にあさる鶴」（曲斎『婆心録』）よりも、広い屋敷の庭園などに飼はれた丹頂の鶴の悠揚迫らぬ挙措と見たい（阿部正美『芭蕉連句抄第五篇』）。

⑫ 元日の朝日をうけ鶴の悠々と歩く姿は、さすがに気高く目出度い限りであると、元日にふさわしい瑞鳥として鶴をうたった（島居清『芭蕉連句全註解第四冊』）。

⑬ よい天気に恵まれた元日、のどかな日ざしの中をめでたい正月にふさわしく鶴の歩いている姿が見えることよ。……新年の挨拶まわりのついでに、あまりにおだやかな天気に、隅田川の土手を散歩、ここでの見たままの景を詠んだ句ととれる（今泉準一『一〇〇人で鑑賞する百人一句』）。

⑭元旦の朝日をうけてゆったりと歩む鶴の姿は、いかにも初春の景物にふさわしく、めでたく感じられる。季語は「日の春」（春）。鶴を元日にふさわしい瑞鳥として詠んだ格調の高い句（松尾勝郎『芭蕉講座第四巻発句・連句の鑑賞』）。

⑮元朝はさすがに物皆珍しく新鮮に感じられるが、鶴の悠揚とあゆむ姿は、いかにもこの日にふさわしいという意である。芭蕉が『初懐紙評注』において……評しているように、一幅の大和絵をみるごとき叙景の句でありながら、長高き祝言の句にもなっている（堀切実『蕉門名家句選（上）』）。

⑯元日の朝日がはなやかにさして来る中、庭に飼われている鶴が、のどかな足どりで歩いている。その品のよい風格はさすがで、めでたい極みである、の意。「日の春」は、春の日の倒置による強調。鶴の中でも丹頂鶴は「官家籠中に養ひ、或いは庭池の間に貯ふ」（本朝食鑑）といわれ、大家では庭に飼うこともあった。この句の鶴も、山野の鶴ではなく、庭園の鶴である（石川八朗『日本名句集成』）。

⑰元朝の朝日の中を丹頂鶴の悠然と歩むさまは、さすがに歳旦にふさわしい景色だ、の意（乾裕幸『榎本其角』）。

⑱めでたい元日、ものみな新鮮に目に映るなかに、さすがに悠揚とした鶴の歩みである（大内初夫『元禄俳諧集』）。

⑲其角が言う「鶴の歩ミ」は、この席の晴れがましさ、おぼつかなさを、鶴の足さばきにたとえたもの。……ただし、其角は『虚栗』所収の自句「鶴さもあれ顔淵生て千々の春」を踏まえて、「鶴」すなわち、詩文を愛し鶴のように痩せていた顔淵を引合いに、独立の《抱負》を語ることも忘れなかった（濱森太郎『松尾芭蕉の一二〇〇日』）。

以上である。

『和漢朗詠集註』雪に「雪ハ鵝毛《がぼう》ニ似テ飛デ散乱タリ（ス）。人ハ鶴氅《かくじやうき》ヲ被テ立テ徘徊ス」という白氏の詩句を引く。

解説に「此詩、文集三十三ニアリ。……鶴氅トハ鶴ノ毛也。王恭ト云シ人。鶴氅ヲ被テ雪ヲ渉テ行シヲ孟昶ト云人見テ。是レ真ノ神仙中ノ人也ト云シコト本伝ニアリ。之ヲ拠トセリ。徘徊トハタチモトヲルトヨメリ」とある。さらに『鉢木』の前ジテ佐野源左衛門常世が、登場時にこの承句を引き「ああ降つたる雪かな、いかに世にある人の面白う候ふらん、それ雪は鵞毛に似て飛んで散乱し、人は鶴氅を被て立つて徘徊すと言へり、されば今降る雪も、もと見し雪に変はらねども、われは鶴氅を被て立つて徘徊すべき、袂も朽ちて袖狭き、細布衣陸奥の、けふの寒さをいかにせん、あら面白からずの雪の日やな」（以下、謡曲の引用は主として『日本名著全集・謡曲三百五十番集』による）と独白することで人口に膾炙する。

発句は、したがって、「日の春を」、つまり、日付は春だというものの、「さすがに」春は名のみで、ここにお邪魔するまでの間にさんざん雪に降られ「鶴氅を被て立つて徘徊」するはめになってしまいましたよ、という意となる。「日の春」と「を」の間に断定の「なる」を補って解釈することで、格助詞の「を」に逆接の接続助詞の「を」の意味を重ねることができる。

なお、『猿蓑』巻之一に見える其角の発句「はつ雪や内に居さうな人は誰」は、『五元集』で「立徘徊」と前書されており、この詩句が作者のお気に入りであったことを証す。

挨拶は何か。明暦三年刊『白氏長慶集』巻三十三の七絶「酬令公雪中見贈訝不与夢得同相訪（令公雪中ニ贈ラレテ夢得ト同ク相訪ザルコトヲ訝ルニ酬）」によれば、転句と結句はこうである。

鄒生枚叟非無興（鄒生、枚叟、興無キニアラズ）
唯待梁王召即来（唯梁王ノ召ブヲ待テ即チ来タラン）

「鄒生」は鄒陽、「枚叟」は枚乗、ともに前漢の梁の孝王に上客として遇された文章家で「鄒枚」として並び称される。「鄒陽長裾」「枚乗蒲輪」として、それぞれ『蒙求』の標題にもある。詩は「鄒生」に白居易自身、「枚叟」に夢得こと劉禹錫、そして「梁王」に令公即ち中書令裴度を擬す。同じ巻三十三の七絶「裴令公席上贈別夢得」に「雪銷酒尽梁王起、便是鄒枚分散時」、七律「喜夢得自馮翊帰洛兼呈令公」に「鄒枚未用争詩酒、且飲梁王賀喜杯」とあって、雪見に喚んで下さったら二人ともすぐにでも参りましたものをと謝罪した七絶での譬えで三度目になるので、三人の間ではこれで通じていたのだろう。

したがって、発句の挨拶は、洛陽での白劉の不調法を思い出したので、元旦早々呼ばれもしないのに江戸の春の雪を賞しにお邪魔に上がりましたよ、といったところに落ち着く。

ちなみに、貞享三年の元日は閏年のためグレゴリオ暦の一六八六年一月二十四日にあたり（内田正男『日本暦日原典（第四版）』）、大寒が貞享二年十二月二十六日、立春が正月十二日なので（湯浅吉美『増補日本暦日便覧下』）、寒中の迎春となる。

もちろん、歳旦帳は「準備の都合などもあって、現在の年賀状の印刷などと同じように、暮れのうちに刷りあげて用意しておかれたもの」（雲英末雄「歳旦帳・歳旦刷り物について」、同氏『俳書の話』所収）であろうから、この発句はあらかじめ貞享二年の「暮れのうちに」詠まれている。

そこで、弘前市立図書館蔵『津軽藩庁江戸日記』によって貞享二年十二月の江戸の天気を確認すると、「十三日　天気能」「十四日　曇」「十五日　曇」「十六日　天気能」「十七日　天気能」「十八日　丑ノ刻過より卯ノ中刻迄雪降」「十九日　天気能」「廿日　天気能」「廿一日　終日雪降巳下刻地震」「廿二日　天気能」「廿三日　天気能」「廿四日　天気能」「廿五日　天気能」「廿六日　天気能」「廿七日　天気能」「廿八日　天気能」「廿九日　天気能」とあり、「終日雪降」と記された十二月二十一日が三ッ物成立の日と推定できる。ついでながら、「貞享三丙寅年　正月朔日　晴天」以下、「二日　天気能」「三日　天気能」「四日　天気能」「五日　天気能」「六日　天気能」「七日　天気能」と、「十八日曇風吹」まで天気の好い日が続く。其角の意に反して現実の元朝は晴天である。

2 脇

日の春をさすがに鶴の歩ミ哉
砌に高き去年の桐の実　文鱗

再び先注を見る。

① 貞徳老人の云、「脇躰四道あり」と立られ侍れども、当時は古く成て、景気を言添たるを宜とす。梧桐遠く立て、しかも、こがらしのまゝにして、枯たる実の梢に残りたる気色、詞こまやかに、「桐の実」といふは桐の木といはんも同じ事ながら、元朝に木末は冬めきて、木枯の其まゝなれども、ほのかに霞、朝日にほひ出て、うるはしく見え侍る躰なるべし。但、桐の実見付たる、新敷俳諧の本意、かゝる所に侍る（評註）。

② 脇は聖代を祝して桐の実と作りたり。桐は鳳凰の栖むべき木なれば撰出しての句作なり。砌は階甃をいふなるべし（大鑑）。

③ 砌は石の境和訓《わくん》はみづきりの略、かつら石も砌也。こは桐の木高き大家《たいけ》の砌の内に飼ふ鶴の歩みゐる様也。さて爰に貞徳の相対脇を戻きながら、脇躰に叶はずといはで、当時は古く成りてと抑揚して、我家の見立脇の景気付

を宜といへるは、此社中に貞門より随喜せし人ある故也。此脇の評詞《ひやうし》にて翁の自註に紛れなき事顕然たり……桐は鳳のすむ木也と云ふは誣言《しひごと》也。馬を鹿とは曾て聞けり。鶴を鳳と争ひし例《れい》は未だ聞かず（婆心録）。

④　芭蕉の評は、句の附け方の味を説いて、脇句は発句の余情たる景色をさらりと叙したるを新しみとするといふ。発句の鶴を社頭か、又は苑内と見て、そこの景色に桐の木を出したのである。……「去年の」とは、既に新春に入つたので、これもう去年のものになつた、と、鈴のやうなから〳〵とした桐の実も仰がれる感じである。

〈頭注〉……「言葉こまやかにして」と切れぬまゝに切る文の調子が芭蕉の文の癖である（評註）。

⑤　此の注にて余蘊無し。桐といへば堦前の梧葉既に秋声など想はせ易き樹なるを、鶴の歩みの気高く裕かなる状に砌の桐を配し、去年の桐の実として越年の祝意にも自からかなはせたる沈煉無比の脇句なり。……（連句）。

⑧　……鶴が歩む四囲の景色を、この脇句でいひそへ、発句の景情を生かした。一般に鳳凰は桐の木にとまるといはれるが、鶴と桐とにしても位は相応じてゐる。しかも、桐の木としないで「桐の実」としたのは、桐の木では単に冬めいた感じのみで越年し枯れつくした趣きがふかく味はへず、新春の情にそぐはぬからだ。その点こゝに桐の実を配したのは精細な表現で、「砌に高き」でいよいよ祝意がつよめられた。まことに一字さへゆるがせにしてゐない。また、桐の実を見付けた云々の評は、新しい蕉風俳諧のねらひどころを物語り、注意すべきである。……（講座）。

⑨　庭の石だたみの傍には、冬枯れの桐の木が初日をあびて立ち、去年のままの枯れた実が梢にさがっている。他の樹木の実は落ちつくし、一物もとどめないのに、ひとり桐の実は厳寒にも堪えて、やがて来るべき春にそなえているのが見えてめでたい。鶴に松、鳳凰に桐は古来めでたいものとされて来たが、鶴に桐の対照もまた新味があるというのである（句集）。

⑪ 軒先の石畳に近く聳え立つ桐の木にまだ去年の実が残つてゐる景色で、広い庭園に鶴の飼はれてゐる前句の趣に亭々たる桐の木の景を打添へ、「砌」で場所の格をあらはしたのである。……『大鏡』が注意してゐるやうに、桐は鳳凰の栖むべき木であり、鶴に松といふあり来りよりも、桐を付けて新味を出し、祝言の意にも適はせたのであらう（連句抄）。

⑫ 階下の石畳に一きわ高い桐の木に、去年の実をつけたままの景を添えた。砌で場所の格を示し、鶴に桐と応じて高貴の趣をふくめた。発句・脇と併せて、広い庭園の景を叙して新年祝言の意とした（全註解）。

⑭ 軒下の石畳のかたわらに、去年の実をつけたまま、冬枯れの桐の木が初日をあびて立っている。季語は「去年」（春）。発句の鶴の歩むところを「砌」として場所の格を示した景気付。鳳凰に桐は古来からめでたいものとされたが、鶴と桐の対応に高貴な趣をみせたところに、この句の新味がある。発句と脇句を合わせて、広々とした庭園の景とし、新年を祝う意とした（発句・連句の鑑賞）。

⑯ 鳳凰も住むという桐によって祝意に応じつつ、広い庭のある屋敷に元日を迎えた、世にある人の春を付けた（名句集成）。

⑲ 文鱗の「砌に高き」は、その鶴を見おろす汀の「桐の実」を描いて、去年・今年と円満に流れる歳月の恵みを言祝いだもの（一二〇〇日）。

以上である。

前句の「鶴」を、「鶴群《ぐんけい》雞ヲ覆シタルノ賦」（『和漢朗詠集註』鶴）という詩題を介して「六宮ノ粉黛」（「長恨歌」『古文真宝前集』所収）を「顔色無」からしめた楊貴妃の俤とし、「雲鬢花顔金歩揺、芙蓉帳暖ニシテ春宵ヲ渡ル、春宵苦ダ短クシテ日高キヲ起ク」の三句から、いいかげん春の日が闌けてから起き出してくるとは結構なご身分だが、金のかんざしを揺らして歩み去る花のかんばせには「さすがに」生まれついての麗質を実感せざるを得ないなあ、といった意とする。

付句は、『和漢朗詠集』恋にも採録された「春風桃李花開夜、秋雨梧桐葉落時」の「梧桐」の俤で、新年早々玄宗に亡き貴妃を思い出させずにはおかない、「太液」の畔の梧桐の梢に残る去年の果実のクローズアップである。

挨拶は何か。「鳥文鱗校」とある其角編『新山家』は貞享二年五月の紀行句文集だが、その版行年は井筒屋庄兵衛序『誹諧書籍目録附録』（石川巌編『阿誰軒編集誹諧書籍目録』所収）には「貞享三」とするものの、阿誰軒編『誹諧書籍目録』では「同（貞享）丑冬十一月」の維舟門人鞭石編『磯馴松』と「貞享二年卯月中旬」の定直編『卯月まで』との間に置かれており、貞享二年中の版行の可能性もある。しかしながら、たとえ既刊であったとしても『新山家』とこの付句とに接点は見出せない。

「高き去年の桐の実」が連想させるのは三年前に其角が編んだ『みなしぐり』の題名である。源俊頼の長歌に「これもさこそは見なし栗朽葉が下にうづもれめ」（千載集・雑下）とあり、其角自身が巻末に「凩よ世に拾はれぬみなし栗」と詠んだように、鬼皮だけの薄っぺらな実無栗は地上に落ちているのが常だが、其角編『みなしぐり』の名声は日々に高い、だから「歳旦帳を刊行し俳諧師になる」（田中善信『元禄の奇才宝井其角』略年譜）今年こそ令名高い『みなしぐり』に匹敵する撰集を編んでいただきたいものですな、というメッセージが脇の挨拶になる。

3　第三

砌に高き去年の桐の実

雪村が柳見に行棹さして　　　　枳風

季は「柳」で正月（『増山井』）。前句を『和漢朗詠集』落葉の白氏「秋庭不掃携藤杖、閑踏梧桐黄葉行」の詩句によって、新年早々閑居の庭を散歩する白居易の目に映じた光景の俤とする。

付句は同じく『和漢朗詠集』柳の白氏「巫女廟花紅似粉、昭君村柳翠於眉」の詩句によって、白居易が長江に棹さして巫峡に近い昭君村の柳を見物に行く様子の俤である。「雪村」が「昭君村」の俤となる。

『評註』は「第三、長高く風流に句を作り侍る。発句の景と少替めあり。柳見に行んとあれば、未景に不対也。雪村は画の名筆也。柳を書べき時節そこの柳を見てかゝんと、自、舟に棹さして出たる狂者の躰、尤珍重也。桐の木立たるより画師を思ひ出たる趣向、詠やうに寄侍る、付様大切なり」と述べる。「桐の木立たるより画師を思ひ出たる」必然性の説明がない。なぜその「画師」が「雪舟」ではいけなくて「雪村」でなければならないのかも明らかにされない。第三の解説として「発句の景と少替めあり」というのも間が抜けている。付合の上っ面をただ復唱している印象しかもてない。

4　四句目

雪村が柳見に行棹さして
酒の幌《トバリ》に入あひの月　　　　コ斎

「月」で秋八月。「雪村」が雪村友梅であろうと『呂洞賓図』の画僧であろうと、変わらないのは出家の身であることである。『湖月抄』若菜下巻に、女楽の夜、源氏が「宮の御方をのぞき給へれば、人よりけにちいさくうつくしげにて、たゞ御ぞのみある心ちす。匂ひやかなるかたはをくれて、たゞいとあてやかにおかしく、二月の中《なか》の十日ばかりのあをやぎの、わづかにしだりはじめたらん心ちして、鶯のは風にもみだれぬべくあえかにみえたまふ。さくらのほそながに、御ぐしは左右よりこぼれかゝりて、やなぎのいとのさましたり」という譬えがある。したがって、前句の「雪村が柳」は出家した朱雀院の女三宮の俤となり、「棹さして」、つまり勢いに乗じて女三宮を「見に行」くのは葵祭の御禊の前日、人少なの六条院に忍び込む柏木ということになる。

付句は、十二月になって源氏の主催する朱雀院の賀宴の試楽の夜、ようやく六条院を訪れた柏木に、すべてを知っている源氏が酔ったふりをして絡む場面の俤である。「酒のとばりに入」っていくのは柏木も同じで、「いとゞむねつぶれて、さか月のめぐりくるもかしらいたくおぼゆれば、気色ばかりにてまぎらはすを御らんじとがめて、もたせながらたび〴〵しゐたまへば、はしたなくてもてわづらふさま、なべての人にゝずおかし。こゝちかきみだりてたへがたければ、まだこともはてぬにまかで給ぬるまゝに」帰宅して死の床に就くことになる。

『評註』曰く、「四句目なればかろし。其道の程の躰也。酒屋と云物よく出し侍る。幌は暖簾杯といふため也。尤、夕の景色も有べし」。「雪村が柳」と「酒の幌」とがどこでどう結びつくのか、前句がどのように読み替えられたのか、何も触れられていない。

5　五句目

酒の幌に入あひの月
秋の山手束の弓の鳥売ん　　　芳重

「秋」。前句を『枕草子春曙抄』巻七第一二〇段（池田亀鑑校訂岩波文庫の章段番号による）、故関白道隆の月例供養をした九月十日に「果て酒のみ、詩ずんじなどするに、頭中将たゞのぶの君、『月秋とき（期）して、身いづくにか』といふ事をうち出し給へりしかば、いみじうめでたし。いかでかはおもひいで給ひけん」というエピソードの俤とする。

付句は続く第一二一段、清少納言の「夜をこめて鳥のそらねははかるとも世にあふさかのせきはゆるさじ／心かしこきせきもり侍るめり」という贈歌に対する頭の弁こと藤原行成の返歌「あふさかは人こえやすき関なれば鳥もなかねどあけてまつとか」の翻案である。「手束の弓」は『今鏡』うちぎき巻の詠人不知「あさもよひ紀の関守が手束弓ゆるす時なくまづゑめる君」を、あるいは『袖中抄』巻五「たつかゆみ」の語釈を、あるいは『安宅』の「とく〳〵立てや、手束弓の、心許すな、関守の人々」を介して「関守」を指示する。したがって、「鳥」は関守がその鳴き声を聞いて開門すべき一番鶏の意となる。人が越えやすい逢坂の関はわざわざ開けて待っているそうですよ、という行成の歌の趣旨に従えば鳥の存在価値はなくなるから、逢坂山の関守は不要の鶏を売るだろうという次第になる。

『評註』曰く、「狩人鳥を射て、市に持て売躰さもあるべし。酒屋に便たる珍重の付やう也。手束の弓短き弓也。秋の季持鳥の多きを云ずして、秋の山と大様に置たる大切の所也……」。「狩人鳥を射て、市に持て売躰さもあるべし」

というが、「手束の弓」でいったいいつの時代のどんな姿の狩人を思い描けばいいのか曖昧模糊たるものがある。「秋の山」と置いたのは「逢坂山」を暗示するためで、「大様に」と捉えたところもピントが外れている。だいたい「酒屋」が「雪村」が暖簾をくぐった同じ店のように読めるのは、前句を読み替えていない証拠である。

6　六句目

秋の山手束の弓の鳥売ん
　炭竈こねて冬のこしらへ　　杉風

「炭竈」は十月だが、「炭竈こねて」だとまだ出来上がっていないので秋である。『増山井』九月に「冬をまつ」があり、「冬のこしらへ」でその類となるか。いずれにしろ秋の三句目である。

前句の「手束の弓の鳥」を新楽府「鴟九剣」の同名の剣の俤とする。「鴟」は「鵄」の同字である。「欧冶子死テ千年ノ後、精霊、闇ニ張鴟九ニ授ク。鴟九、剣ヲ呉山ノ中ニ鋳。天、日時ヲ与ヘテ、神、功ヲ借ス。金鉄、精ヲ騰ケテ、火、焔ヲ翻ス。踊躍シテ鏌鴟ノ剣タランコトヲ求。剣成テ未ダ試ミザル十余年。客有テ金ヲ持テ買ヲ一タビ観ル」（明暦三年刊『白氏長慶集』巻四）。呉山の山中で鴟九剣を売ろうとしているのは張鴟九となる。

付句は同じ新楽府「売炭翁」の俤である。「売炭ノ翁、薪ヲ伐リテ炭ヲ南山ノ中ニ焼。面ニ満ル塵灰、煙火ノ色アリ。両ノ鬢蒼蒼トシテ十ノ指黒シ。……心ニ炭ノ賤キヲ憂ヘテ天ノ寒カランコトヲ願フ」（同前）。

七年あまり後の話になるが、『炭俵』所収「振売の」四吟歌仙初表折端、「好物の餅を絶さぬあきの風　野坡／割木

の安き国の露霜　芭蕉」の付合がやはり新楽府の「塩商婦」と「売炭翁」との俤を付様とする。その先蹤といえようか。

『評註』曰く、「前句共に山家の躰に見なして付侍る。猟師は鳥を狩り、山賤は炭竈こしらへて冬を待、別条なき句といへども、炭がまの句作、終に人のせぬ所を見付たる新敷句也」。「別条なき」ように読んでいるのは『評註』であって、なぜ「手束の弓の鳥」に「炭竈こねて」が付くのか肝腎な点の説明がない。前の付合の「狩人」とここでの「猟師」を同一人物のように扱っているのも不審である。

7　七句目

炭竈こねて冬のこしらへ

里〳〵の麦ほのかなるむら緑　　　仙化

「麦まく」で十月だから（『増山井』）、「麦ほのかなるむら緑」も同月。初冬である。

前句を、良暹法師「おほはらやまだすみがまも習はねばわがやどのみぞけぶりたえたる」（詞花集・雑下）の俤とする。炭竈の作り方を習っている様子である。

付句は『後拾遺集』秋上および『小倉百人一首』の良暹法師「さびしさに宿を立ち出でてながむればいづくもおなじ秋のゆふぐれ」の俤で、良暹法師が眺めた初冬の大原の光景である。「むら緑」になるのは、和泉式部「こりつみてまきの炭焼《ヤク》けをぬるみ大原山の雪のむらぎえ」（後拾遺集・冬）と同じで、「炭焼く気を温み」、つまり炭を焼く暖気によって発芽の速度に遅速が生じるからである。

『評註』曰く、「付やう別条なし。炭竈の句を初冬の末、霜月頃などの躰に請て、冬畑の有様、能云述べ侍る。……」。なぜ景気の句が付くのか、なぜ「むら緑」でなければならないのか、いずれについても全く説明していない。

8　折端

里〱の麦ほのかなるむら緑
我のる駒に雨おほひせよ　　李下

前句を、『平家物語』巻第一「殿下の乗合の事」の、「平家も又別して、朝家《てうか》を恨み奉る丶こともなかりしに、世の乱れ初《そ》めける根本は、去《い》んじ嘉応二年十月十六日に、小松殿の次男、新三位の中将資盛《すけもり》、その時は未だ越前守とて生年《しやうねん》十三になられけるが、雪は斑《はだれ》に降つたりけり、枯野の気色まことに面白かりければ、若き侍《さぶらひ》ども、三十騎ばかり召具して、蓮台野や紫野、右近の馬場に打出でて、鷹ども数多すゑさせ、鶉・雲雀を追立《おつた》て〱、終日《ひねもす》に狩り暮し、薄暮《はくぼ》に及びて六波羅へこそ帰られけれ」（以下、引用は角川文庫に拠る）という挿話に拠って、はだれ雪が覆い始めた京近郊の里々の麦畑の情景の俤とする。

付句は、遠出に先立ち愛馬に雪覆いを命じる資盛のことばの俤である。「雨おほひ」が「雪おほひ」の俤となる。

『評註』曰く、「是等奇意也。何を付たるともなく、いづれを詠たるともなく、里〱の麦といふより旅躰云出し、村緑などのうるはしきより、雨を催し侍る景気、弁口筆頭に不尽」。要するに、『評註』は付様がわかっていない。だから「奇意」なのである。ところで、捌き手に付様が不可解だなどという事態はありえない。最終的に付句を治定するのは捌き手だからである。したがって芭蕉は『評註』の筆者ではない。

9　初裏一句目

我のる駒に雨おほひせよ
朝まだき三嶋を拝む道なれば　　挙白

前句を、『安宅』の「(ツレ地)強力にはよも目は懸けじと、御篠掛を脱ぎ替えて、麻の衣を御身にまとひ、あの強力の負ひたる笈を、(子方)義経取つて肩に懸け、(ツレ地)笈の上には雨皮肩箱取りつけて、(子方)綾菅笠にて顔をかくし、(ツレ地)金剛杖にすがり、(子方)足痛げなる強力にて」という条の俤とする。要するに、「わが負ふ笈に雨皮取りつけよ」という義経のセリフの俤である。

付句は当然シテ弁慶の「これは南都東大寺建立のために、国々へ客僧を遣はされ候。北陸道をばこの客僧承つて罷り通り候。まづ勧めにおん入り候へ」という、関を通過するための理由説明の俤である。「朝まだき」は「腹立ちや、日高くは能登の国まで指さうずると思ひつるに」を承け、三嶋大社は頼朝の崇敬措くあたわざる伊豆国一宮であるから「三嶋を拝む」で通過理由の俤となる。

『評註』曰く、「これさしたる事なくて、作者の心はふかくおもひを籠たるべし。尤旅躰也。箱根前にせまりて雨を侘たる心、深切に侍る」。俤として付合を眺めることに思いが及んでいないので、「箱根前にせまりて雨を侘たる心」

などというとんちんかんな誤読が生じるのである。

10　初裏二句目

朝まだき三嶋を拝む道なれば
念仏にくるふ僧いづくより　　朱絃

前句を『生田敦盛』の名ノリ、「是は黒谷法然上人に仕へ申す者にて候。又是に渡り候人は、ある時上人賀茂御社参御下向の時さがり松の下に、二歳斗なる男子のうつくしきを、手箱のふたに入尋常に拵へ捨置て候を、上人不便に思召れいだかせ御歸り候て、色々そだて給ひ候程に、はや十歳に御余り候」（天和三年山本長兵衛刊本に拠る）で語られる、賀茂参詣から帰る法然上人が敦盛の遺児を拾うエピソードの俤とする。

付句は生田の森に現れた敦盛の幽霊が僧形のわが子を見て零す、「むざんやな、忘れがたみのなでしこの、花やかなるべき身なれども、おとろへはつる墨染の、袂を見る社あはれなれ」という感慨の俤である。

『評註』曰く、「此句、僅に興をあらはしたる迄也。神社には仏者を忌物也。参詣の僧も神前には狂僧也。三嶋は町中に社あれば、道通りの僧もよるべき儀也」。三嶋大社は町中にあるから念仏を唱える僧が参詣していてもおかしくはない、その点に「僅に興をあらはしたる迄」の句だという。ならば賀茂詣をする法然はどうなるのだろう。「三嶋」を俤としてではなく実態として捉えているところに誤読の原因がある。

11　初裏三句目

念仏にくるふ僧いづくより
あさましく連哥の興をさます覧　　蚊足

前句を『徒然草文段抄』第一一五段、「宿河原といふところにて、ぼろ〳〵おほくあつまりて、九品の念仏を申けるに、外より入来《ク》るぼろ〳〵の、『もし此御中に、いろをし房と申ぼろやおはします』と尋ければ、其中より、『いろをし、こゝに候。かくのたまふは誰』と答れば」の俤とする。

付句は同じく第八十九段、「何阿弥陀仏とかや、連哥しける法師の、行願寺の辺に有けるが聞て、ひとりありかん身は心すべきことにこそと思ひけるころしも、ある所にて夜ふくるまで連哥して、たゞひとりかへりけるに、小川のはたにて、音にきく猫また、あやまたずあしもとへふとよりきて、やがてかきつくまゝに、頸《クビ》のほどをくはんとす。肝心《キモ》もうせて、ふせがんとするに力もなく、足もたゝず、小川へころび入て、『たすけよや、ねこまた、よや〳〵』とさけべば、家々より松どもともしてはしりよりて見れば、このわたりに見しれる僧なり。『こはいかに』とて、川の中よりいだきおこしたれば、連哥のかけものとりて扇小箱なンど懐《フトコロ》に持たりけるも水に入ぬ。……かひける犬の、くらけれど主《ヌシ》をしりてとび付たりけるとぞ」の俤である。

『評註』曰く、「連歌の興をさます、尤付やう珍し。かゝること度々家人の上にてもある事にて、一人珍重に侍る」。前句と「連歌の興をさます」とがどういう必然性で付いているのか明言されていない。「かゝること」以下は付合の説明とは無関係の与太である。

12　初裏四句目

あさましく連哥の興をさます覧
敵よせ来るむら松の声　　ちり

前句を『太平記』巻第七「千劔破《チハヤノ》城軍《イクサノ》事」の次なる挿話の俤とする（引用は日本古典文学大系本による）。

長崎四郎左衛門尉此有様ヲ見テ、「此城ヲ力責ニスル事ハ、人ノ討ル、計ニテ、其功成難シ。唯取巻テ食責ニセヨ」ト下知シテ、軍ヲ被止ケレバ、徒然ニ皆堪兼テ、花ノ下ノ連歌シ共ヲ呼下シ、一万句ノ連歌ヲゾ始タリケル。其初日ノ発句ヲバ長崎九郎左衛門　師宗、／サキ懸テカツ色ミセヨ山桜／トシタリケルヲ、脇ノ句、工藤二郎右衛門尉／嵐や花ノカタキナルラン／トゾ付タリケル。誠ニ両句トモニ、詞ノ縁巧ニシテ句ノ体ハ優ナレドモ、御方ヲバ花ニナシ、敵ヲ嵐ニ喩ヘケレバ、禁忌也ケル表事哉ト後ニゾ思ヒ知レケル。

付句はその直後に実行された正成の奇策の俤である。

正成、「イデサラバ、又寄手タバカリテ居眠サマサン」トテ、芥ヲ以テ人長ニ人形ヲ二三十作テ、甲冑ヲキセ兵杖ヲ持セテ、夜中ニ城ノ麓ニ立置キ、前ニ畳楯ヲツキ双ベ、其後ロニスグリタル兵五百人ヲ交ヘテ、夜ノホノ〴〵ト明ケル霞ノ下ヨリ、同時ニ時ヲドツト作ル。四方ノ寄手時ノ声ヲ聞テ、「スハヤ城ノ中ヨリ打出タルハ、是コソ敵ノ運ノ尽ル処ノ死狂ヨ」トテ我先ニトゾ攻合セケル。城ノ兵兼テ巧タル事ナレバ、矢軍チトスル様ニシテ大勢相近ヅケテ、人形許ヲ木ガクレニ残シ置テ、兵ハ皆次第々々ニ城ノ上へ引上ル。寄手人形ヲ実ノ兵ゾト心得テ、是ヲ打ント相集ル。

バーナムの森ならぬ不動の「むら松」が、「哀大剛ノ者哉ト覚テ、一足モ引ザリツル兵、皆人ニハアラデ藁ニテ作レル人形」の俤となる。

『評註』曰く、「聞えたる通別儀なし。連歌に軍場思ひ寄るなり」。「聞えたる通」というが、「連歌の興をさま」したのが「敵よせ来る……声」だとしたら、後先が逆でしかも付き過ぎている。「むら松の声」だと「敵」に思わせたものが、実は「むら松」こと藁人形のそれではなく楠木軍が作った鬨だから面白いのである。『評註』がいかにベタ付で読みたがっているかがここでは如実に表れている。

13　初裏五句目

敵よせ来るむら松の声

有明の梨打烏帽子着たりける　　芭蕉

「有明」で八月。前句を『烏帽子折』の後場、赤坂の宿での熊坂長範一党の「寄せかけて、打つ白浪の音高く、鬨を作って騒ぎけり」という、その鬨の声を聞く元服二日目の義経の胸中の俤とする。「むら松」は「さて松明の占手はいかに」「一の松明は斬つて落し、二の松明は踏み直し、三は取つて投げ返して候が、三つが三つながら消えて候」「それこそ大事よ。それ松明の占手といつぱ、一の松明は軍神、二の松明は時の運、三はわれらが命なるに、三つが三つながら消ゆるならば、今夜の夜討はさてよな」という熊坂主従の会話を承ける。

付句は、「不思議やな内にては吉次兄弟ならではあるまじきが、さて何者かある」という熊坂の問いに対する「投げ松明の影より見候へば、年の程十二三ばかりなる幼き者、小太刀にて切つて廻り候ふは、さながら蝶鳥の如くなる由申し候」という手下の答の俤である。「梨打烏帽子」は義経が被る出来立ての「三番の左折」の烏帽子の俤である。

『評註』曰く、「付様別義なし。前句に軍の噂にして、又一句さらに云立たり。軍に梨子打ゑぼしとあしらひたる付やう軽くてよし。一句の姿、道具、眼を付て見るべし」。「前句に軍の噂にして、又一句さらに云立」てたものとして、それで前句を読み替えたことになるのか理解に苦しむ。「敵」がだれで、「有明の梨子打烏帽子着たりける」と詠嘆するのがだれで、というのがはっきりしないまま「付よう軽くてよし」などと評して何が面白いのだろう。軽みのはき違えである。

なお、石田元季『江戸時代文学考説』に、「『放下僧』や『巴』の面影があつて、談林風の附方ならばもつと能がかり謡どりに出たであらうと思ふ。芭蕉の附けた註を参照して見れば、唯軽く風趣を述べたるのみにて、三島も梨子打烏帽子も能として見立てたやうのことに触れてゐない」との指摘がある。「梨子打烏帽子」は確かに『巴』の語彙だが、「梨子打烏帽子着たりける」人物を石田氏のように巴の面影ありと言い切るのは語弊がある。この付合で『巴』を本説として持ち出すと、「面影」ではなくて巴そのものになってしまう。それでは露骨過ぎて俤とは呼べまい。付句はしたがって一見巴を匂わせておいて、実は女にも見まごうべき少年義経の俤としたのである。

ついでながら、『評註』の「一句の姿、道具、眼を付て見るべし」という詞は、「芭蕉」というビッグネームを強く意識した第三者の勧誘と読むのが、やはりいちばん自然に思われる。

14　初裏六句目

有明の梨打烏帽子着たりける
　うき世の露を宴の見おさめ　　筆

「露」で七月。前句を『平家物語』巻四「源氏揃への事」、「その頃一院第二の皇子、以仁親王と申ししは、後母加賀の大納言季成の卿の御娘なり、三条高倉にましましければ、高倉の宮とぞ申しける。去んじ永万元年十一月十五日の暁、御年十五にて、忍びつゝ、近衛河原の大宮の御所にて、ひそかに御元服ありけり」の条に見える以仁王の元服の様子の俤とする。

付句は、続く「御手跡うつくしう遊ばし、御才覚も勝れてましましければ、太子にも立ち、位にも即かせ給ふべかりしかども、故建春門院の御嫉によつて、おし籠められさせ給ひけり。花の下の春の遊びには、紫毫を揮つて手づから御作を書き、月の前の秋の宴には、玉笛を吹きてみづから雅音を操り給ふ。かくして明し暮させ給ふ程に、治承四年には、御歳三十にぞならせましましける」というその同じ年に、「付　高倉の宮園城寺へ入御の事」にあるように「知らぬ山路を、終夜はるばると分け入らせ給ふに、いつ習はしの御事なれば、御足より出づる血は、沙を染めて紅の如し。夏草の茂みが中の露けさも、さこそは所せう思し召されけめ。かくして暁方に三井寺へ入らせおはします」結果となった以仁王の様子をはたから評した俤である。

『評註』曰く、「前句を禁中にして付たる也。ゑぼしを着るといふにて、却て世を捨たるといふ心を思ひ儲たり」。前半は正しい。「烏帽子着たりける」は元服の謂であるから。後半は見当はずれである。

15　初裏七句目

うき世の露を宴の見おさめ
にくまれし宿の木槿の散たびに　文鱗

「木槿」で七月。恋。前句を『湖月抄』花宴巻、南殿の花の宴も闌となったころの、「かうやうのおりにも、まづこの君を光にしたまへば、みかどもいかでかおろかにおぼされん、中宮、御めのとまるにつけて、春宮の女御のあながちににくみ給らんもあやしう、わがかう思ふもこゝろうしとぞ、みづからおぼしかへされける。／大かたに花のすがたをみましかばつゆも心のをかれましやは／御《ミ》心のうちなりけんこと、いかでもりにけん」という藤壺中宮の胸中、ならびにのちの桐壺院の崩御と源氏の須磨退去とで結果的に「見おさめ」になってしまった藤壺の運命の俤とする。

付句は、賢木巻で朝顔の斎院からつれない返歌をもらった源氏について「まして朝がほもねびまさり給へらんかしと、思ひやるもたゞならず、おそろしや。あはれ、この比ぞかし、の、みやのあはれなりし事とおぼし出て、あやしう、やうのものと、神うらめしうおぼさるゝ、御くせのみぐるしきぞかし」と評する語り手の感慨の俤である。「木槿」は「朝顔」を指示するとともに去年と同じ嵯峨野の秋という季節を意味する。「にくまれし」は前句が俤としていた「春宮の女御のあながちににくみ給らん」を承けて、年を追うごとに弘徽殿大后の源氏に対する憎しみが増大してゆくさまをいう。「れ」は受身である。

『評註』曰く、「宴は只酒もりといふ心なれば、うき世のあぢきなきより、恋の句をおもひ儲たる也。木槿のはかなくしほるゝごとく、我が身のおもひしほどをいふより、にくまれしと五文字置たる、恋の句作尤感情ふかし」。藤壺の源氏に対する思いという点で、前句は恋の句に読み替えられているので、付句を「恋の句」と捉えるのはよい。しかし、それ以外の記述は著しく抽象的で、両句の話者のイメージを結ぶことができない。「木槿」も槿花一日の栄をいうために存在するのではない。

16　初裏八句目

にくまれし宿の木槿の散たびに
後住む女きぬたうち〳〵　其角

「きぬた」で八月。前句を『伊勢物語拾穂抄』第二十三段、「さて年ごろふるほどに、女、おやなく、たよりなくなるまゝに、もろともにいふかひなくてあらむやはとて、かうちのくに、たかやすのこほりに、いきかよふ所いできにけり」の俤とする。「木槿」は『和漢朗詠集註』「槿」の「去テ返ラズ槿籬《キンリ》ニ暮《ユフ》べニ投《イタ》ル之《ノ》花無シ」および「朝がほを何かかなしと思ふらん人をも花はさこそ見るらめ」を介して人の命を意味する。「宿の木槿の散るたびに」は筒井筒の女の親が相次いで亡くなったことの俤である。

付句は「きぬたうち〳〵」で恋の句である。「後住む」の動作主は「男」であるから、男に飽きられた高安の女が

「からうじて」男が「こん」といってきたので「よろこびてまつに、たび〳〵すぎぬれば、／君こんといひし夜ごとにすぎぬればたのまぬもの、こひつゝぞふる／といひけれど、おとこ、すまずなりけり」のくだりで、「君来むといひし夜ごとに」待つ行為の俤が「きぬたうち〳〵」となる。

『評註』曰く、「後住女後添の妻といはん為也。にくまれしといふにて後添の物と和せぬ意味籠たり。礁打〳〵と重たるにて、千万の物思ひするやうに聞え侍る。愁思ある心にて、前句をのせたる也。翫味浅からず」。男に「にくまれ」たのは筒井筒の女であり、「きぬたうち〳〵」は高安の女の動作である。「前句をのせ」るべき『伊勢物語』の文脈がなければ、前句と付句とは本来何の関係もない。したがって、「にくまれし」から「後添の物と和せぬ意味」など出てきようもない。

17　初裏九句目

後住む女きぬたうち〳〵
山ふかみ乳をのむ猿の声悲し　　コ斎

前句を『砧』の前ジテ、夫が訴訟で京に滞在する間、その「後」に残された芦屋の里の家に「住」んで三年孤閨を託つ何某の妻の「いざ〳〵衣うたふよ」（寛文十三年桂六左衛門刊本に拠る）の俤とする。

付句は後場、焦がれ死にした妻の幽霊の後ジテが「はづかしやおもひつまの、ふたよと契りても猶、するゑの松山千代までと、かけし頼はあだ波の、あらよしなやそらごとや、そもかゝる人の心か。からすてふ、おふおそとりもこゝろして、うつし人とは誰かいふ、草木も時をしり、鳥けだものも心ありや」という、その「鳥けだものも心ありや」を『山家集』下の西行歌「山ふかみ苔の莚の上にゐてなに心なくなくましらかな」を介して具体化した俤である。「虚言」ではないその声の真率さを「悲し」と感じるのは話者たる後ジテである。

『評註』曰く、「礒、里・水辺・浜・浦等にも多くよみ侍る。尤姨捨・更級・吉野など山類にも読侍れば、礒を山類にてあしらひたる也。乳を呑猿と云にて、女といふ字をあしらひたる也。幽かなる意味、しかもよく通じたり」。

支考の『俳諧十論』第九変化論に、「会釈《あしらひ》は打越のむづかしき時に、其人の衣類か喰物か、そこらの道具表色《ひょうしき》にて程よふそこを除く事也。さるは世間の諺に、牢人あしらひといふ事もむづかしき時の機変也。およそ百韵は六七十句も此会釈にて過る物なれば、其中の模様はさま〴〵に変じて、世法の時宜も此間に修すべし。本より会釈といふ所にてどちらへも変化の自由なれば、是を俳諧の地と名づけて一巻の変化は此会釈によるべし」とある。打越は「にくまれし宿の木槿の散たびに」だから、それを含む前の付合と同巣にならないように「きぬた」から「山」、「女」から「乳をのむ猿」を、それぞれ導き出して「宿の木槿」から転じたのだと、『評註』はいいたいらしい。しかし、支考の会釈付自体が前句を完全に読み替えているとはいいかねる性質のものだから、場を山奥に設定したところで「後住む女きぬたうち〳〵」という状況は少しも変化していない。山奥で右からは砧を打つ音、左からは子猿の悲しげな鳴き声が聞こえてくるような気がする割には、なぜ「後住む女」が「砧」を「打」っていて、「乳をのむ猿の声」が「悲し」くなければならないのかまるで納得が行かない。「よく通じたり」とはお世辞にもいえない不条理が「幽かなる意味」という曖昧な表現に凝縮している。

俤付は非常に難度が高いが、それだけに前句を全く別の文脈に移し替えることが可能である。会釈付は簡単でだれにでもできるが、前句を完全に読み替えることはできない。芭蕉は困難な前者の方法を採り、支考は俳諧の間口を拡げるために後者の道を奨励した。『評註』の筆者もいずれ美濃派のだれかであろう。

18　初裏十句目

山ふかみ乳をのむ猿の声悲し
　命を甲斐の筏ともみよ　　　枳風

前句を『谷行』後場、葛城山の山中で修行中に病気になった松若が、師匠であるワキの師阿闍梨から、「いかに松若憶にきけ。此道にいつてか様に病気すれば、谷行とて忽ち命を失ふ事、むかしよりの大法なり。御身に替る物ならば、何か命のおしかるべき。返々も進退極りて候」（天和三年山本長兵衛刊本に拠る）と告げられて、「仰のごとく此道にいり、いのちをすてん事こそ尤望む処なれども、ひとつ心にかゝる事は、母の御歎きの色。それこそ深き悲しびなれ。また仮初も他生の縁、みな御名残こそおしう候へ」と答えるので、一行が「何といひやる方もなく、皆声をのみ涙にむせぶ心ぞ悲しき」とあるのに拠って、母親の悲しみのみを案じる松若の殊勝な返答にどうすることもできない峯入の一行の感慨の俤とする。「乳をのむ猿」が松若の俤で、断腸の思いをするであろう母猿が前ジテの松若の母の俤となる。

付句は、松若に谷行が執行されたのち、ワキの先達が「それがし都に上り候て、松若が母子へは何と申べき。とかく病気も歎きも同じ事。某をも谷行に行ふて給り候へ」と峯入の続行を拒むので、小先達が「能々物を案ずるに、我ら年比峯入し、難行苦行仕候も、ひとつはか様のためにて社候へ。不動明王のさつくにかけ、えんのうばそくを頼み奉り、松若殿の御命を二度そせいさせ申さうずるに候」と提案するのに拠って、松若殿の命が再び蘇生することを皆で祈念しようではありませんかと先達を促す小先達の思いつきの俤である。

松若の「命」に比される「甲斐の筏」のうち「甲斐」は、「法皇にし川におはしましたりける日、さる山のかひにさけぶといふことを題にてよませ給ふける／わびしらにましらな丶きそ足引の山のかひあるけふにやはあらぬ」（古今・雑躰、和漢朗詠・猿）の掛詞、「山のかひは山のあひなり。猿叫山峡といふ題なり」（『和漢朗詠集註』）とされる「峡《かひ》」に掛けられた、「うたの心は栄雅云、わびしくましらな鳴そ、法皇の御幸なれば山のかひあるけふにてはなきかと也」（同前）と解説される「甲斐」である。「筏」は「不動明王のさつく」こと金剛索、つまり縄で組み直すことができるものである。したがって「甲斐の筏」で、祈り甲斐のある不動明王の金剛索にかかれば作り直しの可能なものという意になる。

『評註』曰く、「猿の声悲しきより、山川のはげしく冷敷躰形容したる也。付やう尤山類をあしらひたる也」。前句を読み替えていないし、二句続けて「山類をあしら」ったことにしている。付句の話者がだれなのかの説明もない。

19　初裏十一句目

命を甲斐の筏ともみよ

法の土我剃リ髪を埋ミ置ん　　　杉風

前句を、『大原御幸』にも見える『和漢朗詠集註』無常の「命ヲ論ズレバ江ノ頭ニ繋ガザル舟」を介して、『平家物語』巻十「横笛の事」で滝口入道が出家する際に述べた「老少不定の境は、たゞ石火の光に異ならず」という、同じ『和漢朗詠集註』無常の「石火ノ光ノ中ニ此ノ身ヲ寄セタリ」を踏まえた言葉の俤とする。「甲斐」は御牧に飼われる「甲斐の黒駒」を介して「繋ガザル」に言及する。「筏」は「舟」の俤である。

付句は『平家物語』巻十「維盛の出家の事」、霊場高野山で滝口入道の手引により剃髪出家した三位の中将の胸中の俤である。

『評註』曰く、「筏のあやうく物冷じきを見て、身の無常を観じたる也。甲斐と云は、古人仏者の古跡たり。自然に無常も思ひよりたれば也。剃髪埋み可置作意、新敷哀をこめ侍る」。「甲斐」という地名から「無常」を連想しての付合とし、相変わらず前句の話者も付句の話者も問題にもしていない。非常にアバウトな解釈としかいいようがない。

20　初裏十二句目

法の土我剃リ髪を埋ミ置ん
はづかしの記をとづる艸の戸　　芳重

前句を『徒然草文段抄』第五十四段、「風流の破子やうの物、念比にいとなみいでゝ、箱ふぜひの物にしたゝめ入て、ならびの岡の便《タヨリ》よき所にうづみおきて、紅葉ちらしかけなど、おもひよらぬさまにして」を踏まえて、これから住むことになる仁和寺南の双の岡に形見を残そうとする遁世直後の兼好法師の胸中の俤とする。

付句は、「はづかしの記」が「はづかしきもの　おとこのこゝろのうち。いざときよゐの僧……」なる一段を含む

『枕草子』の俤となり、したがって『徒然草』第一段の「法師ばかりうらやましからぬものはあらじ。人には木のはしのやうにおもはるゝよと清少納言がかけるも、げにさることぞかし」を踏まえて、『枕草子』を読みさす草庵内の兼好の俤となる。

『評註』曰く、「別儀なし。草庵隠者の躰也。さもあるべき風流なり」。前句の話者が今度はだれになったのか、「はづかしの記」とは何か、「別儀なし」の一言で片付けられている。

21 初裏十三句目

はづかしの記をとづる艸の戸
さく日より車かぞゆる花の陰　　李下

「花」で三月（『増山井』）だが、次句の季戻りを避けるとすれば、「さく日より」を「初花」と解して二月とするのが適当か。

前句を、『夫木和歌抄』巻三十六哀傷の西行歌「もえいづるみねの早蕨なき人のかたみにつみてみるもはかなし」（国書刊行会本に拠る）の詞書「源氏物語巻々をみるによみける」によって、『源氏物語』を読みさす草庵内の西行の俤とする。

付句は『西行桜』で、西山の庵室の花を見にやってくる「貴賤群集」に仕方なく「あの柴がきの戸をひらき内へ入候へ」（寛文十三年桂六左衛門刊本に拠る）と声をかけるワキの西行上人の俤である。

『評註』曰く、「前句、隠者の躰を断たる也。尤官禄を辞してかくれ住人《すむ》の、いかめしき花見車を日々にかぞへて居る躰也。只句毎に句作のやわらかにめづらしきに目を留むべし」。付句を西行ないしは『西行桜』のワキの俤とするのは定説の感があるが、『評註』を筆頭に前句の「はづかしの記」に言及するものを見ない。たとえば『芭蕉連句抄第五篇』は「打越と前句はひたすら塵寰の外へと出家遁世を願ふ人であり、前句とこの句とは風流韻雅の道に遊び、花を愛する閑適の人であつて、同じ隠者でも気味に相違があるので、前句を中にして打越と扉になる難を免れてゐる」とするが、この付合での「はづかしの記」を曖昧にしているので、結局付句の「車かぞゆる」理由もはっきりしないのではないか。

22　初裏折端

さく日より車かぞゆる花の陰
橋は小雨をもゆるかげろふ　　　仙化

「もゆるかげろふ」で二月（『増山井』）。

前句を、『史記』留侯世家の一節、「良、嘗テ礼ヲ淮陽ニ学ビ、東ノカタ倉海君ニ見エテ、力士ヲ得、鉄椎ノ重サ百二十斤ナルヲ為ル。秦ノ皇帝東游スルヤ、良、客ト秦ノ皇帝ヲ博浪沙ノ中ニ狙撃シ、誤リテ副車ニ中ツ。秦ノ皇帝大イニ怒ル。大イニ天下ニ索メテ、賊ヲ求ムルコト甚ダ急ナルハ、張良ノ為ノ故ナリ。良、乃チ名姓ヲ更テ、下邳ニ亡ゲ匿ル」という挿話を踏まえ、始皇帝一行の車の列を眺める張良の様子の俤とする。

付句は、謡曲『張良』で知られる「下邳の邳上」での出来事の俤である。「かげろふ」は「かげろふの石に残す形だに」（『定家』）「かげろふの石山寺」（『田村』）のように枕詞として「石」に言及する。したがって「もゆるかげろふ」で、「穀城山の下の黄石」の化身と自称して張良の二度の遅刻を叱責する老父の俤となる。「小雨を」は発句の「日の春を」と同様、格助詞に接続助詞の逆接の意をもたせた用法で、このあと三度目の正直で太公の兵法書を手渡される訳であるから、「どしゃぶり」とまではゆかないが「曇り」、ましてや「晴れ」とはとてもいえない張良の現状の比喩となる。

『評注』曰く、「春の景気也。季の遣い様、かろくてやすらか成所を見るべし。花の閉目抔は易〱と軽く付るもの也」。「春の景気」と見るのはいいが、なぜこういう景でなければならないのかというその先の疑問が浮かばないのだろうか。この景気はイメージの描写ではなく、本説に拠って言葉で構成された擬似のそれである。おそらくこの付句が最終的に治定するまでには、一座中の連衆があーでもないこうでもないとさんざん頭を絞ったはずである。それを「景気」の句で「易〱と軽く付」けたと断じるのは、『評註』の筆者自身が日頃そういう付様で付けているからにほかならず、俤で付けるとなると彼の俳諧は崩壊するからである。

23　二折表一句目

橋は小雨をもゆるかげろふ
残る雪のこる案山子のめづらしく　　朱紘

「残る雪」で正月（『増山井』に「残雪」あり）だが、以下に見るように実際には「弥生も半ば過ぎ」の「遠山の花」の比喩なので季戻りにはなっていない。恋の句。

前句を、『平家物語』巻十「海道下りの事」で、「かの在原のなにがしの、唐衣きつゝなれにしと詠めけん、三河国の八橋にもなりぬれば、蜘蛛手に物をとあはれなり」という、『続古今集』恋一の「恋せよとなれるみかはの八橋のくもでに物を思ふころかな」を踏まえたくだりの俤とし、「もゆるかげろふ」を『千手』のツレの「命は蜉蝣《ふいう》の定めなきに似たり」というセリフを介して、「橋」を「小雨」の気分で渡る重衡その人の俤とする。

付句は、同じく「海道下りの事」の「都を出でて日数経れば、弥生も半ば過ぎ、春も已に暮れなんとす。遠山の花は残んの雪かと見えて、浦々島々霞み渡り」という遠江国の景から、続く「千手の前の事」で、鎌倉に着いて千手の前の見事な朗詠に接し「あな思はずや、東にもかゝる優なる人のありけるよ」ともらす重衡の胸中の俤である。「案山子」はその形状を介して千手観音像から「千手の前」の俤となる。

『評註』曰く、「是又春の景色也。付やうさせる事なし。野辺田畑のあたり、残雪にあふれたる案山子立たる姿哀也。景気を見付たる也。秋のもの冬こめて春迄残たるに、薄雪のかゝりたる躰尤感情なるべし」。前句はどう読み替えられたのか。『評註』の説だとただキャメラが「橋」から「案山子」へパンしただけになる。「付やうさせる事なし」などとは口が裂けてもいえないはずではないか。

24　二折表二句目

残る雪のこる案山子のめづらしく

しづかに酔て蝶をとる哥　挙白

「蝶」で二月。恋の句。前句の「残る雪」を、「廻雪の袖」を介して、『湖月抄』花宴巻の「春宮《とうぐう》かざしたまはせて、せちにせめのたまはするに、のがれがたくて、たちて、のどかに袖かへす所を、ひとおれ気色ばかりまひ給へるに、似《にる》べきものなくみゆ」なるくだりの、源氏の舞いっぷりの俤とし、「のこる案山子のめづらしく」を、続いて登場した頭中将の「りうくはえんといふ舞を、これは今すこしうちすぐして、かかることもやと心づかひやしけん、いと面白ければ、御ぞ給りて、いとめづらしきことに人思へり」という場面の俤とする。源氏に比べたら頭中将であっても「案山子」だという前句の話者の判断である。

付句は、同じ花宴巻で「ことはてける」のち、「源氏の君ゑひ心ちに、……もしさりぬべきひまもやあると、ふぢつぼわたりを、わりなう忍びてうかゞひありけど、かたらふべきとぐちもさしてければ、うちなげきて、なをあらじに、弘徽殿のほそどのに立より給へれば、三のくちあきたり。……やをらのぼりてのぞき給。人はみなねたるべし。いとわかうおかしげなるこゑの、なべての人とは聞えぬ、『おぼろづきよににる物ぞなき』とうちずじて、こなたざまにくるものか。いとうれしくて、ふと袖をとらへ給」という場面の俤である。「蝶」は藤壺が閉まっているので、次には筋違《かい》の弘徽殿の細殿を試みる源氏の隠喩であり、「蝶をとる哥」は朧月夜の君が口ずさむ大江千里の句題和歌の謂となる。

『評註』曰く、「句作の工なるを興じて出せる句也。蝶をとる〳〵歌て酔に興じたる躰、誠に面白し」。前句とどう付くのか何の説明もない。まさか、また「案山子」からキャメラをパンして「蝶をとる〳〵歌て酔に興じたる」人物を捉えたとでもいうつもりか。

25　二折表三句目

しづかに酔て蝶をとる哥
殿守がねぶたがりつるあさぼらけ　　ちり

雑。前句を、『枕草子春曙抄』巻二「にくきもの」の、「又さけのみてあかきくちをさぐり、ひげあるものは、それをなでゝ、さかづき人にとらするほどのけしき、いみじくにくしとみゆ。又のめなどいふなるべし。身ぶるひをし、頭《かしら》ふり、くちわきをさへひきたれて、わらはべの『こうどのにまいりて』などうたふやうにする。それはしも、まことによき人の、さし給ひしより、こゝろづきなしと思ふなり」の場面の俤とする。「蝶をとる哥」は『春曙抄』頭注に「そのかみの童謡なるべし。こうどのは国府殿《コウドノ》にや。国司などをいふべし」とされる「こう殿に参りて」の俤となる。

付句は、同じく「にくきもの」の、「ねぶたしとおもひてふしたるに、蚊のほそごゑに名のりて、かほのもとにとびありく。はかぜさへ身のほどにあるこそ、いとにくけれ」という清少納言の感懐を第三者の視点から俤としたものである。「殿守」はこの場合、後宮の女官のほうである。

『評註』曰く、「此句、附所少シ骨を折たる句也。前句に蝶を現在にしたる句にあらず。蝶をとる〳〵哥といふを諷物にして付たる也。殿守は禁中の下官の者也。蝶取哥と云ふ風流より禁裏に思ひなして、夜すがら夜明し興ありて殿守等があけ、猶ねぶたげに見ゆる躰也」。

「蝶をとる哥」を酔っ払いが口ずさむ歌の題名と解したところまではよいが、それが「こう殿に参りて」の俤であるという発想がないため、一匹の蚊のせいで「殿守がねぶたが」っていることにも気がつかない。

26　二折表四句目

殿守がねぶたがりつるあさぼらけ
はげたる眉をかくすきぬ〴〵　　芭蕉

恋。前句を、『新刊蒙求』下巻「張敞画眉」の前半部、「前漢ノ張敞字ハ子高、平陽ノ人ナリ。杜陵ニ徙テ、京兆ノ尹ト為。長安ノ市ニ、偸盗尤多シ。敞事ヲ視テ、犯ス所ロヲ窮治ス。尽ク法罰ヲ行。枹鼓鳴ルコト稀レニシテ、市ニ偸盗無」（慶安二年刊本に拠る）という、諸葛孔明さながらの能吏ぶりの俤とする。

付句は後半の「又婦ノ為メニ眉ヲ画ク。長安中張京兆ノ眉憮ト伝フ。有司以テ奏ス。宣帝之ヲ問フ。対ヘテ曰、臣聞、閨房ノ内、夫婦ノ私、眉ヲ画クニ過者ノ有。上、其能ヲ愛ミテ備サニ責メザルナリ」に拠って、「かくす」を「画く」の俤とした張敞の愛妻ぶりの俤である。

『評註』曰く、「朝ぼらけといふより、きぬ〴〵常の事なり。眉はげたるといふは、寐過してしどけなき躰也。伊勢物語に夙《つとめ》て殿守づかさの見るになどいへるも、此句の余情《よせい》ならん」。「あさぼらけ」に「きぬ〴〵」を連想するのは常套だとあっさりいうが、はたしてそんなだれにでも思いつけるような芸のないことを、芭蕉があえてするだろうか。私にはちょっと考えられない。

また、『伊勢物語拾穂抄』第六十五段「つとめてとのもづかさの見るに、くつはとりておくになげいれてのぼりぬ」

で引かれる『惟清抄』の注には、「此時業平の殿上にある躰をして女の里へ行て、明る朝とく帰て、主殿司のみるに、沓を奥に投入て、夜もこゝにつめたるかほしてゐる也」、師貞徳の注には、「宿侍《シユクシ》とは、夜る殿上にとのゐして侍る事也。……業平も宿侍すべきを、よるは二条后の里亭へまいりて、其ありさまを隠しつくろひて、沓をも投入上らるゝ也」とあり、ここの付合とは何の関係もなさそうである。東明雅『芭蕉の恋句』（一九七九）は、「ここに描かれている若い男在原氏の放埒を、そのまま句に作ったのではおもしろくない。芭蕉は恋にはまりこんでいる男の様子をひっくり返して、女の身の上として一句をまとめたのである」とするが、『評註』の筆者を芭蕉と決めてかかっているための強弁であり、かりにこの第六十五段が『評註』で言及されていなければ出てこない発想である。その証拠に同書は、「次に、その殿守であるが、朝から眠たがっているのはどうしてだろうか。その理由はなんであれ、朝からあくびばかりしている様子はいかにもだらしがない」として、「ねぶたがりつる」の理由を説明できないでいる。眠たいのは京兆の尹となった張敞が明け方まで公務に励んでいるからである。一方、常識的に考えて、描かれた眉は夜具に入って寝れば翌朝には剝げるものであり、それを「かくす」動作は放埒でもなんでもなく、むしろ高貴の女らしいつつましさを示している。「寐過してしどけなき躰」とは『評註』の勝手な感想である。この付合から「つとめてとのもづかさの見るに、くつはとりておくになげいれてのぼ」った業平のイメージが「余情」として看取されるとしたら、それはおそらく誤読というものである。

27　二折表五句目

はげたる眉をかくすきぬぐ〴〵

罌子咲て情に見ゆる宿なれや　枳風

「罌子」で四月。恋。前句を『古文真宝前集』所収、曾子固「虞美人草」の「三軍散ジ尽テ旌旗倒ル、玉帳ノ佳人坐中ニ老タリ、香魂夜劒光ヲ逐テ飛ビ、青血化シテ原上ノ草ト為ル、芳心寂寞トシテ寒枝ニ寄ス、旧曲聞来テ眉ヲ斂《ヒソム》ルニ似タリ」に拠って、四面楚歌の中「座中にして忽ニ年老たる」（『諺解大成』注）佳人の仕草の俤とする。『増山井』四月の「美人草」に「俳。説々あり、芥子の花のちいさきをも云へり。是夏也。又眉作りをもいへり。是春也。其作者に問て季ヲ定可。但、師説は夏なり」とあり、付句の「罌子」は「美人草」の俤となる。『書言字考節用集』生植門の「美人草」には「本朝ノ俗呼ブ所花罌粟《ケシ》也」とある。したがって付句は、『項羽』の次第でワキやワキツレたちが「詠めくらして花に又、〳〵、宿かる草を尋ん」（天和三年山本長兵衛刊本に拠る）という、「借る」を介した「刈る」の枕詞の「宿」を「塚」の俤として、前ジテの尉に「いや船賃と申せばとて余の義にても候はゞこそ、是ほど多き草花《さうくわ》をなど一もと賜り候はぬぞ」といわれたワキの草刈男の答、「荒やさしや候。何れにても召れ候へ」を踏まえて、美人草を刈ってその名の由来を知らされ、さらに「跡弔ひてたび給へ」と項羽の幽霊に依頼された「烏《う》江《がう》の野辺の草刈」の胸中の俤である。

『評註』曰く、「はげたる眉といへば老長《おいたけ》たる人の、おとろへて賤の屋抔にひそかに住る躰也。罌子は哀なるものにて上ツ方の庭には稀なる物を、よく取出して句を飾侍る。是等の句にて植物草花のあしらひ所、句に分別有べきなり」。前句の「きぬ〴〵」はどこへ行ってしまったのか。「罌子」は適当に「あしら」われたのではなく、「はげたる眉」の所以を示唆するためにある。

28　二折表六句目

瞿子咲て情に見ゆる宿なれや
はわけの風よ矢篦《ヤノ》切に入　　コ斎

雑。前句を『曾我物語』巻第七「千草の花見し事」の、「いざや最後の眺めして、暫し思ひを慰まんとて、兄弟共に庭に下りて、植ゑ置きし千草の栄えたるを見るにも、余波ぞ惜しかりける。心の有らば草も木も、如何でか哀れを知らざるべきと、彼方此方に休らひけり。是に比へて古き歌を見るに、古里の花の物云ふ世なりせば如何に昔の事を問はまし、今更思ひ出でられて、情を残し哀れを掛けずと云ふ事無し。五郎聞きて、『草木も心無しとは申すべからず。釈迦如来涅槃に入らせ給ひし時は、心無き植木の枝葉に至るまでも、嘆きの色を現しけり。我等が別れを惜み候やらん、如何でか知り候べき』とて草を分けければ、卯の花の蕾みたるが一房落ちたりけり」（以下、引用は日本古典全集本による）から、「瞿子」を同季の「卯の花」の俤とした曾我兄弟の感慨の俤とする。

付句は「はわけ」を『書言字考節用集』言辞門に見える「半配《ハワケ》」とし、勝負のつかない意とする。句全体で、巻第八「祐経を射んとせし事」の、「十郎これを見て、『此鹿は埒の外《ほか》に勢子を破りて落ち来るにや、追つ返し奉らん』とて、十三束《ぞく》の大《だい》の中差取つて番ひ、矢所多しと云へども、奥野の狩場の帰り様に、父の射られけん鞍の山形の端《はづれ》、行縢《むかばき》の引き合せ、報いの知らする恨みの矢、余《よ》の所をば射べからず、如何なる金山鉄壁なりとも、心ざしのなどかは通らざらんと、左手《ゆんで》に成してぞ下《くだ》りける。五郎も同じく中差取つて差し番ひ、左衛門尉が首の骨に目を掛けて、大盤石《だいばんじゃく》を重ねたりと云ふとも、何《な》どか斬つて捨てざらんと、鞭に鐙《あぶみ》を揉み添へて、右手《めて》に相付け馳せ並べ、三つある鹿と左衛門を真中に取り込め、矢先を左衛門に指し当てて引かんとする所に、祐経が暫しの運や残りけん、祐成が乗つたる馬を、思はぬ伏木《ふしき》に乗り懸けて、真倒《まつさかさま》に転びけり。過《あやま》たず弓の本を越して、馬の頭《かしら》に下《お》り立つたり。五郎は是れを知らずして、矢筈を取り立ち上《あが》りけるが、兄の有様を一目見て、目も昏れ心も消えにけり。此隙《ひま》に敵《かたき》は遙かに馳せ延びぬ。鹿をも人に射られけり。五郎空しく引き返し、急ぎ馬より下り立つて、兄を介錯しける心の中《うち》こそ悲しけれ」に拠って、不運にも勝負を先延ばしにされたがめげずに「矢篦」竹を「切」るところから、つまり一から出直そうと、嘆く弟を説得し再び馬上の人となる十郎と五郎兄弟の有様の俤である。

『評註』曰く、「矢篦切といふ言葉先新し。前句民家にして、武士の若者共、与風《ふと》珍敷物かげなど見付たる躰也。大形は物語などの躰をあしらひたる句也。或は中将なる人の鷹すへて小野に入、うき身を見付たるなどのためし成ん。されども其古事といふにはあらず。其余情こもり侍る外《ほか》の意味と可申也」。『湖月抄』手習巻で、中将が小野の草庵で初めて浮舟を垣間見たときの様子を（小鷹狩のついでは三度目の訪問時である）、「かのらうのつま入つる程、風さはがしかりつるまぎれに、すだれのひまより、なべてのさまにはあるまじかりつる人の、うちたれがみのみえつるは……」とか、「風の吹あげたりつるひまより、かみいとながくおかしげ成人こそみえつれ」とか語った挿話が、この付合に言外の「余情」としてこめられているとは、やはりどうしても思えない。それより前句の「罌子咲て」を説明してほしい。「あしらひ」で付けたから等閑視してよいという法はない。そういうところがおざなりだから、「はわけの風」や「矢篦切に入」が隠喩であることがわからないのである。

29　二折表七句目

はわけの風よ矢篦《ヤノ》切に入

か丶れとて下手のかけたる狐わな　　其角

雑。前句を『殺生石』の後場、後ジテの野干が語る「其後勅使たつて、〳〵、みうらのすけ、上総の介両人に綸旨をなされつ丶、奈須の丶化生の者を退治せよとの勅をうけて、野干は犬に似たれば犬にて稽古有べしとて、百日犬をぞ射たりける、是犬追物のはじめとかや。両介は狩装束にて、〳〵、数万騎奈須野をとりこめて草をわかつてかりけるに、身を何となすの丶原に顕れ出しを、狩人の追つまくつさくりにつけて、矢の下に射ふせられて、即時にいのちをいたづらに、奈須の丶原の露と消えてもなを執心は……」（延宝八年山本長兵衛刊本に拠る）を踏まえ、「はわけの風」を「葉分の風」（『忠度』）として、「数万騎奈須野をとりこめて草をわかつてか」れとの勅命の俤とし、「化生の者」を「射」るためには大量の矢が必要になろうから、それに見合ぅ数の「矢篦」竹を調達しよぅとする矢矧の動作の俤とする。

付句は、前句の探索の最中に、弓矢の「下手」が仕掛けた「狐わな」を見つけた「犬追物」の上手の感想の俤である。

『評註』曰く、「藪かげの有様あり〳〵と見え侍る。しかも句作風情をぬきて只ありのま丶に云捨たる句の続やぅ、心を付て見るべし」。「風情をぬきて只ありのま丶に云捨たる句」といわれては、付けた其角も浮かばれまい。

30　二折表八句目

か丶れとて下手のかけたる狐わな
あられ月夜のくもる傘　文鱗

「あられ」で十一月。前句の場所を江戸近郊の王子稲荷に定め、十二月晦日に集まる「王子の狐」を目当てにした「わな」とする。句の話者は『釣狐』よろしく狐たちの中の一匹となる。

付句は『和布刈』の後場、同じ十二月晦日の寅の刻、「長門国はやともの明神」で「みぎはに神幸なり給へば、〳〵、虚空に音楽、松風に和して、かうげつ照らし、異香薫ずる龍女は波をもかざしの袖を、かへすも立まふ袂哉」（天和三年山本長兵衛刊本に拠る）と天女が舞い、「去程に、〳〵、めかりの時いたり、とら嘯くや風はやともの、龍吟ずれば雲起り雨となり、潮も光り、鳴動して、沖より龍神あらはれたり」という和布刈の神事を見物する観衆の感想の俤である。「傘」は「唐傘」で天竺風の含意をもつとともに、いかに「皎月照らし」ていようとこの夜龍神が顕現し降物があるのは恒例で、予め見物人にわかっていたことを示す。

なお素堂に、「閑／年の一夜王子の狐見にゆかん」（『続虚栗』）を改作した「和布刈遠し王子の狐見にゆかむ」（『とくとくの句合』）の一句がある。

『評註』曰く、「冬の夜の寒さ深き躰云のべ侍る。傘に雪丸《あられ》ふる音いと興あるに、然も月さへ〳〵と見ゆる尤面白し。狐わなといふに細《こまか》に付侍るはわろし」。「狐わな」にあたう限りの細心さをもって付けているのがこの付合だと思われるのだが、「傘に雪丸《あられ》ふる音いと興ある」などと見当違いをするほうが「わろ」くはないのか。

31　二折表九句目

あられ月夜のくもる傘
石の戸樋鞍馬の坊に音すみて　　挙白

前句を、『愛宕空也』でワキの空也上人が前ジテの老人に経軸の中にあった仏舎利を与え、その報いに「何事なりとも、望を叶へ申すべし」といわれたので「空也が身には望なし。さりながら此山上に水なくして、遥の谷より汲み運ぶ。御身は龍神にてましまさば、水は心に任すらん。此山上に清水《せいすゐ》を出し、たえぬ流となし給へ」と懇願すると、「是また安き御事なり。三日《さんにち》が間に老翁が真《まこと》の姿を現して、山上に水を出すべし」と答えて「夢の如くに失せ」た中入後、「さてもありつる翁の言葉、真しからず思へども、その約諾の今日の空、気色《けしき》かはりて雲霧の、立添ふ影も鳴神の、声も落ち来る雨の足、乱るゝ空の気色かな」と述べる空也上人の俤とする。前の付合同様、予め「傘」を用意できる状況である。

付句は、そのあと「谷風はげしき雲の波に、浮び出でたる龍神の勢、遙の谷より上《のぼ》ると見えしが、上人に向ひ渇仰するこそ有難けれ。角を傾け上人を礼《らい》し、龍王嶺に上ると見えしが、古木を倒し岩根を砕き、大石を引きわりえいやとなぐれば、岩もる清水《せいすゐ》玉ちりて、さゞ波立つてぞ流れける」という情景の俤である。同じ京都の山名の「鞍馬」が「愛宕」の俤となる。

『評註』曰く、「霰は雪霜といふより、少し寒風冷じく聞ゆるによりて、鞍馬と云所を思ひよせたり。昔は名所の出し様、礒に須磨の浦、十市の里、玉川など付て証歌に便て付。霰は那須の篠原、雪に不二、月に更級と付侍るを当時は句の形容によりて、名所を思ひよする尤心得ある事也」。要するに、前句に「あられ」があったので「鞍馬」を「思ひよせ」て付けたのだという。雨十斎本は本文も「音すみて」が「住わびて」になっており、これだと「石の戸樋」が何のことやらわかるまいから、おそらくこの付合の付様がほとんど理解不能だったのだろう。

32 二折表十句目

石の戸樋鞍馬の坊に音すみて
われ三代の刀うつ鍛冶　　李下

前句を『平家物語』巻十二「六代の事」、北条時政に六代御前を捕縛された乳母《めのと》の女房が「せめての心のあられずさにや、大覚寺をば紛れ出でて、その辺を足にまかせて泣き歩く程に、或る人の申しけるは、『これより奥、高尾と云ふ山寺の聖《ひじり》、文覚坊と申す人こそ、鎌倉殿のゆゝしき大事の人に思はれ参らせてましましけるが、上臈の子を弟子にせんとて、ほしがらるゝれ』と云ひければ、乳母の女房、嬉しき事も聞きぬと思ひ、すぐに高尾へ尋ね入り、聖に向ひ参らせて」という場面の、乳母の女房の目に映った情景の俤とする。「音すみて」は巻五「勧進帳の事」の冒頭、「その後文覚は、高尾と云ふ山の奥に、行ひ澄ましてぞ居たりける」に言及する。「鞍馬」は「高尾」の俤となる。

付句は巻十二「六代斬られの事」、主上後鳥羽院が「御遊をのみ宗《むね》とせさせおはします」結果、「上《かみ》の好む事に、下は随ふ習ひなれば、世の危き有様を見ては、心ある人の、歎き悲しまぬはなかりけり。中にも、二の宮と申すは、政道を専らとせさせ給ひて、御学問怠らせ給はねば、文覚は、恐しき聖にて、いろふまじき事をのみ、いろひ給へり。

いかにもして、この君を位に即け奉らばやと思はれけれども、頼朝の卿のおはしけるほどは、思ひも立たれず。かくて建久十年正月十三日、頼朝の卿年五十三にてうせ給ひしかば、文覚やがて謀叛を起されけるが、忽ちに洩れ聞えて……」の一節を踏まえた、文覚の独白の俤である。「三代」は「六代」を介して「二の宮」の俤となる。「刀うつ鍛冶」は謀叛の黒幕の比喩である。

『評註』曰く、「此句、詠様奇特也。鞍馬尤人々の云伝て、僧正が谷抔云る、打ものに便りてある事也。石の戸樋などいふに、鍛冶近頃遠く思ひめぐらしたり。浄き地、清き水を詠、銘劔を打べきとおもひより一句、感情不少。三代といふて猶粉骨鍛冶名人といふべき為なり」。これも前の付合同様、「鞍馬」と「石の戸樋」とから「刀打つ鍛冶」を「遠く思ひめぐらした」のだという。前句をどう読み替えたのか、まるで説明がない。

33　二折表十一句目

われ三代の刀うつ鍛冶
永録は金乏《トボ》しく松の風　　仙化

前句を『義経記』巻一「聖門坊《しやうもんばう》の事」、鞍馬にやってきた聖門坊が「或夜のつれ〴〵に、人静まつて、牛若殿のおはする所へ参りて、御耳に口を当て丶申しけるは、『知食《しろしめ》されず候や、今まで思食《おぼしめ》し立ち候はぬ、君は清和天皇十代の御末、左馬頭殿《さまのかうのとの》の御子、かく申すは頭殿の御乳母子に鎌田次郎兵衛が子にて候、御一門の源氏、国々に打籠められておはするをば、心憂しとは思食されず候や』と申ければ、其比平家の世を取りてさかりなれば、たばかりて云ふやらんと、打解け給はざりければ、源氏重代の事を委しく申ける」（以下、引用は日本古典全集本による）のに拠って、聖門坊が牛若に告げた名乗りの俤とする。「刀うつ鍛冶」は近臣の比喩である。

付句は、巻二「鏡の宿にて吉次宿に強盗入る事」、「その夜鏡の宿に無道《ぶだう》の事こそ有りけれ。其年は世中飢饉なりければ、出羽国に聞ゆるせんとうの大将に由利の太郎と申す者と、越後国に名を得たる頸城郡の住人藤沢の入道と申す者二人語らひ、信濃国に越えて、三の権守の子息太郎、遠江国に蒲の与一、駿河国に興津の十郎、上野に豊岡の源八以下《いげ》の者共、何れも聞ゆる盗人、宗徒《むねと》の者廿五人、其勢七十人連れて、『東海道は衰微す。少しよからん山家《やまが》々々に居たりける徳人《とくにん》あらば追落して、若党共に興ある酒飲ませて都に上り、夏も過ぎ秋風立たば、北国にかゝり国へ下らん』とて、宿々山家々々に押入り、押取りてぞ上りける。……由利太郎、藤沢に申しけるは、『都に聞えたる吉次と云金商人《こがねあきうど》奥州へ下るとて、多くの売物を持ち、今宵長者の許に宿りたり。如何すべき』と云ひければ、藤沢入道、『順風に帆をあげ棹さし押寄せて、しやつが商物《あきなひもの》取りて若党共に酒飲ませて通れ』とて出立ちける。究強の足軽共五六人、腹巻著せて、油さしたる車松明《くるまたいまつ》五六台に火をつけて天に指し上げければ、外は暗けれども、内は日中のやうにこしらへ……」を踏んだ、「その年は世の中飢饉なりければ」、「松（明）」を灯して「金商人」を襲撃する「盗人」どもの俤である。「永録」は年号として「承安」（巻第一「遮那王殿鞍馬出の事」）の俤となる。

『評註』曰く、「永禄は其時代を云はんため也。鍛冶名人多貧なるもの多し。仍て金乏しといへる也。前句の噂のやうにて、一句しかも明らかに聞え侍る。是等よく心を付て翫味すべし」。要するに、「鍛冶」名人はその多くが貧乏なので「金乏しく」が付くという説明である。こじつけのように聞こえるのは私だけなのだろうか。

34　二折表十二句目

永録は金乏《トボ》しく松の風
近江の田植美濃に耻らん　　朱絃

「田植」で五月。前句を『湖月抄』玉鬘巻、「少弐、任はてゝのぼりなんとするに、はるけき程に、ことなるいきほひなき人はたゆたひつゝ、すが〳〵しくもいでたゝぬ程に、をもきやまひして、しなんとする心ちにも、此君のとをばかりにもなり給へるさまのゆゝしきまでおかしげなるをみ奉りて、……をのこゞ三人あるに、『たゞこの姫君京にゐて奉るべきことを思へ。我身のけうをば、なおもひそ』となんいひ置ける。……むすめ共もをのこどもも、所につけたるよすがどもいできて、すみつきにたり。心のうちにこそいそぎおもへど、京のことはいやとをざかるやうにへだゝりゆく。ものおぼししるまゝに、世をいとうき物におぼして、ねざうなどし給。はたちばかりになり給まゝに、おひとゝのほりて、いとあたらしくめでたし。このすむ所は肥前の国とぞいひける」を踏まえ、「ことなる勢ひ」がないためにずるずると九州に居続ける玉鬘の「待つ」様子の俤とする。「永録」は「貞観」のように「いづれの御時にか」に続く朱雀帝、冷泉帝の御世の俤となる。

付句は、常夏巻で近江の君が贈る珍妙な歌が弘徽殿女御を苦笑させるであろうことを予測する、『源氏物語』の話者の胸中の俤である。「田植」は「田歌」を介して「歌」の俤となる。弘徽殿女御は近江の君の異母姉であるから、「美濃」が俤となる。

『評註』曰く、「只上代の躰の句也。金乏しきといふより、昔をいふ句也。昔は物毎簡略にて金も乏しき事人々云伝へ侍る。美濃近江は都近き所にて、田植などの風流も遠き夷とはちがふ成べし」。前の付合では室町末の「永禄」なる年号はそのままイキで、ここでは「上代」、換言すれば「昔」の俤になったのだろうか。また、「近江」と「美濃」とを一緒くたにしているが、「近江の田植」は「美濃」のそれに見劣りするだろうという意であるから、ピントはずれといわざるをえない。

35　二折表十三句目

近江の田植美濃に耻らん
とく起て聞勝《ガチ》にせん時鳥　　　　芳重

「時鳥」で『増山井』は四月とするが、以下に見るように五月となる。前句を『伊勢物語』第四十三段の男の贈歌「ほと、ぎすながなく里のあまたあればなをうとまれぬおもふものから」の上の句を踏まえ、「ほと、ぎす」に喩えられた女の鳥瞰的な視点から、近江の田植は美濃の田植に見劣りしているようだわ、すなわち、近江の男もいいけど美濃の男はもっといいわといった多情な女の胸中の俤とする。

付句は女の返歌「名のみたつしでのたをさはけさぞなくいほりあまたとうとまれぬれば」を承けた、じゃあみんなで早起きして先に聞いた者勝ちといこうじゃないかという男の意向の俤である。女の返歌に続けて「ときは五月になん有ける」と『伊勢物語』にある。

『評註』曰く、「時節を云合せたる句也。美濃近江と二所いふにて、郭公をあらそふ心持にて、さるによつてとく起て聞勝にせんとは申侍る也」。「田植」に「時鳥」を合わせた付合なのだそうである。前句と付句の話者がそれぞれだれなのか、教えてほしいところである。

36　二折表十四句目

とく起て聞勝《ガチ》にせん時鳥
船に茶の湯の浦あはれ也　其角

雑。前句を、紀貫之の「夏の夜のふすかとすればほとゝぎすなくひとこゑにあくるしのゝめ」（古今集・夏）に拠って、貫之の独白の俤とする。

付句は、同じく貫之の「きみまさでけぶりたえにし塩がまのうらさびしくもみえわたる哉」（古今集・哀傷）に拠った、主のいない六条河原の院で塩竈の浦を眺める貫之の感慨の俤である。「船」は『融』の前ジテが「さん候あれこそ籬が島候よ。融の大臣常は御舟を寄せられ、御酒宴の遊舞さまぐ〵なりし所ぞかし」とワキ僧に説明している。「茶の湯の浦」は「塩竈の浦」の俤である。

『評註』曰く、「時鳥、水辺、川、浦などにいふ事勿論也。船中にて茶の湯催したる風流奇特也。思ひがけぬ所にて茶の湯出す。茶道の好士也。思ひよらぬ前句に思ひ寄たる、又俳諧の逸士也」。どうしても前句の「時鳥」の其場としての、付句の「浦」という具合に付様を還元したいようである。前句と付句とは貫之の二首を介さないかぎり絶対に結びつかない。「船中にて茶の湯催したる」などとは付句は金輪際告げていない。

37　二折裏一句目

船に茶の湯の浦あはれ也
つくしまで人の娘をめしつれて　　　李下

雑。前句を、『平家物語』巻十一「那須与一の事」および「弓流しの事」で、与一が首尾よく扇を射た勢いで、「舞ひすましたる男の真たゞ中を、ひやうつぱと射て、船底へ真倒に射倒」したあと、「平家これを本意なしとや思ひけん、弓持つて一人、楯ついて一人、長刀持つて一人、武者三人渚にあがり、『源氏こゝを寄せよや』とぞ招きける」とある、その平家側の船にいて一部始終を見、「長刀持つて」屋島に再上陸することになる悪七兵衛景清の胸中の俤とする。「茶の湯」は「数寄」であるから、船上の扇を射よという平家側の過剰な演出の俤であり、「茶の湯の浦」で「八島の浦」（『八島』）の俤となる。

付句は『景清』で景清の娘であるツレの人丸に同行して、鎌倉から「日向の国宮崎」まで旅をするトモの従者の行動の俤である。「つくし」が「日向」の、「娘をめしつれて」が「娘にともなひて」の、それぞれ俤である。

『評註』曰く、「此句、趣向、句作、付所、各具足せり。舟中に風流人の娘など盗入て茶の湯などさせたる作意、恋に新し。味《あぢはひ》ふかく聞べし。松浦が御息女をうばひ、或は飛鳥井の君などを盗取たる心ばへ、おのづからつくし人の粧ひに便りて余情かぎりなし」。前の付合と同じことの繰り返しになるが、前句と付句とは悪七兵衛景清を介さないかぎり何の関係もない。したがって、「舟中に風流人の娘など盗入て茶の湯などさせ」て、その船で「つくしまで人の娘をめしつれて」いくといった、三文小説にもならないような二句一対のストーリーも残念ながら成立しない。『評註』が「余情」として挙げる『太平記』巻第十八「一宮御息所事」の、松浦五郎が尼崎の大物の浦で御息所を奪う挿話も、『狭衣物語』巻一巻末の、狭衣の子を身ごもっている飛鳥井女君を式部大夫道成が欺いて淀から筑紫行きの船に乗せてしまう挿話も、ともに「つくしまで」女を召し連れることなく終わっていて、何より前句に相当するような部分が存在しない。『評註』が付句にさまざまな余情を感じるのは勝手だが、それは付様の説明にはならない。付け加えれば、この付合は恋ではない。

38　二折裏二句目

つくしまで人の娘をめしつれて　　枳風
弥勒の堂におもひうちふし

雑。前句を『藍染川』の前ジテ、梅千世の母が息子を連れて宰府の神主である父親を尋ね、一条今出川から筑紫の宰府まで旅をする動作の俤とする。「人」は次第で述べられる「忘れは草の名にあれど、〳〵、忍ぶは人の面かげ」（天和三年山本長兵衛刊本に拠る）の「人」である。「娘」は息子の俤である。

付句は、ワキツレの左近尉から「御痛う候へ共、神主殿よりも此所には置申すなとの御事にて候間、急で此屋をあけて何方へも御出有ふずるにて候」と告げられた梅千世の母が、「此まゝ都にのぼらん事も人目さすがに候へば、あれ成菴室に立こえ、様かへばやと思ふなり。おことは是に待給へ」と息子に嘘をついて、「母は今社限りなれと、下安からぬ思ひの色、ゆきもやられぬ袖のわかれ、引き留られて、親心の、思ひわづらふ母が身の、〳〵、なき跡いかゞと、わかれえぬ今のうき身かな」と後ろ髪を引かれる思いをする俤である。「弥勒の堂」は「あれなる菴室」の俤である。

『評註』曰く、「此句、尤やり句にて侍れども、辺土の哀をよく云捨たり。句々段々其理つまりたる時を見て、一句宜しく付捨たる。逸句不労」。「句々段々其理つまりたる」というが、自分が読めないだけの言い訳にしか聞こえない。なお、「おもひ」で恋にする向きがあるが、わが亡きあとの子への親心であるから男女の恋とはいいかねる。

39　二折裏三句目

弥勒の堂におもひうちふし

待かひの鐘は堕《オチ》たる草の中　　はせを

雑。恋。前句を『道成寺』のワキの住職が言うところの「その時の女の執心残つて、また此鐘に障碍をなすと存じ候」を踏まえ、まなごの庄司の娘の「おもひ」が鐘楼に残っていることの俤とする。「弥勒の堂」は道成寺の鐘楼の俤である。

付句は、せっかく能力たちが鐘楼に上げた鐘を、前ジテの白拍子が落として中に入ってしまったさまの俤である。「待かひの鐘」は新しく鋳させて完成なった鐘で、女の立場からすれば長年待ったかいがあった鐘である。「草の中」が俤の朧化の働きをする。

『評註』曰く、「弥勒堂といふ時は、観音堂、釈迦堂など云様に参詣繁昌にも聞えず。物淋しき躰を心に請て、鐘の地に落て律の中に埋れ、竜頭纔に見えたる躰、見る心地せらる。又五文字にて一句味付たり。注釈に及ばず。よく〳〵味ひ聞べし」。前句の「おもひ」がだれのどんな思いで、付句の「待かひの鐘」とはどんな鐘でなぜ「堕」ちたのか、「注釈」してくれないと何もわからない。逆にいえば、『評註』はたぶん何もわかっていないのである。

40　二折裏四句目

待かひの鐘は堕《オチ》たる草の中
友よぶ蟾《ヒキ》の物うきの声　　仙化

雑。本来なら「蟾」で二月（『増山井』）だが、「鳩」の俤として季を認めない扱いにしたか。前句を、小侍従の「まつよひにふけゆくかねのこゑきけばあかぬわかれのとりは物かは」（新古今集・恋三）を踏まえ、かつて勝っているとした「鐘」が「堕」ちて鳴らない以上、夜明けを告げる「飽かぬ別れの鳥」が再浮上せざるをえないのでしょうか、という待宵の小侍従の問いかけの俤とする。「待かひの鐘」は「待宵の鐘」の俤となる。

付句は、西行の「ふるはたのそばのたつ木にゐる鳩の友よぶこゑのすごきゆふぐれ」（新古今集・雑中）を踏まえた、いえいえ「ゆふぐれ」にはまだ「古畑の岨のたつ木にゐる鳩の友よぶ声」がありますよ、という西行の返答の俤である。「蟾」は「鳩」の、「物うき」は「すごき」の俤である。

『評註』曰く、「友呼蟾、ちか頃珍重に侍る。草むらの躰、物すごき有様、前句に云残したる所を能請《よくうけ》たり。うき声といふにて、待便りなき恋をあしらひたり」。西行歌が雑であるように、それを奪った付句にも「待便りなき恋」は当然あしらわれていない。それよりも、この付合の解読に欠かせないのは、『平家物語』巻五「月見の事」の「そも〳〵この女房を待宵と召されける事は、或時御前より、『待つ宵、帰る朝、いづれかあはれは優《まさ》れる』と仰せければ、かの女房、／待つ宵のふけ行く鐘の声聞けば帰るあしたの鳥はものかは／と申したりける故にこそ、待宵とは召されけれ」という挿話である。これを指摘しなければ「注釈」の意味などない。

41 二折裏五句目

友よぶ蟾の物うきの声
雨さへぞいやしかりける鄙ぐもり　コ斎

雑。前句を、『伊勢物語』第十四段、みちの国の女が昔男に詠みかける「中々に恋に死なずは桑子にぞなるべかりける玉の緒ばかり」を踏まえ、贈られた昔男の「歌さへぞひなびたりける」という感想の俤とする。「友よぶ蟾」が恋する「桑子」の俤となる。付句の「雨さへぞいやしかりける」が「歌さへぞひなびたりける」を指示する。

付句は『撰集抄』巻八「実方中将歌事」に見える「桜がり雨は降りきぬおなじくは濡るとも花の陰にくらさむ」、および『平家物語』巻二「阿古屋の松の事」に見える「実方の中将、奥州へ流されし時」という記述に拠って、陸奥守に赴任した実方が「桜がり」で雨に降られてもらした感想の俤である。在五中将と実方との併称は『徒然草』第六十七段に例がある。

なお、「うすひの坂」に掛かる万葉歌の枕詞「ひなくもり」は『夫木和歌抄』雑部三と『松葉名所和歌集』巻第七

「碓氷山」に見え、造語「鄙ぐもり」の典拠となっている。

『評註』曰く、「蟾の声といふより田舎の躰を云のべたる也。雨と付る事珍しからずといへども、ひなぐもり珍し。しかも秋に云言葉にあらず。古き哥によみ侍る。惣じて句々折〳〵古哥古詩等の言葉、所々にありといへども、しゐて名句にすがりたるにもあらず侍れば、さのみこと〴〵しくに申さず」。「ひなぐもり」を云々するより、「雨さへぞいやしかりける」が『伊勢物語』を典拠とする言い回しであることを指摘しないと、付様の解読には到らない。

42　二折裏六句目

雨さへぞいやしかりける鄙ぐもり
門は魚ほす磯ぎはの寺　　挙白

雑。前句を、『湖月抄』須磨巻の巻末、上巳の祓えの場面で、「うみのおもてはうら〳〵となぎわたりて、行ゑもしらぬに、こしかたゆくさきおぼしつゞけられて、／やをよろづ神も哀と思ふらんおかせるつみのそれとなければ／との給ふに、にはかに風ふき出て、空もかき暮ぬ。御はらへもしはてずたちさはぎたり。ひぢかさ雨とかふりきて、いとあはたしければ、みな返り給はんとするに、笠もとりあへず、さるこゝろもなきに、よろづ吹ちらし、又なき風なり。波いといかめしうたちきて、人々のあしを空なり。海のおもては、ふすまをはりたらんやうにひかりみちて、神なりひらめく。おちかゝる心ちして、からうじてたどりきて、『かゝるめはみずもあるかな。風などはふけど、けしきづきてこそあれ、あさましうめづらかなり』とまどふに、なをやまずなりみちて、あめのあしあたる所とをりぬべく、はらめきおつ」とあるのを踏まえ、急に降り出した雷雨に驚き呆れる源氏の従者たちの胸中の俤とする。

付句は明石巻に、明石入道の舟で彼の邸に招じ入れられた源氏一行が目にする「入道のらうじしめたる所々、海のつらにも山がくれにも、時々につけて、けうをさかすべきなぎさのとまや、をこなひをして後の世のことを思すましつべき山水のつらに、いかめしきだうを立て、三昧をこなひ」といった邸内の様子、および「をやみなかりしそらの気色、名残なくすみわたりて、あさりするあまどもほこらしげなり。すまはいと心ぼそくて、あまのいはやもまれなりしを、人しげきいとひはし給しかど、こゝは又、さまことに哀なることおほくて、よろづにおぼしなぐさまる」とあるのに拠った、源氏の目に映じた明石の景の俤である。「魚ほす」が晴天を暗示し、「寺」が明石入道の建てた三昧「堂」の俤となる。

『評註』曰く、「鄙の躰あらは也。浜寺などの門前に、魚干網など打かけたる躰多し。曇と云に干スと附たる、都《すべ》て作者の器量おもひよるべし」。前句の「雨さへぞいやしかりける」を説明していない。「鄙ぐもり」に「干す」とベタ付けされたのではなく、須磨の雨天が明石で晴天に変わってこその「魚ほす」であることが理解されていない。

43　二折裏七句目

門は魚ほす磯ぎはの寺

理不尽に物くふ武者等六七騎　　　芳重

雑。前句を、『平家物語』巻十二「土佐坊斬られの事」、頼朝に義経を討てと命じられて上京した土佐坊昌俊が、義経に疑われて「一旦の害を遁れんが為に、居ながら七枚の起請を書き、或いは焼いて飲み、或いは社の宝殿に籠めなどして、許《ゆ》りて帰り、大番衆《おほばんしゆ》の者ども催し集めて、その夜やがて寄せんとす。判官は、磯の禅師と云ふ白拍子が娘、静と云ふ女を寵愛せられけり。……静申しけるは、『大路は皆武者で候ふなる。御内《みうち》より催しのなからんに、これ程まで大番衆の者どもが騒ぐべき事や候ふべき。いかさまにも、これは昼の起請法師がしわざと覚え候。人を遣して、見せ候はばや』とて、六波羅の故入道相国の召し使はれける禿童《かぶろ》を、三四人召し使はれけるを、二人見せに遣す。程ふるまで帰らず。女はなか〳〵苦しかるまじとて、はした者を一人《いちにん》見せに遣す。やがて走り帰つて、『禿童と覚しき者は、二人ながら土佐坊が門の前に切り伏せられて候。門の前には鞍置馬ども引立《ひつた》て〳〵、大幕の内には者ども鎧着、甲の緒をしめ、矢かき負ひ、弓おし張り、たゞ今寄せんと出で立ち候。少しも物詣の気色とは見え候はず』と申しければ、判官、『さればこそ』とて太刀取つて出で給へば、静、著背長取つて投げ懸け奉る」とあるを踏まえ、「禿童と覚しき者は、二人ながら土佐坊が門の前に切り伏せられて候」と静が端者を介して義経に知らせる行為の俤とする。「磯ぎはの寺」は「磯の禅師と云ふ白拍子が娘」の俤となる。

付句は、つづけて判官が「高紐ばかりして出で給へば、馬に鞍置いて中門の口に引立《ひつた》てたり。判官これにうち乗り、『門あけよ』とて開けさせ、今や〳〵と待ち給ふ所に、夜半ばかりに、土佐坊混甲《ひたかぶと》四五十騎、総門の前におし寄せて、閧をどつとぞ作りける」とあるのを踏まえた、「土佐坊混甲四五十騎、総門の前におし寄せて、閧をどつとぞ作りける」のを聞く判官の心中の俤である。「理不尽に物くふ武者」は「居ながら七枚の起請を書き、或いは焼いて飲」んだ土佐坊の、「六七騎」は「四五十騎」の俤である。

『評註』曰く、「此句秀逸也。海辺の軍乱たる躰也。民屋、寺中へ押込て狼藉したる有様、乱国のさま誠に可有之。かゝる事に付ても、世の中おだやかに安楽の心ばへ難有、思ひ合せて句を見るべし」。「かゝる事」以降の記述は問題外として、前句がどう読み替えられたのか説明がないし、付句の「理不尽に物くふ」理由も明らかにされていない。字面をそのまま読んで、あらぬ感想でお茶を濁しているだけである。

44　二折裏八句目

理不尽に物くふ武者等六七騎
あら野の牧の御召《ヲメシ》撰ミに　其角

雑。前句を『徒然草文段抄』第六十八段、「筑紫になにがしの押領使などいふやうなるもの有けるが、土おほねを万にいみじき薬とて、朝ごとに二つづゝやきて食ける事、年久しくなりぬ。或時、館《タチ》の内に人もなかりける隙《ヒマ》をはかりて敵《テキ》襲来りてかこみせめけるに、館のうちに兵《ツハモノ》二人いできて、命をしまず戦ひて、皆おひかへしてげり」に拠って、「敵」から見た「館」の中の総勢二名の俤とする。「六七騎」が「なにがしの押領使」と「年来《トシゴロ》たのみて朝な朝なめしつる土おほねら」との俤となる。

付句は、その二段あとの『徒然草文段抄』第七十段、「元応の清暑堂の御遊《ギヨユウ》に、玄上はうせにしころ、菊亭大臣《キクテイノオトヾ》、牧馬《ボクバ》を弾《タン》じ給けるに、座につきて、先柱《ヂウ》をさぐられたりければ、ひとつおちにけり」に拠って、菊亭大臣が御遊で奏でる「御召」の琵琶を決めるために保管庫に向かう動作の俤である。『枕草子春曙抄』第八十段に、宮中の琵琶が「玄象、牧馬、ゐ、へ、渭橋、無名など」と列挙されている。「あら野の牧の御召」は大臣が弾く「牧馬」の俤である。

『評註』曰く、「前句の勢よく替りたり。野馬とりに出立たる武士の躰、尤面白し。三句のはなれ、句の替り様、句の新しき事、よく眼を止むべし」。例によって、前句の「理不尽に物くふ武者」が今度はだれになったのか等閑に付されている。しかし、「野馬とりに出立たる武士の躰、尤面白し」などというのをあの世の其角が聞いたら、本気で怒るだろう。噴飯ものである。

45　二折裏九句目

あら野の牧の御召撰《ヲメシ》ミに
鵙の一声夕日を月にあらためて　　文鱗

「月」の定座を一句引き上げる。「鵙」も八月。前句を『平家物語』巻第九「宇治川の事」、「これは自然の事あらん時、頼朝が、物の具して乗るべき馬」と称された名馬生食《いけずき》を「しきりに所望」する梶原源太景季の動作の俤とする。「あら野の牧」は「冨士のまき狩」（『夜討曾我』延宝五年武村市兵衛刊本）の俤であり、その主催者は鎌倉殿となる。

付句は、同じく「宇治川の事」、生食の代わりに頼朝から磨墨を賜った梶原が、自分のあとで佐々木四郎高綱が生食を賜ったことを知って腹を立て、佐々木四郎を待って詰め寄るが、機転を利かした高綱が、「……生食を申さばやとは存じつれども、御辺の申させ給ふだに、御許されなきと承つて、まして高綱などが申すとも、よも給はらじと思ひ、後日にいかなる御勘当もあらばあれと存じつゝ、暁立たんとての夜、舎人に心を合せて、さしも御秘蔵の生食を盗みすまして、上りさうはいかに、梶原殿」と上手く取り繕ったので、「梶原この詞に腹が居て、ねつたい、さらば景季も盗むべかりけるものをとて、どつと笑うてぞ退《の》きにける」とあるのに拠った、佐々木四郎の見事な言い訳で梶原源太の機嫌が直った様子の俤である。

『評註』曰く、「段々附やう文句きびしく続きたる故に、よく云ひなし侍る。かやうの所、巧者の心可附義也。夕日さびしき鴫の一声と長嘯のよめるに、西行の柴の戸に入日の影を改めてとよめる月をとり合せて、一句を仕立たる也。長嘯のうたを本哥に用ゆるにはあらず侍れども、俳諧は童子の語をもよろしきは借用《かりもちゐ》侍れば、何にても当るを幸に句の余情に用る事先矩也」。また前句がどう読み替えられたのかを黙殺している。「段々附やう文句きびしく続きたる故に」というのも勝手な思いこみにすぎない。『挙白集』や『山家集』の歌はたしかに付句の「仕立」に係わっていそうだが、肝腎の付句の意味には言及がない。

46　二折裏十句目

鴫の一声夕日を月にあらためて
紈の飴《アメ》屋秋さむきなり　李下

「秋さむき」で九月。前句を『雷電』の、前ジテの菅公の霊が叡山延暦寺座主の法性坊に向かって「我此世にて望は叶て候。死しての後梵天《ぼんでん》帝釈の御憐みを蒙り、なる雷《いかづち》となり内裏《だいり》にとび入り、われに憂かりし雲客を蹴ころすべし。其時僧正を召れ候べし。かまへて御《おん》参候な」（天和三年山本長兵衛刊本に拠る）と頼むが、「縦宣旨は有といふとも、一二度迄は参るまじ」と言われ、重ねて「いや勅使たび〳〵かさなる共、かまへて参り給なよ」と懇願するが、「王土にすめる此身なれば、勅使三度に及ぶならば、いかでか参内申さゞらむ」と法性坊がつっぱねるやいなや、「丞相すがた俄に替り鬼のごとし。おり節本尊《ほぞん》の御前《おんまへ》に柘榴を手向置たるを、おつとつてかみくだき、〳〵、妻戸にはつとはき懸給へば柘榴忽火煙となつて戸びらにばつとぞもえあがる」場面を踏まえ、法性坊の一言が菅公の霊の態度を一変させた様子の俤とする。「夕日を月にあらためて」は『太平記』巻第十二「大内裏造営事付聖廟御事」の「抑彼天満天神ト申ハ、風月ノ本主、文道ノ大祖タリ。天ニ御坐《オハシマシ》テハ日月《ジツゲツ》ニ光ヲ顕シ国土ヲ照ラシ……」の「日月」に拠る。

付句は、後場で雷神となった菅公の霊が内裏を襲うが、法性坊の法力に「是までなれやゆるし給へ」と観念し、また「御門は天満大自在天神と贈官を菅丞相に下されければ、うれしや生てのうらみ死しての悦び是までなりや是までとて」昇天していく場面を踏んだ、菅公に贈官加階した帝はしかし度重なる内裏の火事で冬も近いのに寒い思いをしているよ、という第三者の感慨の俤である。「糺」は「いつはりをたゞすの森の」（新古今・恋三）を介して死後の贈官加階で不正を補った帝の行為に言及するとともに、「賀茂」を介して「別雷の神」を指示し、同じ雷神となる菅公を暗示する。「飴屋」は「天満大自在天神と贈官」を行って「飴を舐らせ」た帝の俤、「さむきなり」は『太平記』巻第十二「大内裏造営事付聖廟御事」に「御眷属十六万八千之神尚モ静リ玉ザリケルニヤ、天徳二年ヨリ天元五年ニ至迄二十五年ノ間ニ、諸司八省三度迄焼ニケリ」とある内裏焼失の記述に基づいた形容である。

『評註』曰く、「洛外の景気、尤やり句ながら、月夕日等其作を思ひはかりて見るべし」。例によって前句がどう読み替えられたかに触れていない。「糺の飴屋」という一癖ありそうな言辞にも無関心である。自分が読めない付合を「やり句」と呼ばれたら、詠んだほうはたまったものではあるまい。

47　二折裏十一句目

紖の飴《アメ》屋秋さむきなり
電の木の間を花のこゝろばせ　　挙白

「電《いなづま》」で八月。「花」は『芭蕉連句抄第五篇』がいう「他季の正花」である。前句を『新古今集』秋上の三夕の歌の一つ「見わたせば花も紅葉もなかりけりうらのとまやの秋のゆふぐれ」に拠って、絶景に臨んだ定家卿の言外の感慨の俤とする。「紖の飴屋」は「浦の苫屋」の俤である。

付句は同じ『新古今集』秋上の俊成女「おほあらきの森の木のまをもりかねて人だのめなる秋のよの月」、続く家隆「ありあけの月まつ宿の袖のうへにひとだのめなるよひのいなづま」に拠った、「花も紅葉も」もないなら、二重に「ひとだのめ」ではありますが「木の間」を漏りくる「いなづま」を、「心ばせ」で「花」に見立てたらどうですかという、姪と好敵手からの提案の俤である。二折裏四句目(40)の付様に似ている。

『評註』曰く、「秋といふ字を不捨に付侍る。巧者の働言語にのべがたし。紖あたりの道すがら森の木の間勿論也。木の間に稲妻尤面白し。真に秋の夜の花ともいふべし」。「紖あたりの道すがら森の木の間勿論也」と相も変わらずべタ付で読んでいる。

48　二折裏十二句目

電の木の間を花のこゝろばせ
つれなきひじり野に笈《オヒ》をとく　枳風

雑。前句を『安宅』、シテの弁慶曰く「げにや紅は園生に植ゑても隠れなし」、同行の山伏曰く「強力にはよも目はかけじと、おん篠掛を脱ぎ替えて、麻の衣をおん身に纏ひ」、弁慶曰く「あの強力の負ひたる笈を」、子方曰く「義経取つて肩に掛け」、同行山伏曰く「笈の上には雨皮肩箱とり付けて」、子方曰く「綾菅笠にて顔を隠し」、同行山伏曰く「金剛杖に縋り」、子方曰く「足痛げなる強力にて」、「よろ〳〵として歩み給ふおん有様ぞ痛はしき」とあるのに拠って、関を通り過ぎる一瞬のあいだ、「紅」の「花のかんばせ」ではなく「花の心ばせ」で強力の恰好をさせられる義経の様子の俤とする。「電の木の間」は「電光石火」の俤である。

付句は「や、言語道断判官殿に似申したる強力めは一期の思ひ出な、腹立ちや日高くは、能登の国まで指さうずると思ひつるに、僅かの笈負うて、後に退がればこそ人も怪しむれ、総じてこの程につくしにくしと思ひつるに、いで物見せてくれん」といって、弁慶が「持ちたる杖をおつ取つて散々に打擲」し、そのあと「先の関をばはや抜群に程隔たりて候ほどに、この所に暫くおん休みあらうずるにて候、皆々近うおん参り候へ」と一休みする様子の俤である。

「ひじり」は「作り山伏」の俤である。

『評註』曰く、「此句の付やう一句又秀逸也。物すさまじき闇の夜、稲妻光《ひか》〳〵とする時節、聖、野に伏侘る躰ちか頃新し。俳諧の眼是等にとゞまり侍らん」。また「稲妻光〳〵とする時節、聖、野に伏侘る」とベタ付読みをしている。「花のこゝろばせ」にも「ひじり」が「つれな」い理由にも触れない。『評註』の筆者にはひょっとすると隠喩がわからないのかもしれない。

49　二折裏十三句目

つれなきひじり野に笈《オヒ》をとく
人あまた年とる物をかつぎ行　　揚水

「年とる物」で十二月。前句を、『平家物語』巻五「伊豆院宣の事」の冒頭、伊豆遠流になった文覚を、「当国の住人近藤四郎国高に仰せて、奈古屋が奥にぞ住ませける。さるほどに、兵衛佐殿おはしける蛭の小島もほど近し。文覚常は参り、御物語ども申しけるとぞ聞えし」とあるのに拠って、荒行を物ともしない「聖」が配流の地伊豆国に到着した様の俤とする。

付句は同「都還《みやこがへり》の事」、「今度の都遷りをば、君も臣も斜ならず御歎きありけり。山奈良を始めて、諸寺諸社に至るまで、しかるべからざる由訴へ申したりければ、さしも横紙を破られし太政入道殿、『さらば、都還りあるべし』とて、同じき十二月二日の日、俄に都還りありけり。……平家には太政入道を始め奉りて、一門の人々皆上られり。さしも心憂かりつる新都に、誰か片時も残るべき。われ先に〳〵とぞ上られける。去んぬる六月より屋ども少々壊ち下し、形の如く取り建てられたりしかども、今又物狂はしう、俄に都還りありければ、何の沙汰にも及ばず、皆うち捨て〳〵上られけり」に拠って、七月密かに文覚が平家追討の院宣を下された新都福原から、極月に取る物も取り敢えず人々が退去する様の俤である。付句の「年とる物」が「年取り物」でないのは、「取る物も取り敢へず」という成句に言及するためである。

『評註』曰く、「此句又秀逸也。聖の宿かりかねたる夜を大晦日の夜におもひつけたる、先珍重也。聖は野に侘伏たるに、世にある人は年取物かつぎ行はこぶ躰、近頃分骨也。前句の心を替る所、猶々翫味すべし」。またもや「聖は野に侘伏たるに、世にある人は年取物かつぎ行はこぶ」と読んでいて、これではキャメラがパンしただけの話になる。「前句の心」が全然替わっていない。

50　二折裏十四句目

人あまた年とる物をかつぎ行
さかもりいさむ金山がほら　　朱絃

雑。前句を『大江山』、「よりみつ、やすまさ申やう、縦大勢有とても、人倫ならぬ化生の者、何処をさかひにせむべきぞ、思ふ存じの候とて、山伏の姿に出立て、甲にかはる頭巾を着、冑にあらぬ篠懸や、兵具に対する笈をおひ、さも行躰の姿なれ共、其ぬし〳〵は頼光保昌、さだみつ、するたけ綱公時、また名を得たるひとり武者、彼是以上五十余人、まだ夜の中に有明の、月の都を立出て……」（天和三年山本長兵衛刊本に拠る）に拠って、大江山の酒呑童子を退治にゆく頼光一行の俤とする。「年とる物」は「老い」を介して「笈《おひ》」に言及する。

付句は酒呑童子の「いざ〳〵酒をのまふよ」という号令一下、酒盛りの進む様子の俤である。「金山《かなやま》」は「大江山」

の俤で、「ほら」は「金山」の「坑道」に由来する「鬼が城」の俤である。

『評註』曰く、「金山は我朝の大盗也。前句よく請たり。註に不及、附やう明也」。「金山」はたしかに、『御伽草子』「あきみち」や寛文五年刊『大倭二十四孝』巻第十四「山口秋道」に登場する盗賊の金山左衛門の姓と同じだが、これを金山左衛門と断じてしまうと前句に相当する挿話がないためこの付合は成立しなくなるし、次の付句も限定されて非常に付けにくくなる。なにより余りに露骨で芸がなさすぎる。したがって「金山」は一見すれば既存の人名としてフェイク、引っかけ役となり、実は架空の地名ないしは普通名詞として「大江山」の俤になる。『評註』の筆者は最後の最後で土壺にはまった格好になった。

51 三折表一句目

さかもりいさむ金山がほら
此国の武仙を名ある絵にかゝせ　其角

雑。前句を『古文真宝前集』所収「問来使」の「爾ヂ山中ヨリ来ル、早晩《イツカ》天目ヲ発セシ。我南山ノ下ニ屋《イエヰ》ス、今幾叢ノ菊ヲ生ズル。薔薇葉已ニ抽《ぬきん》デ、秋蘭気当ニ馥《かんばし》カルベシ。帰去来《かへりなんいざ》山中、山中酒応ニ熟スベシ」に拠って、「いざ山中に帰らん、山中には酒も熟してあらんほどに景色を眄て自酌て娯ん」（『古文真宝前集諺解大成』）という陶淵明の感慨の俤とする。「金山」は「南山」の俤となる。「ほら」は「天目山」の注に「大明一統志三十八杭州府ニ、天目山ハ臨安県ノ西五十里ニ在、道家第三十四天洞ト為、云云」とあり「天洞」を指示する。なお『諺解大成』には「本集評ニ東礀ガ曰、此レ盖シ晩唐ノ人、太白感秋詩ニ因テ偽テ之ヲ為ナラン」とあって偽作とされる。

付句は同じく『古文真宝前集』所収の謝幼槃「陶淵明写真ノ図」に拠って、淵明の肖像を描かせてそれに「宋徽宗ノ時ノ人」「江西詩派中」（『諺解大成』注）の謝幼槃が賛をする様子の俤である。「武仙」は「詩仙」の俤である。

以下、紙数の都合もあるので、先注には必要最低限の範囲で触れるにとどめたい。はじめに述べた事情により、私の解読に先注が寄与したケースは残念ながらほとんどなかった。

52　三折表二句目

此国の武仙を名ある絵にかゝせ
京に汲する醒井の水　　　　コ斎

雑。前句を、詩仙堂々主石川丈山が狩野探幽に描かせた三十六詩仙の肖像の俤とする。「武仙」は再び「詩仙」の俤となる。

付句は、江戸は鍛冶橋に屋敷を拝領した幕府御用絵師の探幽が、生まれ故郷の「京」の水が恋しくてわざわざ「醒井の水」を「汲」ませて江戸まで運ばせ茶を点てる俤である。

53　三折表三句目

京に汲する醒井の水

玉川やをの〳〵六ツの所みて　　　芭蕉

雑。前句の「醒井」を、伊吹山で遭難した日本武尊《やまとだけのみこと》の「猶失意如酔。因居山下之泉側、乃飲其水而醒之。故号其泉、曰居醒泉也」（『日本書紀』巻第七）という逸話で近江国の名所となった中山道の宿場のそれとし、貞享二年刊『清輔雑談集』巻下「能因帯刀《タテワキ》感緒之事」、「何の帯刀始めて能因に逢、相互ニ感緒《カンシヨ》有。錦の小袋を取出す其中に鉋屑一筋あり。能因云ク、是吾重宝《ワガテウホウ》也、長柄の橋造りし時ノ鉋屑也と云。于時帯刀喜悦甚《ハナハダ》しくして、亦自懐中《クハイチウヨリ》嚢物《ツヽミモノ》を取出て之ヲ開ク。見《ミル》に、かれたる蛙《カハヅ》也。是ハ井堤の蛙に侍といふ。共に感歎して各《ヲノヲノ》之ヲ懐《フトコロ》ニシ、退散と云々。今ノ世ノ人ハ可称嗚呼哉《ヲコトセウス》」に拠って、『古今集』仮名序で言及される長柄の橋の鉋屑同様に、日本武尊を覚醒させたあの醒ヶ井の水を京まで取り寄せるコレクター、能因法師の行動の俤とする。

付句は『能因歌枕』の著者として「野田の玉川」（新古今集・冬）をはじめ全国各地の歌枕を踏破したはずの、能因の感慨の俤である。

54　三折表四句目

玉川やをの〳〵六ツの所みて

江湖〳〵に年よりにけり　　仙化

前句を、近江国の「野路の玉川」を詠んだ源俊頼の「権中納言俊忠ノ桂の家にて水上ノ月といへる心をよみ侍ける／あすもこんのぢの玉川萩こえていろなるなみに月やどりけり」（千載集・秋上）に拠って、近江の田上《たながみ》の山荘に暮らした自分は野路の玉川を見、某はどこそこの玉川を見、といった俊頼の感慨の俤とする。

付句は、『無明抄』「同人（俊頼）哥ノ中に名ノ字をよむ事」、「法性寺殿に会ありけるとき、俊頼朝臣まいりたりけり。兼昌《かねまさ》かう師《じ》にて哥よみあぐるに、としよりのうたに名をかゝざりければ、みあはせてうちしはぶきして、御名はいかにと、しのびやかにいひけるを、たゞよみたまへといはれければよみける哥に、／卯のはなのみなしらがともみゆるかな／しづがかきねもとしよりにけり、／とかきたるを、兼昌《けんしやう》したなきして、しきりにうなづきつゝ、めでかんじけり。殿きかせたまひて、めして御覧じて、いみじうけうぜさせ給てげりとぞ」（無刊記本に拠る）なる挿話に拠って、六玉川のどれかをそれぞれに実見した歌詠みたちも各々の地で老いを養っていることよ、という詠歌めかした俊頼の感慨の俤である。

55　三折表五句目

江湖〳〵に年よりにけり
卯花の皆精《シラゲ》にもよめるかな　　芳重

「卯の花」で四月。前句を、『古今集』巻第十九雑躰に収める壬生忠岑の長歌「……かゝる侘びしき　身ながらに　つもれる年を　しるせれば　いつゝのむつに　なりにけり　これにそはれる　わたくしの　おいのかずさへ　やよければ　身はいやしくて　としたかき　事のくるしさ　かくしつゝ　ながらの橋の　ながらへて　難波の浦に　たつなみの　なみのしはにや　おぼゝれん　さすがに命　おしければ　こしの国なる　白山の　頭は白く　なりぬとも　をとはの滝の　音にきく　老ずしなずの　薬もが　君がやちよを　わかえつゝ見ん」、および続く凡河内躬恒の「冬のながうた」の「……村々見ゆる　冬くさの　上に降りしく　しら雪の　つもり〱て　あらたまの　年をあまたも　すぐしつるかな」に拠って、『古今集』の撰者たちが思い思いに老いを嘆じているよという「三条の大相国」と「二条の帥《そつ》」（『無名抄』）との感慨の俤とする。

付句は、『無名抄』「貫之躬恒勝劣《まさりおとり》」、「俊恵法師かたりていはく、三条の大相国非違《ひい》の別当ときこえける時、二条の帥とふたりの人、みつねつらゆきがおとりまさりをろんぜられけり。かたみにさま〲ことばをつくしてあらそはれけれど、さらにこときるべくもあらざりければ、帥いぶかしく思ひて、御けしきをとりてせうぶきらんとて、白河のゐんに御けしき給はる。仰《おほせ》ニ云、我はいかでかさだめん、としよりなどにとへかしと、おほせ事ありければ、ともにその便《たより》をまたれけるほどに、二三日ありて俊頼まいりたりけり。帥この事かたりいでゝ、はじめあらそひはじめたるより、院の仰のおもむきまでかたられければ、俊頼きゝて、たび〱うちうなづきて、みつねをば、なあなづらせ給ひそといふ。帥思ひのほかにおぼえて、さればつらゆきがおとり侍るか、ことをきり給べきなりとせめられけれど、なをたゞおなじやうに、みつねをばあなづらせ給ふまじきぞといはれければ、おほやうことがらきこえ侍にたり、をのれがまけになりぬるにこそとて、からきことにせられけり。まことにみつねがよみくち、ふかくおもひ入たるかたは、又たぐひなきもの也」に拠って、そういえば躬恒は「神まつる卯月にさける卯の花はしろくもきねがしらげたるかな」と『拾遺集』巻二夏で詠んでいたよなと思い当たる二条の師の俤である。『八代集抄』の頭注には「奥儀抄云神まつるといふに付てきねにはしらげさせたる也宜禰《キネ》とは巫女《カンナギ》をいふ也又物しらぐる具にも杵《キネ》といふ物あればそへよめり」とある。

56　三折表六句目

卯花の皆精《シラゲ》にもよめるかな
竹うごかせば雀かたよる　　揚水

雑。前句を『論語』雍也第六「子曰ク、賢ナルカナ回ヤ。一簞ノ食《シ》、一瓢ノ飲、陋巷ニ在リ」、同郷党第十「食《シ》ハ精《シラゲ》ヲ厭ハズ」、『蒙求』下巻「顔回簞瓢」、『和漢朗詠集註』草の「瓢簞屢空シ草顔淵之《ガ》巷ニ滋シ、藜藿《レイジョウ》深ク鎖セリ雨原憲之《ガ》樞ヲ湿ス」に拠って、「食物ナケレバ瓢簞ツネニ空シ」（『集註』）かった顔淵の「一簞ノ食《シ》」は言い換えれば「卯花の皆精《シラゲ》」にも見えていたのではないかと読めないこともないなあ、という師孔子の感慨の俤とする。

付句は『蒙求』上巻「子猷尋戴」の「嘗寄居空宅中、便令種竹。或問其故。徽之但嘯詠、指竹曰、何可一日無此君邪」、『和漢朗詠集註』竹の「阮籍ガ嘯ク場ニハ人月ニ歩ム、子猷ガ看ル処ニハ鳥煙ニ栖ム」に拠った、庭の竹を移植した子猷の感想の俤である。『集註』の注に「下句子猷ハ王徽之ガ字也。王義之ガ子也。竹ヲ愛シタル者ナリ。鳥栖烟トハ煙ハスナハチ竹ヲ云ナリ。子猷此竹ニスム鳥ヲ逍遙ノ友トセシコトアリ」とある。

57　三折表七句目

竹うごかせば雀かたよる
南むく葛屋の畑の霜消て　不卜

「霜」で十月。前句を『湖月抄』若紫巻、源氏が北山で初めて紫上をかいま見たときに少女が口にした「すゞめの子をいぬきがにがしつる。ふせごのうちにこめたりつるものを」という発言の俤とする。「伏籠」は竹を編んで作るので「竹」が俤となる。

付句は、同じ若紫巻の、源氏の邸である二条院は西の対に連れて来られた紫上が、源氏が「ひんがしのたいにわたり給へるに」、「立出て、にはの木《こ》だち、池のかたなどのぞきたまへば、しもがれの前栽ゑにかけるやうにおもしろくて、みもしらぬ四位五位こきまぜに、ひまなういでいりつゝ、げにおかしき所かなとおぼす」という箇所に拠る、上の目に映じた初冬の二条院南庭の景の俤である。「南むく葛屋」は寝殿造の二条院の、「畑」は「庭」の、それぞれ俤になる。

58　三折表八句目

南むく葛屋の畑の霜消て
親と棊をうつ昼のつれ〴〵　文鱗

雑。前句を『平家物語』巻二「西光が斬られの事」、鹿の谷の陰謀に加わっていた多田蔵人行綱《ただのくらんどゆきつな》が平家に寝返り、「入道相国の西八条の亭に参つて」すべてを清盛に告げたあと、「行綱なまじひなる事申し出でて、証人にや引かれんずらんと恐しさに、人も追はぬに取袴《とりばかま》し、大野に火を放ちたる心地して、急ぎ門外へぞ逃げ出でける」の部分を踏まえ、鹿の谷の陰謀が平家に発覚した俤とする。「南むく葛屋」は寝殿造の西八条亭の、「畑」は「大野」の、「霜消て」は「火を放ちたる」の、それぞれ俤となる。

付句は、同じく巻二「小教訓《こげうくん》の事」、翌六月一日、新大納言藤原成親を西八条に拘禁した入道が難波次郎、瀬尾太郎を召して「『あの男取つて庭へ引き落せ』と宣へども、これら左右なうもし奉らず、『小松殿の御気色いかゞ候はんずるやらん』と申しければ、入道、『よし〳〵、己らは内府が命を重んじて、入道が仰せをば軽うしけるごさんなれ。この上は力及ばず』と宣へば、これらあしかりなんとや思ひけん、立ちあがり、大納言の左右の手を取つて、庭へ引き落し奉る。その時入道心地よげにて、『取つて臥せて喚かせよ』とぞ宣ひける」という経緯があって、「小松の大臣は、例の善悪に騒ぎ給はぬ人にておはしければ、はるかに日たけて後、嫡子権亮少将維盛を車のしりに乗せつゝ、衛府四五人、随身二三人召し具して、軍兵どもをば一人も具せられず、まことに大様げにておはしたれば、入道を始め奉つて、一門の人々、皆思はずげにぞ見給ひける」と成親の妹の夫たる重盛が登場し、「父の禅門の御前におはして、『あの大納言失はれん事は、よくよく御思惟候べし。その故は、……御栄花残る所なければ、思し召さるゝ事はあるまじけれども、子々孫々まで繁昌こそあらまほしう候へ。されば、父祖の善悪は、必ず子孫に及ぶとこそ見えて候へ。積善の家には余慶あり、積悪の門には余殃留まるとこそ見えて候へ。いかさまにも今夜頭を刎ねられん事は、しかるべうも候はず』と申されたりければ、入道、げにもとや思はれけん、死罪をば思ひ留まり給ひけり」とあるところに拠った、父清盛を牽制し言いくるめる子重盛の「小教訓」の俤である。「碁をうつ」が理詰めで説得する動作の俤となる。

59　三折表九句目

親と棊をうつ昼のつれ〴〵
餅作る奈良の広葉を打合セ　　枳風

前句を『徒然草文段抄』第百八十四段、「相模守時頼の母は、松下禅尼とぞ申ける。守をいれ申さるゝ事ありけるに、すゝけたるあかりさうじのやぶればかりを、禅尼手づから、小刀してきりまはしつゝはられければ、せうとの城《ジヤウ》介《ノスケ》義景《ヨシカゲ》、其日のけいめいして候けるが、『給りてなにがし男にはらせ候はん。さやうの事に心得たる者に候』と申されければ、『其男、尼が細工によもまさり侍らじ』とて、なほ一間づゝはられけるを、義景、『皆をはりかへ候はんは、はるかにたやすく候べし、まだらに候もみぐるしくや』とかさねて申されければ、『尼も、後はさわ〳〵とはりかへんとおもへども、けふばかりは、わざとかくてあるべきなり。物は破れたる所ばかりを修理して用る事ぞと、わかき人に見ならはせて心づけんためなり』と申されける」の逸話に拠って、兄と議論して言い負かしてしまった松下禅尼の俤とする。「親」はシンと読んで親族の意に解しても、「兄」の俤としても、いずれも可である。前の付合同様、「碁をうつ」は理詰めで説く動作の俤である。

付句は同じく『徒然草文段抄』第二百十六段、「最明寺入道《サイミヤウジ》、鶴岡《ツルガオカ》の社参の次《ツイデ》に、足利左馬入道の許へ、先使《マヅ》をつかはして立いられたりけるに、あるじまうけられたりけるやう、一献《コン》にうちあはび、二献にえび、三献にかいもちいにてやみぬ」とあるのに拠った、足利佐馬入道の奥方が最明寺入道こと北条時頼のために三献の「かいもちい」を作っている有様の俤である。「奈良」は「奈良山の児手柏《このてがしは》」（『夫木和歌抄』）、「長き思にならの葉の、其柏木の及びなき」（『遊行柳』）等を介した「柏」の俤である。

60　三折表十句目

餅作る奈良の広葉を打合セ
贄《ニヱ》に買る丶秋の心は　　はせを

「秋」。前句を『国栖』、ワキの侍臣の「神風やいすゞの古き末を受る、みもすそ川の御流れ、清見原の天皇にておはします」（天和三年山本長兵衛刊本に拠る）、ワキツレの「此君と申に御ゆづりとして、天津《あま》ひつぎを受べき所に、御《おん》伯父《はくぶ》大伴の王子におそはれ給ひ、都のさかゐも遠田舎の、なれぬ山野の草木の露、落行道の果までも、御幸《みゆき》と思へば頼もしや。身を秋山や世の中の、宇多のみかりば余所に見て、男鹿ふすなる春日山、〳〵、みかさぞまさる春雨の、音はいづくぞ吉野川」とあるのに拠って、大海人皇子と大伴皇子とが対立して大海人が近江大津宮から吉野山に落ちる俤とする。同じ「奈良」出身の「大海人」と「大伴」で、「大」に「広」が通い、「奈良の広葉」が俤となる。

付句は、シテの老翁と姥が「此二三日が間供御《ぐご》を近づけ」ていない大海人のために根芹と国栖魚を奉ったのを踏まえた、天皇の胸中を推し量る老夫婦の感慨の俤である。「買る丶」は「召さる丶」の俤である。「秋の心」は「身を秋山や」に言及しつつ形容詞「悲し」を暗示する。

61　三折表十一句目

贄《ニエ》に買るゝ秋の心は

鹿の音を物いはぬ人も聞つらめ　　　　朱紘

「鹿」で八月。前句を『古今集』巻十九誹諧歌、凡河内躬恒「法皇にし川におはしましたりける日さる山のかひにさけぶといふことを題にてよませ給ふける／わびしらにましらなゝきそ足引の山のかひあるけふにやはあらぬ」に拠って、おまえらの声を今日「贄《ニエ》に買るゝ」法皇は「わびしら」な鳴き方なんて望んではおられないぞという躬恒の歌の俤である。『和漢朗詠集註』猿には、「法皇とは亭子院寛平法皇の御事也。西川は大井河也。是昌泰元年九月十日にてさま〴〵の御遊興ありし事大鏡に見えたり」とある。

付句は同じ『古今集』巻四秋上、凡河内躬恒「つまこふる鹿ぞなくなるをみなへしをのがすむ野の花としらずや」を踏んだ、鹿の妻恋の声を女郎花も聞いていることだろうよという躬恒の感慨の俤である。「ふるさとの花の物いふ世なりせば」（後拾遺集・春下）の「物いはぬ花」（『八代集抄』頭注）は桃だが、「女郎花ををんなによせてよ」（同前）んでいるので、「物いはぬ人」は女郎花の俤である。

62　三折表十二句目

鹿の音を物いはぬ人も聞つらめ

にくき男の鼾すむ月　　　不卜

「月」で八月。前句を『曾我物語』巻八「祐経を射んとせし事」、富士の狩場で祐経を追う曾我兄弟が、伊豆の奥野で射殺される前の父親も、さぞかし狩場で今の自分たちのように「鹿の音」を聞いたのだろうなという兄弟の感慨の俤とする。「物いはぬ人」は父伊東の膝を枕に絶命する河津三郎祐重の俤である。

付句は巻九「祐経討ちし事」、本田の次郎親経に祐経の屋形を教えられた兄弟が、「無明の酒に酔ひぬれば、敵の入るをも知らずして、前後も知らでぞ臥したりける」祐経をついに発見する場面の俤である。「すむ月」は『新古今集』巻軸歌、西行法師「観心をよみ侍ける／やみはれて心のそらにすむ月はにしのやまへやちかくなるらん」を介して、五月二十八日深更の五月闇の下での兄弟の「心のそらにすむ月」を指示し、かつ兄弟の死期が迫っていることを暗示する。

63　三折表十三句目

にくき男の鼾すむ月

笘の雨袂七里をぬらす覧　　　李下

雑。前句を『枕草子春曙抄』第二十四段「にくきもの」の、「さるまじうあながちなる所に、かくしふせたる人のいびきしたる」という本文とその注「さやうの人寝さすまじき所なれども、わりなき程なれば、あながちにかくしてねさせたるに、其人は何の用意もなきがにくきと也」とに拠って、通わせるくらいだから嫌いではないのだが不用意にかいてしまう鼾が憎らしい、そんな男の通ってきた某月のころよという清少納言の回想の俤とする。「すむ」は「鼾」の述語動詞として「住む」の意となる。「月」はmonthである。

付句は同じく第九十段、「雨のうちはへふるころ、けふもふるに、御使にて、式部のぜうのぶつねまいりたり。例のしとねさし出したるを、つねよりも遠くおしやりてゐたれば、『あれは誰がれうぞ』といへば、わらひて、『かゝる雨にのぼり侍らば、あしがたつきて、いとふびんにきたなげになり侍りなん』といへば、『など。せんぞくれうにこそはならめ』といふを、『これは御まへにかしこうおほせらるゝにはあらず。のぶつねがあしがたの事を申さざらましかば、えのたまはざらまし』とて、返々いひしこそおかしかりしか。あまりなる御身ほめかなとかたはらいたく」という本文と「せんぞくれう」の注の「氈褥《センジョク》料にや。……せんじよくを、せんぞくといひて、足のよごれし事をいふに付て、洗足料にこそならめと秀句に云也」とを踏まえた、「うちはへ降る」雨で汚れたわたくしの足許で「足がた」が付いて、褥が汚れてしまいますでしょうという式部丞信経の返答の俤である。「筥」は「褥」の、「袂」は「足許」の、それぞれ俤となる。「七里」は曹植の「七歩の才」を暗示する。

64　三折表十四句目

筥の雨袂七里をぬらす覧
伊駒河内の冬の川づら　　揚水

「冬」。前句を、天智天皇「秋の田のかりほの庵のとまをあらみわがころもでは露にぬれつゝ」（後撰集・秋中、百人一首）に拠って、晴天でさえ「衣手」が「露に濡れ」るのに、「雨」にでも降られたら「うき世の民におほふ」（慈円、百人一首）べき帝の「袂七里」はびしょぬれになるのだろうな、という家隆の感慨の俤とする。

付句は、『竜田』の前場で、「紅葉の歌は帝の御製。又その後家隆の歌に、竜田川紅葉を閉づる薄氷わたらばそれも中や絶えなんと、重ねてかやうに詠みたれば、必ず紅葉に限るべからず。氷にも中絶ゆる名の竜田川、錦織りかく神無月の冬川になるまでも、紅葉を閉づる薄氷を、情けなや中絶えて、渡らん人は心なや」とシテの巫女に紹介される家隆の一首の俤である。

本歌の「紅葉の歌」は「題しらず／たつた川紅葉みだれて流るめりわたらばにしき中やたえなん／此うたはある人ならのみかどの御歌なりとなん申す」（詠人不知、古今集・秋下）を指し、『古今集』仮名序でも言及されるが、作者の「ならのみかど」を『袋草紙』は聖武天皇とし、『今鏡』は「かの人丸があひ奉れる御代の御歌なるべきにやあらむ」とし、『八代集抄』は文武天皇とする。いずれにせよ、前句は家隆による天智歌の本歌取り、付句は同じく家隆による「ならのみかどの御歌」の本歌取りという付様になっている。

65　三折裏一句目

伊駒河内の冬の川づら
水車米つく音はあらしにて　其角

前句を『伊勢物語』第六段、「むかしおとこ」が「女のえうまじかりける」を「からうじてぬすみ出て、いとくらきにき」て、「あくた川といふ河をゐていきければ」の場面に拠って、摂津の芥川沿いに女を負ぶって逃走する昔男の目に映った光景の俤とする。「伊駒河内」は「摂津」の俤である。

付句は、第六段後半の「ゆくさきおほく、夜もふけにければ、おにある所ともしらで、神さへいといみじうなり、雨もいたうふりければ、あばらなるくらに、女をばおくにおしいれて、おとこ、弓やなぐひをおひてとぐちにをり。はや夜もあけなんと思ひつゝゐたりけるに、おに、はやひとくちにくひてけり。あなやといひけれど、神なるさはぎにえきかざりけり」を踏まえた、女の「あなや」という叫び声が聞こえない昔男の俤である。「水車」の「あらし」のような「米つく音」が「神なるさはぎ」の俤となる。

66　三折裏二句目

水車米つく音はあらしにて
梅はさかりの院々を閉　　千春

「梅」で正月。前句を『雲林院』の前場、ワキの蘆屋の公光が雲林院で桜の枝を手折ったのを咎めたシテの老人の「とても散るべき花なれども、花に憂きは嵐、それも花ばかりをこそ散らせ、おことは枝ながら手折れば、風よりもなほ憂き人よ」という台詞に拠って、おことは花を散らす嵐だと公光に告げる老人の言葉の俤とする。精白のための「水車米つく音」は酒どころ「灘」を介して「津の国蘆屋の里に公光と申す者」の俤となる。

付句は、ワキの公光とワキツレの従者二人とが「いざさらば、木蔭の月に臥して見ん、暮れなばなげの花衣、袖を片敷き臥しにけり」と寝入る場面を踏まえた、落花が花衣となって花の「さかりの院」を覆い尽くす光景の俤である。「梅」が「桜」の、「院々」が「雲林院」の、それぞれ俤となる。

67　三折裏三句目

梅はさかりの院々を閉
二月の蓬萊人もすさめずや　コ斎

「二月」。前句を『太平記』巻十二「大内裏造営付聖廟御事」、延喜九年に「本院大臣《ホンヰンノオトド》忽ニ薨ジ給ヌ。御息女ノ女御、御孫ノ春宮モ軈《ヤガ》テ隠レサセ玉ヌ。二男八条大将保忠同重病ニ沈給ケルガ、……則絶入給ケリ。三男敦忠中納言モ早世シヌ。其人コソアラメ、子孫マデ一時ニ亡玉ケル神罰ノ程コソヲソロシケレ」の記述を踏まえ、菅公の怨霊が時平一族を次々に取り殺していく俤とする。いうまでもなく「梅」が「菅公」の、「さかりの院々」が「本院大臣」とその「子孫」の、それぞれ俤である。

付句は『太平記』巻十二でも言及される『新古今集』巻第十九神祇歌、「なさけなくおる人つらし我やどのあるじわすれぬ梅のたち枝を／このうたは建久二年の春の比つくしへまかりけるもの、安楽寺の梅をおりて侍ける夜の夢に見えけるとなん」、および『和漢朗詠集』子日《ねのひ》「梅花ヲ折テ頭ニ挿メバ二月ノ雪衣ニ落ツ」に拠った、仲春の雪なんてだれも喜んではくれないのでは、と夢の中で咎める菅公の声の俤である。「二月《きさらぎ》の蓬萊」が「二月《ジゲツ》ノ雪」の俤である。

68　三折裏四句目

二月の蓬萊人もすさめずや
　　姉待牛のおそき日の影　　　　芳重

「おそき日」で三月。恋。前句を『湖月抄』角総巻、薫中納言を二度三度と拒み通し妹中君に匂兵部卿宮を迎えさせた大君の、「われもやう〳〵さかり過ぬる身ぞかし、鏡をみればやせ〳〵に成もてゆくを、をのがじしは、此人ども、我あしとやはおもへる、うしろではしらずがほに、ひたいがみをひきかけつゝ色どりたるかほづくりをよくしてうちふるまふめり、わが身にては、まだいとあれが程にはあらず、めもはなもなをしとおぼゆるは、心のなしにやあらん……はづかしげならん人にみえんことは、いよ〳〵かたはらいたく、いま一とせ二年あらばおとろへまさりなん、はかなげなる身の有さまを」という内省に拠って、若盛りを過ぎた自分のような女にいったい誰が心を寄せるだろうかと自問自答する大君の胸中の俤とする。

付句は同じ角総巻に、「九月十日のほど」、匂宮と宇治を訪れた薫がまたまた大君に拒まれて「例のとを山鳥にて明ぬ。宮は、まだ旅ねなるらんともおぼさで、『中納言の、あるじがたにこゝろのどかなるけしきこそうらやましけれ』とのたまへば、女君あやしと聞給」とあるのを踏まえた、「姉」の同意をひたすら「待」っているはずの薫がこの家の主人気取りでのんびり構えていられる日の出ですって、と匂宮の言をいぶかしむ中君の胸中の俤である。「牛」は

「歩み」を介して、いつまで経っても旅の独り寝状態に甘んじる薫の俤となる。

69　三折裏五句目

姉待牛のおそき日の影
胸あはぬ越の縮《チヾミ》をおりかねて　芭蕉

雑。恋。前句を、『錦木』の後ジテが旅僧への懺悔で成仏したあと、「舞を舞ひ、歌を謡ふも、妹背の媒、立つるは錦木、織るは細布の、とり〴〵さま〴〵の、夜遊の盃に、映りて有明の、影恥づかしや、〳〵」と述べるのに拠って、女が錦木を取り入れるのを三年間待ち続けた、うかつな自分の有明月に照らされた恥ずかしい姿よ、という里の男の亡霊の自嘲の俤とする。「姉」が里の女、「牛」が「牛の歩み」を介して里の男、「日」が「月」の、それぞれ俤となる。

付句は、『錦木』でも引かれている能因法師「錦木はたてながらこそくちにけれけふのほそぬのむねあはじとや」（後拾遺集・恋一）に拠った、男の死を知った里の女が狭布《けふ》の細布を織っていられず、男の後を追ったことを回想する後ツレの女の亡霊の言葉の俤である。「越の縮」がそのまま「狭布の細布」の俤になる。

70　三折裏六句目

胸あはぬ越の縮《チヾミ》をおりかねて
おもひあらはに菅の刈さし　枳風

「菅の刈さし」で六月とするか（『和漢三才図会』）。前句を、『木賊』のシテの老人の「此尉は子を一人持ちて候ふを、行方も知らぬ人に誘はれ、暮に失ひて候。若しも行方や聞くと思ひ、此路次に居処《きよしょ》を立て、行来の人を留め申し候」という台詞に拠って、信濃の園原山にとどまって一子松若の行方を捜している由を述べる老人の言葉の俤とする。「胸あはぬ」は幅が狭い意なので、「おそろしやきそのかけぢの丸木橋ふみ見るたびに落ちぬべきかな」（千載集・雑下）等の歌を介して、「越の縮」が「木曾の梯《かけはし》」（『木賊』）の俤となる。「おり」は「下り」の意となる。

付句は、ツレの里人が「如何に御僧達、御《おん》心安く御座候へ。今の尉殿《じょうどの》は少し身に思《おもひ》の候ひて時々は現なき風情の候。其時は心得有つて御あひしらひ候へ」と旅僧一行に声をかけるのに拠った、子への思いが兆してきてつい木賊を刈る手も休みがちになる老人の様子の俤である。「菅」が「木賊」の俤である。

71　三折裏七句目

おもひあらはに菅の刈さし
菱の葉をしがらみふせてたかべ鳴　文鱗

「菱の花」が六月なので「菱の葉」でそれに準じるか。「たかべ」は小鴨の古名とあるが、コガモは夏にはいないのでカルガモを指すか。前句を『平家物語』巻二「新大納言の死去の事」に、鹿ヶ谷の謀議が発覚して備前国有木の別所に幽閉された新大納言藤原成親を訪れた源左衛門尉信俊が都にいる北の方のもとへ返事を持ち帰り、「これをあけて見給へば、はや御様《おんさま》替へさせ給ひたりとおぼしくて、御文の奥に御髪《おんぐし》の一房ありけるを、二目とも見給はず、形見こそ今はなか〱怨《あた》なれとて、ひき被《かづ》いてぞ臥し給ふ」とあるのを踏まえて、夫の臨死の決意を表す形見として剃り髪の一房を見出す新大納言の北の方の胸中の俤とする。

付句は、同じ「新大納言の死去の事」に、「さる程に、同じき八月十九日、大納言入道殿をば、…有木の別所にてぞ終《つひ》に失ひ奉る。その最期の有様様々《やう〱》にぞ聞えける。初めは酒に毒を入れてまゐらせけれども、叶はざりければ、二丈ばかりありける岸の下に菱を植ゑて、突き落し奉れば、菱に貫《つらぬ》かつてぞ失せられける。無下にうたてき事どもなり。例《ためし》少うぞ聞えし」とあるのに拠った、大納言入道の「最期の有様」の俤である。「たかべ鳴」が末期の叫びの俤となる。

72　三折裏八句目

菱の葉をしがらみふせてたかべ鳴
木魚きこゆる山陰にしも　李下

前句を、源俊頼「あさりせし水のみさびにとぢられてひしのうき葉に蛙なくなり」（千載集・夏）の俤とする。「たかべ」が「かはづ」の俤である。『八代集抄』の頭注には「蛙の求食すとて水渋に埋《ウヅモレ》たる也。下句明也」とある。

付句は同じ俊頼の「うかりける人を初瀬の山おろしよはげしかれとはいのらぬ物を」(千載集・恋二、百人一首)に拠った、願掛けのため長谷寺に詣でた恋する女が境内で耳にする読経の伴奏の俤である。

73　三折裏九句目

木魚きこゆる山陰にしも

囚《メシウド》をやがて休むる朝月夜　　コ斎

「朝月夜」で八月。前句を『調伏曾我』の後場、頼朝一行に混じって箱根権現の参詣に訪れた前ジテの工藤祐経を討とうとする箱王を別当坊に連れ帰った箱根別当が、従僧「十余人、護摩の壇上を構へつゝ、およそ飛ぶ鳥をも、落とすばかりと面々に、刃の験徳を現はして、年頃頼みを掛くる、大聖不動明王の、火炎に工藤がその身を焦がし、五智の如来に五体を投げ、大威徳の乗り給ふ、水牛の角に命を掛け、頭《かうべ》を傾け念珠を揉み、薬師の真言千手の陀羅尼、妙音声を高く上げ、東方……」と誦するのを踏まえて、祐経調伏のために不動明王降臨を祈る箱根別当の護摩を耳にする箱王の感慨の俤とする。「山」は「箱根山」の俤となる。なお、『曾我物語』巻第四では頼朝の箱根御参詣を「正月十五日」とするが、『調伏曾我』は季不定とする。

付句は、護摩が奏効して後ジテ不動明王が現れ、「なほ厳重の奇特を見せんと、形代が首を切つて、剣の御先に貫き給へば、身の毛もよだちて面々に、目を驚かす有様なり、さてこそ終には箱王も、その本望をば遂げにけり」とあるのを踏まえた、箱王の悔しさを減じ、未来の成功までを告げる不動明王の所作を招いた護摩が明け方に終了した俤である。「朝月夜」は前場の次第のあと、頼朝一行が「箱根詣でのおんために、明くるを待つや星月夜、鎌倉山を朝立ちて、まだ有明の影残る、雲こそ匂へ朝日影、……」とあるのを指示している。

74　三折裏十句目

囚《メシウド》をやがて休むる朝月夜
萩さし出す長がつれあひ　　不卜

「萩」で七月。前句を、『太平記』巻第二「長崎新左衛門尉意見事付阿新殿《クマワカドノ》事」、前年来佐渡に流されていた日野資朝を斬れ、と佐渡の守護本間山城入道に下知があったのを知った資朝の子息、十三歳の阿新殿が京から佐渡に渡るも父との面会を本間入道に許されず、「四五町隔タル処ニ置タレバ、父ノ卿ハ是ヲ聞テ、行末《ユクヘ》モ知ヌ都ニイカヾ有ラント思ヤルヨリモ尚悲シ」い状態で、「五月廿九日ノ暮程ニ資朝卿ヲ籠ヨリ出シ奉テ、『遙ニ御湯モ召レ候ハヌニ、御行水候へ』ト申セバ、早斬ラルベキ時ニ成ケリト思給テ、『嗚呼ウタテシキ事カナ、我最期ノ様ヲ見ン為ニ、遙々ト尋下タル少者ヲ一目モ見ズシテ、終ヌル事ヨ』ト計リ宣テ、其後ハ曾テ諸事ニ付テ言ヲモ出給ハズ、……夜ニ入レバ輿《コシ》サシ寄テ乗セ奉リ、爰《ココ》ヨリ十町許アル河原へ出シ奉リ、輿舁居《カキスエ》タレバ、少モ臆シタル気色モナク、敷皮《シキカハ》ノ上ニ居直テ、辞世ノ頌《ジュ》ヲ書給フ。……年号月日ノ下ニ名字ヲ書付テ、筆ヲ閣《サシオ》キ給ヘバ、切手《キリテ》後《ウシロ》ヘ回ルトゾ見ヘシ、御首《オンクビ》ハ敷皮ノ上ニ落テ質《ムクロ》ハ尚坐セルガ如シ」とあるのに拠って、はるばる佐渡までやってきた子息との今生の対面をさせないまま資朝を処刑した本間入道の所業の俤とする。「休むる」は自動詞「休す」の他動詞形の意で用いられている。

付句は、「父ヲ今生ニテ我ニ見セザリツル鬱憤ヲ散ゼント思」った阿新が本間の館に忍び込んで、父親を斬った本間三郎を絶命させたあと、脱出を図って「堀ヲ飛越ントシケルガ、口二丈深サ一丈ニ余リタル堀ナレバ、越ベキ様《ヤウ》モ無《ナカ》リケリ。サラバ是ヲ橋ニシテ渡ンヨト思テ、堀ノ上ニ末ナビキタル呉竹ノ梢ヘサラ〳〵ト登タレバ、竹ノ末堀ノ向《ムカヒ》ヘナビキ伏《フシ》テ、ヤス〳〵ト堀ヲバ越テゲリ」とあるのを踏まえた、ちょうどお誂え向きの一本を差し出してくれる此の君よという阿新の胸中の俤である。「萩」は撓う「呉竹」の俤、「長がつれあひ」とは『和漢朗詠集註』竹の「晋ノ騎兵参軍王子猷ハ栽ヱテ此ノ君ト称ス。唐ノ太子賓客白楽天ハ愛シテ吾ガ友ト為ス」の「騎兵参軍」と「此ノ君」とを用いた「竹」の俤である。

75　三折裏十一句目

萩さし出す長がつれあひ
問し時露と禿に名を付て　千春

「露」で八月。前句を『班女』の冒頭、「かやうに候ふ者は、美濃の国野上の宿の長にて候。さても我花子と申す上臈を持ち参らせて候ふが、過ぎにし春の頃都より、吉田の少将殿とやらん申す人の、東へ御下り候ふが、此宿に御泊り候ひて、かの花子と深き御契の候ひけるが、扇をとりかへて御下り候ひしより、花子扇に眺め入り閨より外に出づる事なく候ふほどに、かの人を呼びいだし追ひいださばやと思ひ候。いかに花子、今日よりしてこれには叶ひ候ふまじ。とく〳〵何方へも御いで候へ」とあるのを踏まえて、花子を追い出す野上の宿の長の所作の俤とする。「萩」が「花子」の、「長がつれあひ」が「長」の、それぞれ俤となる。

付句は後場の、狂女となって現れた花子が糺の下鴨神社でワキツレである吉田少将の従者に、「さて例の班女の扇は候」と訊かれて、「うつゝなや我が名を班女と呼び給ふぞや。よし〳〵それも憂き人の、かたみの扇手にふれて、うちおき難き袖の露、ふる事までも思ひぞ出づる……」と答える場面を踏まえた、扇の在処を尋ねたときに「班女」と呼びかけた従者の所作の俤である。「露」が「班女」の、「禿」が「上﨟」の、それぞれ俤となる。

76　三折裏十二句目

問し時露と禿に名を付て
心なからん世は蟬のから　　朱紘

「蟬のから」は六月だが、「前三句が秋であり、後の句が春であるから、ここは譬喩として雑の扱いにしたものと思われる」とする中村俊定『日本古典文学大系・芭蕉句集』に従う。前句を『湖月抄』帚木巻の、空蟬と関係を持った源氏が彼女の弟の小君を召し抱えて最初の文使いに立てたあと、小君を呼んで、「『いづら』との給に、しか〳〵と申に、『いふかひなのことや。あさまし』とてまたも給へり。『あこはしらじな。その伊与のおきなよりはさきにみし人ぞ。されど、たのもしげなくくびほそしとて、ふつゝかなるうしろみまうけて、かくあなづり給なめり。さりとも、あこは我子《わがこ》にてをあれよ。かのたのもし人《びと》は、行《ゆく》さきみじかかりなん』との給へば、さもやありけん、いみじかりけることかなと思へるを、おかしとおぼす」とあるのに拠って、「どうだった」と尋ねたときに小君を「吾子《あこ》」と呼んだ源氏の所作の俤とする。「露」が「あこ」の、「禿」が「十二三ばかりなる」小君の、それぞれ俤となる。

付句は、空蟬巻巻頭の、空蟬に拒絶された源氏が小君にこぼす「われはかく人ににくまれてもならはぬを、こよひなんはじめてうしと世をおもひしりぬれば、はづかしうて、ながらふまじくこそ思ひなりぬれ」という言葉と、三度目に紀伊守の邸を訪れて、軒端荻との事はともかく、空蟬の脱ぎ捨てていった薄衣を虚しく持ち帰ることしかできなかった場面を踏まえた、あの人がわたくしを思いやる心のないようなこの世は「蟬のから」さながらのこの薄衣に象徴されていると思う源氏の胸中の俤である。

77　三折裏十三句目

心なからん世は蟬のから

三度ふむよし野の桜芳野山　　仙化

「桜」で三月。前句を『羽衣』の前場、三保の松原で松の枝にかかる天人の羽衣を見つけた漁夫白竜《はくりよう》が、天人に「悲しやな羽ごろもなくては飛行の道もたえ、天上に帰らん事も叶まじ。去とては返したび給へ」と懇願されて、かえって「はくれう力をえ、『本より此身は心なき、天の羽衣とりかくし、『かなふまじ』とて立のけば……」（延宝八年山本長兵衛刊本に拠る）とあるのに拠って、思いやりの心も情趣を解する心もないようなこの人間界では天の羽衣は戻ってはこないのだという天人の嘆きの俤とする。「蟬のから」が「天の羽衣」の俤である。なお、『羽衣』の詞章では

「心なき海士」と「天の羽衣」とが掛詞になっている。

付句は『吉野天人』の前場、前ジテの里の女じつは天人に「なう〳〵、あれなる人々は何事を仰せ候ふぞ」と訊かれたワキの都人が「さん候、これは都の者にて候ふが、此三吉野の花を承り及び、始めて此山にわけ入りて候……」と答える、その返答の俤である。「三度ふむよし野」が「三吉野」の俤となる。

78　三折裏十四句目

三度ふむよし野の桜芳野山
あるじは春か草の崩れ屋　　李下

「春」。前句を西行「よしの山こぞのしほりの道かへてまだ見ぬかたの花をたづねん」（新古今集・春上）に拠って、西行の感懐の俤とする。「三度」が何度目かの俤となる。

付句は『雨月』の前場、住吉明神の釣殿の辺りで火の光を見つけたワキの西行が「ゆき暮たる修行者にて候、一夜の宿を御借候へ」（天和三年山本長兵衛刊本に拠る）と頼むと、シテの里の老人が「余りに見ぐるしき柴の庵にて候程に、お宿は叶ひ候まじ、今すこしさきへお通り候へ」と断るが、ツレの姥が「なふ〳〵是は世を捨人、痛はしければいらせ給へ」と取りなして、二人で「去ながら、秋にもなれば夫婦の者、月をも思ひ雨をも待つ、心々にふきふかで、すめる軒端の草の庵、いづくによりて留り給ふべき」と思案投首する場面に拠った、屋根の半分は「板間もをしと軒をふか」ない家屋を見て西行が催す感慨の俤である。「春」が「秋」の俤である。

79　名残表一句目

あるじは春か草の崩れ屋
傾城を忘れぬきのふけふことし　文鱗

「ことし」で正月。恋。前句を、『曾我物語』巻第十二「母と二の宮の姉大磯へ尋ね行きし事」、曾我兄弟の七年忌の日に兄弟の母御前が二宮の姉を誘って、大磯の高麗寺の山の奥で手越の少将と共に修行する虎の草庵を訪ねると、「まことに幽かなりける住ひにて、垣には蔦朝顔這ひ掛かり、軒には葱交りの忘草露深くして、物思ふ袖に異ならず。庭には蓬生ひ繁り、鹿の臥処かとぞ見えし。瓢簞しばしば空しくして、草顔淵が巷に満ち、藜藋《れいでう》深く鎖して、雨原憲が樞を湿ほすとも見えたり。まことに心細くて、人の住所《すみか》とも見えざりけり」とあるのを踏んで、虎の草庵を目にした兄弟の母の感慨の俤とする。「春」が五月二十八日の「仲夏」の俤となる。

付句は、「母と二の宮行き別れし事」に、「二人の尼御前、或夜の夢に、十郎、五郎打連れ来り、頭《かうべ》には玉の冠《かぶり》を着、身には瓔珞《やうらく》を飾り、光明赫奕《くわくやく》として、おのおのを伏し拝み申しけるは、『此間念仏申し、経を読み、懇《ねんごろ》に弔らひ給ふ故に、兜率の内院に参る。これ然しながら、夫婦偕老の契り深きに由つて、無為真実の解脱の因と成る。其恩徳は億万劫《まんがふ》にも報じ難し』とて虚空へ飛び去りぬ。虎夢覚めて、ただ現《うつつ》の心地して思ひけるは、五重の闇晴れ、三明《さんみやう》の月朗かにまします大聖《だいしやう》釈尊さへ、耶輸陀羅女《やゆだらによ》の別れを思食《おぼしめ》す。況んや我等、此年月恋しと思ふ処に、目前に兄弟を夢に見て、昔恋しく成りぬ。然れば夜の猿は傾ぶく月に叫び、秋の虫は枯れ行く草に悲むとかや。鳥獣までも愛別離苦を悲むと見えたり。然れば此道は、迷ひなば共に悪道の輪廻断ち難し、悟りなば皆成等菩提の因縁成りぬべし。偕老同穴の契り誠に顕はれ、九品《くぼん》蓮台の上にては、旧《もと》の契りを失はず、一つ蓮に座を竝べ、解脱の袂を絞るべしとて、少将も共に涙をぞ流しける」とあるのに拠った、十郎に恋した昔の遊女時代を懐かしむ虎の修行三昧の日々の俤である。

80　名残表二句目

傾城を忘れぬきのふけふことし
経よみ習ふ声のうつくし　　芳重

前句を『平家物語』巻一「妓王の事」に、妓王の取り成しで入道相国に歌舞を披露できた仏御前を、入道が妓王の代わりに召し抱えようとして、「『その儀ならば、妓王とう〳〵まかり出でよ』と、御使重ねて三度までこそ立てられけれ。妓王はもとより思ひ設けたる道なれども、さすが昨日今日とは思ひもやらず。入道相国、いかにも叶ふまじき由、頻りに宣ふ間、はき拭《のご》ひ、塵拾はせ、出づべきにこそ定めけれ。……さる程に、毎月送られける百石百貫をもおし止められて、今は仏御前のゆかりの者どもぞ、始めて楽しみ栄えける。京中の上下この由を伝へ聞いて、『まことや、妓王こそ、西八条殿より暇《いとま》賜はつて出されたんなれ。いざや見参《げんざん》して遊ばん』とて、或は文を遣はす者もあり、或は使者をたつる人もありけれども、妓王、今さら又人に対面して遊び戯るべきにもあらねばとて、文をだに取入るゝ事もなく、まして使をあひしらふまでもなかりけり。妓王、これにつけてもいとゞ悲しくて、かひなき涙ぞこぼれける。かくて今年も暮れぬ。明くる春にもなりしかば、入道相国、妓王がもとへ使者を立てゝ、『いかに妓王、その後は何事かある。仏御前が余りにつれ〲げに見ゆるに、参つて、今様をも歌ひ、舞などをも舞うて、仏慰めよ』とぞ宣ひける」とあるのに拠って、西八条殿での三年間の白拍子生活を忘れかねたまま年が変わり、清盛からの理不尽な使いに返事ができずにいるころの妓王の俤とする。

付句は、清盛の召しに応じて今様を歌い退出したあと、妹や母と共に「二十一にて、尼になり、嵯峨の奥なる山里に、柴の庵をひき結び、念仏してぞ居たりける。……かくて春過ぎ夏たけぬ。秋の初風吹きぬれば、星合の空を詠めつゝ、天の戸渡る梶の葉に、思ふ事書く頃なれや。夕日の影の西の山の端に隠るゝを見ても、日の入り給ふ所は西方浄土にてこそあんなれ。いつか我等も彼処に生れて、物も思はで過さんずらんと、過ぎにし方の憂き事ども思ひ続けて、たゞ尽きせぬものは涙なり。たそがれ時も過ぎぬれば、竹の網戸を閉ぢ塞ぎ、燈かすかにかきたてて、親子三人もろともに、念仏して居たる所に、竹の編戸をほとほとと打叩くもの出で来たり」とあるのを踏まえた、尼になって共に修行しようと三人を訪ねてきた仏御前が感じた妓王の念仏の声の印象の俤である。「経よみ」が「念仏」の俤となる。

81　名残表三句目

経よみ習ふ声のうつくし
竹深き笋《たけのこ》折に駕籠かりて　　　挙白

「笋」で四月。前句を『湖月抄』玉鬘巻、長谷寺の本堂に先に着いて初夜の勤行に加わっていた右近が玉鬘一行のうち女性だけを本尊に近い自分の局に移したあと、「物語いとせまほしけれど、おどろ〳〵しきおこなひのまぎれに、さはがしきにもよほされて、仏をおがみ奉る」とあるのを踏まえ、右近が初めて耳にする玉鬘の読経の声の印象の俤とする。

付句は、胡蝶巻で源氏が玉鬘に贈る「ませのうちにねふかくうへしたけのこのをのがよゝにやおひわかるべき」の歌と、玉鬘巻の、玉鬘が源氏の住む六条院に「わたり給はんこと、すが〳〵しくもいかでかはあらん。……右近がさとの五条に、まづ忍びてわたし奉りて、人々えりとゝのへ、さうぞくとゝのへなどして、十月にぞわたり給」とあるのとに拠った、源氏が玉鬘を六条院に迎え入れるまでの紆余曲折の俤である。「竹深き」が歌の「根深く植ゑし」を指示する。「駕籠かりて」が直接六条院に渡らせずに右近の実家滞在をはさんだことの俤となる。

82　名残表四句目

竹深き笋折に駕籠かりて
梅まだ苦キ匂ひなりけり　　コ斎

夏一句に春は付かないので、「梅」は「青梅」で五月。前句を、『聯珠詩格』巻十二、黄山谷の七絶「二月《ジゲツ》」、「竹《チク》笋《ジュン》初テ生ズ黄犢ノ角、蕨芽《ケツガ》新ニ生ズ小児拳。旋《カヘツ》テ野菜ヲ挑テ香飯ヲ炊ク、便チ是レ江南二月ノ天」に拠って、香飯を炊くために筍を採りにゆく山谷の俤とする。「折に」は「折角」を介して「黄犢ノ角」を指示する。

付句は、『古文真宝前集』所収、黄山谷の五言古詩「東坡ニ贈ル（其一）」、「江梅佳実有リ、根ヲ桃李ノ場ニ託ス。

桃李終ニ言ハズ、朝露恩光ヲ借ス。孤芳皎潔ヲ忌マル、氷雪空シク自《ヲノヅカ》ラ香《カンバ》シ。古来鼎実ヲ和スルニハ、此ノ物廟廊ニ升《ノボ》ル。歳月坐《ソヾロ》ニ晩ルコトヲ成ス、烟雨ニ青カツシガ已ニ黄ニナンヌ。桃李ノ盤ニ升ルコトヲ得テ、遠キヲ以テ初テ嘗《ナメ》ラル。終然トシテ口ニ可ナラズ、官道ノ傍ニ擲《テキ》置セラル。但ダ本根ヲシテ在ラシメバ、棄捐ストモ果シテ何ゾ傷マン」に拠った、梅の実は桃李に比べると苦くて食えたものではなかったよという山谷の感慨の俤である。

83　名残表五句目

梅まだ苦キ匂ひなりけり
村雨に石の灯ふき消ぬ　　峡水

雑。前句を『平家物語』巻第三「有王が島下りの事」に、鬼界が島に渡って旧主の俊寛に邂逅した有王の「さてもこの御有様にて、今まで御命の延びさせ給ひたるこそ、不思議には覚え候へ」という問いに、俊寛が「……この島には人の食物《くひもの》も絶えて無き所なれば、身に力のありし程は、山に上《のぼ》つて硫黄と云ふ物を取り、九国より通ふ商人《あきんど》にあひ、食物に代へなどせしかども、日に副ひて弱りゆけば、今はさやうの業《わざ》もせず。かやうに日ののどかなる時は、磯に出でて、網人釣人《あみうどつりうど》に、手を摺り膝を曲《かが》めて魚を貰ひ、汐干の時は貝を拾ひ、荒海布《あらめ》を取り、磯の苔に露の命をかけてこそ、憂きながら、今日まではながらへたれ」と答えたのに拠って、島で食えそうな物ならなんでも口にしようとした俊寛の感想の俤とする。

付句は同「医師問答の事」に、「同じき夏の頃」、小松の大臣《おとゞ》が熊野の本宮証誠殿の前で一晩中法施しながら、「親《しん》父《ぶ》入道相国の体《てい》を見るに、悪逆無道にして、やゝもすれば君を悩まし奉る。そのふるまひを見るに、一期の栄花なほ危し。重盛長子として、しきりに諫めを致すといへども、身不肖の間、彼以て服膺せず。……南無権現金剛童子、願はくは、子孫繁栄絶えずして、仕へて朝廷に交はるべくば、入道の悪心を和げて、天下の安全を得しめ給へ。栄耀又一期を限つて、後昆恥に及ぶべくば、重盛が運命を縮《つゞ》めて、来世の苦輪を助け給へ。両箇《りやうか》の求願《ぐぐわん》、ひとへに冥助を仰ぐ」と祈念したところ、「灯籠の火のやうなる物の、大臣の御身より出でて、はつと消ゆるが如くして失せにけり。人あまた見奉りけれども、恐れてこれを申さず」とあるのに拠った、重盛の運命が縮まった瞬間の俤である。「石」が同音の「医師」を指示する。

84　名残表六句目

村雨に石の灯ふき消ぬ
蚫とる夜の沖も静に　　仙化

雑。前句を『海士』の前場、唐の高宗から興福寺へ贈られた三つの宝のうち、讃州志度の浦の沖で竜宮に取られた面向不背の明珠を奪還するために、大臣淡海公が「御身をやつし此浦に下り給ひ、いやしきあま乙女と契をこめ、一人の御子を設く。いまの房前《ふさざき》の大臣《だいじん》これなり」、そこで淡海公に「あま人申すやう、もし此珠を取り得たらば、此御子を世継の御位になし給へと申しゝかば、子細あらじと領掌し」たため、千尋の縄を腰につけ利剣を抜き持って竜宮へ向かい、宝珠を盗み取って剣で「乳《ち》の下をかき切り珠を押しこめ剣を捨てゝぞ伏したりける。竜宮の習に死人を忌めば、あたりに近づく悪竜《あくりよう》なし。約束の縄を動かせば、人々よろこび引きあげたりけり。珠は知らず、あま人は海上に浮び出でたり。かくて浮びは出でたれども、悪竜の業《わざ》と見えて、五体もつゞかず朱《あけ》になりたり。珠もいたづらになり、主も空しくなりけるよと、大臣なげき給ふ」という場面に拠って、引き揚げられた海女の亡骸を前に涙にくれる人々の様子の俤とする。「村雨」は、式子内親王「こゑはして雲路にむせぶ郭公なみだやそゝぐよひのむら雨」（新古今集・夏）や後鳥羽院「わすらるゝ身をしる袖のむら雨につれなく山の月はいでけり」（新古今集・恋四）を介して「涙」に言及する。

付句は、前場の「さては月のため刈りのけよとの御諚《ごぢやう》かや。昔もさるためしあり。明珠《めいしゆ》をこの沖にて竜宮へ取られしを、かづきあげしもこの浦の、天みつ月も満潮の、みるめをいざや刈らうよ」という台詞に拠った、志度の浦まで訪ねてきたわが子房前に十三年前の自身の死の経緯を語る前ジテの海女の幽霊の説明の俤である。「蚫」が「明珠」の俤となる。

85　名残表七句目

蚫とる夜の沖も静に
伊勢を乗《のす》ル月に朝日の有がたき　　不卜

「月」で八月。前句を『平家物語』巻第十一「逆櫓の事」に、元暦二年二月十六日、摂津国渡辺と福島とから、強い順風を衝いて二百余艘ある中の五艘のみで屋島へ向け船出した判官が、「人の出でねばとて、留るべきにあらず。

常の時は、敵《かたき》も恐れて用心すらん。かゝる大風大波には思ひも寄らぬ所へ寄せてこそ、思ふ敵をば討たんずれ」と語ったことを踏まえて、敵のいる夜の沖もこんな天候では用心はしていまいという判官の言の俤とする。「蚫」が「敵」の、「静」が不用心の、それぞれ俤となる。

付句は、続く「勝浦合戦の事」で、「判官、渚に上り、人馬の息休めておはしけるが、伊勢三郎義盛を召して、『あの勢の中に、さりぬべき者あらば、一人具して参れ。尋ぬべき事あり』と宣へば、義盛畏り承つて、百騎ばかりの勢の中へ、たゞ一騎駆け入つて、何とか云ひたりけん、年の齢四十ばかりなる男の、黒皮縅の鎧着たるを、甲を脱がせ、弓の弦弛《つるはづ》させ、降人《かうにん》に具して参りたり」とあるのを先取りし、「逆櫓の事」の最期に「判官、『おの〳〵の船に篝《かゞり》な灯《とも》いそ。火数多う見えば、敵も恐れて用心してんずぞ。義経が船を本船として、艫舳《ともへ》の篝を守れ』とて、終夜《よもすがら》渡る程に、三日に渡る所を、たゞ三時《みとき》ばかりにぞ走りける。二月十六日の丑の刻に、摂津国《つのくに》渡辺福島を出でて、明くる卯の刻には、阿波の地へこそ吹き着けけれ。明けければ、渚には赤旗少々ひらめいたり」とあるのと、「五艘の船には、兵粮米積み、物の具入れたりければ、馬数《うまかず》九十余匹ぞ立てたりける」（「勝浦合戦の事」）とあるのに拠った、これからただちに伊勢三郎義盛を乗せるべき彼の愛馬にも、難破もせずに無事阿波の海の朝日が射してありがたいことだ、という判官の安堵の胸中の俤である。「月」は「月毛の駒」を介して「馬」に言及する。

86　名残表八句目

伊勢を乗《のす》ル月に朝日の有がたき
欅《ケヤキ》よりきて橋造る穐　李下

「穐」。前句を、伊勢「かつらに侍ける時に七条中宮とはせ給ひける御返りごとに奉りける／久かたの中におひたる里なればひかりをのみぞたのむべらなる」（古今集・雑下）に拠って、光だけを頼りにしているという伊勢の住む月が沈んでしまったらさぞかし困るでしょうに、入れ代わりに朝日が昇ってきて本当に良かったわねという七条中宮の機知の俤とする。

付句は、伊勢「なにはなるながらの橋もつくる也いまはわが身をなにゝたとへん」（古今集・雑体・誹諧歌）に拠った、「難波なるながらの橋は古たる事にいひたるに、それも新く作れば今は我身をたとへん物なしと」（『八代集抄』頭注）思う悲しい秋であるよ、という伊勢の嘆息の俤である。

87 名残表九句目

欅《ケヤキ》よりきて橋造る穐

信長の治れる代や聞ゆらん　揚水

雑。前句を『太平記』巻第十六「正成下向兵庫事」「正成兄弟討死事」、尊氏直義兄弟の大軍の東上で主上に召された楠木正成が提示した作戦が容れられず、正成兄弟が死を決意して兵庫へ下向し、新田義貞と対面、互いに足利軍に対して布陣するのを踏まえ、戦死覚悟の正成軍が新田軍に加勢して湊川に陣取る場面の俤とする。「欅」が「楠木」の、「橋造る」が「湊川に布陣する」の、「穐」が「五月二十五日」の、それぞれ俤となり、「穐」はまた凋落の季節として正成の最期を暗示している。

付句は巻第十八「比叡山開闢事」の冒頭、「金崎《カネガサキ》ノ城攻メ落サレテ後、諸国ノ宮方力ヲ失ヒケルニヤ。或ハ降参シ、或ハ退散シテ、天下将軍ノ威ニ随フ事、宛《アタカ》モ吹ク風ノ草木ヲ靡カス如シ」とあるのに拠った、尊氏の天下平定が鳴り響いてきたのだろうかという『太平記』の話者の感慨の俤である。足利幕府を倒した「信長」が鎌倉幕府を倒し初代将軍となった「尊氏」の俤となる。

88　名残表十句目

信長の治れる代や聞ゆらん
居士とよばるゝから国の児　　文鱗

雑。前句を『菊慈童』で、ワキである魏の文帝の臣下が、酈県山《れきけんざん》の麓から湧き出る薬の水の水源を探れという君命によって、七百歳のシテである「周の穆王に召し仕はれし慈童がなれる果て」と出会う場面に拠って、周の穆王が平定していた七百年前の御代のことも慈童の口から自然と耳に入るだろうか、というワキの感慨の俤とする。「信長」は周の穆王の俤である。

付句は、「居士とよばるゝ」が老年の男子の、「児」が「慈童」のそれぞれ俤となる、酈県山麓の庵に一人住みの菊慈童の俤である。

89　名残表十一句目

居士とよばるゝから国の児
紅に牡丹十里の香を分て　千春

「牡丹」で四月。前句を『石橋』の前場、入唐渡天して清涼山《しやうりやうせん》の石橋のたもとで人を待つワキの寂昭法師の前に現れるシテの樵童が、「遙に臨んで谷を見れば、あし冷しく肝きえ、すゝむで渡る人もなし、神変仏力《じんぺんぶつりき》にあらずは、誰か此の橋を渡るべき。向は文殊の浄土にて、常に笙歌《せいが》の花降て、せうちやくきむくご、夕日《せきじつ》の雲に聞えき、目前の奇特あらたなり。しばらく待せ給へや、影向《やうがう》の時節も、今幾ほどによもすぎじ」（天和三年山本長兵衛刊本に拠る）と、じつは文殊菩薩の使獣の獅子の化身だからこう語っても一向不思議はないのだが、子どもには似つかわしくない抹香臭いことを言って姿を消す場面に拠って、さすがに中国の子どもは幼いながらに居士の風格があるわいと感心する寂昭法師の胸中の俤とする。

付句は後場の獅子の地謡、「……牡丹の英、匂ひみち〱、大きんりきむの、しゝがしら、うてやはやせや、ぼたんほう、〱、くはうきんのずい、現れて、花にたはぶれ、枝に臥まろび、実もうへなき、獅子王のいきほひ、なびかぬ草木も、なき時なれや、……」に拠った、牡丹の花に戯れて香をあたりにまき散らす赤頭の獅子の舞の俤である。

90　名残表十二句目

紅に杜丹十里の香を分て
雲すむ谷に出る湯をきく　　峡水

雑。前句を『古文真宝前集』所収の李白「採蓮曲」、「若耶渓《ジャクヤケイ》ノ傍、蓮ヲ採ル女、笑テ荷花ヲ隔テ人ト共ニ語ル。日、新粧ヲ照シテ水底ニ明ナリ、風、香袖ヲ飄シテ空中ニ挙ル。……」に拠って、李白が若耶渓で見た「荷花」を渡る「渓風は香袖を吹飄してひら〳〵と飄揚し空中に挙る」(『諺解大成』注)様子の俤とする。「牡丹」が六月の「蓮」の俤である。

付句は同じく『古文真宝前集』所収の李白「将進酒」冒頭、「君見ズヤ黄河ノ水天上ヨリ来タル、奔流海ニ到テ復夕廻ラズ。……」に拠った、黄河の源流が「崑崙の巓より流れ出て、天を去ること遠からず、故に天上より来る」(同前)光景を前にする李白の動作の俤である。「湯をきく」が、「水天上より来たる」のを「見ずや」の俤となる。

91　名残表十三句目

雲すむ谷に出る湯をきく
岩ねふみ重き地蔵を荷ひ捨　　其角

雑。前句を『三笑』の前場冒頭、「晋の慧遠廬山のもとに居して、三十余年隠山を出でず、白蓮社を結び並に十八の賢あり。其外数百人《すはくにん》世を捨て、栄を忘れて共に西方を修《じゆ》し、六字を礼《らい》して此草庵に遊止《いうじ》す。かくて流を枕とし、岩に口をすゝぎて、行住座臥の行《おこなひ》に、座禅の床《ゆか》をもる月も西に傾くをりふしは、洞煙谷雲《どうえんこくうん》の内よりも、瀑布の滝の白妙に、曙の山の姿、譬へん方ぞなかりける」とあるのに拠って、三十余年耳目を接してきた廬山の虎渓での慧遠の動作の俤とする。「湯」が「瀑布」の俤となる。

付句は、後場の「年をおい松も緑は若木の姫小松、四季にも同じ葉色の常磐木の、松菊を愛し、かなたこなたへ足もとは泥《でい》々々と、苔むす橋をよろめき給へば、淵陸左右《さう》に介錯し給ひて、虎渓を遙に出で給へば、淵明禅師《ぜんじ》にさて禁足は破らせ給ふかと、一度にどつと手をうち笑つて、三笑の昔となりにけり」という大団円に拠った、陶淵明と陸修静とが慧遠を両脇から支え持って石橋を渡らせ、虎渓を生涯出ないという禁足を破らせてしまった動作の俤である。「重き地蔵」が慧遠禅師の、「荷ひ捨」が「左右に介錯し給ひて」の、それぞれ俤となる。

92 名残表十四句目

岩ねふみ重き地蔵を荷ひ捨
笑へや三井の若法師ども　　コ斎

雑。前句を『平家物語』巻第四「信連合戦の事」、源三位頼政から「君の御謀叛すでに顕れさせ給ひて、土佐の畑へ遷し参らすべしとて、官人どもが、別当宣を承つて、御迎ひに参り候。急ぎ御所を出でさせ給ひて、三井寺へ入らせおはしませ。入道もやがて参り候はん」という手紙を受け取った高倉宮が、侍の長谷部信連の女装をしてはという提案を容れて、「御髪《おんぐし》を乱り、重ねたる御衣《ぎょい》に、市女笠をぞ召されける。六条の亮大夫宗信、傘《からかさ》持つて御供仕る。鶴丸といふ童《わらべ》、袋に物入れて戴いたり。たとへば、青侍《せいし》が女《ぢょ》を迎へて行くやうに出で立たせ給ひて」の部分、および同「高倉の宮園城寺へ入御の事」の前半、「宮は高倉を北へ、近衛を東へ、賀茂河を渡らせ給ひて、如意山《にょいやま》へ入らせおはします。昔清見原《きよみはら》の天皇、大友の皇子に襲はれさせ給ひて、吉野山へ入らせ給ひけるにこそ、少女《をとめ》の姿をば仮らせ給ひけるなれ。今この宮の御有様もそれには少しも違《たが》はせ給ふべからず。知らぬ山路を、終夜《よもすがら》はる〱と分け入らせ給ふに、いつ習はしの御事なれば、御足より出づる血は、沙《いさご》を染めて紅《くれなゐ》の如し。夏草の茂みが中の露けさも、さこそは所せう思し召されけめ。かくして暁方に三井寺へ入らせおはします」とあるのを踏まえて、京の御所から三井寺まで高倉宮を供奉し終えた六条の亮大夫宗信の動作の俤とする。「重き地蔵」が高倉宮、「荷ひ」が「傘持つて御供仕る」の、それぞれ俤となる。

付句は「高倉の宮園城寺へ入御の事」の末尾、「『かひなき命の惜しさに、衆徒《しゅと》を頼んで入御《じゅぎょ》あり』と仰せければ、大衆《だいしゅ》大きに畏《かしこ》り悦んで、法輪院に御所をしつらひ、形の如く供御《ぐご》し出いて奉る」に拠った、足を血に染めた高倉宮が三井寺の大衆にかけた言葉の俤である。

93　名残裏一句目

笑へや三井の若法師ども
逢ぬ恋よしなきやつに返哥して　仙化

雑。前句を『鸚鵡小町』の前場、「唯関寺辺に日数を送り候」と答える小町の、「むかしは芙蓉の花たりし身なれども、今は藜藋草となる。顔ばせは憔悴と衰へ、膚は凍梨の梨の如し。杖つくならでは力もなし。人を恨み身をかこち、泣いつ笑うつやすからねば、物狂と人は言ふ」という述懐に拠って、関寺の住僧たちに発した小町の慨嘆の俤とする。「三井」が「関寺」の俤となる。関寺の住僧は『関寺小町』のワキとワキツレに登場する。

付句は、ワキの新大納言行家がもたらした帝の御製「雲の上はありし昔にかはらねど見し玉だれの内やゆかしき」を贈られた小町が「所詮この返歌を唯一字にて申さう。……いや『ぞ』といふ文字こそ返歌なれ。……さればこそ『内やゆかしき』を引きのけて『内ぞゆかしき』とよむ時は、小町がよみたる返歌なり」と鸚鵡返しするのを踏まえた、小町が帝陽成院に返歌する動作の俤である。「逢ぬ恋」が「述懐」の、「よしなきやつ」が「帝」の、それぞれ俤となる。

94　名残裏二句目

逢ぬ恋よしなきやつに返哥して
管絃《くわげん》をさます霄は泣かるゝ　　芳重

雑。恋。前句を『湖月抄』若菜上巻の巻末、六条院での蹴鞠の際に女三宮をかいまみた柏木が「よそにみておらぬなげきはしげれ共名残恋しき花のゆふかげ」の歌を記した手紙を、宮の乳母子の女房の小侍従に遣わし、小侍従はそれを宮に見せるがいつもと違って宮の御返事がないので、「今さらにいろにないでそ山桜をよばぬ枝にこゝろかけきと／かひなきことを」と走り書きして柏木への返事としたのを踏まえ、垣間見の事情を知らない小侍従が、「由なき」歌を詠みつけてくる柏木にいぶかしいまま返歌する動作の俤とする。第三者たる小侍従にとっての「逢はぬ恋」が「垣間見る恋」の俤となる。

付句は若菜下巻の女楽のあと、東の対に渡って紫上と語り合う源氏に対して「まめやかには、いとゆくさきすくなきこゝちするを、ことしもかくしらずがほにてすぐすは、いとうしろめたくこそ。さき〴〵もきこゆること、いかで御ゆるしあらば」と出家の許可を求めた紫上が、「明け暮れのへだてなきうれしさのみこそ、ますことなく覚ゆれ」といって出家のために二人の対面が適わなくなることを厭う源氏の不寛容に、「例のこと、心やましくて、涙ぐみ給へる」場面を踏まえた、女楽を奏した晩に源氏が相変わらず出家を認めてくれないのを知って涙ぐむ紫上の動作の俤である。

95　名残裏三句目

管絃《くわげん》をさます霄は泣かるゝ
足引の廬山に泊るさびしさよ　　揚水

雑。前句を『古文真宝前集』所収の白居易「琵琶行」の最終聯、「今夜君ガ琵琶ノ語ヲ聞キテ、仙楽ヲ聴クガ如クニシテ耳暫ク明ラカナリ、辞スルコト莫レ更ニ坐シテ一曲ヲ弾ケヨ、君ガ為ニ翻シテ琵琶行ヲ作ラン」を承けた「我ガ此ノ言ニ感ジテ良久《ヤヽ》シク立ツ、却テ坐シテ絃ヲ促《ツ》メテ絃転《ウタ》タ急ナリ、凄々《セイセイ》向前《サキ》ノ声ニ似ズ、満坐之ヲ聞キテ皆泣《ナミダ》ヲ掩《オホ》フ、中ニ就テ泣下ルコト誰カ最モ多キ、江州ノ司馬青衫《セイサン》湿フ」に拠って、潯陽江に友人を見送った白居易が琵琶を奏でる長安出身の女人にアンコールを請い、自身の左遷の身を彼女の運命に重ねて誰よりも感涙にむせんだ動作の俤とする。

付句は、既に先注に指摘されるように、『和漢朗詠集註』山家に収める白居易の対句「蘭省ノ花ノ時錦帳ノ下、廬山ノ雨ノ夜草庵ノ中」の後者に拠った白居易の感慨の俤である。『集註』には「下ノ句ハ其栄達ニヒキカエタル我只今ノアリサマノ、モノサビシサヲイヘルナリ。所ハ匡廬《キヤウロ》ノ山中、コトニ雨夜ノ草庵ノ中、サビシク堪《タヘ》ガタシトノ心ナルベシ」とある。

96 名残裏四句目

足引の廬山に泊るさびしさよ

千声となふる観音の御名　　其角

雑。前句を『雲雀山』の冒頭、「か様に候者は、奈良の都横萩《よこはぎ》の右大臣豊成公に仕へ申者にて候。扨《さて》も姫君を一人御《おん》持候を、去人の讒奏により、大和紀のくにの境なる、雲雀山にて失ひ申せとの仰にて候程に、是迄は御供《おんとも》申て候へ共、如何にして失ひ申べきと存、柴の庵をむすび蒐角痛はり申候。去程に侍従と申乳母《めのと》、春は木々の花を手折、秋は草花《さうくわ》を取て里に出、往来《ゆきゝ》の人に是を代《しろ》なし、彼姫君をすごし申候……」（天和三年山本長兵衛刊本に拠る）というワキの言に拠って、雲雀山の谷陰の柴の庵でひっそりと暮らす中将姫主従の感慨の俤とする。「足引の廬山」が「雲雀山」

の俤となる。

付句は『当麻』前場の、「そもそも此当麻の曼陀羅と申すは、…その御《おん》息女中将姫、此山にこもり給ひつゝ、称讃浄土経、毎日読誦《どくじゅ》し給ひしが、心中《しんぢう》に誓ひ給ふやう、願はくは生身《しやうじん》の弥陀来迎あつて、我に拝まれおはしませと、一心不乱に観念し給ふ。然らずは畢命《ひつみやう》を期《ご》として、此草庵を出でじと誓つて、一向に念仏三昧の定《ぢやう》に入り給ふ」というシテの老尼の昔語りに拠った、中将姫の念仏三昧の動作の俤である。「観音」が「阿弥陀仏」の俤である。

97　名残裏五句目

千声となふる観音の御名
舟いくつ涼みながらの川伝ひ　　枳風

「涼み」で六月。前句を『平家物語』巻第四「宮の御最期の事」中の源三位頼政の最期、「三位の入道、渡邊長七唱《となふ》を召して、『我が首討て』と宣へば、主の生首《いけくび》討たんずる事の悲しさに、『仕《つかまつ》つとも存じ候はず。御自害候はば、その後こそ賜り候はめ』と申しければ、げにもとや思はれけん、西に向ひ手を合せ、高声《かうじやう》に十念唱へ給ひて、最期の詞ぞあはれなる、／うもれ木の花さく事もなかりしに身のなるはてぞ悲しかりける／これを最期の詞にて、太刀のさきを腹に突き立て、俯しざまに貫かつてぞ失せられける」なる箇所を踏まえ、治承四年五月二十六日、辞世を詠むまえに西に向かって十念称名する三位の入道の俤とする。「千声」が「十念」の、「観音」が「阿弥陀仏」の、それぞれ俤となる。

付句は巻第五「都遷の事」の冒頭、「治承四年六月三日の日、福原へ御幸《ごかう》なるべしと聞ゆ。『この日来《ひごろ》、都遷りあるべしと聞えしかども、たちまちに今明《こんみやう》の程とは思はざりしものを』とて、京中の上下騒ぎ合へり。三日と定められたりしかども、あまつさへ今一日引き上げられて、二日になりぬ。……」、および章末の「軒を争ひし人のすまひ、日を経つゝ荒れ行く。家々は賀茂川桂川にこぼち入れ、筏に組み浮べ、資材雑具《ざふぐ》舟に積み、福原へとて運び下す。たゞなりに花の都、田舎になるこそ悲しけれ」の部分に拠った、京から福原へ家財ごと筏や舟で川沿いに移動する人々の光景の俤である。ちなみに、四条の川原の涼みは六月七日から十八日である。

98　名残裏六句目

舟いくつ涼みながらの川伝ひ
をなごにまじる松の白鷺　　峡水

雑。前句を、和泉式部「男に忘られて侍ける頃きぶねにまいりてみたらし河に蛍の飛侍けるをみて読る／物おもへば沢のほたるも我身よりあくがれいづるたまかとぞ見る」（後拾遺集・雑六）、およびそれに続く「御返し／おくやまにたぎりておつる滝津瀬の玉ちるばかり物なおもひそ／此歌は貴船の明神の御返し也、男のこゑにて和泉式部が耳にきこえけるとなんいひ伝へ侍る」（同前）の二首に拠って、貴船の明神の肉声を聞いた和泉式部が貴船川に沿ってそぞろ歩きしながら、明神の年齢をあれこれ推測する動作の俤とする。「舟」は「貴船の明神」の俤となる。

付句は、和泉式部「和泉式部石山にまいりけるに、大津にとまりて夜更てきゝければ、人のけはひあまたしての、しりけるを尋ければ、あやしの賤のめがよねしらげ侍也と申けるを聞て読る／鷺のゐる松ばらいかにさはぐらんしらげはうたて里とよみけり」（金葉集・雑上）に拠った、精米する下女たちに混じって粟津の松原の白鷺がけたたましく鳴き交っているような夜中の宿の騒がしさだよ、という和泉式部の胸中の俤である。『八代集抄』の頭注には「米の精を白毛にそへて、しらげはかくうたてく里とよみての、しれば、さぞ鷺のゐる松はいかにさはぐらむと也」とある。

99　名残裏七句目

をなごにまじる松の白鷺
寐莚の七府に契る花匂へ　　不卜

「花」で三月だが実質は雑。恋。前句を『伊勢物語』第十四段、「むかし、おとこ、みちのくに、すゞろに行いたりにけり。そこなる女、京の人はめづらかにやおぼえけん、せちにおもへる心なんありける。……さすがにあはれとや思ひけん、いきてねにけり。……おとこ、京へなんまかるとて／くりはらのあれ《ね》はの松の人ならばみやこのつとにいざといはましを／といへりければ、よろこぼひて、『おもひけらし』とぞいひをりける」の歌を踏まえて、おまえも人並みの女であれば都に連れていかないこともなかったのだがという含意を込めて詠んだのに、それがわからないとは、という昔男の胸中の俤とする。「松」は「栗原のあれ《ね》はの松」で、「をなご」一般まで昇格できない人並み以下の女の譬えであり、「白鷺」に「知ら」が掛かる。

付句は、同第二十四段、「むかし、おとこ、かたゐなかにすみけり。おとこ、宮づかへしにとて、わかれおしみてゆきけるまゝに、三とせこざりければ、まちわびたりけるに、いとねんごろにいひける人に、『こよひあはん』とちぎりたりけるに、此男きたりけり。『この戸あけ給へ』とたゝきけれど、あけで、うたをなんよみていだしたりける。／あら玉の年のみとせを待わびてたゞこよひこそにゐ枕すれ／といひいだしたりければ、／あづさ弓まゆみつきゆみ年をへてわがせしがごとうるはしみせよ／といひて、……」、および既に指摘されている「みちのくのとふのすが菰なゝふには君をねさせて我みふにねん」（夫木和歌抄・巻二十八、国書刊行会本に拠る）の一首に拠った、今夜の花嫁となるかつての妻への昔男の別れの歌の俤である。すなわち、「わがせしがごとうるはしみせよ」に具体例として「みちのくの十符のすがごも七符には君を寝させて我三符に寝ん」を代入したのが付句となる。寝莚の七割は旦那に取らせ、三割に自分が寝るような愛し方をしながら花嫁として添い遂げよ、といった意である。当然、「花」は花嫁の意で春の桜ではないから、実質上は雑の句となる。

100　挙句

寐莚の七府に契る花匂へ
連衆くはゝる春ぞ久しき　挙白

「春」。前句を『泰山府君《たいさんぷくん》』の前場、桜を愛するワキの桜町の中納言が、「され共妙成花盛、三春にだにたらずして、唯一七日《いちしつにち》の間なり。余りに名残惜く候へば、泰山府君の祭をとりをこなひ、花の命を延ばやと存候」と述べて、前ジテの天女が花を一枝手折ろうとするのを「春夜一時あたひ千金、花に清香《せいきやう》月に影、見るめ隙なき花守の、鼓をかざへ待居たり」（天和三年山本長兵衛刊本に拠る）と妨害し、「おらばやの花一枝は人しれぬ、我通路《かよひぢ》の関守は、よひ〳〵ごとにうちも寝よ」との天女の命令を「ねられん物か下枕《したまくら》、花より外は夢もなし」とかわすのを踏まえて、七日間は咲き続ける約束の花よ存分に匂えと、花の下に敷いた寐莚から語りかけ、それと知らずに天女の花盗人を防いでいる桜町の中納言の胸中の俤とする。「七府」は「七日」の俤であると同時に「泰山府君」を指示している。

付句は後場、後ジテの泰山府君が登場し、前ジテの花泥棒の天女をあっという間に捜し出して罰の舞を舞わせ、一方ワキの男の願いを聞き入れて、「通力自在の遍満なれば、〳〵、花の命は七日《なぬか》なれども本より鬼神《きしん》に横道《わうだう》あらんや。花の梢に飛かけつて、嵐をふせぎ雨をもらさず四方にふさがる花の命、七日に限る桜の盛《さかり》、三七日《さんしちにち》迄残りけり」を踏まえた、前ジテの天女のみならず後ジテの泰山府君も加わって、桜花の寿命が二十一日間に延長された結末の俤である。「連衆くは、る」は前ジテと後ジテが別人で、しかも後場に同時に現れる『泰山府君』の特異性の俤であり、「春ぞ久しき」は花の盛りの期間が三倍になったことの俤である。

第V章　「市中は」三吟歌仙の推敲過程をめぐって

はじめに

本稿の意図は、歌仙全編を芭蕉翁記念館蔵の芭蕉自筆草稿（以下、記念館本とする）に基づいて、そこから復元可能な付合をすべて俤付で解読し、その記述を行うことである。併せて、櫻井武次郎（一九九九）によって芭蕉真蹟として報告された「市中は」三吟歌仙新出本本文も検討し、その妥当性を考えてみたい。新出本に関しては、既に田中善信（二〇〇四）の贋作説が提出され、それに対する櫻井氏の反論（二〇〇四）も存在する。特に田中氏の説を検証しながら、事の当否を判断してみたい。

本文は記念館本に拠るものとし、『猿蓑』本文と字遣いのみ異なる場合は、記念館本のみで『猿蓑』本文には触れない。新出本はその都度、記念館本、『猿蓑』本文のあとで検討する。

1　発句

市中《いちなか》はもの、にほひや夏の月　　加生

市中はさぞ蚊遣火の煙の臭いがいたしますことでしょう、夏のお月様よ、といった月に対する問いかけである。『古文真宝前集』所収の李白の七言古詩「把酒問月」の冒頭「青天月有テヨリ来《コノカタ》幾時ゾ、我今盃ヲ停テ一ビ之ヲ問フ」（以下、漢籍国字解全書本に拠る）の注に、「天上に始て月と云者を生じ出してより以来今日に至るまで凡そ幾く日至を歴しや、我今盃を停て試に一たび問ふと也、高空の月に向て事を問ふ、放誕の極人の不言ところを言ふ、故に妙也」とある。

また、『山家集』上巻に「夏の夜の月みることやなかるらん蚊遣火たつるしづのふせやは」（以下、本文は寺澤行忠『山家集の校本と研究』に拠る）、同上巻に「商人にふみをつくるこひといふことを／おもひかね市の中には人おほみゆかり尋てつくる玉づさ」の歌をそれぞれ見、イチナカの「物のにほひ」の正体を明かしてくれている。

「予、市中をさる事十年計にして、五十路やゝちかき身は蓑虫のみのを失ひ、蝸牛家を離て、奥羽象潟の暑き日に面をこがし、高すなごあゆみくるしき北海の荒礒にきびすを破りて、今歳湖水の波に漂。鳰の浮巣の流とゞまるべき芦の一本の陰たのもしく、軒端茨《ふき》あらため、垣ね結添《ゆひそへ》などして、卯月の初いとかりそめに入し山の、やがて出じとさへおもひそみぬ」と「幻住庵記」に草する芭蕉が京の市中に出てきたので、師匠を「涼し」（『増山井』六月）き「夏の月」に擬してねぎらいの挨拶としたものと、『猿蓑』を読むかぎりでは知れる。

2 脇

市中はものゝにほひや夏の月　　芭蕉
あつし〳〵と門〳〵のこゑ

「あつし〳〵」で「溽暑」（『増山井』）の六月。前句を『湖月抄』桐壺巻、「まうのぼり給にも、あまりうちしきるおり〳〵は、うちはしわた殿、こゝかしこのみちに、あやしきわざをしつゝ、御をくりむかへの人のきぬのすそたへがたう、まさなきことゞもあり」に拠って、道が臭くありませんかと桐壺更衣に話しかける女房の言葉の俤とする。「あやしきわざをしつゝ」とは「けがらはしき物をまきちらして更衣をくりむかへの女房のきぬすそをよごせしなるべし」と『湖月抄』の頭注にある。「夏の月」はやがて「いる事のはやきをおし」（『山之井』夏月）まれることになる桐壺更衣の代名詞である。

付句は同巻、源氏三歳の夏、「みやす所はかなきここちにわづらひて、まかでなむとし給を、いとまさらにゆるさせ給はず。としごろつねのあつしさになり給へれば、御めなれて猶しばしこゝろみよとのみのたまはするに、日々にをもり給て、たゞ五六日《イツカムユカ》のほどにいとよはうなれば、はゝぎみなく〳〵そうして、まかでさせたてまつり給ふ」とあるのに拠った、あちこちの局で「女御更衣」たちが桐壺更衣の容体を「篤《あつ》し篤《あつ》し」とうわさしている様子の俤である。

挨拶は何か。桐壺帝みたいにわたしを解放しないでいると本当に病気になってしまいますよ、つまり、早いとこ巻き終えてわたしを涼しい幻住庵に帰してくださいよと、明らかに亭主をせっついている。

3　第三

あつし〳〵と門〳〵のこゑ
二番草《ぐさ》とりもはたさず穂に出《いで》て　去来

「二番草」で六月。前句を『平家物語』巻六「入道逝去の事」、「入道相国、病附《やまひづ》き給へる日よりして、湯水も喉へ入れられず。身の内の熱き事は、火を焼《た》くが如し。臥し給へる所、四五間が内へ入る者は、熱堪へ難し」（以下、角川文庫本に拠る）とあるのに拠って、死の床に就いた清盛の周囲で交わされる六波羅邸内の人々の感想の俤とする。

付句は同巻「洲の股合戦の事」、「同じき十日の日、美濃国の目代、早馬を以て都へ申しけるは、源氏すでに尾張国まで攻め上り、道を塞いで、人を一向通さぬ由申したりければ、平家やがて討手を差向けらる。大将軍には、左兵衛督知盛、左中将清経、同じき少将有盛、丹後侍従忠房、侍大将には、越中次郎兵衛盛嗣、上総五郎兵衛忠光、悪七兵衛景清を先として、都合其の勢三万余騎、尾張国へ発向す。入道相国薨ぜられて、わづか五句をだに満たざるに、さこそ乱れたる世と云ひながら、あさましかりし事どもなり」とあるのに拠った、短期間に東国の源氏の反乱が表面化したことの俤である。「田草とる」は五月（『増山井』）だから、「二番草取りも果さず」で「わづか五句をだに満たざるに」の俤となる。

4　四句目

二番草とりもはたさず穂に出て
破《や》れ摺鉢にむしるとびいを　　生

「干魚之類雑也《ホシイヲ》」（『増山井』非季詞）。前句を『徒然草文段抄』第二一五段、「平宣時朝臣《タヒラノノブトキノアソン》老の、ちむかしがたりに、最明寺入道《サイミヤウ》あるよひの間によばる、事ありしに、やがてと申ながらひた、れのなくてとかくせしほどに、又使《ツカヒ》来りて、直垂なンどのさふらはぬにや、夜《ヨル》なれば、ことやうなりとも、とくとありしかば、なへたる直垂、うちくのまゝにて罷《マカリ》たりしに」とあるのに拠って、二度目の使いに図星を指され、「なへたる直垂、うちくのまゝにて」最高権力者の面前に現れ出でた宣時の動作の俤とする。

付句は同段、「てうしにかはらけとりそへてもていで、、此酒をひとりたうべんがさうくしければ申つる也。さかなこそなけれ、人はしづまりぬらん、さりぬべき物やあるといづくまでもともとめ給へと有しかば、しそくさして、くまくを求《モトメ》し程に台所の棚に小土器《コカハラケ》にみその少しつきたるを見出てこれぞもとめえてさふらふと申しかば、事たりなんとて心よく数献《スコン》におよびて興《ケウ》にいられ侍りき」という宣時の昔語りに拠った、「小土器にみその少しつきたる」肴の俤である。

二番草取りも果さず穂に出て
　灰うちたゝくうるめ一枚　　兆

『猿蓑』本文。雑。「小土器にみその少しつきたる」肴の俤であることに変わりはないが、「擂鉢」が消えた分「みそ」との距離が大きくなって俤の度合いが強まった。また、「とびいを」に比べてより小さな「うるめ」を「一枚」出したことで、発見した肴の有難みが増している。

5　五句目

破れ摺鉢にむしるとびいを
　この筋は銀もみしらず不自由《ふじゆ》さよ　　蕉

雑。前句を『太平記』巻第七「千剣破城《チハヤノ》軍《イクサノ》事」、「長崎四郎左衛門尉此有様ヲ見テ、此城ヲ力責《チカラゼメ》ニスル事ハ、人ノ討《ウタ》ル、計《バカリ》ニテ、其功成難《ナリガタ》シ、唯取巻《トリマイ》テ食責《ジキゼメ》ニセヨト下知《ゲヂ》シテ、軍《イクサ》ヲ被止《ヤメラレ》ケレバ、徒然《トゼン》ニ皆堪兼《タヘカネ》テ、花ノ下《モト》ノ連歌シ共《ドモ》ヲ呼下《ヨビクダ》シ、一万句ノ連歌ヲゾ始《ハジメ》タリケル」（以下、日本古典文学大系本に拠る）とあるのに拠って、千剣破城で兵糧攻めに苦しむ正成の兵たちが口にする貴重な保存食の俤とする。

付句は同、「大将ノ下知ニ随《シタガヒ》テ、軍勢皆軍《イクサ》ヲ止《ヤメ》ケレバ、慰ム方《カタ》ヤ無《ナカ》リケン、或《アルヒ》ハ碁・双六《シゴロク》ヲ打《ウツ》テ日ヲ過《スゴ》シ、或ハ百《ヒヤク》服茶《ブクチヤ》・褒貶《ハウヘン》ノ歌合ナンドヲ翫《モテアソン》デ夜ヲ明《アカ》ス」に拠った、兵糧攻めの暇を持て余して「碁・双六」に興じる兵の言葉の俤である。こっちの展開だと手持ちの銀将も使えない、不自由なことよ、と将棋に事寄せて、持ち駒のない碁や双六の俤とする。

灰うちた丶くうるめ一枚
　此筋は銀も見しらず不自由さよ　　蕉

『猿蓑』本文。千剣破城の内と外で変わっていないが、露伴（一九三七）のいう「網もても焼かざる干魚」を食するところに、「山国の開けぬさま」ではなくて、戦闘中の城内の余裕のない雰囲気が出ている。

6　折端

この筋は銀もみしらず不自由さよ
たゞとひやうしにながき脇ざし　　来

雑。前句を『和漢朗詠集註』王昭君の解説、「王昭君トイハ《（ママ）》漢元帝ト申ス帝《ミカド》ノ宮《キウ》女也。……三千人ノ美人ノ中ニ其形《カタチ》第一ナリ。胡ノ国ノヱビスノ王單于ト云フモノ。漢ト和睦スルニ漢主ノムスメヲエントイヒケルニ。漢王宮女ヲムスメトテツカハサントスルニ。三千ノ佳麗ノ中ニ形ミニクカランヲアタフベシ。三千ノ美人見尽スベキニアラズ。其名形ヲ絵ニカキテマイラセヨト仰セ出サレケレバ三千人ワレモワレモトサマザマノ宝ヲ画工《グワコウ》ニトラセテ形ヨクカ、セケルニ。王昭君ハ我形ヲタノミテ。其マイナヒヲセザリケレバ画工コ、ロエズ思テ。王昭君ガ形ヲミニクキ躰《テイ》ニカキケリ」、また「昭君若シ黄金ノ賂ヲ贈ラマシカバ定是レ身ヲ終テ帝王ニ奉《ツカ》ヘマツラン」の句の解説に「是ハ落句也。昭君モ金ヲモテ画工ニマイナヒヲ送ラマシカバ。身ヲ終ルマデ君ニツカヘテ。カヽルウキメヲ見ザランモノヲトナリ」とあるのに拠って、王昭君が賄賂を贈るのを怠った画工の胸中の俤とする。

付句は「帝御覧ジテ。王昭君ヲヱビスニタマフベシト仰ラレヌ。已《スデ》ニツカハス時御覧ズレハマコトニ世ニアリガタキ美人ナレドモ。君子ハ二言ナキコトニテトヾメ給フニアタハズ。ヱビスコレヲ得テ都ヲ出テ。ハルカニ胡塞ノミチニムカヒタリ」とあるのに拠った、昭君の目には奇異に映った胡国の男子の武装の俤である。昭君以外はだれも見ていないのだからどのように作っても俤になる訳である。なお『昭君』の後ジテである呼韓邪單于《こかんやぜんう》の幽霊は刀剣を帯びていないので、この句で参考にする必要はなさそうである。

7　初裏一句目

たゞとひやうしにながき脇ざし
草村にかはづこはがる夕ま暮　　生

「かはづ」で二月（『増山井』）。前句を『曾我物語』巻第一「同じく相撲の事」、河津の三郎祐重《すけしげ》が大庭《おほば》の平太《へいだ》景信の舎弟、俣野《またの》の五郎を酒盛りの余興の相撲で負かし、「以前も勝ちたる相撲を御論《ごろん》候間、今度は真中《まんなか》にて片手を持つて打ち申したり。未だ御不審や候べき。御覧じつるか人々」（以下、日本古典全集本に拠る）と言い放ったので、「大庭、これを見て、童《わらは》に持せたる太刀おつ取り、するりと抜きて飛んで掛かる。座敷俄《にはか》に騒ぎ、ばつさと立つ。伊東方に寄る者もあり、大庭方に寄る者もあり。両方《りやうはう》さへんと下《お》り塞《ふさ》がり、銚子、杯《さかづき》踏み割り、酒肴《さけさかな》をこぼす」とあるのに拠って、主君頼朝の目に映じる大庭の平太の抜きはなった太刀の俤とする。このあと頼朝は大庭を一喝、その軽挙を戒める。

付句は同巻「河津三郎討たれし事」、一の射翳《まぶし》の八幡《やはた》の三郎が放った矢が「思ひも寄らで通りける、河津が乗つたる鞍の後ろの山形を射削り、行縢《むかばき》の着際《きぎは》を前へつつとぞ射通しける。河津も善《よ》かりけり。弓取り直し、矢取つて番《つが》ひ、馬の鼻をひつ返し、四方《よも》を見廻す。知者は惑はず、仁者《じんしや》は憂へず、勇者《ようしや》は懼《おそ》れずと申せども、大事の痛手なれば、心は猛く思へども、性根次第に乱れ、馬より真逆様に落ちにけり」とあるのに拠った、致命傷を負った河津がそれでも気張って「弓取り直し、矢取つて番ひ、馬の鼻をひつ返し、四方を見廻す」様子の俤である。「蛙」は「河津」の、「こはがる」は「強《こは》がる」の俤で、もちろん「河津」が「強がる」の主格である。

8　初裏二句目

草村にかはづこはがる夕ま暮
　蕗の芽とりにあんどゆりけす　蕉

「蕗の芽」で一月（『増山井』に「ふきのしうとめ」あり）。恋。前句を『湖月抄』夕顔巻、「そのわたりちかきなにがしの院におはしましつきて、あづかりめしいづる程、あれたるかどのしのぶぐさしげりて、みあげられたる、たとしへなくこぐらし。霧もふかくつゆけきに、すだれをさへあげたまへれば、御袖もいたうぬれにけり。まだかやうなることをならはざりつるを、こゝろづくしなることにもありけるかな。／いにしへもかくやは人のまどひけんわがまだしらぬしのゝめのみち、ならひ給へりやとの給ふ。女はぢらひて、／やまのはのこゝろもしらで行月はうはの空にてかげやたえなん、こゝろぼそくとて、物おそろしうすごげに思ひたれば」とあるのに拠って、明け方何某の院を源氏とともに訪れた夕顔が「此院の躰」（『湖月抄』傍注）を「物おそろしうすごげに思」っている様子の俤とする。「夕まぐれ」は「あけ行く空」の俤であると同時に「夕顔」の名を示唆している。

付句は同巻、「よひすぐるほどに、すこしねいり給へるに、御まくらがみに、いとおかしげなる女ゐて、をのがいとめでたしとみ奉るをばたづねもおもほさで、かくことなることなき人をゐておはして、ときめかし給ふこそいとめざましくつらけれとて、この御かたはらの人をかきおこさんとすとみ給ふ。ものにをそはるゝ心ちして、おどろき給へれば、火もきえにけり」とあるのに拠った、物の怪の動作の俤である。「蕗の芽」は「蕗の姑」に対して若い女、つまり夕顔の比喩となる。「蛙」は二月で「ふきのたう」は一月だから明らかに季戻りであり、したがって「蕗の芽」は譬えであることがわかる。

9　初裏三句目

蕗の芽とりにあんどゆりけす
発心のをこりを花のつぼむ時　　来

「花」で三月。前句を『平家物語』巻一「妓王の事」、「たそがれ時も過ぎぬれば、竹の編戸を閉ぢ塞ぎ、灯《ともしび》かすかにかきたてて、親子三人もろともに、念仏して居たる所に、竹の編戸をほと〳〵と打叩くもの出で来たり。その時尼ども肝をけし、あはれ、これは、いひがひなき我等が念仏して居たるを妨げんとて、魔縁の来たるにてぞあるらん。昼だにも人も訪《と》ひ来ぬ山里の、柴の庵の内なれば、夜ふけて誰かは尋ぬべき。僅かに竹の編戸なれば、あけずとも推《お》し破らんことやすかるべし。今はたゞなか〳〵あけて入れんと思ふなり。それに、情をかけずして命を失ふものならば、年頃頼み奉る弥陀の本願を強く信じて、隙《ひま》なく名号を唱へ奉るべし。声を尋ねて向へ給ふなる、聖衆《しやうじゆ》の来迎《らいかう》にてましませば、などか引摂《いんぜふ》なかるべき。相構へて念仏怠り給ふなと、互に心を戒めて、手に手を取り組み、竹の編戸をあけたれば」とあるのに拠って、「魔縁の来たるにてぞあるらん」と思って「肝をけ」す妓王と妹と母親、尼三人の様子の俤とする。「蕗の芽とり」で一語とし、「に」を事態発生のきっかけを示す格助詞ととる。

付句は同巻、竹の編戸を叩いた仏御前の、「……わごぜの出でられ給ひしを見しに付けても、いつか又、我が身の上ならんと思ひ居たれば、嬉しとは更に思はず。障子に又、いづれか秋にあはではつべきと書き置き給ひし筆の跡、げにもと思ひ候ひしぞや。いつぞや又わごぜの召され参らせて、今様を歌ひ給ひしにも、思ひ知られてこそ候へ。その後は在所を何《いづ》くとも知らざりしに、この程聞けば、かやうに様をかへ、一つ所に念仏しておはしつる由、あまりに羨しくて、常は暇《いとま》を申しかども、入道殿さらに御用ひましまさず……」という妓王への説明に拠った、出家しようと思い始めた時期がいつだったのか、「わごぜの召され参らせて、今様を歌ひ給ひし」春だったのか、その前の秋だったのか、という仏御前の自問自答の俤である。

蕗の芽とりに行燈ゆりけす
道心のおこりは花のつぼむ時　来

『猿蓑』本文。「発心」が「道心」に変わって、「今年はわづかに十七にこそなりし人の、それ程まで、穢土を厭ひ浄土を願はんと、深く思ひ入り給ふこそ、まことの大道心とは覚え候ひしか」という妓王の詞が強く示唆されると同時に、格助詞「を」が係助詞「は」に変わり、「花のつぼむ時」が一季節から仏御前の年齢の隠喩に変化することで、付句全体が仏御前の述懐から妓王の感慨の俤となった。

10　初裏四句目

発心のをこりを花のつぼむ時
能登の七尾の冬は住うき　　生

「冬」。前句を『撰集抄』巻第一「坐禅せる僧の事」、「いとゞだにつたの細道は心ぼそきに、日かげももらぬ木の本に、形のごとくなるいほりむすびて、坐禅せる僧あり。よはひ四そぢばかりにもなるらんとみえ侍り。いかに、いづくの人の何にかなしみてか、すみ給ふらん。又、発心の縁きかまほしきよし尋ね侍りしかば、われは是相模国の者なり。武勇の家に生れて、三尺の秋の霜をよこたへ、胡録《やなぐひ》の箭をつがふべきしなの者なり。しかあれども、生死無常のおそろしく覚えて、より〳〵心をしづめて、坐禅などし侍りしかども、たちまちに世をふり捨てえずして侍るほどに、としごろの女なん身まかりにしかば、いよいよ心もとゞまらで、本鳥《もとどり》切りて、此山に籠り侍り。はじめは松嶋と申す寺に侍りしを、親しき者どもとかく申すことのむつかしくて、人にもしられず、此二とせこゝに侍るなり」（小島孝之・浅見和彦編『撰集抄』の校異に拠る）とあるのに拠って、「発心の縁」を坐禅僧は長年連れ添った妻の死んだ時だと答えたという西行の回想の俤とする。「つぼむ」は「蕾む」ではなく「窄む」の意となる。

付句は同巻第三「見仏上人岩屋に籠る事」、「能登国いなやつの郡の内に、山海まじはりて、殊に面白く覚ゆる所侍り。……人里遙かに離れたり。巌さがしくて、いたく荒磯なり。……岸その事となくそびえあがりて、木どもよしありて生ひたりけるに、岩屋の目出度き見ゆめり。……齢四十ばかりの僧座して侍り。……なつかしく覚えて、いづくの人にかいまそかるらむ。所ざまこそすみよしとおぼすらめと申し侍りしかば、此聖、すこしほゝゑみ給ひて、かく、／難波潟むらだつ松もみえぬ浦をこゝすみよしとたれか思はん／とのたまはせ侍りしかば、……さても、誰と申す人にてかいまそかるらん。いつも此所に住み給ふにやなんど尋ね侍りしかば、いさとよ、人は月まつ嶋の聖とこそよばひ侍れ。又、いつもこゝに住むにはあらず、月に十日は必ず来たりて住むなり。其程は何も食ひ侍らずとのたまはせ侍りしに、あさましくて、さては見仏聖人ときこえ給ふ人の御ことにこそと、かたじけなく覚えて、……此事、げに思ひ出だすに、……せめて春夏の程はいかゞせむ。冬の空の越路の雪の岩屋の住まひ思ひやられて、すぞろに涙のしどろなるに侍り」とあるのに拠った、「冬の空の越路の雪の岩屋の住まひ」が「思ひやられ」る西行の回想の俤である。「松嶋」という地名が前句と付句とを結びつけている。

道心のおこりは花のつぼむ時
　能登の七尾の冬は住うき　　　　兆

『猿蓑』本文。『撰集抄』の二つのエピソードの俤のままだが、前句の話者が往事を回想する西行から、蔦の細道で坐禅する僧に変わった。西行の問いに対する僧の返答の俤となり、草稿の前句も付句も話者が西行である単調さを払拭している。

発心のおこりは花のつぼむ時
　冬は住憂能登のほうだつ

新出本本文。「ほうだつ」は宝達山《さん》、加賀との国境に近い六三七メートルの山で能登半島の最高峰。金山として「天正四年から元和三年までの四十年間にその多くを産出しており、慶長時代にその最盛期を迎え」（押水町指定文化財宝達山金鉱跡の立看板より）たそうで、石川県指定文化財の桜井家文書の中に、慶長十二年七月付の「宝達金山運《ほうだつかねやまうん》上《じやう》」に関する前田利長判物《はんもつ》が見える。

しかしながら、田中善信（二〇〇四）がいうように、この山名は地元の人ならともかく全国的には知られていまい。というのは古典に一切現れていないからである。能登国の歌枕として、『歌枕名寄』（万治二年刊）には「能登海《のとのうみ》」「能《の》登嶋山《とのしまやま》」「香嶋《かしま》」「熊《くま》来《き》村」「机嶋《つくえじま》」「珠洲海《すずのうみ》付長浜浦《ながはまのうら》」「御牧《みまき》」「雲津《くもつ》」「饒石河《にぎしがは》」「岩瀬渡《いはせのわたり》」、『松葉名所和歌集』（万治三年刊）にはそれら以外に「羽咋海《はぐひのうみ》」「高渕山《たかぶちやま》」「角嶋《つのじま》」「宮崎山《みやざきやま》」が挙がる。令敬編『誹諧旅枕』（寛文二年刊）には「追手浦《おつてのうら》」「机嶋」「親湊」「珠洲海」の四句が、幽山編『誹枕』（延宝八年）には「珠洲の海」「能登鯖」「能登の指鯖」「机嵩」が見える。「七尾」も「宝達」もない。

もっとも、田中氏が指摘するように、前者は『合類節用集』（延宝八年刊）に「七尾　登州」として挙がり、また今栄蔵編『貞門談林俳人大観』（一九八九）に拠れば、貞室編『玉海集追加』（寛文七年刊）に「能登七尾住落合氏　順辰」が四句、加友編『伊勢踊』（寛文八年刊）の句引に「能登　七尾西光寺内　伝茂　一」、維舟編『武蔵野集』（延宝四年刊）の句引に「能登七尾　岩城宗無　三　笹田元堅　二」、「松尾氏本住伊賀号宗房　桃青」の名も挙がる季吟編『続連珠』（延宝四年刊）の句引に「能登国八人　七尾大野氏長久　三　同休昌　一　加藤氏是清　一　同宗無　一　同安藤氏安吉　一　大野氏吉久　一　八田重治　一　七尾橋本氏延良　一」、梅盛編『道づれ草』（延宝六年刊）に「能州七尾　宗無　二」、友琴編『白根草』（延宝八年刊）の句引に「能州七尾」として「八田重治」ほか全二十八名、長之・一平編『加賀染』（天和元年刊）の句引に「能州七尾住」として「八田重治」ほか全十名が、それぞれ見える。

能登国の中心地が「七尾」だという共通認識は俳書の句引からでも伺えよう。

「「市中の巻」は『猿蓑』に掲載する予定で興行されたと考えてよかろうが、このような歌仙において、日本のごく一部の人しか知らない宝達という地名を芭蕉が許容したとは私には考えられない」という田中氏の見解で結論は出ているが、氏は私のようにはこの付合を読んでいないから、付様に即して「宝達」を検討する。

前句は『猿蓑』本文とほとんど変わらないから、付句の「冬は住憂能登の」まで読めば、付句が『撰集抄』に載る見仏上人の冬の暮らしを思う西行の回想の俤であることは、「能登の七尾の冬は住うき」の場合と同じである。では、「いなやつの郡」の上人の「岩屋」のある場所の条件は何か。一つは海辺であること、もう一つは「人里遙かに離れ」ていることである。両者をクリアしてしまうとそっくりそのまま俤にはならないから、どちらか一方が満たされていればよい。「七尾」は前者を満たし、後者を満たさない。たとえ七尾の正確な位置を知らなくても、「鯖　同背腸《セワタ》　烏賊黒漬《イカノクロヅケ》　クマビキ　内海鰯《ウチウミノシイラ》　経紐苔《キヤウノヒモノリ》」という『毛吹草』（正保二年刊）の掲げる「能登」の「名物」と、能登の中心地であることとが織りなす「七尾」のイメージは海産物の集散地である。「ほうだつ」はどうか。三千風および芭蕉と曾良とが通過した倶利伽羅峠の、北方十一キロに位置する宝達山は一番近い海岸から七キロほど離れており、金山だから鉱夫がいる。すなわち、どちらの条件も満たさないのである。

「ほうだつ」が俤になるとすれば、「いなやつ」と同じ平仮名四字で語末が「つ」で終わる点だろうが、「いなやつ」という『撰集抄』の郡名自体が元禄時代には残存していないので印象が薄く、あまり意味のない類似ではある。

私自身の結論は次章に譲る。

11　初裏五句目

能登の七尾の冬は住うき

魚のほねしはぶるまでの老をみて　　蕉

雑。前句を『平家物語』巻七「実盛最後の事」、「……先年坂東へまかり下り候ひし時、水鳥の羽音に驚き、矢一つだに射ずして、駿河の蒲原より逃げ上つて候ひし事、老の後の恥辱、たゞこの事に候。今度北国へまかり下り候はば、定めて討死仕り候ふべし。実盛、もとは越前国の者にて候ひしが、近年御領《ごりやう》に附けられて、武蔵国長井に居住仕り候ひき。事の譬《たとへ》の候ふぞかし。故郷へは錦を着て帰ると申す事の候へば、何か苦しう候ふべき。錦の直垂を御免候へかし」という斎藤別当実盛の宗盛への暇乞いに拠って、武蔵国長井に移住したのちに北国の地を思っての実盛の感慨の俤とする。能登国の国府を越前国に住んでいたころの実盛が訪れる可能性は当然ある。「七尾」という地名は能登第一の集落として国府の俤になる。

付句は、同じく「……斎藤別当、常は兼光に逢うて、物語し候ひしは、六十に余りて、軍《いくさ》の陣へ向はん時は、鬢鬚《びんひげ》を黒う染めて、若やがうと思ふなり。その故は、若殿ばらに争うて先を駆けんも、おとなげなし、又老武者とて人の侮らんも、くちをしかるべし、と申し候ひしが、実《まこと》に染めて候ひけるぞや。洗はせて御覧候へ、と申しければ、木曾殿、さもあるらんとて、洗はせて御覧ずれば、白髪《はくはつ》にこそなりにけれ」とあるのに拠った、「はや七十にも余り、白髪にこそな」っていた実盛の首を見る義仲たちの動作の俤である。

「魚のほねしはぶるまでの」は「実盛最後の事」の章末に、「去んぬる四月十七日、平家十万余騎にて、都を出でし事柄《ことがら》は、何面《なにおもて》を向ふべしとも見えざりしに、今五月下旬に、都へ帰り上るには、その勢わづかに二万余騎。流れを尽して漁《すなど》る時は、多くの魚を得《う》といへども、明年《みやうねん》に魚なし。……後《のち》を存じて、少々は残さるべかりけるものをと、申す人々もありけるとかや」とあるのに拠った、源氏が平家を壊滅的に討ち破ったことの形容の俤である。

冬は住憂能登のほうだつ
魚のほねしはぶるまでの老を見て

新出本本文。実盛の俤以外に付様は考えられないが、実盛が「能登のほうだつ」を訪れる理由がない。慶長年間に最盛期を迎えた金山たる「ほうだつ」は何の俤になるのだろう。これを要するに、この前句では付句が付いていない。付合として成立していない。つまりこの前句は、私にいわせれば捏造されたのである。

12　初裏六句目

魚のほねしはぶるまでの老をみて
待人いれし小みかどの鎰　　来

雑。恋。前句を『湖月抄』槿巻、父宮の服喪のために斎院を退いた槿の姫君が叔母の女五宮の住む桃園宮に渡御したので、思い初めたら一途の源氏が自分にとっても叔母にあたる女五宮の見舞いにかこつけて寝殿の西に住む槿の姫君を口説くがうまく行かないまま、十一月の雪の宵、例によって女五宮を見舞った際、そこで「七十あまり」（『湖月抄』頭注）の尼となって女五宮に仕えている源内侍の「いたうすげみにたるくちつき思ひやらる、こはづかひ」に接するのに拠って、年老いた源内侍の声を耳にする源氏の動作の俤とする。「いたうすげみにたるくちつき」の傍注に「老者の歯落て口打ゆがみたるさまにや」とある。源氏と源内侍とは簾越しに会話しているので、「みて」が「思ひて」の俤となる。

付句は同巻、源内侍と会ったあと寝殿の西面の槿の姫君を訪れた源氏が、女房を介して槿の姫君の「あらためてなにかはみえんひとのうへにかゝりときゝしこゝろがはりを、むかしにかはることはならはず」というつれない返事を受け取って、「いふかひなくていとまめやかにゐじ聞えて、いで給」のに拠った、源氏の胸中に浮かんだ槿の姫君の隠喩の俤である。

この宵、源氏が桃園宮に入るに際して、次のようなエピソードがあった。「宮には、北おもてのひとしげきかたなる御かどは、いりたまはんもかろ〲しければ、にしなるがことごとしきを、人いれさせ給ひて、宮の御かたに御せうそこあれば、けふしもわたり給はじとおぼしけるを、おどろきてあけさせ給。みかどもりさむげなるけはひ、うすずきいできて、とみにもえあけやらず。これよりほかのおのこはたなきなるべし。ごほ〲とひきて、じやうのいといたくさびにければ、あかずとうれふるを、あはれときこしめす。昨日けふとおぼす程に、みそとせのあなたにも成にける世かな、かゝるをみつゝ、かりそめのやどりをえおもひすてず、木草のいろにも心をうつすよと覚ししらる。くちずさびに／いつのまによもぎがもとゝむすぼゝれ雪ふる里とあれしかきねぞ。やゝひさしくひこじろひあけていり給」。

槿の姫君に求愛を拒まれて源氏が思い出したのが、先ほどの、ずっと開いていないので錆びて回らなくなってしまった西の正門の錠だという設定である。その錠のごとく、槿の姫君の心も「いといたくさびにければ、あかず」と源氏が胸中で思うのである。このように読まないと、体言止めで放り出された「鎰」の説明がつかない。「待人」が「待たれぬ人」の、「小みかど」が「にしなる」正門の、それぞれ俤である。

露伴（一九三七）はこの付合を次のように解している。「源氏物語末摘花の巻に、源氏末摘花の君を訪ひたまひての後朝に雪の積りたる中を出でたまふ段。御車出づべき門は未だ開けざりければ、鍵の預り人尋ね出たれば、翁のいといみじきぞ出できたる。とある其翁を前句の魚の骨しはぶるまでの老人として此句あり。……たゞし本文は門を出づる折の事なるを、こゝには入る折の事として、末摘花の君の方なる女房など姫君の為に源氏の来まさむことを待望みたるは勿論なれば待人入りしとは作りて、翁の門の鎰さしたる前夜の風情にせり。後朝の門、前夜の門、おなじ門なること論無ければ、わざと前夜にして、故事の死用を避け、俳諧の活境を現じたるは、もとより去来の腕のはたらき也。末摘花の君は故常陸宮の女なり、この句につきて去来の浪化に与へし文、何のあやまりあらむ。曲斎却て誤つて人を攻めたり。笑ふべし」。

曲斎はさておき、私は去来が「門守」で勘違いしたのだと思う。さもなくば、去来が初案の段階で末摘花巻のつもりで付けたのに、芭蕉が槿巻に改変してしまった可能性がある。この付合は末摘花巻の俤ではない。かりに付句と前句とが逆であったとしても、「前句をつきはなしてつくべし」と『去来抄』に記した同じその人の作とは思えないベタ付となる。ここまでの十一ある付合と比べても、このベタ付は明らかに異質である。この歌仙が巻かれたのが元禄三年六月、『猿蓑』出版が翌四年七月、いわゆる「真蹟去来文」、すなわち浪化宛去来書簡の日付が元禄七年五月一三日、『猿蓑』からでも三年近くたっている。私なんぞは半月前に解読した付様を思い出せないこともある。

13　初裏七句目

待人いれし小みかどの鎰
立かゝり屛風をこかすをなご共　　生

雑。前句を『平家物語』巻五「月見の事」、「中にも、徳大寺の左大将実定《じつてい》の卿は、旧き都の月を恋ひつゝ、八月十日余りに、福原よりぞ上り給ふ。何事も皆変りはてゝ、稀に残る家は、門前草深くして、庭上露滋し。……今故郷の名残とては、近衛河原の大宮ばかりぞましましける。大将その御所へ参り、先随身を以て、総門を叩かせらるれば、内より女の声にて、誰《た》そや、蓬生の露うち払ふ人もなき所にと咎むれば、これは福原より大将殿の御上り候と申す。さ候はゞ、総門は錠のさゝれて候ふぞ。東の小門より入らせ給へと申しつれば、大将、さらばとて、東の小門よりぞ参られける」とあるのに拠って、不意の珍客を招じ入れた「女の声」の俤とする。「小みかど」は「総門」の、「鎰」は「東の小門より入らせ給へ」と告げる「女の声」の俤となる。

付句は同じく、「大宮は、御つれ〴〵に、昔をや思し召し出でさせ給ひけん。南面の御格子あげさせ、御琵琶遊ばされける所へ、大将つと参られたれば、暫く御琵琶をさしおかせ給ひて、夢かや現《うつゝ》か、これへ〳〵とぞ仰せける。……待宵の小侍従と申す女房も、この御所にぞ候はれける。……大将この女房を呼び出でて、昔今の物語どもし給ひて後、小夜《さよ》もやう〳〵ふけ行けば、旧き都の荒れ行くを、今様にこそ歌はれけれ。／旧き都を来て見れば　浅茅が原と荒れにける／月の光は隈なくて　秋風のみぞ身にはしむ／と、おし返し〳〵三返《べん》歌ひ澄まされたりければ、大宮を始め奉りて、御所中の女房達、皆袖をぞ濡らされける」とあるのに拠った、大宮の弟の大将の目に映じた、自分の歌う今様に聴き惚れて紅涙をぬぐう「御所中の女房達」の動作の俤である。

待人入し小御門の鎰
立かゝり屛風を倒《たふ》す女子共　兆

『猿蓑』本文。「立かゝ」るのは屛風ならばその上から目まで出して、「屛風」が「几帳」の俤とすれば几帳の掛布の結び目の間から、流行の歌謡をしみじみと朗唱する貴公子を何とかして見ようとするからである。「転《こ》かす」が「倒す」に変わって、「屛風」の背がより高くなった感がある。

14　初裏八句目

立かゝり屛風をこかすをなご共
湯殿は竹のすのこ侘しき　蕉

雑。恋。前句を「長恨歌」冒頭、「漢皇色ヲ重ジテ傾国ヲ思フ、御宇多年求レドモ得ズ」（『古文真宝前集』）の句に拠って、楊貴妃を発見するまで「在位多年の間意に愜《かな》ふ美人をば求め得られざりし」（諺解大成注）玄宗の目に映じる後宮の一コマの俤とする。

付句は同、「春寒シテ浴ヲ賜フ華清ノ池、温泉水滑ニシテ凝脂ヲ洗」、および貴妃の死後に戻ってきた長安での「帰リ来レバ池苑皆旧ニ依ル、太液ノ芙蓉未央ノ柳、芙蓉ハ面ノ如ク柳ハ眉ノ如シ、此ニ対シテ何ゾ涙垂レザラン」に拠った、貴妃が湯浴みした華清宮の温泉池で玄宗の胸に去来した感慨の俤である。

立かゝり屏風を倒す女子共
湯殿は竹の簀子侘しき　　蕉

『猿蓑』本文。その他大勢の「屏風を倒す女子共」に対してひとり「国を傾くる美人」が登場する訳だから、「傾倒」という熟語もあるように、やはり「こかす」よりも「倒す」のほうが適切といえよう。

15　初裏九句目

湯殿は竹のすのこ侘しき
茴香の実を吹をとす夕あらし　　来

「茴香の実」で八月（『増山井』）。恋。前句を『湖月抄』若菜上巻、明石姫君が母明石上の住む西北の町で男御子《をとこみこ》を安産し、そこでは産養《うぶやしなひ》の儀式が目立たないので、本来の居所である東南の町の寝殿に戻ることになり、そこに「たいのうへもわたり給へり。しろき御さうぞくし給て、人の親めきて、わか宮をつといだきてゐ給へるさま、いとおかし。みづからかゝることしり給はず、人のうへまでもみならひ給はねば、いとめづらかにうつくしと思ひ聞え給へり。

むつかしげにおはする程を、たえずいだきとり給へば、まことのをばぎみは、たゞまかせ奉りて、御ゆどの、あつかひなどを、つかうまつり給。春宮の宣旨《せんじ》なる内侍のすけぞつかうまつる。御むかへゆにおりたち給へるも、いと哀に、うちうちのこともほのしりたるに、すこしかたほならばいとおしからましを、あさましくけだかく、げにかゝる契ことにものし給けるひとかなとみきこゆ」とあるのに拠って、孫の世話は紫上にまかせ、御湯殿で産湯を使わせる春宮の宣旨という名の内侍《ないしのすけ》の介添えとして、女房格で「御迎湯におりたち給へる」明石上の胸中の俤とする。

付句は、同巻、六条院の蹴鞠の場で「から猫のいとちいさくおかしげなる」が別の「すこしおほきなる猫」に追いかけられ、綱を御簾に引っかけて御簾の端が引き開けられたので、中で立って蹴鞠を眺めていた女三宮の姿が丸見えになり、「夕かげなればさやかならず、おくくらき心ちするも、いとあかずくちおし」と柏木に思わせるが、夕霧が気づいて「うちしはぶきたまへるにぞ、やをらひき入給」、一連の場面が幕を閉じ、柏木が「わりなき心ちのなぐさめにねこをまねきよせて、かきいだきたれば、いとかうばしくて、らうたげにうちなくも、なつかしく思ひよそへらるゝぞ、すき〴〵しきや」とあるのに拠った、柏木が女三宮の移り香でいい匂いのする唐猫を抱き上げるまでの一連の経緯の俤である。「かうばしくて」の傍注に「猫にうつり香のする成べし」とある。茴香は魚料理に用いるハーブのフェンネルで、実のみならず全草に芳香がある。「茴香の実」が女三宮の移り香で香る猫の俤になる所以である。「夕あらし」とはもちろんこの事件の比喩で、この日は「かぜふかず、かしこき日なり」というので蹴鞠が始まったのである。

　ゆどのは竹の簀子侘しき
芸（ママ）香の実はそれかとも枯かゝり

新出本本文。田中善信（二〇〇四）は「枯かゝり」で「名草かるゝ」の冬十月の季ともとれ、「季節がまぎらわしいような句は連句を作成している時点で問題になったはずである。新出本にこの句形が出ているということは、その時点で芭蕉がこれを容認したことを示しているが、私はこのことを不審に思う」と述べる。私も同感である。氏は続けて、付句の「一句全体がどのような意味かよくわからない。……意味がよくわからないのは句が拙いからである。季節の問題よりも、こんな拙い句を芭蕉が許容したことの方が不可解である」という。これも同感である。氏はそれ以上この付合について語っていないが、氏の読みと私の解読は違うはずだから一言付け加えたい。

前句の「湯殿」と「侘しき」、そして付句の「茴香の実」の三語が形成する二つのシーンは若菜上巻にしか存在しない。したがって、唐猫が飼い主の女三宮の腕の中から庭に立っている柏木の腕の中に移動するように、「茴香の実」は必ず「茴香」本体から分離しなければならない。「茴香の実」がそのまま「枯かゝ」っては困るのである。これを要するに、この本文は『猿蓑』の本文が読めないまま捏造されたもので、贋作者の馬脚を露わす結果になっているといわざるをえない。なお、この箇所の訂正の仕方は「八九間」歌仙芭蕉自筆草稿を参照している節がある。

16　初裏十句目

茴香の実を吹をとす夕あらし
　僧やゝ寒く山に帰る歟《か》　　生

「やゝ寒く」で九月（元禄二年刊『番匠童』）。前句を『義経記』巻第五「三　義経吉野山を落ち給ふ事」、吉野山の中院谷《ちうゐんだに》で一夜を明かした義経一行の耳に「未だ明ぼの、事なるに、遥の麓に鐘の声の聞えければ、判官怪しく思食して、侍共を召して仰せられけるは、晨朝《じんでう》の鐘過ぎて、又鐘の鳴るこそ怪しけれ、此山の麓と申すは、……吉野の御嶽《みたけ》蔵王《ざわう》権現とて、……甍を並べ給へる山上なり、さればにや、……必ず宣旨院宣はなくとも、関東へ忠節の為に、甲冑をよろひ、大衆《だいしゅ》の僉議《せんぎ》するかや、とぞのたまひける」（以下、日本古典全集本に拠る）ので、弁慶が下まで下りて「弥勒堂の東《ひがし》大日堂の上より見渡せば、寺中《ぢぢう》騒動して、大衆南大門に僉議し、上を下へ返したり。宿老は講堂にあり、小法師原は僉議の中をしさつてはやりける。若大衆の鉄黒《かねくろ》なるが、腹巻に袖付けて、甲の緒をしめ、尻籠《しこ》の矢筈下《さが》りに負ひなして、弓杖《ゆんづゑ》につき、長刀手々《てんで》にひつさげて、宿老より先に立ち、百人ばかり山口にこそ臨みけ」るのが見えたので、とって返して義経に「東は大和国宇陀へつゞきて候ぞ、此方《こなた》へ落ちさせ給へや」と進言するのに拠って、義経一行を吉野山中から追い落とす金峰山寺の吉野大衆の俤とする。「茴香の実」は「梅檀は二葉より香《かうば》し」（『平家物語』巻一「殿下の乗合の事」）を介して、「紅は園生《そのふ》に植ゑても隠れなし」（『義経記』巻第二「一　鏡の宿にて吉次宿に強盗入る事」および『安宅』）と形容される義経の俤となる。「夕あらし」は大衆僉議をする吉野法師たちの俤である。

付句は同巻「六　吉野法師判官を追つかけ奉る事」、百五十人の吉野法師に追われて桜谷から吉野川の上流、白糸の滝まで落ちてきた義経一行が、雪で川の中に撓みかかった三本の竹を使ってなんとか向こう岸に渡ったあと、ほどなく押し寄せた大衆が弁慶の機転もあって渡河に失敗し、すごすごと帰ってゆくのを、上の山にいた「弁慶はぬれたる鎧着て、大きなる節木にのぼりて、大衆を呼びて申しけるは、情ある大衆ならば、西塔に聞えたる武蔵が乱拍子見よ、とぞ申しける。大衆是を聞入るゝ者もあり。片岡囃せや、と申しければ、誠や中指《なかざし》にて、弓の本をたゝいて、万《まん》歳楽《ざいらく》とぞはやしける。弁慶折節舞ひたりければ、大衆も行きかねて是を見る。舞は面白く有りけれども、笑事《わらひごと》をぞ歌ひける。／春は桜の流るれば、吉野川とも名付けたり、秋は紅葉の流るれば、竜田川とも云ひつべし、冬も末になりぬれば、法師も紅葉て流れけり／と、をり返し〳〵舞うたれば、誰とは知らず衆徒の中より、をこの奴にて有るぞや、とぞ云ひける」とあるのに拠った、なすすべもなく山下《さんげ》の寺に帰ってゆく吉野法師たちを囃す弁慶の「笑事」の俤である。「やゝ寒く」は意気消沈している衆徒の気分の俤となる。

茴香の実を吹落す夕嵐
　僧やゝさむく寺にかへるか　兆

『猿蓑』本文。「僧」が「かへる」のは寺にきまっているから、自筆草稿の「山」から「寺」に変わることで、比叡山でなければ吉野山と連想が働いたものが、金峰山寺、あるいは蔵王堂に限定される分、解読は多少難しくなったものの、俤の度合いは少し弱まって『義経記』のストーリーに近づいている。義経たちも吉野山中にいるのだから、大衆がふもとの「寺にかへる」ほうが意味としてはすっきりする。

芸香の実はそれかとも枯かゝり
　僧やゝ寒く山にかへる歟

新出本本文。文法的に無理があるせいで「それかとも枯かゝり」の意味がよくわからないのと、「茴香の実は……枯かゝり」の季が前の付合以上に気になってくる。とにかく前句の意味が不明で付様が読めない。

17　初裏十一句目

僧や、寒く山に帰る歟
猿引のさると世を経《ふ》る秋の月　　蕉

「秋の月」で八月。前句を『弱法師』の前半、ワキの高安通俊が難波の天王寺で「比は二月時正《じしやう》の日、誠に時も長閑なる、日を得てあまねき貴賤の場《には》に、施行《せぎやう》をなしてす、めけり」（天和三年山本長兵衛刊本に拠る）といっていると、シテの俊徳丸が「実有難き御利益《おんりやく》、法界無縁の大慈悲ぞと、踵《きびす》を継で群集《くんじゆ》する」といって入ってきたので、「や。是に出たる乞丐人《こつがいにん》は、いか様例のよろぼしな」と声をかけると、「又我等に名を付て、皆弱法師と仰有ぞや。実も此身は盲目の、足弱車の片輪《かたわ》ながら、よろめきありけば弱法師と、名付給ふは理りや」と答えるのに拠って、高安通俊が俊徳丸に呼びかける詞の俤とする。「僧」は「弱法師」の、「や、寒く」は「盲目の、足弱車の」の、「山に帰る」は「寺に立ち寄りて拝む」の、それぞれ俤となる。

付句は終幕、弱法師こそ人の讒言で昨年暮れに追放したわが子だと気づいたワキが「是こそは、父高安の通俊よ」と名乗ったところ、「そも通俊は我父の、其御声と聞よりも、胸打さはぎあきれつゝ、こは夢かとて俊徳は、親ながら恥かしとて、あらぬ方へにげゆけば、父は追付手を取りて、何をかつゝむ難波寺の、鐘の声も夜まぎれに、明ぬさきにといざなひて、高安の里に帰りけり、〳〵」と終わるのに拠った、父と子の歩む姿の俤である。「猿引」が息子の手を取る「父高安の通俊」の、「さる」が「俊徳丸」の、「世を経る」が「世を渡る」の、そして「秋の月」が「やあいかに日想観《にっさうぐわん》を拝み候へ」とワキの詞にあるように、真西に沈む春の彼岸の中日の落日の俤である。

僧や、さむく寺にかへるか
さる引の猿と世を経る秋の月　蕉

『猿蓑』本文。「山」から「寺」に変わることによって、「かへる」だけが「立ち寄りて拝む」の俤となり、解読の難易度が微減している。

18　初裏十二句目

猿引のさると世を経る秋の月
年《ねん》に一斗の地代《ぢし》はかるなり　来

雑。「地代」の読みはヂダイではあるまいから、ヂシと読んでおく。前句を李白の七言古詩「酒ヲ把テ月ニ問」の「今人《こんじん》古時ノ月ヲ見ズ、今月曾テ古人ヲ照スコトヲ経《ふ》。古人今人流水ノ若シ、共ニ明月ヲ看テ皆此《かく》ノ如シ」(『古文真宝前集』)、あるいは同じく五七言「梁王ノ棲霞山ノ孟氏ガ桃園ノ中ニ登ル」の「君見ズヤ梁王池上ノ月、昔梁王樽酒ノ中ヲ照ス。梁王已ニ去テ明月ノミ在リ」(同前)、そして『毛吹草』に載せる「猿猴《ゑんこう》が月に愛《あい》をなし、蟷螂《たうらう》が斧を取《とり》て竜車《りうしや》に向《むかふ》」という諺とに拠って、李白の詩句の俤とする。月を愛する「猿引のさる」と、古人をも今人をも同様に照らす「世を降る秋の月」と。話者はもちろん、「酔中月ヲ愛シテ江底懸《ハルカ》ナリ」(「採石ノ月、郭功甫ニ贈ル」)と梅聖兪に謳われた李白である。

付句は李白「春夜桃李園ニ宴スルノ序」（『古文真宝後集』）の末尾、「佳作有ラズンバ、何ゾ雅懐ヲ伸ベン。如《も》シ詩成ラズンバ、罰ハ金谷ノ酒ノ数ニ依ラン」に拠った、詩のできなかった者がちゃんと三杯飲んでいるかどうか見張っている李白の胸中の俤である。注に「若シ詩を作リ得ざる人には、罰盃を飲すべし、左あらば、其盃の数は、昔し金谷にての例の如く、三盃づゝにせんと也、晋の石崇、……金谷園にて、王詡潘岳など、合て二十四人、山水風景を玩び、酒宴歌舞して、詩を作る、詩不成者は、三斗の罰盃を飲せたり、其二十四友の内に、詩不作得して、罰盃を犯す者六人あり」とある。「一斗」は「三斗」の俤であるとともに「一度《いちど》」を示唆する。桃や李が咲いて宴会をする機会は「年に一度」だからである。「地代」は「罰盃」の俤である。

なお、新出本に「としに一斗の」とあるが、差異化を図った贋作者の賢しらだろう。従来通りネンと読んでよいと思う。

19　名残表一句目

年に一斗の地代《ぢし》はかるなり

五六本生木漬たる溜りみづ　　　　　生

雑。前句を『七騎落』の前半、石橋山の合戦に敗れた頼朝主従が安房上総へ船出しようとするが、総勢八騎は不吉なので舟から一人降ろせと頼朝に命じられたシテ、土肥次郎実平が、結局「いかに遠平、君よりの御諚《ごぢやう》にて有ぞ。急で御舟よりおり候へ」（天和三年山本長兵衛刊本に拠る）と自分の息子にふる羽目になり、「某　幼《いとけな》く候共、君の御大事にた、む事、誰にか劣候べき。御舟よりはおりまじく候」という抗弁に始まってなかなか承諾しない息子を、「何度迄も某誤て候。所詮おりまじいと申者をおろさんより、某御舟よりおれうずるにて候」という殺し文句で納得させるのに拠って、一生に一度自分の息子の生死を秤にかける実平の胸中の俤とする。「年」は「一生」の、「一斗」は「一度」の、「地代」は「自子《じし》」（『日葡辞書』）の俤となる。

付句は、遠平を陸に残したまま船出した七騎を浮かべる相模灘の俤である。

『猿蓑』本文の「潴《ミツタマリ》」への改変は、意味上はほとんど影響していない。

20　名残表二句目

五六本生木漬たる溜りみづ

たびふみよごすくろぼくのみち　蕉

雑。前句を『太平記』巻第四「備後三郎高徳事付呉越軍事」、「去程ニ先帝ハ、出雲ノ三尾ノ湊ニ十余日御逗留《ゴトウリウ》有《アツ》テ、順風ニ成ニケレバ、舟人《フナウド》纜《トモヅナ》ヲ解《トイ》テ御艤《フナヨソヒ》シテ、兵船《ヒヤウセン》三百余艘、前後左右ニ漕並《コギナラ》ベテ、万里《バンリ》ノ雲ニ沿《サカノボル》。……暮レバ芦岸ノ煙《ケブリ》ニ繋舟《フネヲツナギ》、明《アク》レバ松江《スンガウ》ノ風ニ揚帆《ホヲアゲ》、浪路ニ日数《ヒカズ》ヲ重ヌレバ、都ヲ御出有《オンイデアツ》テ後《ノチ》廿六日ト申《マウス》ニ、御舟隠岐ノ国ニ着《ツキ》ニケリ。佐々木隠岐判官《ノハングワン》貞清《サダキヨ》、府《コフ》ノ嶋《シマ》ト云所ニ、黒木《クロキ》ノ御所ヲ作《ツクリ》テ皇居トス」とあるのに拠って、配流先の隠岐に到着した後醍醐天皇のために造営する黒木の御所の、用材置き場の俤とする。

付句はその翌春、同巻第七「先帝船上臨幸事《フナノウヘヘリンカウノ》」、「主上且《シバラ》クハ義綱《ヨシツナ》ヲ御待有《マチアリ》ケルガ、余《アマリ》ニ事滞《トドコホ》リケレバ、唯運ニ任テ御出有《オンイデアラ》ント思食《オボシメシ》テ、或夜ノ宵ノ紛《マギレ》ニ、三位《サンミ》殿ノ御局《オツボネ》ノ御《ゴ》産ノ事近付《チカヅキ》タリトテ、御所ヲ御出《イデ》アル由ニテ、主上其御輿《ソノオンコシ》ニメサレ、六条少将忠顕《タダアキ》朝臣計《バカリ》ヲ召具《メシグ》シテ、潜《ヒソカ》ニ御所ヲゾ御出有《オンイデアリ》ケル。此体《コノテイ》ニテハ人ノ怪《アヤシ》メ申ベキ上《ウヘ》、駕輿《カヨ》丁《チヤウ》モ無《ナカ》リケレバ、御輿ヲバ被停《ヤメラレ》テ、忝《カタジケナク》モ十善ノ天子、自《ミヅカラ》ラ玉趾《ギヨクシ》ヲ草鞋《サウアイ》ノ塵ニ汚《ケガ》シテ、自ラ泥土《デイド》ノ地ヲ踏《フマ》セ給ケルコソ浅猿《アサマシ》ケレ」とあるのに拠った、隠岐の御所を脱出して徒歩で千波《ちぶり》湊を目指す後醍醐帝の足許の俤である。

『猿蓑』本文では「くろぼく」が「黒ぼこ」に改まっている。kurobokunomichi と途中の「く」でO音の連続が途切れるので、kurobokonomichi とO音の四連続の響きを採ったものか。

21　名残表三句目

たびふみよごすくろぼくのみち

お馬にはやり持独付《もちひとりつき》ぬらむ　　来

雑。前句を『平家物語』巻四「高倉の宮園城寺へ入御の事」、「さる程に、宮は高倉を北へ、近衛を東へ、加茂河を渡らせ給ひて、如意山《によいやま》へ入らせおはします。昔清見原の天皇、大友の皇子に襲はれさせ給ひて、吉野山へ入らせ給ひけるにこそ、少女《をとめ》の姿をば仮らせ給ひけるなれ。今この宮の御有様も、それには少しも違《たが》はせ給ふべからず。知らぬ山路を、終夜《よもすがら》はる〴〵と分け入らせ給ふに、いつ習はしの御事なれば、御足より出づる血は、沙《いさご》を染めて紅の如し。夏草の茂みが中の露けさも、さこそは所せう思し召されけめ。かくして暁方に三井寺へ入らせおはします」とあるのに拠って、御所を女装で脱出して徒歩で三井寺を目指す高倉宮の足許の俤とする。

付句は同巻「競《きほふ》が事」、源三位入道頼政の侍、渡邊競が三井寺へ行かず六波羅で大将宗盛に寝返ったふうを装って、自分の馬を盗まれたので三井寺の源氏を討つために一匹下さらないかと頼んだところ、「大将、最もさるべしとて、白葦毛《しらあしげ》なる馬の煖廷《なんれう》とて秘蔵せられたりけるに、よい鞍置いて競に賜《た》ぶ。賜はつて宿所に帰り、早《はや》日の暮れよかし。三井寺へ馳せ参り、入道殿の真先《まつさき》駆けて討死せん、とぞ申しける。日もやう〳〵暮れければ、妻子どもをばかしこゝにたち忍ばせて、三井寺へと出で立ちける、心の中《うち》こそ無慚なれ。……滋籐《しげどう》の弓持つて、煖廷にうち乗り、乗替《のりかへ》一騎うち具し、舎人男《とねりをのこ》に持楯脇挟《もちだてわきばさ》ませ、屋形に火かけ焼き上げて、三井寺へこそ馳せたりけれ」とあるのに拠った、三位入道の嫡子伊豆守仲綱の名馬木《こ》の下《した》を奪い取って「仲綱」という焼き印まで入れた宗盛に対する意趣返しに、宗盛秘蔵の名馬をだまし取って三井寺へ急行する競一行に思いを馳せる「妻子ども」の会話の俤である。「やり持独付」が「乗替一騎うち具し、舎人男に持楯脇挟ませ」の俤となる。

足袋ふみよごす黒ぼこの道
追たてゝ早き御馬の刀持　　来

『猿蓑』本文。付句の改変で、競の妻子の会話の俤から、持楯を脇挟んで競の馬のあとを追う舎人男に対する目撃者の同情の俤に変わった。「刀持」が「舎人男」ひとりの俤である。競が「追たてゝ」いるのは宗盛秘蔵の名馬だから「早き」ことこの上ない、それに自分の足でついて行かなければならない舎人男のなんとも気の毒なことよ、こんな意である。

なお、新出本本文に「足袋ふみよごす黒ぼくの道／御馬には鑓持計《ばかり》付ぬらん」とあるが、田中善信（二〇〇四）がいうように、「独」と「計」ではさすがに比較のしようがないので、ここでは触れないが、氏の指摘する芭蕉自筆（推定）草稿切の胡散臭さには私も同感である。

22　名残表四句目

お馬にはやり持独付ぬらむ
わつぱがこゑを打こぼしけり　生

雑。恋。前句を『松風』、シテの松風の幽霊が「さても行平三年《みとせ》の程、御《おん》つれ〴〵の御舟《みふね》遊び、月に心は須磨の浦の、夜《よ》じほを運ぶ海士乙女《あまをとめ》に、おとゞひ選ばれ参らせつゝ、折にふれたる名なれやとて、松風村雨と召されしより、月にも馴る須磨の海士《あま》の、塩焼衣、色かへて、縑《かとり》のきぬの、そらだきなり。かくて三年《みとせ》も過行ば、行平都に上り給ひ」（天和元年井筒屋六兵衛政春刊本に拠る）と語るのに拠って、赦免されて都に召還される行平の道中を思いやる松風村雨の会話の俤とする。

付句は、つづけてツレの村雨の幽霊が「いく程《ほど》なくて世をはやう、去り給ひぬと聞しより」、シテの松風が「あら恋しやさるにても、亦いつの世の音信《おとづれ》を、松風も村雨も、袖のみぬれてよしなやな。身にも及ばぬ恋をさへ、須磨のあまりに、幸ふかし我跡とひてたび給へ」と物語るのに拠った、行平の死の知らせをもたらした者の目に映じた松風村雨の動揺した動作の俤である。「わつぱ」が「須磨の浦」の「海人乙女」の「おとゞひ」の、「こゑ」がそれを入れる「桶」を介して「夜汐」の、それぞれ俤となる。

追たて、早き御馬の刀持
でつちが荷ふ水こぼしたり　　兆

『猿蓑』本文。前句の改変で「まつとしきかばいまかへりこん」（古今集離別巻頭歌、百人一首、『松風』）と詠んだ作者の行動にふさわしく、一刻も早く都に帰り着こうとする行平の動作が目撃されることになった。

発句と脇の付合に「物のにほひ」が既に出ているせいで「こゑ」を「水」に改めたのに伴い、桶を担ぐ主体も農村の「わつぱ」から町中の「でつち」に変わっている。また、「こゑ」が「水」に変わったので、詠嘆の「けり」も単なる完了の「たり」に置き換わった。『松風』の俤であることは変わっていない。

23　名残表五句目

わつぱがこゑを打こぼしけり
戸障子もむしろがこひの売やしき　　蕉

雑。前句を『融』の前場、前ジテの老人が田子《たご》（担桶）を傾げて登場し、「月も早、出汐《でじほ》になりて塩竈の、うらさび渡る、気色かな。陸奥《みちのく》はいづくはあれど塩竈の、うらみて渡る老が身の、よるべもいさや定《さだめ》なき、心も澄める水の面《おも》に、照る月並《つきなみ》を数ふれば、今宵ぞ秋の最中《もなか》なる。実《げ》にや移せば塩竈の、月も都の最中かな。秋は半《なかば》身は既に、老いかさなりてもろ白髪《しらが》。雪とのみ、積りぞ来ぬる年月の、〳〵、春を迎へ秋を添へ、時雨《しぐ》る、松の、風までも我が身の上と汲みて知る。汐馴衣《しほなれごろも》袖寒き、浦わの秋の夕《ゆふべ》かな、〳〵」と田子を下ろして下に置くのに拠って、足許の覚束ない老人の田子からこぼれる汐水を見たワキの旅僧の感想の俤とする。

付句は同じ前場で、「嵯峨の天皇《てんわう》の御宇に、融の大臣《おとゞ》陸奥の千賀《ちか》の塩竈の眺望を聞し召し及ばせ給ひ、この処に塩竈を移し、あの難波の御津《みつ》の浦よりも、日毎に潮を汲ませ、こゝにて塩を焼かせつゝ、一生御遊《ぎよいう》の便とし給ふ。然れどもその後《のち》は相続して翫《もてあそ》ぶ人もなければ、浦はそのまゝ干汐《ひしほ》となつて、地辺《ちへん》に淀む溜水《たまりみづ》は、雨の残《のこり》の古き江に、落葉散り浮く松蔭の、月だに澄まで秋風の、音のみ残るばかりなり。されば歌にも、君まさで煙《けぶり》絶えにし塩竈の、うらさびしくも見え渡るかなと、貫之も詠《なが》めて候」と老人が物語るのに拠った、融亡きあとの荒廃した河原院の俤である。

　　でつちが荷ふ水こぼしたり
戸障子もむしろがこひの売屋敷　　蕉

『猿蓑』本文。俤としては、商家ないしは職人に雇われている「でつち」のほうが、「売屋敷」のある町の様子により見合っている。

24　名残表六句目

戸障子もむしろがこひの売やしき

天上まぼりいろ付《づき》にけり　来

「天上まぼり」で七月。元禄四年刊の『をだまき』が「番椒《タウカラシ》」を七月とする。元禄七年刊の『炭俵』下巻秋之部の「秋植物《うゑもの》」に野坡「石台《せきだい》を終《つひ》にねこぎや唐がらし」の句を見る。この発句の長い前書中に「おほくはやつこ豆腐の比、紅葉の色をみするを栄花の頂上とせり」とあるので、「唐がらし」の一品種の「天上まぼり」も残暑の初秋と考えられる。しかし、「天上まぼり」の季を決定するのは二句あとの「蚤をふるひに起し初秋」である。「蕃椒」の季が「初秋」よりあとの八月九月では季戻りになってしまう。

前句を『竹取物語』下巻、「さてかぐや姫、容姿《かたち》の世に似ずめでたき事を、帝《みかど》聞し召して、内侍中臣のふさ子に宣ふ、多くの人の身を徒《いたづら》になして、逢はざるかぐや姫は、いかばかりの女ぞと罷りて見て参れ、と宣ふ。ふさ子承りて罷れり。竹取の家に、畏りて請《しやう》じ入れてあへり。女に内侍のたまふ、仰ごとにかぐや姫の容姿優《いう》におはすなり。能く見て参るべきよし宣はせつるになん参りつる、と云へば、さらばかくと申し侍らん、と云ひて入りぬ。かぐや姫に、はやかの御使に対面し給へ、と云へば、かぐや姫、よき容姿にもあらず。いかでか見ゆべき、と云へば、うたても宣ふかな。帝の御使をば、如何でか疎《おろか》にせん、と云へば、かぐや姫の答ふるやう、帝の召して宣はん事かしこしとも思はず、と云ひて、更に見ゆべくもあらず。生める子のやうにあれど、いと心恥しげに、疎《おろそか》なるやうに云ひければ、心の儘にもえ責めず。内侍の許に還り出て、口惜しく、此の幼き者は、こはく侍る者にて、対面すまじき、と申す。内侍、必ず見奉りて参れと、仰事《おほせごと》有りつるものを、見奉らでは如何でか帰り参らん。国王の仰事を、まさに世に住み給はん人の、承り給はでありなんや。いはれぬ事なし給ひそ、と詞はぢ《(ママ)》しく云ひければ、是れを聞きて、ましてかぐや姫、聞くべくもあらず。国王の仰事を背《そむ》かば、はや殺し給ひてよかし、と云ふ。此の内侍帰り参りて、此のよしを奏す。帝聞し召して、多くの人殺してける心ぞかし、と宣ひて止みにけれど、猶思しおはしまして、此の女のたばかりにや負けん、と思して」（日本古典全集本に拠る）とあるのに拠って、帝の使いにさえ姿を見せようとしないかぐや姫が住む「竹取の家」に対する帝のイメージの俤とする。「売やしき」なのは、まだ自分の権力で姫をものにできると思っているからである。

付句は同じく、「かやうにて、御心を互に慰め給ふ程に、三年《みとせ》ばかり有りて、春の初めよりかぐや姫、月の面白う出でたるを見て、常よりも物思ひたるさまなり。或人の、月顔見るは、忌む事と制しけれども、ともすれば人まにも月を見てはいみじく泣き給ふ。七月十五日《ふみつきもち》の月に出で居て、切《せち》に物思へる気色《けしき》なり。……翁、月な見給ひそ。是れを見給へば、物思す気色は有るぞ、と云へば、いかで月をば見では有らんとて、猶月出づれば、出で居つゝ歎き思へり。夕暗には物思はぬけしきなり。月の程になりぬれば、猶時々は打ち歎きなどす。是れを仕ふ者ども、猶物思す事有るべしとさゝやけど、親を始めて、何事とも知らず。八月十五日《はつきもち》計の月に出で居て、かぐや姫いといたく泣き給ふ。人目も今はつゝみ給はず泣き給ふ。是れを見て、親ども、何事ぞと問ひ騒ぐ。かぐや姫泣く〳〵云ふ」とあるのに拠った、「春の初め」から兆してだんだんと月を見て泣くことが多くなったかぐや姫が、ついに出発日の中秋名月、周りをはばからず号泣する動作を目にして、「親ども」が抱く感慨の俤である。「天上まぼり」がいつも月の空を見上げているかぐや姫の俤である。

戸障子もむしろがこひの売屋敷
てんじやうまもりいつか色づく　　来

『猿蓑』本文。「いろ付にけり」が「いつか色づく」に変わったのは、田中善信（二〇〇四）が指摘するように、直接的には打越の「打こぼしけり」と「いろ付にけり」との「けり」が差合になるからだが、どちらか一つを変えればよいはずなのに、「けり」は二つとも『猿蓑』本文から消滅している。

『去来抄』先師評の伝えるエピソードが正確であれば、凡兆と芭蕉とのやりとりを去来が聞いていて、凡兆が「こゑ」を「水」に訂正する場があったはずであり、その場でテクストとして用いられたのが記念館本だということになる。記念館本をもとに三人で発句から総点検していって、決定稿は別の懐紙に記され、それが『猿蓑』の板下に回されたと考えるのが順当な所だろう。

田中氏は「けり」の差合を「初歩的なミス」と呼び、「芭蕉ともあろう人が記念館本を清書している段階でこのミスに気がつかなかったのは不可解だが、これは千慮の一失というほかはない」とするが、私は芭蕉がこの差合に気づいていていて、あえて手を加えないまま記念館本を書き上げたのだと思う。どちらの「けり」を変えれば付様を変えずによりよい付合になるのか、あるいは二つとも変えてしまったほうがいいのか、総点検の場で三人で考えれば済むことである。

訂正の手順としては、まず「物のにほひ」で既出の「こゑ」を「水」に変更し、つれて「わつぱ」を「でつち」に、「打こぼしけり」を「こぼしたり」に改める。「水」がこぼれたぐらいで「打こぼしけり」と大げさな物言いをする必要はないからである。そして、「いろ付にけり」を「いつか色づく」と改めることで、かぐや姫について何も知らなかった「親ども」から、すべてを知っている『竹取物語』の語り手に、付句の話者が変わるのである。

25　名残表七句目

天上まぼりいろ付にけり
こそ〳〵と草鞋を作る月夜《つくよ》さし　　生

「月夜さし」で本来は八月だが、次句に「初秋」とあるので七月。恋。前句を『錦木』後場、ワキの旅僧の夢に現れた後ジテの男の霊が旅僧の求めに応じて、「いで〳〵昔を現さんと、夕影草《ゆふかげぐさ》の月の夜《よ》に」といって後見から錦木を受け取り、ツレの女の霊が「女は塚のうちに入りて、秋の心も細布《ほそぬの》の、機物《はたもの》を立て、機を織れば」、シテ「夫は錦木取り持ちて、さしたる門《かど》をたゝけども」、ツレ「内《うち》より答ふる事もなく、ひそかに音する物とては」、シテ「機物の音」、ツレ「秋の虫の音《ね》」、シテ「聞けば夜声《よごゑ》も」、ツレ「きり」、シテ「はたり」、ツレ「ちやう」、シテ「ちやう」、……シテ「夫《をつと》は錦木を運べば女は内に細布の、機織る虫の音《ね》に立てゝ、問ふまでこそなけれども、互に内外《うちと》にあるぞとは、知られ知らるゝ中垣の、草の戸ざしは其まゝにて、夜はすでに明けければすご〳〵と立ち帰りぬ。さる程に、思《おもひ》の数も積り来て、錦木は色朽ちてさながら苔に埋木《うもれぎ》の、人知れぬ身ならばかくても思もとまるべきに、錦木は朽つれども、名は立ち添ひて逢ふ事は、涙も色に出でけるや。……」と語るのに拠って、前場で前ジテが唱える「錦木は立てながらこそ朽ちにけれ。立てながらこそ朽ちにけれ。狭布《けふ》の細布、胸合はじとや」の上の句そのままの、自分の立てた錦木がいつまでも取り入れてもらえずに朽ちてしまったよ、という男の霊の昔語りの俤とする。「天上まぼり」が「錦木」の、「いろ付にけり」が「立てながらこそ朽ちにけれ」の、それぞれ俤となる。初めから赤い錦木はもうそれ以上「いろ付」けず、逆に「朽ち」るしかないからである。

付句は、「夕影草の月の夜に」、外の男の悲嘆も知らずに、「きりはたりちやう」と狭布の細布の機を織ってみせる女の霊の動作の俤である。『古今集』恋一に「ゆふづく夜さすやをかべの松の葉のいつともわかぬこひもするかな」とあり、『八代集抄』の頭注に「夕の月の影さす松の葉のいつとも分ず色もかはらぬやうに恋をすると也。夕月夜は夕陽にかはりて空に見ゆるをいふ。上絃などまではまことにをぐらくほのか也」とある。ツクヨと読み、「さし」を「射す」の連用形と考える所以である。と同時に、わざわざ「月夜ざし」と濁点を振って名詞化してしまった新出本が、また賢しらをした可能性が生じる。

てんじやうまもりいつか色づく
こそ〳〵と草鞋を作る月夜《つくよ》さし　　兆

『猿蓑』本文。「いろ付にけり」から「いつか色づく」に変わることで、付句の「草鞋を作る」と動詞の終止形が揃い、外で錦木がいつしか朽ちる様子と内で細布を織る動作との対照がより際立った。前句の話者は男の霊、付句の話者は外が見えない女の霊で、いずれも旅僧の夢の中で旅僧に聞かせるための詞である。

26　名残表八句目

こそ〳〵と草鞋を作る月夜さし
蚤をふるひに起《おき》し初秋《はつあき》　　蕉

「初秋」で七月。前句を『土蜘』冒頭、ツレの胡蝶の「是はらいくわうの御内《みうち》に仕へ申、こてうと申女にて候。扨もらいくわうれいならずなやませたまふにより、てんやくのかみに御薬《おんくすり》を申、只今らいくわうの御所《ごしょ》へ参り候」（天和三年山本長兵衛刊本に拠る）、およびシテの僧の登場時の「月清き、夜半とも見えず雲きりの、か丶ればくもる、心かな」というそれぞれの詞に拠って、頼光のための薬を薬研で「こそ〳〵と」作っている典薬の頭の動作の俤とする。

付句は同前場、胡蝶と入れ替わりに伏せっている頼光の許へ現れた僧が、頼光の病の原因を「我せこが、くべきよひなりさ丶がにの、くものふるまひかねてより」というので、「しらぬといふに猶ちかづく、姿はち丶うのごとくなるが」と頼光が病床に居立って構えると、僧が「かくるやちすぢの糸すぢに」と頼光目がけて巣を一つ投げたので、頼光は「五体をつ丶め」平座するが、「身をくるしむる、けしやうと見るよりも、〳〵、まくらにありしひざ丸を、ぬきひらきちやうときれば、そむくる所をつ丶けざまに、足もためず、なぎふせつ丶、ゐたりやおふとののしる声に、かたちはきえてうせにけり」と寝台から飛び降りて僧に切りつけるのに拠った、僧形の土蜘蛛を斬るために病床から起き上がった七月を回顧する、頼光の詞の俤である。『土蜘蛛』の季は七月（『謡曲三百五十番集』）、晩夏六月（『毛吹草』『をだまき』）の「蚤」は「蜘蛛」の俤である。

『三冊子』がまるで読めていないのは、土芳が芭蕉に問い質した結果を記録せず、自分の誤った解釈を記したからにほかならない。

27　名残表九句目

蚤をふるひに起し初秋

そのまゝに打こけてある舛落《ますおとし》　　来

雑。前句を『大江山』の後場、「すでに此夜も更方《がた》の、空なを闇《くら》き鬼の城、鉄《くろがね》の戸びらを押開《ひら》き、見れば不思議や今迄は、人のかたちと見えつるが、其たけ二丈ばかりなる、〳〵、鬼神《きじん》の粧ひねぶれるだにもいきほひの、あたりをはらふけしきかな。兼て期《ご》したる事なれば、迚命《いのち》は君のため、又は神国《しんこく》うぢやしろ、南無や八幡《はちまん》山王権現われらに力をそへ給へと、頼光《らいくわう》、保正《はうしやう》、綱《つな》、公時《きんとき》、さだみつ、すゑたけ、独りむしや、心をひとつにして、まどろみふしたる鬼のうへに、剣《つるぎ》をとばするひかりのかげ、稲妻《いなづま》震動、おびたゝし」（天和三年山本長兵衛刊本に拠る）と一同が斬りつけたところ、後ジテの鬼神が目を開いて、「情なしとよ客僧達。いつはりあらじと云つるに、鬼神に横道《わうだう》なき物を」と頼光をにらみまたうつむくが、一同が太刀の「きつさきをそろへて切てかゝる」ので、「山河草木《さんかさうもく》震動して、〳〵、光りみちくる鬼の眼《まなこ》、たゞ日月《じつげつ》の天《あま》津星、照かゞやきてさながらに、面《おもて》をむくべき様《やう》ぞなき」状態になるのに拠って、斬りかかっていく自分たちに防戦するために、二丈の体をゆっくり起こす鬼神の動作を、その場で見ていた者の詞の俤とする。「蚤」が鬼神の三分の一の背丈もない頼光たちの俤となる。『大江山』の季も七月（同前）である。

付句は終幕に、「頼光保昌本よりも、〳〵、鬼神《おにがみ》成ともさすがよりみつが手なみにいかで、もらすべきと、はしりかゝつてはつたとうつ手にむんずとくんで、ゑいや〳〵とくむとぞ見えしが頼光下に、くみふせられて、鬼一口《おにひとくち》に、くはんとするを、よりみつしたより刀を抜て、二刀三刀《ふたかたなみかたな》さしとをし〳〵、かたなをちからにゑいやとかへし、さもいきほへる、鬼神《きじん》を押つけいかれる首を、かきおとして、太刀につらぬきかたなにつらぬき、大江の山を、またふみわけて、都へとてこそ帰りけれ」とあるのに拠った、頼光一行が都へ帰る直前まで、落ちた所に転がったままにしてある鬼神の首の俤である。

蚤をふるひに起し初秋
そのま丶にころび落たる升落　来

『猿蓑』本文。「ころび落たる」に変わり、「その」の指示内容が「いかれる」になった。つまり付句は、怒った顔のままで地に転げ落ちた鬼神の首の俤である。

28　名残表十句目

そのま丶に打こけてある舛落
ひづみてふたのあはぬ半櫃　生

雑。前句を『徒然草文段抄』第六十一段、「御産《ゴサン》のとき甑《コシキ》おとす事はさだまれる事にはあらず。御胞衣《エナ》とゞこほるときのまじなひなり。とゞこほらせ給はねば此事なし。下《シモ》ざまよりことおこりてさせる本説《ホンゼツ》なし。大原の里のこしきをめす也。ふるき宝蔵《ホウザウ》の絵に賤《イヤシ》き人の子うみたる所に甑おとしたるを書たり」とあるのに拠って、屋根から落とされて転がったままにしてある甑の俤とする。「甑」は『文段抄』の注に「野槌云」として「炊飯器也《メシヲカシグウツハモノ》」とある。

付句は同第九十九段、「堀河相国《ホリカハノシヤウコク》は美男《ビナン》のたのしき人にて、そのこととなく過差《サ》をこのみ給けり。一子基俊《モトトシノ》卿を大理《リ》になして庁務《チヤウム》おこなはれけるに、庁屋《チヤウヤ》の唐櫃《カラヒツ》みぐるしとて、めでたく作りあらためらるべきよし仰られけるに、此唐櫃は上古より伝りて其始をしらず。数《ス》百年をへたり。累《ルイ》代の公物《クモツ》、古弊《コヘイ》をもちて規模《キボ》とす。たやすくあらためられがたきよし、故実《コジツ》の諸官等《ショクワンラ》申しければ其事やみにけり」とあるのに拠った、堀河相国の目に映った見苦しい「庁屋の唐櫃」の俤である。『文段抄』の注に「野云訴状文書などを代々入置物なるべし」とある。

そのまゝにころび落たる升落

ゆがみて蓋のあはぬ半櫃　　兆

『猿蓑』本文。「ころび落たる」に変わって、「その」の指示内容が別に必要になった。『文段抄』の注にあるように、『平家物語』巻三「公卿揃への事」の安徳天皇誕生で「今度《こんど》の御産に勝事《しょうじ》あまたあり。先づ法皇の御験者《おんげんじゃ》。次に后《きさき》御産の時、御殿《ごてん》の棟《むね》より甑を転《まろ》ばかす事あり。皇子《わうじ》御誕生には南へ落し、皇女《くわうによ》誕生には北へ落すを、これは北へ落されたりければ、いかにとさわぎ取り揚げ、落しなほされたりけれども、なほ悪しき事には我人申しける」とあるのに拠って、皇子だから南へ落とすべきなのにと不審に思っている人の目に映った、間違えたまま北へ転げ落ちてしまった甑の俤とする。付句が堀河相国という特定の人物に関したことの俤だから、前句も安徳天皇誕生時に特定したわけで、これは絶対に必要な改訂であった。

付句の「ひづみ」が「ゆがみ」に変わったのは、hizumitehutano と yugamitehutano とで「が」にアクセントが来るほうを採ったためか。

29　名残表十一句目

ひづみてふたのあはぬ半櫃
草庵にしばらくゐては打破り　　蕉

雑。前句を『山家集』巻下に、「みやたてと申けるはした物の、としたかくなりてさまかへなどして、ゆかりにつきてよしのに住侍けり。おもひかけぬやうなれども、供養をのべんれうにとて、くだ物を高野の御山へつかはしたりけるに、花と申くだ物侍けるをみて申つかはしける／おりびつに花のくだ物つみてけりよしの、人のみやたてにして／かへし、みやたて／心ざしふかくはこべるみやたてをさとりひらけん花にたぐへて」（寺澤行忠『山家集の校本と研究』に拠る）とあるのに拠って、蓋を開けていないので吉野にちなんだ花という名の菓子が入っているとは夢にも知らない西行の目に映った、みやたてからの供物の折櫃の俤とする。

付句は、『新古今集』巻第十八雑下の西行「いづくにもすまれずば只すまであらんしばの庵のしばしなる世に」に拠った、西行の行動の俤である。『八代集抄』の頭注には、「たとひ住とてもしばしのかりの世に、住れぬ所に着しとゞまらんははかなき事と也。柴の庵はしばしとかさねんため、又すまれぬ所を捨去《ステサル》とてもわづかの小庵何に着する事あらんの心をこめてよめるなるべし。西上人のさま此歌に見え侍にや」とある。

ゆがみて蓋のあはぬ半櫃
草庵に暫く居ては打やぶり　　蕉

『猿蓑』本文。付句にY音があるので前句にも置いて、二句の音素上の関連性を強めるべく「ゆがみ」に決定したものか。

ひづみてふたのあはぬ半櫃
草の屋はそこらの人につゐくれて

新出本本文。「江上の破屋に……住る方は人に譲り杉風が別墅に移るに、草の戸も……」という『奥の細道』の冒頭と、「着給へりける小袖、衣、みな乞食どもにぬぎくれて、ひとへなる物をだにも身にかけ給はず、あかはだかにて下向し給ひけり」という、『撰集抄』冒頭の「僧賀聖人事」の一節を思い出させる句である。この句が新古今の西行歌の俤なのか判断に迷うが、「草庵」が「しばの庵」と、「暫く」が「しばしなる」と対応しているようには、対応していない気がする。田中善信（二〇〇四）が問題にする「草の屋」の非宗教性についてはよくわからない。

30　名残表十二句目

草庵にしばらくゐては打破り
命うれしき撰集《せんじゅ》のさた　　来

雑。前句を『平家物語』巻五「文覚の荒行の事」、那智の滝で荒行をしてついに絶命し、不動明王の使の金迦羅、制多伽二童子の手で蘇生した文覚が、「その後は実《まこと》にめでたき瑞相ども多かりければ、吹き来る風も身にしまず、落ち来る水も湯の如し。かくて三七日の大願終に遂《つひ》げしかば、那智に千日籠りけり。大峯《おほみね》三度《ど》、葛城《かづらき》二度、高野、粉川《こがは》、金峯山《きんぶせん》、白山《はくさん》、立山《たてやま》、富士の嶽《たけ》、伊豆箱根、信濃の戸隠《とがくし》、出羽の羽黒《はぐろ》、惣じて日本国残る所なう行ひ廻《まは》り、さすがなほ故郷《ふるさと》や恋しかりけん、都へ帰り上りたりければ、およそ飛ぶ鳥をも祈り落す程の、刃《やいば》の験者《げんじゃ》とぞ聞えし」とあるのに拠って、廻国修行中の文覚の行動の俤とする。

付句は同巻七「忠度都落の事」、神護寺復興のための勧進帳事件で伊豆に流された文覚が、福原の後白河法皇から平家追討の院宣を受け取って頼朝の謀反の大義名分としたことで、富士川合戦を経て義仲の挙兵を促し、ついに清盛亡きあとの平家一門が義仲に追われて京を西に落ちてゆくなかで、薩摩守忠度が俊成卿の屋敷に取って返し、「……君已に帝都を出でさせ給ひぬ。一門の運命今日早尽きはて候。それに就き候うては、撰集の御沙汰あるべき由、承って候ひし程に、生涯の面目に、一首なりとも、御恩を蒙《かうぶ》らうと存じ候ひつるに、かゝる世の乱出で来て、その沙汰なく候ふ条、たゞ一身の歎きと存ずる候。こののち世静まつて、撰集の御沙汰候はゞ、これに候ふ巻物の中に、さりぬべき歌候はゞ、一首なりとも御恩を蒙つて、草の陰にても嬉しと存じ候はゞ、遠き御守《おんまもり》とこそなり参らせ候はんずれ、とて日頃詠み置かれたる歌どもの中に、秀歌とおぼしきを、百余首書き集められたりける巻物を、……俊成の卿に奉らる」とあるのに拠った、「読人しらず」とはいえ自分の歌が『千載集』に一首入集《にっしふ》したことを知って、その「生涯の面目」を「草の陰にても嬉し」がっている忠度の霊の詞の俤である。「撰集」は「入集」の俤である。

元禄七年五月十三日付浪化宛書簡にこの付合を引いて、「扨此句は西行能因ごときの人の面影と申候」と書いた去来は、『去来抄』修行にも、「初は和歌の奥儀を知らずと付たり。先師曰、前を西行能因の境界と見らるはよし。されど直《すぐ》に西行と付むは手づゝならん。たゞおも影にて付べし、と直し給ひ、いかさま西行能因の面影ならんと也」と記している。これも「待人いれしはひたちのみや」同様、去来の記憶違いか記憶を修正してしまったかのいずれかだろう。西行の俤が二句つづくことはありえない。つづいたら「草庵に」の句が読み替えられない。したがって、「和歌の奥儀を知らず」が付くとすれば、「ひづみてふたのあはぬ半櫃」にだが、頼朝に対する西行の答はあいにく字足らずの短句で、付くべき長句ではない。

なぜこんなことが起きるのか、すべては記念館本以前の闇の中だが、元禄三年から四年には理解していたはずの『猿蓑』の歌仙の付合を、元禄七年の時点でもう連衆の去来が読めなくなっているのは否定できない事実である。「草庵に暫く居ては打やぶ」るのが出家で、「撰集のさた」を「嬉し」がるから王朝の歌詠みで、だとすると歌僧で有名なのは「西行」か「能因」だろうという安直な発想が透けて見えている。「西行」と「能因」とは全然違うし、「西行」の俤はその一つ前の芭蕉の付句によるものである。「前を西行能因の境界と見らるはよし」と芭蕉が話すはずがない。

草の屋はそこらの人につゐくれて
　命うれしき撰集のさた

新出本本文。前句が文覚の廻国修行の俤になるかどうか、はっきりしない。

31　名残裏一句目

命うれしき撰集のさた
さま〳〵に品替りたる恋をして　　生

雑。前句を『鸚鵡小町』冒頭、「これは陽成院《やうぜいゐん》に仕へ奉る新大納言行家にて候。扨も我が君敷島の道に御《おん》心を懸けられ、普《あまね》く歌を撰ぜられ候へども、叡慮に叶ふ歌なし。こゝに出羽の国小野の良実が娘に小野の小町、彼はならびなき歌の上手にて候ふが、今は百年《もゝとせ》の姥《うば》となつて、関寺辺《せきでらへん》に在る由聞《きこ》し召し及ばれ、帝《みかど》より御憐《おんあはれみ》の御歌《おんうた》を下され候。その返歌により、重ねて題を下すべきとの宣旨に任せ、唯今関寺辺小野の小町が方へと急ぎ候」とあって、ワキが「帝より御憐の御歌を下されて候。これ〳〵見候へ」と告げるとシテの小町が「何と帝より御憐の御歌を下されたると候。あらありがたや候《ざふらふ》」と答えるのに拠って、帝の詠歌下賜に感激する小町の詞の俤とする。「撰集のさた」は「御憐の御歌」の俤となる。

付句は小町の、「それ歌の様《さま》をたづぬるに、長歌《ちやうか》短歌旋頭歌《せんどうか》、折句《をりく》誹諧混本歌《こんぽんか》鸚鵡返《あうむがへし》、廻文歌《くわいぶんか》なり。なかんづく鸚鵡返といふこと、唐土《もろこし》に一つの鳥あり。その名を鸚鵡といへり。人のいふ言葉を受けて、即ちおのが囀《さへづり》とす。何《なに》ぞといへば何ぞと答ふ、鸚鵡の鳥の如くに、歌の返歌も、かくの如くなれば、鸚鵡がへしとは申すなり。実《げ》にや歌の様、語るにつけ古《いにしへ》のなほ思はるゝ、はかなさよ」という説明に拠った、八種の歌の様を列挙する小町の動作の俤である。「恋をして」が「歌を挙げて」の俤である。字面に「恋」の字はあるが恋の句ではない。

命うれしき撰集のさた
うつくしき顔をならべし初雪に

新出本本文。「初雪」で十月（『増山井』）。新出本はこの付句を訂正して、「さまざまに品替たる恋をして」とその右側に書く。田中善信（二〇〇四）は「この句が前の句とどのような関係で付いているのか私にはまったくわからない」という。氏の読み方と私の読み方は違うが、私にもこの付合は読めない。前句と付句は切って継いだようである。

32　名残裏二句目

さま〴〵に品替りたる恋をして
うき世のはてはみな小まちなり　　蕉

雑。前句を『源氏供養』の前場、シテの里の女が安居《あごゐ》院の法印に、「我石山にこもり、源氏六十帖を書きしるし、なき跡迄の筆のすさび、名の形見とはなりたれ共、彼源氏に終《つひ》に供養をせざりし科により、うかぶ事なくさぶらへば、然るべくは石山にて、源氏の供養を宣、わが跡とひてたび給へと、此事申さんとて、是迄参りて候」（寛文五年丁子屋長兵衛刊本に拠る）とあるのに拠って、作者紫式部に「終に供養を」してもらえなかった光源氏の生前の行動の俤とする。

付句は、同後場、後ジテがクリで、「夫《それ》無常といつぱ、目の前なれ共像もなし。一生夢のごとし。誰あつて百年《はくねん》を送る。槿花一日《いちじつ》唯おなじ」と謡うのに拠った、紫式部の霊の感慨の俤である。

うつくしき顔をならべし初雪に
うき世の果はみな小町也

新出本本文。前句は「初雪」を俤とすれば、源氏が紫上に向かって雪の晩、故藤壺中宮や槿の姫君、朧月夜、明石上、花散里を評する槿巻の一場面の俤となるが、付句が俤となるべき箇所が思い当たらない。「うき世の果はみな小町也」と断ずる話者がわからない。だいたい槿巻は「魚のほねしはぶるまでの老を見て／待人いれし小みかどの鎰」を俤としているので、同じ歌仙で二度は使えないはずである。この付合も結局読めない。

33　名残裏三句目

うき世のはてはみな小まちなり
何故か粥すゝるにもなみだぐみ　　来

雑。前句を『邯鄲』、夢から覚めたシテの廬生の「つら〳〵人間の、有様を案ずるに、百年《はくねん》の歓楽も、命《めい》をはれば夢ぞかし。五十年の栄花こそ、身の為には是までなり。栄花の望もよはひのながさも、五十年のくはんらくも、王位になれば、是までなり」（寛文五年丁子屋長兵衛刊本に拠る）という詞に拠って、廬生の悟り得た「人間の有様」についての感慨の俤とする。

付句は、そのあと「げに何事も一すいのゆめ」と感じつつ炊けた「粟飯《あはいひ》」を食べる盧生を眺める、邯鄲の宿の主の感想の俤である。

浮世の果は皆小町なり
なに故ぞ粥すゝるにも涙ぐみ　来

『猿蓑』本文。「か」が「ぞ」に変わって、naniyueka-kayu となっていた ka 音の連続が断ち切られ、zo 音と mo 音とが付句にリズム感をもたらした。

34　名残裏四句目

何故か粥すゝるにもなみだぐみ
お留主となれば広き板じき　生

雑。前句を『伊勢物語拾穂抄』第九段、東下りの八橋の「そのさはのほとりの木のかげにおりゐてかれいひくひけり。其さはにかきつばたいとおもしろくさきたり。それを見てある人のいはくかきつばたといふいつもじをくのかみにすへてたびの心をよめといひければよめる／から衣きつゝなれにしつましあればはるぐ〵きぬるたびをしぞ思ふ／

とよめりければ、みな人かれいひのうへになみだおとしてほとびにけり」とあるのに拠って、涙でほとびた乾飯を食べる業平一行を目にした通行人の感想の俤とする。

付句は同第四段、「むかしひんがしの五条におほきさいのみやおはしましけるにしのたいにすむ人ありけり。それをほいにはあらで、心ざしふかゝりける人ゆきとぶらひけるを、む月の十日ばかりのほどにほかにかくれにけり。ありどころはきけど、人のいきかよふべき所にあらざりければ、猶うしと思ひつゝなんありける。又のとしのむ月に、梅の花ざかりにこぞをこひて、いきて立てみゐてみ見れど、こぞににるべくもあらず。うちなきて、あばらなるいたじきに、月のかたぶくまでふせりて、こぞをおもひいでゝよめる／月やあらぬ春やむかしのはるならぬわが身ひとつはもとの身にして／とよみて、夜のほのぐとあくるに、なく〳〵かへりにけり」とあるのに拠った、あるじのいない五条の后の西の対の「あばらなるいたじき」に寝転がって、泣きながら月を見ている業平の感想の俤である。『猿蓑』本文では前句の上五が「なに故ぞ」に変わる。

何となく粥すゝるにも打なかれ
　足に跡付板敷の上

新出本本文。雑。前句が「何となく……打なかれ」と動作主自身の説明の俤になっているのが不審である。盧生にしろ業平にしろ「なみだぐ」む理由を、当人たちは分かりすぎるくらい分かっているからである。

付句も不審である。「足に跡付」とはどういうことか。足が埃で汚れるということか。「足の跡つく板敷の上」ならわかる。無人だから業平が侵入できた訳で、掃除などされてはいまいから。「足に」の「に」がわからない。

35　名残裏五句目

お留主となれば広き板じき
手のひらに虱はゝする花の陰　　　蕉

「花」で三月。前句を『西行桜』、ワキヅレの一人が「急候程に、是ははや西行の庵室《あんじつ》に着て候。しばらくみな〴〵御《おん》まち候へ。それがしあん内を申さふずるにて候。いかにあん内申候」（寛文十三年桂六左衛門刊本に拠る）というので、アイの庵室の能力《のうりき》が「誰にてわたり候ぞ」と登場し、「さん候是は都かたの者にて候ふが、此庵室の花、さかりなるよし承をよび、はる〴〵是まで参りて候。そと御《おん》見せ候へ」という申し出に、「やすき間の御《おん》事にて候へ共、禁制《きんぜい》の御事にて候、去ながら、御《ご》きげんを見てそと申候べし。しばらく御まち候へ」と答えるのに拠って、お留守となると「やすき間の御事にて候へ共」あいにく主が庵におりますので「禁制の御事にて候」、という能力の返事の俤とする。

付句は、ワキヅレの三人を庵の庭に招じ入れたワキの西行が、「あたら桜の景くれて、月になる夜の木のもとに、家路忘れてもろ共に、こよひは花の下臥《したぶし》して、よと共にながめあかさん」と夜桜見物に誘うのに拠った、とりわけて敏感な手のひらを虱が這っているのに気がつかないほど、まんじりともしないで夜桜を眺め続けている西行の動作の俤である。「はゝする」と使役の「す」が連体形になっているのは、西行の手のひらに虱を這わせているのが西行自身の意志ではなく、「花」の存在だからである。

足に跡付板敷の上

手のひらにしらみ這する花の陰

新出本本文。前句の「足に」と付句の「手のひらに」について、田中善信（二〇〇四）は「同じ働きをする「に」が二句続くのは差合上許容されないのではなかろうか」と指摘する。しかしながらそれ以前に、この付合が『西行桜』の俤ならば、当然掃除は施されているだろうし、庵室の中へ花見客を上げた訳ではないので、前句の「足に跡付」が説明できない。『西行桜』の俤でないならば、付句が前句に付かない。つまり前句は、『猿蓑』本文の「御留主となれば広き板敷」を元に捏造されたものと断じることができるのである。

36　挙句

手のひらに虱はする花の陰
霞うごかぬ昼のねぶたさ　　来

「霞」で兼三春（『増山井』に「三月にわたる」とある）。前句を『泰山府君』の前場、前ジテの天女が「荒面白の花盛や。何共して一枝手折天上へ帰らばやと思ひ候。花枝眼《くわし》に入て春あひえす。花一枝《はなひとえだ》を手《た》おらんと、忍び〳〵に」（天和三年山本長兵衛刊本に拠る）花の下に立ち寄ると、ワキの桜町の中納言が「春夜一時あたひ千金。花に清香《せいきやう》月に影。見るめ隙《ひま》なき花守《はなもり》の、鼓をかぞへ待居たり」と花に眺め入っていて、天女が「おらばやの花一枝は人しれぬ、我通路の関守は、よひ〳〵ごとにうちもねよ」とささやいても、「ねられん物か下枕《したまくら》、花より外《ほか》は夢もなし」とまんじりともしないのに拠った、手のひらを虱が這っていても気がつかないほど、夜桜を夢中で見つめ続けている桜町の中納言の動作の俤とする。

付句は後場、桜町の中納言の願いが通じて、後ジテの泰山府君が降臨し、「通力《つうりき》自在の遍満《へんまん》なれば、〳〵、花の命は七日《なぬか》なれども本より鬼神《きじん》に横道《わうだう》あらんや。花の梢に飛かけつて、嵐をふせぎ雨をもらさず四方《よも》にふさがる花の命、七日に限る桜の盛、三七日《さんしちにち》迄残りけり」とあるのに拠った、「嵐を防ぎ雨を漏らさ」ぬ泰山府君の通力のおかげで桜木全体にバリアが張られ、その下から見たら「霞」さえ「うごか」ない翌日の白昼に睡魔に襲われる、徹夜明けの桜町の中納言の胸中の俤である。

歌仙一巻を通覧すると、発句で西行歌が踏まえられ、初折裏三句目と四句目の「道心のおこりは花のつぼむ時／能登の七尾の冬は住うき」の付句が『撰集抄』の語り手の西行を話者とし、名残表十句目と十一句目の「ゆがみて蓋のあはぬ半櫃／草庵に暫く居ては打やぶり」が『山家集』と『新古今集』の西行歌を踏まえた西行の詞と動作、そして名残裏四句目と五句目の「御留主となれば広き板敷／手のひらに虱這はする花のかげ」が『西行桜』で付句が西行の動作、と都合四度、西行の俤がよぎっている。宮脇真彦（二〇〇二）ならば、遠輪廻にあたるからおまえの読みは間違っているというのだろうが、私の解読は九割五分がた動かせないと思う。そして、表裏ごとに現れるこの「遠輪廻」は決して不快ではなく、むしろたいへん効果的である。したがって、島津忠夫（一九八九）のように、「芭蕉の連歌に対する知見も少なく、それが逆に幸して蕉風の俳諧を作りあげる結果となったのではないかとさえ私は考えている」と捉えるべきなのである。

『続猿蓑』の「八九間」四吟歌仙での陶淵明がそうだったように、「市中は」三吟歌仙では発句が西行歌を拠にした瞬間に、西行が歌仙全体の、いわば通奏低音となることが決定されたのだ。そして歌仙は四種四様の西行の俤を点綴して、しかし西行とは無関係に終わる。

終わりに―俳付とポリフォニー―

『猿蓑』が刊行された一六九一年に、ヨーハン＝ゼバスティアン・バッハが六歳であったことを思い出してほしい。私にいわせれば、芭蕉とバッハはお互い同士、それと知らぬまま、日本文学史と西洋音楽史とで同じような役割を果たしていたのではないかと思う。礒山雅（一九九〇）は次のようにいっている。

「初心者用」とうたわれているにもかかわらず、バイエルやブルグミュラーあるいはソナチネと比較して、《インヴェンション》はやけに弾きにくい。そのなによりの理由は、右手と左手が、なんの区別もなしに動かされるところにある。ふつうの曲は、たいてい右手に旋律が置かれ、左手が和音や分散和音で（ドソミソのような）伴奏をつける。このように差別化されていれば、弾き手は右手の旋律に神経を集中させ、左手を、そこにつけていればよいのである。

ところがインヴェンションの場合には、今右手で弾きはじめた旋律が妙にずれて、左手にも出てくる。右手と左手は独立し相拮抗しながら、ずれを保ったまま、密度の高い音楽を作ってゆく。これでは両手に同じほどの器用さが必要だし、左右に、たえず神経を分散させていなくてはならない。聖徳太子でもないかぎり、こんな技術は簡単には学べないのである。

バッハは、左右の手が独立して動けるようにすることを、音楽の第一の基礎と考えた。そして初心者にも、伴奏音型のみに甘んずる怠惰な左手を、許さなかった。それは、音楽に対するバッハの根本的な発想と関係している。《インヴェンション》のように複数の線が独立的にからみあって作られる音楽を「ポリフォニー」(複旋律音楽)と呼ぶ。これに対し、ひとつの旋律を中心としてそこに和声をまとわせてゆく音楽の書き方は、ホモフォニー(和声付単旋律音楽)と呼ばれる。この二つは、ヨーロッパで発達した多声音楽の作曲の仕方の両極として、区別されている(世界の諸民族の音楽は和声なしの単旋律音楽―モノフォニー―がほとんどだが、ヨーロッパでは、複数の音をタテに組み合わせる音楽が大きく発展した)。

モーツァルトにしろベートーヴェンにしろ、われわれが日頃親しんでいるクラシック音楽は、ホモフォニーを主体とし、ポリフォニーの要素を必要に応じてとりいれたものが多い。しかしバッハは、音楽の初歩をポリフォニーで始め、その究極まで、ポリフォニーを追求した。フーガと呼ばれる、声部の「追いかけ合い」で構成される曲種が、その典型である。こうしたポリフォニー志向が、バッハの演奏しにくさ、鑑賞したときの耳当たりの固さの大きな原因になっている。

もちろん、バッハも、ホモフォニー書法をよく使った。管弦楽による前述の〈アリア〉(引用者注…《管弦楽組曲第三番》)がその例である。だがバッハは、一見旋律と伴奏でできているように見える音楽にも、かならず、ポリフォニーの要素を彫り込む。〈アリア〉の場合であれば、低音弦にきこえる「歩み」の音型や、旋律音が長く伸びているところで中声部にあらわれる動き(対位という)は、伴奏の域を超えた、意味深いものである。この〈アリア〉の本当の美しさは、旋律自体というより、むしろ旋律と対声部とで織りなされる、こうしたからみの絶妙さにある。

……バッハがポリフォニーを多用したのは、基本的にはバッハが古典派以前、バロック時代に属する作曲家だからである(音楽史を大ざっぱにとらえると、バロックはポリフォニーが優位に立つ最後の時代。古典派はホモフォニー支配の時代である)。だがバッハは、単に時代に追随して、ポリフォニーを使ったわけではない。それは、バッハの内面の促しによるところが大きかった。なぜならば、バッハが活躍した一八世紀の前半(バロック音楽の末期)には、ポリフォニーが急速に人気を失い、すたれていった時期だからである。バッハがポリフォニーを書き続け、年とともにその奥義をきわめてゆく姿は、一八世紀全体の流れからすれば、むしろ異常である。

引用が長きにわたったが、それでも氏の説明は、私にとって簡にして要を得ている。芭蕉の俳諧に戻ると、何か特定の本歌本説があって、その俤が句の字面を形成する。その字面を、たとえば「御留主となれば広き板敷／手のひらに虱這はする花のかげ」という付合の場合、田中善信(二〇〇四)のように「芭蕉は手のひらにしらみを這わして戯れている人物を付けた」とホモフォニックに読むかぎり(これが通説である)、『西行桜』のワキが花の下臥をして夜桜を凝視しているんだという本説には百年たっても到達できないはずである。虱は肌の上に見つけたら即座に捻りつぶすべきものである(昔は捕った虱をそのまま口に放り込んで、奥歯で噛んで食べてしまう老女もいたらしいが)。寝室の蚊を両手で叩くのと同じである。どうしてまた「手のひらに虱」が這っているのか、という疑問がわかないのだろうか。手のひらを虱が這うことを可能にするような事情があるのではないかと、なぜ疑わないのだろうか。

右手が付合の字面だとすれば、左手は付合を成立させる本歌本説である。右手の動きと左手の動きは似ているが、つねにずれている。右手は左手の俤だからである。このポリフォニックな構造を理解していないと、蕉風俳諧は読めない。

ポリフォニーについては高柳克弘(二〇〇四)が、ミハイル・バフチンのポリフォニー理論を援用して「歌仙というカーニバル」という説を唱えているが、私は蕉風俳諧を読むのにバフチンの力を借りようとは思わないし、氏は

「僧や、さむく寺にかへるか／さる引の猿と世を経る秋の月」の付合が読めていない。「僧」と「さる引」を文字通りに取っているが、「僧」は「弱法師」への呼びかけだし、「さる引」は俊徳丸の「猿」と一対の高安通俊の俤である。

　蕉風俳諧にあって参照すべきは、むしろソシュールが挫折したアナグラム研究であり、それを評してロマン・ヤーコブソン（一九七三）は、「詩的言語が、本質的かつ普遍的に多声音楽的《ポリフォニーク》・多義的《ポリセミーク》性格をもつことを明らかにしたのであるが、これはメイエが見てとったように、当時のアカデミズムの通念であった合理主義的芸術観への挑戦であった」（丸山圭三郎訳）と述べている。ソシュールがアナグラム研究を放擲したのは、ある詩集に見られるアナグラム現象について当の詩人に書簡で質問して、それが意図的なものかそうでないのかの回答を得られなかったことが原因だそうだが、少なくとも芭蕉は意図的に俤付をしているし、彼にはそれができたのである。

　バッハのポリフォニーが芭蕉にとっての付合ならば、ホモフォニーは発句と俳文と紀行文である（もちろん、バッハの〈アリア〉同様、ポリフォニーの要素は彫り込まれているが）。芭蕉はそのどちらも必要としている。車の両輪である。時代の趨勢がポリフォニーからホモフォニーに移って、発句と紀行文は今にもてはやされ、ポリフォニックな歌仙は長く誤解されたまま、子規に死刑宣告される。露伴（一九三七）の『評釈猿蓑』を読んで、太宰治（一九四二）が「天狗」という小文を物している。凡兆の発句は「いい句」であると賞めているが、脇以下初裏五句目の「魚の骨」まで太宰流に読んで、全体でも「佳句は少ない」と結んでいる。太宰は正直である。ポリフォニーとしてある詩語を、ホモフォニックに読んで面白いはずがない。

　「市中は」歌仙中、初折表裏、名残折表裏と都合四回、西行が現れることを先に通奏低音に譬えたが、礒山雅（一九九〇）によれば、「均整美に輝くルネサンス・ポリフォニーをバロック（一七世紀）は受け継ぎ、根底から変容させた。器楽による通奏低音が、諸声部を支え、統一する」という。通奏低音はホモフォニー化の兆候なのである。また

「真蹟去来文」や『去来抄』の中で、「市中は」歌仙の連衆の一人が付合の俤を勘違いしていたこと、『三冊子』の土芳もホモフォニックに読んでしまっていることを考え合わせると、ポリフォニックな俤付は継承者に恵まれることなく、それを究極まで洗練させた芭蕉とともに滅びる運命にあったことがうかがえよう。

〔引用・参考文献〕

太田水穂（一九二八）『芭蕉連句の根本解説』（一九六六再刊本）
露伴（一九三七）『評釈猿蓑』（岩波文庫）
太宰治（一九四二）「天狗」（『太宰治全集第十三巻』一九六〇）
樋口功（一九五一）『芭蕉講座第五巻―連句篇下―』
阿部喜三男（一九五五）「蕉風の作品」（「国文学解釈と鑑賞」昭和三十年五月号）
中村俊定（一九六二）『日本古典文学大系　芭蕉句集』
浪本澤一（一九六四）『芭蕉七部集連句鑑賞』
宮本三郎（一九六四）『校本芭蕉全集第四巻連句篇（中）』
浪本澤一（一九七〇）『芭蕉風雅考』
安東次男（一九七一）「評釈・夏の月の巻」（『芭蕉七部集評釈』一九七三）
中村俊定・堀切実（一九七四）『日本古典文学全集　連歌俳諧集』
南信一（一九七四）『総釈去来の俳論（上）去来書簡・旅寝論』
前田利治（一九七五）「版本『猿蓑』解説」（『猿蓑』一九七五）
星加宗一（一九七五）『芭蕉連句評釈』
村松友次（一九七五）「「市中は」の巻」（『鑑賞日本古典文学第二十八巻芭蕉』）
伊藤正雄（一九七六）『俳諧七部集芭蕉連句全解』

永井一彰（一九七七）「『むつのゆかり』所収の「猿蓑草稿」について」（「連歌俳諧研究」第五十三号）
天野雨山（一九七七）『猿蓑連句評釈』
東明雅（一九七九）『芭蕉の恋句』
櫻井武次郎（一九七九）『影印芭蕉連句粋』
安東次男（一九八一）『連句入門　蕉風俳諧の構造』
島居清（一九八二）『芭蕉連句全註解第七冊』
大内初夫他（一九八二）『去来先生全集』
櫻井武次郎（一九八三）『芭蕉講座第四巻発句・連句の鑑賞』
阿部正美（一九八三）『芭蕉連句抄第八篇』
中村俊定（一九八五）『芭蕉の連句を読む』
雲英末雄（一九八七）『日本の文学　古典編　芭蕉集』
丸山圭三郎（一九八七）『言葉と無意識』
雲英末雄（一九八七）『芭蕉連句古注集　猿蓑篇』
今栄蔵（一九八九）『貞門談林俳人大観』
島津忠夫（一九八九）「宗祇の連歌における―宗祇と芭蕉―」（『校本芭蕉全集第四巻』月報）
堀切実（一九八九）『蕉門名家句選（下）』（岩波文庫）
白石悌三（一九九〇）『新日本古典文学大系　芭蕉七部集』
阿部正美（一九九〇）『芭蕉俳諧の展望』
礒山雅（一九九〇）『J・S・バッハ』
堀切実（一九九七）『新編日本古典文学全集　松尾芭蕉集②』
櫻井武次郎（一九九九）「新出猿蓑歌仙―市中の巻」（「連歌俳諧研究」第九十六号）
尾形仂（二〇〇二）「芭蕉鑑賞事典　連句」（『芭蕉ハンドブック』）

宮脇真彦（二〇〇二）『芭蕉の方法―連句というコミュニケーション』
田中善信（二〇〇四）「櫻井武次郎氏紹介「新出猿蓑歌仙」の検討」（「連歌俳諧研究」第百六号）
村松友次（二〇〇四）『対話の文芸　芭蕉連句鑑賞』
高柳克弘（二〇〇四）「歌仙というカーニバル―ポリフォニー理論から見る芭蕉の対話―」（「近世文芸研究と評論」第六十六号）
櫻井武次郎（二〇〇四）「田中善信氏論文の再検討―新出「猿蓑歌仙」について―」（「連歌俳諧研究」第百七号）

第VI章 「振売の」四吟歌仙表六句（付恋）

1 発句

これから、『炭俵』（元禄七年六月刊）下巻「振売の」四吟歌仙冒頭を例にとって、前句の読み替えとしての付合のメカニスムを考えてみる。なにを今さら、そんなことは当たり前だと言われそうだが、意外にこの読み替えという鉄則は等閑視されていて、前句を別の文脈に置くのが付句の役割だという大前提が付合を読む際に徹底されないまま、誤解に陥っている事例も散見される。「振売の」の巻を選んだのは、たまたま筆者が初めて芭蕉の付合に触れた、良かれ悪しかれ思い出の一巻であるためで他意はない。

神無月廿日ふか川にて即興

振売の雁あはれ也ゑびす講　芭蕉

最初に想起されるべきは前書の「ふか川」と「雁」、および前書の地名と「雁」と作者「芭蕉」との二つの組み合わせが指示する既存の作品である。

深川の夜

雁がねもしづかに聞ばからびずや　越人　（元禄三年刊『あら野』所収）

＊

堅田にて

病雁の夜さむに落て旅ね哉　芭蕉　（元禄五年七月刊『猿蓑』所収）

越人の発句の前書は、『武蔵曲』（天和二年序）所収の芭蕉句「櫓の声波ヲうつて腸氷ル夜やなみだ」の前書「深川冬夜ノ感」を連想させる。つまり、越人句は芭蕉句への唱和であり、したがって「雁がねも」の係助詞は「櫓の声」という類例を暗示したものとなる。秋の雁がねも静かに耳を澄まして聞くと、冬の櫓の声のように枯れて物さびた趣がありませんか、の意。上野洋三『新 日本古典文学大系　芭蕉七部集』（一九九〇）は、『源氏物語』夕顔巻における「けしきある鳥のからごゑになきたるも、ふくろふはこれにやとおぼゆ」の条を踏まえるとするが、必然性に欠けるので採れない。芭蕉の付けた脇がそれをどう読み替えたか。

雁がねもしづかに聞ばからびずや
酒しゐならふこの比の月　芭蕉

白居易「琵琶行」第五段の以下の条を踏まえる。曰く、「我去年帝京ヲ辞シテヨリ、謫居病ニ臥ス潯陽城。潯陽地僻ニシテ音楽無シ、歳ヲ終ルマデ絲竹ノ声ヲ聞カズ。住湓江ニ近ウシテ地低湿、黄蘆苦竹宅ヲ遶テ生ズ。其ノ間旦暮何物ヲ聞ク、杜鵑血ニ啼テ猿哀鳴ス。春江花朝秋月夜、往々酒ヲ取テ還テ独リ傾ク」（『古文真宝前集諺解大成』）と。すなわち前句の「雁」を潯陽の白居易宅で聞こえる「杜鵑」の俤とし、客人の問いに応じる楽天居士の返答の俤を付ける。白居易には別に「強酒」と題する七絶もあるが、ともかく挨拶のメッセージは、あいにく管弦の持てなしはできないが気を悪くせずに一巻付き合ってくれまいかといったところか。上野前掲書に「この頃の美しい月を前にして、とかく来客の皆さんに酒をすすめることが多くなりました。あなたの言う通り、雁の枯淡なさびしさに堪えかねましてね、と下心に含ませる」とあるが、前句を読み替えていない。

『猿蓑』の「病雁」は「カタタラクガン」を指示する前書からすればビョウガンと音読みしたいところだが、さしあたっての問題は句の話者が堅田で病気になった自身を「病雁」と称している点にある。

さて、当該句の前書「神無月廿日ふか川にて即興」である。「神無月廿日」は即ち夷講の日だから、あらずもがなに思える。それをわざわざ残しているのは、商人でもない深川芭蕉庵の主にとってこの日付と祭とは本来なら関わりがないからである。

では「振売の雁」が「あはれ」になる契機はなにか。西行に次の一首がある。

題知らず

人は来で風のけしきも更けぬるにあはれに雁のおとづれてゆく

（『御裳濯河歌合』二十七番・『新古今集』巻第十三恋三）

つまり発句は、十月二十日とはいえ祭とは無縁のはずのこの深川の人気のない草庵の辺りにも、夕暮れになって思いがけず振売が雁を売りにきてくれた、振売の呼び声がしみじみ心に滲みる、これでやっとウチも夷講らしくなったよ、の意となる。許六が『泊船集』に書き入れた「深川独坐」の前書もこう読まないと活きない。そして挨拶のメッセージは、夷講の祝いの日なのに皆で一人暮らしの草庵を訪ねてくれてありがとう、と読み取れる。

「聴閑／蓑虫の音を聞に来よ艸の庵」(『続虚栗』)の設定を二重の意味で逆にしたような発句だが、「きのふの我に飽くべし」と述べた張本人としては、深川ではもう秋の雁がねは聞けず、自分が雁になる手も使えないという条件下で、はたして「雁」という語を用いて三度目の興を重ねることができるかどうかの実験の意味もあったのだろう。

鴨長明の『無名抄』に、師の俊恵が、俊成の自讃歌「夕されば野辺の秋風身にしみてうづら鳴くなり深草の里」についていて「かの哥、『身にしみて』といふこしの句のいみじう無念におぼゆる也。これほどになりぬる哥はけしきをいひながして、たゞそらに身にしみけんかしとおもはせたるこそ、心にくゝも優にもはべれ。いみじくいひもてゆきて、哥の詮《せん》とすべきふしを、さは〳〵といひあらはしたれば、むげにことあさくなりぬる也」と評したという話がある。俊成の歌の良し悪しはともかく、露骨に「あはれ也」などと芭蕉が詠んだら、逆に何か仕掛けがあるなと気付かなければならないところである。

諸注を見る。杜哉『俳諧古集之弁』(寛政五年序)に曰く、「春のさかなの類ひにはあらで、秋に迎ひ春に送り詩歌の人にもてはやさるれば、其姿を見其情を思ふにもなどか感慨のなからざらん。しかるを歌舞遊宴の夷講にかけ合せて、無尽の情を含められし手段常ならず」と。

湖中『俳諧鳶羽集』(文政九年稿、一八二六)に曰く、「雁鴨など買て恵比寿講するは世のならひなるに、都で雁を売て夷講せうとは、さても〳〵あはれなる事よと観想の句なり」と。

曲斎『七部婆心録』(万延元年奥)に曰く、「商家の習えびす講に雁を食ぬは、雁《ガン》と元《グワン》との音近く、元銀をくふと云物忌なるに、さる事もしらぬ田舎の狩人が振ありくを見て、物しらぬ身の哀な事ぞと、即興せし吟也」と。

岡本保孝『俳諧七部集打聴』（慶応年間成立）に曰く、「夷講する店へこれかひたまへと云。雁をみれば余程日数を経たるやうなれば、其売手をあはれとおもふ也。うれかねては生活にこまる故にあはれ也」と。

棚橋碌翁『俳諧炭俵集註解』（一八九七）に曰く、「夷講は、鯛を以てその日の賞翫とすれば、雁のあはれ也。買ふ人もあらざるべし。祝ひ日にかりといふ詞いまいまし。詩に作り歌によみて売みするものなれど、がん〳〵と呼て売歩行は、さて〳〵あはれなりと也」と。

露伴『炭俵　続猿蓑抄』（一九三〇）に曰く、「前書を見るべし、たま〳〵蛭子講の日に当りて鴈を振売しあるくに逢ひて、蛭子講にははかなき物も百両千両といひて売買さるゝに、鴈の振売、何程の価にもあらざるべきに、それさへ買手無ければ、しきりに鴈や鴈やと呼びあるかるゝを、蛭子講の賑ひにつけて、鴈あはれなりとは興じたるなり。蛭子講の句にて、鴈の句にはあらねど、目前街頭の実によりて感発したれば、蛭子講は仮りたるまでにて、振売の鴈の句の如くなりたり」と。

潁原退蔵『評釈江戸文学叢書・俳諧名作集』（一九三五）に曰く、「振売といへば行商の一ではあるが、売り歩く品はどうせ大したものではない。貧しい小商人の業である。恰も蛭子講の日に当つて雁を振売して歩くものがある。商家では商売の縁起を祝つて、百両・千両などと高値をつけて、景気の宜い取引の真似をして居る折柄、その振売の雁が特にあはれに感ぜられたのである」と。

『折口信夫全集ノート編第十六巻』（一九七一）に曰く、「偶然、雁を撃ってとったので、『雁、雁』といって売りにきた。珍しいことである。……芭蕉は、自分が雁になったような気持でいる。実は振売の声だけ聞いているのである。しみじみとした気持でいる」と。

杉浦正一郎『芭蕉講座第五巻連句篇（下）』（一九五一）に曰く、「一句の意味は、前書によつて夷講当日の眼前矚目吟である事が判り、夷講で人々賑やかに浮立つ街を、ぶらさげられ振売されてゐる雁を殊更哀れと見た即興詩である。作者のあはれ也といふ感慨は、振売される雁が主格になつてゐるけれども、同時に夷講に賑はひあちこちで饗応の席のあるこの日も、冬の寒空の下に雁をうり歩くわびしい人間の営みにも向けられてゐるやうである」と。

萩原蘿月『日本古典全書 俳諧七部集（下）』（一九五二）に曰く、「商家ではこの日えびす像をまつり、商売繁昌の祝をする。内の賑かな景気に反し、外では振売の雁が一向売れないで気の毒である」と。

中村俊定『日本古典文学大系　芭蕉句集』（一九六二）に曰く、「えびす講の賑わいをよそに、これはまた振売りにされる雁のあわれなことよ、という即興の句である。来るにも帰るにも、常に風雅の対象として詩歌に詠まれる雁も、人の世の身過ぎの悲しさに売られるのである。『あはれ』は雁のいたましい姿に対する感傷を超えて、振売りの男に、さらに芭蕉自らに向けられたあはれともなっている。世相の中に捉えられたさびである」と。

島居清『芭蕉連句全註解　第九冊』（一九八三）に曰く、「街は賑やかな恵比須講の人通り。酒肴の料にとて大声で振り売られ行く鴈に思いを馳せて、一抹の哀れさを感じての発句。白楽天の放旅鴈の故事《白氏文集》巻十二）も思い合わされ、また売り歩く人のわびしさも感じられる」と。

阿部正美『芭蕉連句抄　第十篇』（一九八七）に曰く、「前書の『ふか川にて』は明らかに『深川芭蕉庵にて』の意であつて、芭蕉は招かれて外へ云つたわけではなく、自庵に居ての即興と解すべきである。この時代深川は郊外の地で、江戸市中とは趣を異にしてゐたらうが、相応に商家はあつたらうし、夷講の日ともなれば、さうした家々は饗応で賑はひ、景気の好い仮りの売買で陽気に騒いでゐたであらう。この句ではその賑はひと『振売の鴈』のあはれさとが対照されてゐる。……賑はひの中に落命した鳥の淋しい限りの姿を見出して『あはれ也』と哀憐の情を寄せたのが一句の主意なのである。それは月前の姿や舟の艪の音に似るといふその声を賞する伝統的な風雅の題材としての雁ではなく、『目前街頭の実によりて感発した』（露伴《評釈》）俳諧眼の所産であつた。それが『かるみ』の時代の作として恰好なことは言ふまでもない」と。

白石悌三『新 日本古典文学大系　芭蕉七部集』（一九九〇）に曰く、「商家が軒並み家業の繁盛を祈って遊宴する夷講の日に、しがない呼び売りの行商が雁を売り歩いている。その棒先に吊された雁のだらりと長い首を垂れた姿があわれをもよおすの意。詩歌の素材である雁を、あわれ食用として俳言に用いた」と。

発句なので注釈は多数存在する。ここでは歌仙一巻を評したものだけにとどめた。西行歌に気付かなければこの句は俳諧にならないから、諸注は大同小異の作文に終わっている。「かるみ」というお題目を持ち出す前に、なぜ前書と発句との裸の詞一つ一つに拘らないのか、あるいは拘れないのか、拘れないのは「ある時代のディスクール」（ミシェル・フーコー）のせいなのか、拙稿の最後で考えたい。

2　脇

振売の雁あはれ也ゑびす講
降《ふつ》てはやすみ時雨する軒　　野坡

ポイントは「あはれ也」の意味を読み替えるところにある。夷講の祝いの膳に、杉焼にでもして上さんものと振売が提げ歩く雁が憐れむべきだとしたら、前句の話者は殺生を忌む出家となる。「時雨する軒」に「やす」むのがその僧侶とすれば、雨宿りする法師などおのずと限られてくる。

天王寺に詣で侍けるに、俄に雨ふりければ、
江口に宿を借りけるに、貸し侍らざりければ、
よみ侍ける　　　　西行法師
世の中をいとふまでこそかたからめかりの宿りををしむ君かな
（『新古今集』巻十羇旅）

言わずと知れた江口の君のエピソードである。脇は時雨に降られて軒を借りる人影をにわか雨で宿を借り損ねた西行の俤とすることで、前句を西行の台詞に変じるのである。今西行の先生と歌仙が巻けるのなら、夷講なんてそっちのけで馳せ参じますよ、という挨拶になるだろうか。

諸注を引く。杜哉「佇み居たる風情ならん。句作に哀調を和せりといふべし」

宜麦『続絵歌仙』（文化八年刊）に曰く、「脇、居所打添」と。

湖中「時節の脇也。休むといふ詞は雁売への栞にして、必しも雁売の休みしとあしらひたるにはあらず。時雨の折々降休みては又降と云事也。軒は町家の体を形容したる也」

伝暁台注・政二補『秘註俳諧七部集』（天保十四年成立）に曰く、「……人間一生の有世其命時雨の晴間を待ず。已に宗祇の舎り哉と言翁の句を可思」と。

曲斎「前句振売の哀と云を、終日不仕合にあるく体と見立、今一入不仕合を添たり。降ては休み時雨する軒とは、

あやにくの雨を軒に佇てはしのぎ、晴れば出、出ればふり、軒下と町中を千鳥懸に振あるく雁の濡鴉のごとく成て、又哀也」

岡本保孝「十月しぐれの頃なれば、時雨ふりやみては又しぐるゝを、この老たる商人寒がりて夷請する軒下にたゝずむさま也」

棚橋碌翁「雁をうりあるきてもうれもせぬものを、殊に時雨にふられて、軒ばに雨間を待は、いと〳〵哀れなりとなり」

露伴「降りつ休みつする時雨の檐下を振売する男の出入する也」

宇田久『古板俳諧七部集六　炭俵定本』（一九三四）は「降りて」と訓む。

潁原退蔵「（「ふつて」と訓む）降つてはをやみする時雨に濡れまいと、軒下伝ひに『雁や、雁や』と売り歩くのである。発句のあはれな風情に、笠も冠らぬわびしい振売の姿を添へて居る」

折口信夫「時雨だから、『やすみ』という感じである。降ってはやみ、降ってはやみして、時雨が降ってくる軒で、雨宿りをしている。雁を売りにきた人が、雨宿りをしているとみてもよし、振売の通るのを見ている人が、雨宿りしているとみてもよい」

杉浦正一郎「（「ふつて」と読む）発句の背景を描いてその余情をひかせたのである。ぱらぱらつと降るかと思ふとやみ、やんだかと思ふと又降り出す、時雨模様の町家の軒先である。時雨れる軒下には、雁を二三羽ぶらさげた振売の男が、笠もかぶらずに雨空を見上げて当惑げに彳んでゐるやうな風情が感ぜられる。発句の哀調をひゞかせ、発句にしつとり寄り添ふごとく好もしい脇句である」

萩原蘿月は「降りて」と訓む。

中村俊定「(「ふつて」と訓む) 軒―俳諧常套の助辞的おきかたであるが、町の軒続きを思わせる(頭注)。降るかと思えば止み、止んだかと思うと又降り出す時雨空である。軒は軒並みの意で町家の続くことをあらわす。発句の時節にあわせて、初冬のわびしくあわれな情景を添えた付。時雨は宗祇の『世にふるもさらに時雨のやどりかな』以来、観相的な匂いが濃い」

近世文学史研究の会編『炭俵参考資料』(一九六六)に曰く、「軒=ここでは軒並みの意か。『振売』ということから、軒の続いた町並みが思われる」と。

島居清「ぱらぱらと降っては一休みして、また降ってくる軒の時雨。発句の景と合わせていとど哀れなり」

阿部正美「『降ては』を『降つては』と促音によむ向きが多いが、余りに迫つた感じで、調べがよくない。萩原蘿月氏……のやうに『降りては』とよむのが宜いと思ふ。……『ゑびす講』の頃は時雨の降りやすい初冬なので、降つては止み、止んでは又降る時雨のさまを添へた『時節の脇』(湖中《鳶羽集》)である。……『降てはやすみ』は何よりも時雨の降り方の形容であることを思わなければならぬ。……振売りの男の体は飽く迄余意として扱ふべきであらう」

白石悌三「(「ふつて」と訓む) 時雨が家々の軒を打ってひとしきり降ったかと思うと止み、また降ってくるの意。『神無月降りみ降らずみ定めなき時雨ぞ冬の初めなりける』(後撰集) の俳諧化で、夷講の時節に寄せた」、以上。

「たとへば歌仙は三十六歩也。一歩も跡に帰る心なし。行くにしたがひ、心の改まるは、ただ先へゆく心なれば也」とは『三冊子』が伝える芭蕉の言である。だが、この比喩を文字通りに受け取ろうとする読み手は誰一人いない。発句と脇だとて「三十六歩」の最初の二歩である。例外ではない。

3　第三

降てはやすみ時雨する軒
番匠が樫の小節を引かねて　孤屋

第三なので、ここからは挨拶の含みを持たせる必要がなくなる。初冬が前二句で終わり雑に転じる。前句はどう読み替えられたか。「時雨する」は涙する、つまり雨漏りがする、の意と解せばよい。「降りみ降らずみ定めな」く雨漏りする軒は『古文真宝前集』にある。

前句を、杜甫「茅屋秋風ノ為メニ破ラルル歌」の「床々屋漏《シヤウシヤウオクモリ》テ乾処《カンシヨ》無シ、雨脚《ウキヤク》麻ノ如クニシテ未ダ断絶セズ」（『古文真宝前集諺解大成』）の俤とし、「安《イヅクン》ゾ広廈千万間《クワウカセンバンゲン》ナルヲ得テ、大《オホイ》ニ天下ノ寒士ヲ庇《オホヒ》テ倶ニ歓顔シ、風雨モ動《ウゴカ》ズ安キコト山ノ如《ゴトク》ナラン。嗚呼何《ナン》ノ時カ眼前ニ突兀《トツコツ》トシテ此ノ屋ヲ見ン。吾ガ廬独破《ロヒトリヤブレ》テ凍死ヲ受クモ亦足《タリ》ナン」という終章の済世願望を、唐王朝官選の「番匠」が勅命で「広廈千万間」を作ってくれたらなあ、でもありえないなあという反実仮想に裏返して付ける。周知のように、この七言歌行は芭蕉句「茅舎ノ感／芭蕉野分して盥に雨を聞夜哉」（『武蔵曲』）の着想源だが、そのことで特にメッセージを読み取る必要はない。

前句を読み替えているかどうか、諸注を引く。

杜哉「やすむの語に出て体用の変あり。猶、動静の差別をもてその場を奪えるの設ならん」
宜麦「第三、一転普請」
湖中「降ては休みといふ詞のひゞきより転じて、普請小屋のさまと思ひよせたり」

著者不明『俳諧七部集弁解』（年次未詳）に曰く、「源本樫の字有て、十が七、八は樅《モミ》とよみなし来れり。印本の字性詳ならざれば、樫の字となしたるも又是也。されど、小節といふ語を考ふれば、樫の方も然るべし。但、引かねるの語はかたきのやうすなれど、節に至ては何れの木迚《とて》もやすからず」と。

曲斎「前句、村時雨の降つ休つする軒の濡つ乾つする体と、即体に見立、軒普請の埒明ぬ様を付たり。番匠が樅の小節を引かねてとは、雨濡木の鋸きしむを、濡ながら汗流して挽煩ひ、雨の空打恨、独ごちたる様也。……原書、樅を樫と過しを、諸書、樫樅と誤たり」

岡本保孝「時雨の雨をいとひて、はやくしまはんとするに、樫の節引割かねて」

棚橋碌翁「木挽の樅の堅さに挽あぐみて、鋸屑のはら〳〵はら〳〵と時雨の降るように落るに、やすみ〳〵鋸引き居る響付也。前句のやすみといふに眼を付て此註したる也」

露伴「樅は節悪硬くして、急ぎ鋸切するに宜しからぬものなり。時雨する簷に番匠の鋸挽、樅の小節の厭はしきに渋り働きするさま、たゞ是れ市井の有るところの情景なり」

宇田久「樅《モミ》」

潁原退蔵「大工小屋のさまである。軒には時雨が降りみ降らずみ、淋しい音を立ててゐる。樅の硬い小節を挽き切りかねた大工が、腰を伸して雨を眺めて居る。そんな情景である。侘びしい情はここまで引いて来てゐるが、発句・脇が戸外の振売であるのから転じて、屋内に立働く大工とした。それが第三の転である」

折口信夫「番匠が、樅の小さな節をなかなかひけない。……脇の『降てはやすみ』と、第三句の『引きかねて』の間には、音楽的リズムがある。蕉風でいう『うつり』で、連句の面白味である。まじめに解釈して第三句を付けると、連歌的になってしまう」

杉浦正一郎「原本木篇のつくりが明らかでなく、諸説があるが『椴』でもみであらう。……樫とは全然よめぬ書体であり、やはり椴であらう。……前句の降つてはやすみ、といふ言葉のひゞきから普請小屋のさまを思ひ浮べて、大工がもみの木の小節を挽きにくがつて弱つてゐる様子を附けたのである。前句に久しい間の時の移りが感ぜられるので、悠長な大工仕事を想定したのであらう。発句脇が戸外の景だつたのを第三で転じて作事小屋のなかの景としたのである。侘びしい気分がずつと三句に亘つて感ぜられるのはやゝ単調で、も少し大胆に転じて貰ひたいところである」

萩原蘿月「樅」

中村俊定「原本は草体がよみにくく、樫とも樅ともよまれる。西馬の《標注》も《校正七部集》も樫としている。《易林本節用集》には、もみは『樅』とし『松葉柏身』と注している（ここまで頭注）。大工が樅の小節の堅さに挽きあぐんでいるの意。軒端に時雨日和をわびる人ありと見て、普請小屋の大工と趣向を立て、仕事のはかどらないさまに句作したのである。『ふってはやすみ』の語に、ものの停滞しがちな余情をうけての付であろう」

近世文学史研究の会「椴《もみ》=樅《もみ》。ただし原本の字体は『樫《かし》』と読めないこともない。西馬は《標注七部集》《校正七部集》で『樫』としている」

島居清「小節のあるかたい椴の材を挽きかねている大工の仕事場。軒にぱらぱらと時雨て体も冷える頃」

阿部正美「木の名を示す文字が《炭俵》の古板本では字体が明確でない。杉浦博士は……委しく考えてをられる。しかし、古板本の字体は『樫』とよめぬものではなく、寧ろ『椴』とよむ方が無理ではないかと思ふ。『樫とも樅ともよまれる』とする《古典文学大系・芭蕉句集》の説の方が自然であって、《幽蘭集》《金蘭集》が『樫』としてゐるのも同様の判断によるものだらう（《一葉集》は『榧』）。……問題は今一つ、『もみ』と『かし』と何れがこの場にふさわしいかといふことも考へねばならない。……私としては判断がつき兼ねるので、こゝでは古板本の字体を掲げるにとゞめて後考に俟つ。……『引く』は、材木などを鋸などで挽く意味で、『引』は通用した宛字である。小節が堅くてなかなか挽き切ることが出来ずにあぐねてゐるさまだ。……前句の『軒』から『普請小屋のさまと思ひよせ』（湖中《鳶羽集》）、場を転じた付けである。時雨降る中、小屋の中では大工が材木を挽いてゐるのだが、堅い小節を挽き煩つて難渋するところで、この趣向は前句の『降てはやすみ』に『ものの停滞しがちな余情をうけ』（中村氏）たのかも知れない。この時期の作らしく『たゞ是れ市井の有るところの情景』（露伴）であるが……」

白石悌三「大工が鋸を樫の建材の小節に挽き当てて難渋しているの意。前句に長時間を見込み、軒を大工小屋に見立てて、中でも挽いては休みしているとした」、以上。

「やすみ」の主体は、打越の話者から「時雨」そのものに読み替えられなければならない。しかしながら、それと同時に「時雨する」の意味も、初冬の通り雨から軒そのものが時雨する、すなわち雨漏りがすると読み替えないと、打越から付句まで同じ時雨が降り続くことになってしまうし、「番匠」が出てくる必然性もない。必然性がないとは、換言すれば何でも付く、恣意的であるということであり、前句付と同じになってしまう。

4　四句目

番匠が樫の小節を引きかねて
片はげ山に月をみるかな　　利牛

安倍仲麿の歌、「もろこしにて月を見てよみける／あまの原ふりさけみればかすがなる三笠の山に出でし月かも」（『古今集』巻九羇旅巻頭、『百人一首拾穂抄』）を踏まえ、「番匠が樫の小節を引きかねて」船が出来上がらず（あるいは手抜き工事のため難破し）、故国に帰れぬまま唐土の「片はげ山に」出た月を望郷の思いで眺めることよ、の意とする。前句の「番匠」は日本に帰る遣唐使船を補修する唐朝官選の船大工に読み替えられる。

『八代集抄』の頭注には「此集言書にのせたるごとく、帰朝せんとしけるが又思ひとゞまりてつゐに漢土にて卒す」と記され、『和漢朗詠集註』月では仲麿が彼の地の土となったことには触れず、ひとり『百人一首拾穂抄』のみが「或説云　唐天宝十二年遣唐大使藤原清河と云人と同船して　仲麿帰朝の海路にて風にあふて安南と云ところにたゞよひゆきて　終に亦唐に入て仕粛宗左散騎常侍。安南都護　亦北海郡開国公にうつりなどして終に大暦五年正月卒云々。此説のごとくならば帰朝なきにや　しかれども土佐日記古今の説々帰朝と侍れば当流用之」（大坪利絹編『百人一首注釈書叢書9』に拠る）と記す。この記述に拠る付か。

阿部氏のいう「もみ」と「かし」のいずれがこの場にふさわしいかをここで考える。石井謙治『和船Ⅰ』（一九九五）によれば、

航《かわら》・加敷《かじき》・中棚・上棚及びはぎつけには樟・杉・欅が上木で、栂《とが》・樅《もみ》・松・桂・椎は下木である。ただし杉は白《しら》太《た》を除き、松は樹脂の多い肥松を使えば上木だ。水押《みよし》は樟・欅を主とし、床船梁《ゆかふなばり》は欅がよい。とくに船梁のうち腰《こし》当《あて》・床・蹴上《けあげ》・轆轤座といった船梁は上木を用うべきだ。戸立《とだて》と台は樟・欅がよく、垣立《かきたつ》は桧か桧葉《ひば》、歩桁《あゆみ》は大材だから松・杉を使う。筒《つつ》は欅・樫などで、矢倉板は杉に限る。舵《かじ》の身木《みき》は樫、羽板《はいた》は松だが、樫は薩摩・日向・肥後物が上等で、紀州・遠州・伊豆産の物は割れが早く長持ちがしない。（同書一七五頁）

ということで、地域によってばらつきはあるが、「帆柱・帆桁の杉、舵の身木と舵柄《かじづか》の樫」は共通して用いられるという。モミもアカガシも船材となるが、操船上もっとも重要な装置である舵に適する「樫」を読み取るのが意味的には順当という結論になる。

ただ、常緑針葉樹のモミは常緑広葉樹のアカガシと違って、枝打ちをしないと幹にすぐ小節ができるから、露伴の「樅は節悪硬くして」の言も一概に否定できない。同じ『炭俵』上巻所収の利牛・野坡・孤屋三吟「子は裸」百韻二ノ折裏四句目に、「伐透かす椴と檜のすれあひて」という長句がある。これは意味から考えて明らかに「椴《もみ》」でなければならない箇所で、宇田久も萩原蘿月も中村俊定（岩波文庫『芭蕉七部集』一九六六）も近世文学史研究の会も白石悌三も皆そう読んでいる。この「椴」と問題の字とを比べると旁の上部が微妙にしかし明らかに違っていて、当該字は同じ「子は裸」百韻三ノ折裏九句目「花の内引越て居る樫《カタギ》原」の「樫」の旁の上部とほぼ同じである。杉浦博士が「全然よめぬ書体」といった根拠は「土」の部分が流れていることだろうが、それで「堅」と読む『謹身往来』（寛政二年刊一七九〇）の用例が根岸茂夫『江戸版本解読大字典』（二〇〇〇）に見える。筆者が本文を「樫」とした理由である。なお白石以後、竹内千代子『『炭俵』連句古註集』（一九九五）と宮脇真彦『新編芭蕉大成』（一九九九）がそれぞれ「樫」と読んでいる。

再び諸注を引く。振々亭三駱『七部集振々抄』（天明四年序）に曰く、「前の番匠の句を上の句として、歌のやうに付なしたる也」

杜哉「古今抄に、番匠といふ詞の古雅なる万葉体の歌と聞なして、見るかなとはいへりけるとぞ。しかれば論なふ二句一体にして、親疎に与奪の意あり」

宜麦「変化山方の番匠」

湖中「榧の小節を挽かねてといふよりはやけふも暮るぞ。さて日のみじかき事よと、月をかへりみたるさまをあしらひたり」

曲斎「前句、樅挽懸し番匠の膝を抱て七ツ休するを見て、小節挽きかねて休らむと云戯と見立、其次の詞を付たり。片兀山に月を見る哉とは、山寺の普請也。大工の一心に月見る振なるを、小節挽かねしうさ晴しに、兀山より月を見て、狂歌でも按ずるかと洒落いふは、普請肝いる狂歌師の禅門の我心に比て即興し、大工の長休を諷諫する様也。古今抄、尋常の俳諧詞には、大工ともいひ木挽ともいはむに……見る哉とは和歌の拍子と云は模象也。番匠と音ンによむ歌はなし。又此二句を歌一首と見なば、余情も変化も姿もなき空戯とならむ。血脈相承の人にも仮初の考には失あれば、人々肺肝を砕ざらむや」

岡本保孝「番匠の樫引割かねて居るほどに、月の出たる也」

棚橋碌翁「木挽の休みて溜息し、仰向て山のはの月を見るとなり」

露伴「田舎の寺又は神社などの作事と一転し、夕月を見るに至れるまで倦果てながら働けるおもむきを作りたり。婆心録に古今抄を引いて曰く、尋常の俳諧詞には大工とも云ひ木挽ともいはむに、今の番匠といふ詞は、万葉集の歌なりと聞做して、見る哉、とは和歌の拍子なり云々。言の妄なるは言ふまでも無し。古今抄など論ずるに足らず」

穎原退蔵「番匠が樅の小節を挽きかねて居るうちに日も暮れた。向うの片禿山にはもう月が淡く光つて居る。『おや、もう月が出たな』と、鋸の手を休めて見上げて居るのである。第四は軽く附けるのが常法である」

折口信夫「『片はげ山』というのは、一部分が禿げている山のこと。ちょっと、語の滑稽を狙っている句だ。ここで、少し、軽く、明るくしようとしている。《炭俵》の特徴である。大工自身が、月を見ているのか、他の人が、大工の鋸の音を聞いていて、山の月に気がついたのか。月の座より前に、月が出ている。月の座より後へ月を出すことを『月をこぼす』という。月・花の句は、長句に置くのが普通である。この巻のように、一句前に置く、すなわち、長句に置かず、短句に置くことは珍しい。まじめに叙景している。人事的なところから、叙景へうつして、気分をかえている」

杉浦正一郎「初表五句目の月の定座を一句ひき上げてゐる。《古集之弁》に蕉門支考の説をひいて『古今抄に、……与奪の意あり』と言つてゐるが、番匠といふ古風な言葉から一首の歌のやうに仕立て、二句一聯の狂歌めいたものにやつしたのである。前句の大工の悠長な仕事から、いつしか日の暮れる気分を見据ゑて、向ふの片禿山にもう月が出てゐるよと感慨してゐる姿を想定したのであらう。第四らしい軽いあしらひの句である」

中村俊定「前句の困苦の余情を倦怠・悠長と見かえた付。製材に対して不毛の山を付けたのがおかしみで、《職人尽》の狂歌のように仕立てたのであろう。『月をみるかな』のまののびた調子に倦怠の気分があらわれている」

島居清「前句を歌の上の句として、和歌のごとく仕立てて付けた。片はげ山に出る月を眺める、呆然たる番匠の姿にほのぼのとして、且つ間の抜けた滑稽。月の定座を一句引き上げて出した」

阿部正美「伊藤正雄氏の《全解》に、室町時代の《明応職人歌合》(《七十一番職人歌合》)から『筆塚にきりつづめたるささ竹のながき夜知らず月を見るかな』(筆結)『秋までは煙も立てぬ炭焼の心とすます月を見るかな』(炭焼)等、『月を見るかな』を末句にした例が多い旨指摘されてゐる。この句がこの類の歌の調子を模してゐることが知られよう。支考の……『万葉躰』はどうかと思ふが、『月をみるかな』が『和歌の拍子』であることは確かで、これによつて『番匠の句を上の句として歌のやうに』(翠兄聞誌《七部集》)聞き做される付合になつたのである。場は『片はげ山』を望む麓あたり、『田舎の寺又は神社などの作事と一転し、(番匠が)夕月を見るに至れるまで倦果てながら働けるおもむき』(露伴)を出した。小節を挽き兼ねる大工を老人と見れば、『片はげ』になんとなく響いて可笑しい。間の抜けた飄逸味がこの句の生命であらう。初表の月を定座より一句引き上げてゐる」

白石悌三「片はげの山にかかる月を仰ぎ見ることよの意。ついに短日の一日仕事となり、終わってやれやれと月を見るさま。付句の『かな』留は異例。『月をみるかな』は和歌の常套句で、前句と合わせ職人歌合の一首に擬したもの。職人歌合は月・恋などの題で競われた。歌枕ならぬ『片はげ山』と『月を見るかな』の雅俗取合せがおかしい」、以上。

曲斎と露伴に切り捨てられた支考の言葉は、『俳諧古今抄』（享保十五年、一七三〇）巻二「二品のかなの事」に見える。

東花云、例の察するに浮哉の事は、名目の多岐をいとひながらも、曲節の飾とす。人ヲ誨ヘテ倦マズといへる師道の親切ならざらんや。今思へば炭俵集に此いふ曲節の附合あり。

　番匠が椴の小節をひきかねて（支考は「もみ」と読んでいる）

　　片兀《（ママ）》山の月を　　見る哉

されば此句の用を評せば、故事をもちひ古語をつみ、和歌の艶詞をかる時に、これらを附合の鑑といはむ。よのつね俳諧の詞には、大工ともいひ木挽ともいはんに、今の番匠といふ詞は万葉躰の歌ぶりと聞なして、見る哉とは和歌の拍子也。これらは起情の躰にも似ながら、古法のいへる響ともいふべきにや。

元禄享保年間の「番匠」という用語を、「見る哉」とともに「万葉躰の歌ぶりと聞な」すには、用いられた「故事」が安倍仲麿の逸話だと解読できなければならない。歌こそ『古今集』に入っているが、仲麿は家持より二十歳近く年上である。「ふりさけみれば」も助詞の「かも」も明らかに上代語である。支考はもちろん付様を知っていたのだが、おそらくそれをバラすことは蕉門のタブーであったため、せいぜい暗示するにとどめたのである。

5　五句目

片はげ山に月をみるかな
好物の餅を絶さぬあきの風　野坡

前句に、『徒然草文段抄』第五段、「顕基《アキモトノ》中納言のいひけん、配所の月罪なくて見ん事さもおぼえぬべし」のくだり、ないしは第百五十三段で、京極為兼が幕府に捕らえられる場面に遭遇して「あなうらやまし。世にあらん思出、かくこそあらまほしけれ」とつぶやき、のち『太平記』巻一巻二に記されるごとく本当に佐渡の配所で斬られた日野資朝の俤を見て取り、同じく『徒然草』第四十段の栗しか食べない因幡国の「何の入道とかやいふ者のむすめ」、ないしは第六十段の好物の芋頭ばかり食べる真乗院の盛親僧都の俤を付ける。つまり、前句は、源顕基か日野資朝の俤が「片はげ山に」配所の「月をみるかな」と述べ、付句は芋や栗の俤である無季の「餅」に芋なら八月、栗なら九月（『増山井』）の、収穫の「あきの風」を吹かせる。

諸注を見る。杜哉「桑門隠者のもやうなど見定、それが有べき一事をのべたり。即換骨の意にして、打越の論なし。
○季節に無用の用あり」

宜麦「人の変化」

湖中「月を見る哉といふより転じ来て、淳撲なる人の隠宅しておもしろくも、おかしくもなく明し暮し居て外出もせず、唯好物の食類などたしみ置さまを見せたり」

曲斎「前句、片兀山に住で月を友とする隠者と見立、月に比する物を付たり。好物の餅を絶さぬ秋の風とは、劉伯倫が友ならで餅徳頌作る雅人ならむ。古、桑門と云はよし」

岡本保孝「餅を搗おきて、月をみながらこれを食ふ也」

棚橋碌翁「月を見る哉といふ言葉は歌人ならむと認て、山陰の草庵に風雅隠者秋風たつ頃、好物の餅を搗置く下戸ならん」

露伴「花にも月にも酒とこそあるべけれ、それを我は下戸なればとて餅を絶さで、をかしくもあらぬ片禿山の月を見る人を附けたり。徒然草に見えたる真乗院の盛親僧都が三百貫の芋頭を食ひたることも思合さる。又同書に因幡の入道の娘、栗をのみ食ひける談あり。片禿山の月見、何となく偏したることとなれば、底心に偏したる味をもて附けたり」

穎原退蔵「片禿山の月に秋風を配し、その月をながめ風に吟ずる人を附けた。風月を楽しむ人と言へば、まづ酒を愛するのが普通であるのに、これは些か風変りの下戸である。この風変りが前句の片禿山からのうつりである。幸田露伴氏の《炭俵抄》に『片禿山の月見、何となく偏したることとなれば、底心に偏したる味をもて附けたり』とあるのは、よく二句のうつりを解して居る」

折口信夫「好きな餅がなくなると、またあとからつくというふうにして、餅をいつも絶やさない。平凡な生活である。平凡な生活の面白味が出ていて、ほぼ文学に近づいている。平凡な生活を平凡に叙して、俗気を去り、文学味を出している。異常な、すぐれたものが与えるのと同じ効果を与えている。『片はげ山』も平凡な景色である」

杉浦正一郎「前句の『月を見るかな』に風雅な閑人の情を感じてさういふ世の中から忘れられた変人の人物を思ひ浮かべて附けたのであらう。前句のかなは平句の中のかなでいかにも目につくので、そこをめざとく見とがめたのである。……好物の酒を絶さぬ秋の風なら普通のことだが、上戸ならぬ男の殺風景な餅を絶さぬといふところにをかしみがあるのである。面白くもない片禿山の月を見る変人の情を巧みに移したといふべきである」

中村俊定「片はげ山にのぼる月をながめる人には風流は感じられない。淳朴実直な隠居、おもしろくもおかしくもなく明かし暮らす、平々凡々の老人がうかんで来る。それを下戸の人と趣向をたて、始終餅をたやさずたしなむと句作したのである。『あきの風』は季のあしらいのみ」

島居清「秋風立ちて肌寒の頃、山に昇る月も一入秋の風情濃く、好物の餅を絶さずいつもたくわえて置いて、静かな庵住みの境涯」

阿部正美「月見る人を餅好きの人とした。たゞの餅好きでなく、手許に常に『餅を絶さぬ』としたところが聊か変つてゐる。……この人と物の偏した味からすると、こゝは隠遁の僧侶などを考へるのが妥やかであつて、その点『桑門隠者のもやうと見定て、其人の有そうなことを述たり。則換骨の意にして打越の論なし』（暁台《秘註》）といふ古注の見方は良い。《沙石集》の餅好む僧とか、《雍州府志》巻六に見える円山欽餅《かきもち》の由来とかの俤と考へられないではないが、俤などなくともかういふ趣向は出て来るであらうし、それだけ分れば十分であらう。……『あきの風』は時節の取合はせまでで、前句に『月』が出て秋を一句で捨てるわけに行かぬ故であるが、『絶さぬ』と上からかゝる言ひ方にした句作りは感心出来ない。中七と下五とは意味が別で、二句一章の構成の句と見られるからである」

白石悌三「秋（飽）の風が吹いても好物の餅は欠かせず、いつも手許に買い置いているの意。名所の山の月見なら酒こそふさわしいが、片はげ山の月を見るは一風変った餅好きの人とした」、以上。

同じ『徒然草』に出てくるという以外、前句と付句はなんの関係もない。疎句の最たるものである。それを同一人物として無理矢理結びつけようとするから、せっかく盛親僧都や因幡の入道の娘に思い至った露伴にしてからが前句の意味を取り逃がしてしまうのだ。

6　折端

好物の餅を絶さぬあきの風
割木の安き国の露霜　　芭蕉

秋の三句目になる。「露霜」は晩秋九月。前句を白居易の新楽府「塩商婦」の俤と見て、同じ新楽府「売炭翁」の俤を付ける。たまたま西江の塩商人に嫁いだ娘が暴利を恣にする夫のおかげで裕福に暮らし、「何ニ況ヤ江頭ニ魚米賤《ヤス》シ。紅鱠・黄橙・香稲ノ飯《イヒ》アリ。食ヒ飽テ濃カニ粧テ柂楼ニ倚レリ。……塩商婦、幸有テ塩商ニ嫁ツグ。終朝《ヒメムス》ニ美《ヨ》キ飯食。歳ヲ終ルマデ好《ヨ》キ衣裳アリ」（明暦三年刊『白氏長慶集』巻四）といった贅沢三昧の生活をしている。一方、長安の売炭翁は「薪ヲ伐リテ炭ヲ焼ク南山ノ中。面ニ満ル塵灰、煙火ノ色アリ。両ノ鬢蒼倉トシテ十ノ指黒シ。炭ヲ売テ銭ヲ得ル、何ノ営ム所ゾ。身ノ上ノ衣裳、口ノ中ノ食ナリ。憐ムベシ身上ノ衣ノ正ニ単《ヒトヘ》ナルコトヲ。心ニ炭ノ賤《ヤス》キヲ憂ヘテ天ノ寒カランコトヲ願フ。夜来、城外、一尺ノ雪フレリ。暁、炭車ヲ駕《カ》ケテ氷ヲ輾《キシ》ル轍《アト》アリ。牛困《クルシ》ミ人飢《カツ》エテ日已《スデ》ニ高ク、市ノ南ノ門外、泥ノ中ニ歇《ヤス》」（同前）んでいると、勅命だと告げる役人にただ同然で売り物の炭をすべて徴発されてしまう運命である。

前句の「あきの風」は飽食の「飽き」を匂わせると同時に、『蒙求』下巻「張翰適意」の「翰因テ秋風ノ起ルヲ見、乃チ呉中ノ菰菜・蓴羹・鱸魚ノ膾ヲ思テ曰ク、人生ハ志ニ適スルコトヲ得コトヲ貴。何能ク数千里ニ羈官シテ、以テ名爵ヲ要《モト》メンヤト。遂ニ駕ニ命ジテ帰ル」（慶安二年刊本に拠る）の逸話に言及する。あるいは杜牧「江南春」の句を裁ち入れた嵐雪の発句「はぜつるや水村山閣酒旗風」（『虚栗』）を思い出してもよい。

諸注を見る。杜哉「前句に辺土の風ありと見て、趣向し給ひけん。句作のさびはいふも更に附はだの寛なるをみるべし。季節又妙なり」

宜麦「国の一字変化。武家用の附」

石兮『芭蕉翁附合集評註』（文化十二年、一八一五刊）曰く、「二句の間にかぎりなき世態、まことに解つくすべからず。餅をたやさずくふてゐる人を貧士の驕者と見て、されど割木の安き国にて住よし、とことはりたる也」

湖中「飽きの風といふより寒さを下心に含て、割木とおもひよせたり。魚垣より薪に至るまで下直にして又自由也。さて〳〵よき国では有よと称したるさま、終に旅などもせず、一井を呑で世を狭くとりたる人の上を余情に見せたり。露霜のあしらひは、潤の広大なる所を見せたる詞の栞也」

曲斎「前句絶さぬと云を、毎日餅の馳走に旅客の驚く体と見立、餅むす様を付たり。割木の安き国の露霜とは、庭の口明放て秋風寒き露霜の大割木取込、どんど、釜下焚立るを見て客のあきる、を、此国は山家なれば木は只也。けさは寒ければ、ちとあたり給へなどいふ様見ゆ。……古、附肌寛也と云は、餅搗の見えぬ紛かし也。評註、餅を絶ずくふを貧の奢と見ざれど、木は安き国にて住よしと断たりと云は模象也」

岡本保孝「客に対して、易き割木なれば心おきなくあたれと云つゝ、おのれ好む餅をやきながら、客にくはする」

棚橋碌翁「絶さず折々もちを搗に幸ひ、露霜の山国の、薪割木の類の便利の土地がらぞとなり」

露伴「割木は薪なり。一句辺土のさまにて、露霜に濡れたる割木を惜気もなく大くべして、釜下の火の勢よく、餅を作るなり」

穎原退蔵「はや晩秋の霜が置いて、そろそろ薪の用意が必要になる頃だが、この地方では薪の値が安いので、寒さを恐れる心配もないといふのである。前句に安易な生活の趣があるので、そのにほひを以て附けて居る。この句の薪を惜気もなく焚いて、前句の餅をふんだんに作るのだと解いては、極めて浅薄な心附になつてしまふ。かくては二句の間に映発する情趣は、全く解せられない」

折口信夫「土地柄として、薪の値段が安い。山口の景色である。露霜は『つゆじも』、水霜のこと。露霜の降りる頃ということである。この句の境地などは、短歌でも、俳句でも、いえぬところである。未完成のような、完成したところがある。身にしみるようになった時分である」

杉浦正一郎「一句の意味は、既に晩秋の霜が置いて、冬の薪の用意をせねばならぬが、幸ひこの山国では薪がめっぽう安くて助かる、といふので、前句の秋風から寒い気分をかんじ、割木や露霜が自然の季移りとして思ひ寄せられて来たのである。薪が豊富で安いといふのは、前句の餅を絶さぬといふ安易な生活の趣のにほひである。前句の秋風、この句の露霜、共に古人の所謂、無用の用あり、といふところである」

萩原蘿月「割木は薪。露霜にぬれた薪を惜し気なくどんどん焚いて餅を作る」

中村俊定「薪の安い国は山国である。前句に裕福ではあるが辺鄙の趣がある。それを薪炭豊富であらわした。露霜はあきの風に対する時節のあしらいであるが、冬のおとずれの早い山村のわびしさをあらわすものとなっている」

島居清「このあたり山近くはや露霜の晩秋、寒さ用意に備える薪も安くて何よりの有難さ。《附合集評註》に『貧者の驕者』と見たる前句の人の生活」

阿部正美「この付けは『秋の風といふより寒さを下心に含て、割木とおもひよせた』（湖中《鳶羽集》）のであらうが、前の『餅を絶さぬ』との関係も考へねばなるまい。つまり『餅を蒸すとて、露霜にしとどぬれたる薪をどんどんくべて燃やす様を描き出したる景。辺土なるがゆえに割木が安く、ゆえに惜しげもなくこれを投げ入れて焚く』（浅野博士《註釈》）さまを描いたのであらう。『割木の安き国』といふことを殊更言ひ立てた所には、山から遠い都会人の眼が感じられる。『辺土にゐる人とみて附玉ふならん。割木の趣向可味』（暁台《秘註》）といつた見方はそのやうな鑑賞から出たものと思はれる。即ち、寒さの早い山国へやつて来た旅人の気持であつて、一聯は、『晩秋の風寒い季節、都からやってきて辺土に逗留する旅客があった。毎日好物の餅を賞味できるにつけても、露霜に濡れた割木を惜し気もなくかまどにくべるを見て、割り木の安い国よとうち驚く』（浪本氏《鑑賞》）と解すれば余蘊がない（既に夙く《婆心録》も同説）。伊藤氏は『割木の用途をさう狭く見ると、心付けに堕して、句品を失ふ。単に冬季需要の増す燃料と広く見ておくべきであらう』（《全解》）といはれたが、一聯としての意をおろそかにしては付合が成立しない。前句の『餅』とこの句の『割木』との関係は解釈に必須であると思ふ」

白石悌三「都会と違ってさすがに薪の安い山国だの意で、露霜は季の会釈。糯米を蒸すのに盛大に薪をくべるさまを見ての感想。故郷の実家に帰った人の安らぎがうかがえる」、以上。

一つ前の付合が『徒然草』つながりであったように、これは新楽府つながりであるから、やはり前句の人物と付句の人物とは直接的には何の関係もない。それを無理矢理つなげようとすると愚にもつかないストーリーが一つできあがり、その話に納得できない向きは潁原退蔵のように「にほひ」で附けたなどと匙を投げるしかなくなる。「にほひ」は次章で述べるようにあくまで「附け様の塩梅」の一つであって「附け様」そのものではない。

7　恋

付様を「謂おほ」す野暮天は表六句で止そうと決めていたのだが、恋の句を読んでいないので、付録ということで初裏六句目から九句目の四句を掲げる。

　肩癖にはる湯屋の膏薬　　利牛
上をきの干葉刻もうはの空　　野坡
　馬に出ぬ日は内で恋する　　芭蕉
給買《カセ》の七つさがりを音づれて　　利牛

まず初めの付合。

　肩癖にはる湯屋の膏薬
上をきの干葉刻もうはの空　　野坡

ポイントは、シニフィエを消費してしまった「湯屋」のシニフィアンを「熊野《ゆや》」に読み替えることである。それができれば、前句は遠江の池田の宿《しゅく》にいる熊野の老母の姿態の俤となり、付句は海道下りの重衡を泊めた熊野（『平家物語』巻十では「侍従」）のそわそわした様子の俤となる。以下、『平家物語』（寛文版本の角川文庫に拠る）から引く。

……さらでも旅はものうきに、心をつくす夕まぐれ、池田の宿にも着き給ひぬ。かの宿の長者熊野が女《むすめ》、侍従がもとに、その夜は三位宿《しゆく》せられけり。侍従、三位の中将殿を見奉つて、「日ごろは伝《つて》にだに思し召し寄り給はぬ人の、今日はかゝる所に入らせ給ふ事の不思議さよ」とて、一首の歌を奉る。

旅の空はにふの小屋のいぶせさに故郷《ふるさと》いかに恋しかるらん

中将の返事に、

故郷も恋しくもなし旅の空都も終《つひ》のすみかならねば

やゝあつて、中将、梶原を召して、「さてもたゞ今の歌の主《ぬし》はいかなる者ぞ。やさしうも仕つたるものかな」と宣へば、景時畏つて申しけるは、「君は未だ知し召され候はずや。あれこそ屋島の大臣殿《おほいどの》の、未だ当国の守にて渡らせ給ひし時、召され参らせて、御最愛候ひしに、老母をこれに留《とゞ》め置き、常は暇《いとま》を申ししかども、給はらざりければ、頃は弥生の初めにてもや候ひけん、

いかにせん宮この春も惜しけれどなれしあづまの花や散るらん

といふ名歌仕り、暇《いとま》を賜はつて下り候ひし、海道一の名人にて候」とぞ申しける。

露伴は「近江の草津の東の目川の菜飯、遠江の金谷の菊川の菜飯、いづれも世に聞えたり」とするが、元禄初期からこれらが有名だった確証はない。したがって、「上をきの干葉」を「刻」む動作は、それらを介して同じ「遠江国池田の宿の長」（『湯谷』貞享五年山本長兵衛刊本）を指示せず、清水寺の花見で「童《わらは》御酌に参り候べし」といって宗盛の酌をする『湯谷』のシテの動作の対極として、「はにふの小屋のいぶせさ」を象徴する。

白石注は「一膳飯の上置にする大根葉の陰干しを刻みながらも、心ここにあらずといった様子であるの意。前句を

女に見かえた其人の付。『上置の』に『上の空』と拍子をとった。次句もウの頭韻を踏む」とする。宮脇真彦『芭蕉の方法』（二〇〇二）は「打越は、ひどい肩こりに湯屋で買った膏薬を貼るというので、その膏薬を貼った人物が干菜を刻んでいるのであって、上の空はここでは肩こりの痛みにぼうっとしてつい干菜を刻む手も休みがちという意にもひびく」とする。次に進む。

上をきの干葉刻もうはの空
　馬に出ぬ日は内で恋する　　　芭蕉

前句を、『源氏物語』早蕨巻で、山寺の阿闍梨が例年のように送ってきた「わらび、つくぐ〵し」を喜びながらも、亡き「大君の事匂宮のたえぐ〵なることなど」（『湖月抄』所引『細流抄』）さまざまの物思いに面瘦せする宇治の中君の俤と見て、次の寄生（宿木）巻で、夕霧右大臣のたっての願いで気が進まないまま六君の婿となった匂宮が、六君と逢ってみると満更でもなくて、かつては馬で通った宇治からわざわざ喚んだ中君のいる二条院からつい足が遠のき、六条院の新妻の所に入り浸っている様子の俤を付ける。「内」は宇治との対比では都の内の意になるが、中君も六君もいずれも匂宮の妻であることに変わりはなく、しかも匂宮は中君にもいまだに愛着を抱いているので、婚姻関係のある内輪での意になるだろうか。

周知のように、『去来抄』修行にこの付合への言及がある。「杜年曰、附句の位とはいか成事にや。去来曰、前句の位を知りて附る事なり。譬へば好句ありとても、位応ぜざればのらず。先師の恋句をあげて語る。／上置の干菜きざむもうわの空／馬に出ぬ日は内で恋する／此前句は人の妻にもあらず、武家町屋の下女にもあらず、宿屋問屋等の下女也」という条である。去来が言いたいのは、芭蕉は「上置の干菜きざむ」という動作にふさわしい人品を「宿屋問屋等の下女」と踏んで付句に馬方を持ってきたのだということである。

また支考も、『続五論』(元禄十二年)恋論で「馬士恋」としてこの付合を掲げ(支考も前句を「干菜」とする)、「いやしき馬方の恋といへど、上置のほし菜に手をとゞむるといへば、針をとゞめて語るといへる宮女のあり様にも、心の花はなどおとり侍らん。かくのごときは恋の本情を見て、恋の風雅をつけたりといふべきか」とする。

去来は先の条に続けて「うつり・響・匂ひは附やうのあんばい也。おもかげは附やうの事也。むかしは多く其事を直に付たり。それを俤にて附る也」と言って、『猿蓑』「市中は」歌仙中の自身の付合の「附やう」をバラしている。先の条の前には「今はうつり・ひゞき・にほひ・くらいを以て附るをよしとす」という芭蕉の言葉が引かれているので、「位」も「附け様の塩梅」の一つであって「附け様」そのものではない。「宿屋問屋等の下女」と「いやしき馬方」とがそれぞれ中君と匂宮との俤となることが言葉の真の意味での滑稽であり、支考の言はその「附け様」をバラしたくて仕方がないように読める。

白石注は「晴れた日は外で馬方稼業、雨の日は家で女を抱くのさの意。向付」とする。宮脇前掲書は「粗末な食事用意で、武家でも、町家でも同じく食べたものであろうが、上の空で干菜を刻んでいる浮かれた感じは、武家や町家の下女のものではあるまい。そこを宿屋や問屋の下女と見定めて、その下女と恋するにふさわしく馬子の恋を付けた。馬子が仕事に出ない日は、決まって内にこもって下女といちゃついているというのである」と読む。いずれも誤読ではない。表面上はそうとしか読めない。しかしこの安直な話が支考のいう「恋の本情を見て、恋の風雅をつけた」ものとは筆者にはどうしても思えない。次章で、なぜこういうことがおきるのか考えたい。

以下に引くのは筆者の誤読例である。結果的に次の付様の解読につながったので無意味ではなかったのだが、どこをどう間違えると作文になってしまうのかを明確にできるのでみっともないことこの上ないがあえて公表する。

この付合の鍵は「内」の意味をどう捉えるかにある。「内」を内裏と読まないかぎり、前句と付句とはどこまでも平行線をたどらなければならない。自分が「馬に出」ずにその馬をだれかに貸し、自分は内裏に残って女の消息を待つ。付句は『平家物語』巻六、源仲国に「寮の御馬」を貸し与え、恋する小督を嵯峨に捜しに行かせた高倉天皇の俤であり、したがって前句は、天皇に見初められた葵の前、すなわち「中宮の御方に候はれける女房の召し使ひける上童《しやうとう》」の俤となる。身分の違い過ぎる葵の前が急死してしまったので中宮が天皇を慰めるために参らせたのが、「禁中一の美人、双《ならび》なき琴の上手」の小督である。

前句の「うはの空」は天皇に寵愛された葵の前の心中を表すが、もう一つの役割として「小督」の章自体を指示する働きも担っている。仲国は捜索に際して「たとひ尋ね逢ひ参らせて候ふとも、御書など候はずば、うはの空とや思し召され候はんずらん」と言って天皇に手紙を書いてもらい、捜し当てた小督に女房を介して「かやうに申さば、うはの空とや思し召され候ふらん。御書を賜はつて参りて候」とその手紙を渡している。仲国のいう「うはの空」は不確かであてにならないさまの意で前句のシニフィエと異なっているが、前句のシニフィアンは『平家物語』巻六「小督の事」の章を一心に目指すのである。

誤読の原因の第一は「うはの空」という詞がたまたま「小督の事」にあってしまったことで、加えて前句の位にふさわしい葵の前という人物が存在したことがそれに輪を掛けた。ただ、芭蕉が二句続けて『平家』を、しかも時系列を無視して付けたりするだろうかという疑念は当初から抱いていたので、早蕨巻を思い出した時に即決できた次第である。前句を葵の前、付句を小督を思う高倉天皇とするのと、前句を早蕨巻の中君、付句を六君に夢中になる寄生巻の匂宮と取るのとでは、「上をきの干葉」の存在も含めて後者のストーリーの複雑さに軍配が上がるだろう。結局、この付合での『平家』の線は次の付合に解消されることになる。

馬に出ぬ日は内で恋する
絈《カセ》買の七つさがりを音づれて　　利牛

前句を、『平家物語』巻六「小督の事」で、弾正大弼仲国に「寮の御馬」を貸し与えて嵯峨にいるという小督の探索を命じ、自分は内裏の南殿で夜通し朗報を待つ高倉天皇の俤とし、「まことや、小督の殿は琴弾き給ひしぞかし、この月の明さに、君の御事思ひ出で参らせて、琴弾き給はぬ事はよもあらじ、内裏にて琴弾き給ひし時、仲国笛の役に召され参らせしかば、その琴の音はいづくにても聞き知らんずるものを、嵯峨の在家幾程かあらん、うち廻つて尋ねんに、などか聞き出さであるべき」と確信した仲国が、想夫恋《やうでう》を弾き澄ます紛うことなき小督の爪音に接して「楽こそ多けれ、この楽を弾き給ふ事の優しさよ、と思ひ、腰より横笛抜き出し、ちつと鳴《なら》いて、門《かど》をほと〲とた丶」く俤を付ける。

ポイントは「音づれて」の字遣いで、謡曲の『小督』では後シテがこの場面で笛を吹かないので『平家』が典拠になるが、ツレの「なれし雲井の月もかはらず、人もとひきてあひにあふ、その糸竹のよるのこゑ」（寛文十三年桂六左衛門刊本に拠る）という台詞でわかるように、琴の弦は糸と呼ぶから「絈《カセ》」が俤となる所以である。また、仲国が内裏に帰参すると「夜はほの〲とぞ明けにける」というのだから、「七つさがり」は午後ではなく午前の四時過ぎで時刻もぴったりである。

白石注は「絈買が午後四時過ぎを見はからってやって来たの意。あいにく夫が在宅で房事の最中に行き合わせたという滑稽の恋離れ」とする。

8　「かるみ」とは何か

白石悌三は『炭俵』の意義を次のように述べる。

〈かるみ〉の代表撰集として、刊行直後から上方で評判となった。表現的には擬態語・擬声語や畳語の多用、俗談平話調の句作りが目立つ。内容的には世態人情の機微から経済生活の種々相にわたり、具体的な性格描写・風俗描写が目立つ。総じて日常的傾向が強いが、その顕れとして古典的な俤の句がなくなり、恋の句も物語的趣向を排するとともに艶麗な情緒が薄れ、一句捨ても容認されている。そのために只事にすぎて「初心者に害多し」という後世の批判もある。（前掲書三五八頁）

時をおかず、氏はこうも言っている。

……この付合（『炭俵』「梅が香」両吟歌仙巻尾「隣へも知らせず嫁をつれて来て　野坡／屏風の陰にみゆるくはし盆　芭蕉」）は『三冊子』に、

同じ付なり。盆の目に立つ、味はふ事もなくして付けたる句なり。心の付けなし、新しみあり。

と解説されている。「同じ付」というのは、その前に「さもありつべき事を、直に、事もなく付けたる句なり」とあるのを受けている。前句から自然に連想されるところを、そのまま、特別な趣向などめぐらさずに付けたという意味で、「味はふ事もなくして」も「直に、事もなく」と同意に解される。諸注が古典の俤に思い至らなかったのは、この解説にひかれたせいもある。しかし『三冊子』にしても、血肉化した古典の素養が「さもありつべき事」として、折にふさわしく呼び出されるのを否定するものではあるまい。古典的背景のあるなしにかかわらず、ここでは、最も情のねばりがちな恋の付句に「ありつべき」景をさらりと描いただけの行き方が「新しみあり」と評価されているのである。この「新しみ」こそ〈かるみ〉と称されるもので、『炭俵』は〈かるみ〉の代表撰集と見なされてきた。その顕著な特徴として、「古典的な俤の句がなくなり、恋の句も物語的趣向を排するとともに艶麗な情緒が薄れ、一句捨ても容認されている」ことを拙著にも指摘した。概説としてそれはまちがっていないが、一見「古典的な俤の句」とは見えないものにも、岩佐（美代子）氏の指摘するような典拠があるとすれば、一筋縄ではいかなくなる。岩佐説の当否は即断できないが、手際を見せない名人芸の裏をさぐることのむつかしさを、少なくとも教えられた。

（「こぼれ炭─『炭俵』注釈余談─」『江戸文学3』一九九〇・六）

氏はこの論考の前半で「〈かるみ〉の撰集『炭俵』の先入観にひかれて、古典的背景や趣向がうっかり見過ごされている例」を列挙し、後半では「〈かるみ〉に対するそのような理解（「初心性を重んじ、日常の景を日常の言葉で」）が、〈かるみ〉の代表撰集といわれる『炭俵』の連句に寓意を認めず、挨拶の心を汲みとることを妨げていないだろうか」という視点から発句と脇とに数例検討を加えている。

少なくとも拙稿が氏の提示した視点を推し進めたものであることは言うを俟たないが、ここで問題にしたいのは氏が『炭俵』の意義の中で用いた「描写」という語である。元禄六年に「描写」はあったのか。

以前は描写といえば全て、ずっと豊かな才能の士であっても、苦労して物にしたものだが、今ではこれは誰にでも朝飯前のものとなった。……あなたのお尋ねは、当時、一体何故、まだ格別昔というわけではないプーシキンやゴーゴリの時代に、芸術があのような高みに立ったのかということですね。よろしい、私はこう思う。あの時代には芸術は未だ形成の途上にあった、形式を作り上げる必要があったのであって、形式は既製のものとしては与えられていなかった。つまり、いとも容易に外的な手段となり得るもの、暗記して誰にでも利用できる技術上の手法となり得るものとしては与えられていなかったのです。……だから、あの時代の芸術では、あらゆるものがあんなに生き生きとしていたのです。……床に坐って、踊っている人々の服を引っ張っているゴーゴリのノズドリョフまでがね。しかし我が国ではあの時代に始まった芸術は、形式を作り上げると、それを誰にでも利用できるものにしてしまい、今まさに解体に瀕している。

（山田吉二郎訳エイヘンバウム『若きトルストイ』一七一頁）

これはエイヘンバウムが引く一八九五年のトルストイの言葉である。エイヘンバウムは「物語的散文においては主調音は語り手によって与えられ、語り手は中心となる視点を形作る。トルストイは常に登場人物の外にいるが故に、彼には媒介者が必要なのであって、この媒介者の知覚の上に描写が組み立てられるのである」と続ける。また、柄谷行人はこう述べている。

つまり、「山水画」において、画家は「もの」をみるのでなく、ある先験的な概念をみるのである。同じようにいえば、実朝も芭蕉もけっして「風景」をみたのではない。彼らにとって、風景は言葉であり、過去の文学にほかならなかった。柳田国男がいうように、『奥の細道』には「描写」は一行もない。「描写」とみえるものも「描写」ではない。この微妙な、しかし決定的な差異がみえなければ、「風景の発見」という事態がみえないだけでなく、「風景」の眼でみられた「文学史」が形成されてしまう。

たとえば、西鶴のリアリズムなるものは、「写実主義」と馬琴否定の風潮のなかで見出された。だが、西鶴がはたしてわれわれがいうような意味でリアリストであったかどうかは疑わしい。彼は、シェークスピアが先験的な「道徳劇」の枠組のなかで書き、また古典を下敷にしていたように、「もの」をみてはいなかったのだ。子規が蕪村の絵画性を大々的に評価したときにも、同じことがいえる。蕪村の俳句は彼の山水画と同位にあり、「写生」をとなえていた子規の感受性とは異質なのである。もちろん蕪村と芭蕉はちがう。しかし、彼らの差異は今日のわれわれがそこにみるのとはちがったところに存したはずだ。実際子規自身がそういっている。たとえば蕪村の絵画性は、彼が蕉風とちがって、漢語を大胆にとりいれたところにある。「さみだれや大河《たいが》を前に家二軒」という句において、大河《おおかわ》ではなく大河《たいが》であるゆえに、激しい動きが活き活きと「描写」されていると、子規は考える。ところがこの例こそ、蕪村が風景でなく文字に魅かれていたことを示すのである。

（『日本近代文学の起源』一九頁）

また、同じ本の中で柄谷はこうも言っている。

また、われわれは近代以前の文学に対して、そこに何気なく入りこめないように感じる。それは必ずしも描かれた背景が疎遠だからではないし、また人物が等身大に描かれていないからではない。たとえば、近松の「世話物」においては——これは世界的に異例であるが——、並の背丈をもった人物が「悲劇」の主人公である。そこには、「まるで自分のことが書かれている」という、あの感じがない。これはどういうわけだろうか。

この点においても、絵画が参考になる。たとえば、遠近法ができている絵画は画面がそのまま見ているわれわれの方向に、連続的にひろがっている。そのような絵に対しては、題材が何であれ、われわれはそこに入って行けるように感じる。遠近法が不安定であるときには、その感じは損なわれる。文学においても、感情移入、あるいは「自分のことが書かれている」というあの感じは、われわれの「意識」に求められてはならない。また、それが人間に固有の本性だと考えられてはならない。なぜなら、それは一つの特定の遠近法的配置によってこそ可能なものだからである。しばしば想像力豊かな研究者は、われわれをへだてている膜を突きぬけて、近代以前の文学に〝深く入って〟行くのだが、さしあたって重要なのは、むしろわれわれの感じる違和感にとどまることである。

そのことによって明らかになるのは、第一に、近代以前の文学に「深さ」がないように感じられるのは、たんにそれを感じさせる配置をもっていないということであり、第二に、しかし、そのような遠近法的配置は、なんら文学的価値を決定しないということである。まるで「内面的深化」とその表現が文学的価値を決定するかのような考えが「文学史」を支配している。しかし、文学は、そのようなものである「必然」をすこしももっていない。

（前掲書一七四～一七五頁）

断っておくが、筆者はまったく「想像力」を用いていない。ただ類推するだけである。「想像力」を駆使するのは、たとえば安東次男であって、彼は芭蕉の俳諧を出しにして「人間ドラマ」なる自身の夢を語っているにすぎない。筆者は「ことばの内なる芭蕉」（乾裕幸）にしか興味がない。

さて、「描写」がトルストイの苦労して身につけた形式であり、芭蕉の言説においては「描写」とみえるものも「描写」ではないとすれば、なぜ「具体的な性格描写・風俗描写」としか思われないような、柳田国男をして、「是などは明かに賤が伏屋の最も凡庸なる者の生活であつて、和歌には既に見離され、俳諧は尚その客観の情趣を、取り上げてあはれと詠めて居るのであつた」（「古宇利島の物語」一九三三、『木綿以前の事』所収）と勘違いせしむるような傾向が生じてしまったのだろうか。柄谷行人がそうしたように、絵画に助けを求めてみたい。


この時代の物語画の様相を複雑にしている現象のひとつとして、「扮装肖像画」があります。もともとフランス語の portrait historié に由来する「扮装肖像」は、現実の人々の肖像を物語中の人物として描くという表現形式です。肖像画でありながら物語的文脈を持つ、あるいは、物語の一場面を描きながら、それが実在の人物の肖像ともなっているという作品群が存在しているのです。

レンブラントの《修道士に扮するティトゥス》もこうした作品の一つです。モデルを務めているのは画家の息子のティトゥスですが、服装から分かるように、カプチン会の修道士の姿で描かれています。単なるティトゥスの肖像とも、また何らかの修道士の物語画ともつかぬような、この「扮装肖像」が描かれた背景は、実のところ、よく分からないのです。

今回の出展作品の中には他にも、扮装肖像ではないかと思われるものがあります。ファン・デン・エークハルトの物語画に登場する人物は、しばしば特定の個人の肖像であると言われています。したがって、《スキピオの自制》のメレアグロスとアタランテ》のメレアグロの仲睦まじそうなカップルと両親、あるいはギリシャ神話に由来する《メレアグロスとアタランテ》のメレアグロスと女性狩猟家アタランテは、画家の周囲にいた人々の姿を伝えている可能性もあるのです。マースの《風景の中の子供たち》もこうした「扮装肖像画」であり、上流階級の子供たちを、神話の登場人物のように描いています。これは、美少年ガニュメデスが鷲に変じた神ユピテルにさらわれてしまうという神話を下敷きにして、おそらく子供のひとりの天逝を暗示しているのでしょう。

（平泉千枝「TOPIC『扮装肖像』」『レンブラントとレンブラント派』二〇〇三所収）

*

先に触れた「扮装肖像画」のように、レンブラントの時代のオランダでは物語画の定義や範囲がやや曖昧なものになっていました。風俗場面のようにしか見えないのに、じつは聖書の一場面であるといった作品も多く見られます。レンブラント工房の《聖家族》は、19世紀には全くの風俗画と考えられていました。同様に、レンブラント工房の《黄金の兜の男》が、戦いの神マルスを表している可能性もあるのです。ドロストの《窓辺に立つ若い男》が、「書生」と呼ばれたり、旧約聖書の預言者の「ダニエル」と呼ばれたりするのも、この曖昧さゆえなのでしょう。一方、マースの《揺りかごのそばの若い女》は、明らかに市井の母と子を描いた風俗画なのですが、レンブラント工房の《聖家族》や、ファン・ホーホストラーテン《羊飼いの礼拝》といった聖書の主題と見比べてみれば、どうしてもそこに聖母子の姿を連想してしまいます。どうしてこのような事が起こるのでしょうか。明確な答えはありませんが、これらの作品は、物語的文脈へと鑑賞者の想像力をいざない、その意味内容や解釈を、より広く豊かなものにしているのは確かです。現実的描写でありながら虚構の物語世界にも隣り合うこうした作品は、この時代のオランダ絵画がいかに自由な想像力に満ちていたのかを示してもいるのです。

（平泉千枝「TOPIC『物語画のひろがり』」、前掲冊子所収）

フリッツ・ザクスルはレンブラントが油絵《マノアの燔祭》（ドレスデン、ギャラリー）において、五世紀前半以降連綿と続いてきたキリスト教絵画の伝統によらず、初めて羽根のない天使を描いた事実を伝えるが（「イメージの死と再生」、『シンボルの遺産』所収）、それは彼が聖書を正確に読む「偉大な自由」（ザクスル）を持ち合わせていたからである。逆にその「偉大な自由」によって、彼は古代ローマの花の女神フローラを描く際に身近なオランダ人女性をモデルにする。彼も含めて誰ひとり古代の女神を見ることができないからである。ヤン・ケルヒは「レンブラントの作品においては、しばしば扮装肖像画—portrait historië—とモデルに基づく歴史的意味を持った個々の画像との間に不明瞭な境界しかない。ニューヨークのフローラに関する明確な情報で利用可能なものが何もないかぎり、この二つのジャンルの区別は主観的な好みの問題のままである」(Rembrandt: the Master and his Workshop/Paintings, 1991 p. 252)と述べるが、《ダヴィデ王の手紙を持つバテシバ》や《フローラ》が一六五四年か五五年のある特定のオランダ人女性である事実が示すのは、レンブラントが「われわれがいうような意味で（の）リアリスト」（柄谷行人）であることに加えて、過渡期の絵画作家としての二重性を抱え込んでしまっているということである。

十七世紀のなかばまで、記述者《イストリアン》の任務は、記録《ドキュマン》と記号《シーニュ》との集大成——世界において何らかの標識となりうるすべてのものの集大成——をつくりあげることであった。埋もれているすべての語に言語《ランガージュ》をふたたびあたえることを委ねられたのが記述者だった。彼の実在は、視線によってというよりも、言いなおすこと、すなわち、声を失ったおびただしい言葉《パロール》をあらためて語りなおす第二の言葉によって、規定されていたのである。古典主義時代は、記述《イストワール》にまったくべつの意味を賦与する。すなわち、物それ自体にはじめて細心な視線をそそぎ、ついで視線の採集したものを滑らかな、中性化された、忠実な語で書き写すという意味である。この「純化」の過程で最初に成立した記述の形式が、自然の記述であったことは頷けるであろう。なぜなら、それが成り立つためには、物それ自体に媒介なしに適用される語以外のものは必要でないからだ。この新たな記述のための資料は、他の語やテクストや古文書ではなく、庭や押し葉にした植物や蒐集された標本という、物と物とが並置された透明な空間である。

（渡辺一民・佐々木明訳フーコー『言葉と物』一五四頁）

フーコーのいう「古典主義時代の端緒」にいる者として、レンブラントは「物それ自体にはじめて細心な視線をそそ」ぐことができたのだが、同時に「バテシバ」なり「フローラ」なりの意味も与えずにはおかない。おびただしい自画像も、ある年齢におけるオランダ人男性の顔の習作であると同時に「レンブラント・ファン・レインという画家」という意味を付随している。つまりこの絵は画家の直筆だというメッセージである（尾崎彰宏『レンブラント工房』一七二頁）。そして、この二重性ないしは両義性はひとりレンブラントだけのものではない。

ところで、先ほどの簡単なオランダ風俗画史を通読して、一七世紀に成立した風俗画は、では当代の風俗的情景の単なる記録なのか、あるいは一六世紀の風俗的情景に託されていた（キリスト教的）教訓性をなお保持し続けていたのか、といったもっともな疑問を抱かれたかもしれない。この問いに対する答えは、実は、一筋縄ではいかない。ここ二〇～三〇年にわたりオランダ美術史研究で最も激しく議論が交わされてきたのは、まさしく一七世紀風俗画を純粋な当代の記録とみるか、何らかの意味の担い手とみるかという問題にほかならないからだ。

結論から先に言えば、テル・ボルフ、ファン・ミーリスといった多くの一七世紀の風俗画家は、明確な意図に基づいていようと、モティーフの伝統的な組み合わせに単にしたがっただけであろうと、描かれた当代の風俗的情景が教訓的な意味を帯びることを拒んではいない。登場人物たちは、身振りや視線で互いに意思や感情を交換し、欲望や目的を共有しつつ、見る者に読み取るべき意味を差し出す。それは、登場人物が一人に限定された場合も変わりがない。視線や身振りのほか、一七世紀のレトリックに依拠して選ばれたさまざまなモティーフもじつに饒舌に意味を語りかけてくる。

（小林頼子『フェルメールの世界　17世紀オランダ風俗画家の軌跡』一九九九、一一六頁）

ファン・ミーリスの師ヘーラウト・ダウは一六二〇年代末にレンブラントに師事している。ともかくも、レンブラントも含めて十七世紀中ごろのオランダ絵画が体現していた二重性がフーコーのいう西欧文化の《エピステーメー》の中の二つの大きな不連続の最初のものによってもたらされたとするならば（「もうひとつは、十九世紀初頭のわれわれの近代性の発端をしるすものであ」り、トルストイも子規もこの「近代」のパラダイムに属する）、十七世紀に世界の経済覇権を握ったオランダの国際商業都市アムステルダムでも、またデルフトでもない非西欧の、しかし同じ十七世紀末に世界最大の都市江戸で編まれた『炭俵』に現れる二重性もまた、言語表現の秩序が入れ替わる過渡期の所産とは見なせないだろうか。この「炭俵」という書名にしても、「物それ自体にはじめて細心な視線をそそぎ、ついで視線の採集したものを、滑らかな、中性化された、忠実な語で書き写」（フーコー）したものではなく、芭蕉が「かの冬籠の夜、きり火桶のもとにより、くぬぎ炭のふる歌をうちずしつるうつりに、『炭だはらといへるは誹也けり』と独りごちた」結果命名されている。この一俳言の下に組織された『炭俵』の言語が本歌本説を当世風に「言いなおす」ために「資料」としたのは「擬態語・擬声語や畳語の多用、俗談平話」（白石悌三）、つまりは日常的な語彙なのであって、「物それ自体」ではなく「他の語やテクスト」に依拠しているという点では古典主義時代以前に属する。

しかし、もう一度「振売」の芭蕉句を思い出してみたい。前書によって日付と場を規定され、「振売の雁」や「ゑびす講」という日常語彙を点綴されながらも「あはれ也」と「雁」との結びつきから西行歌に言及することで、この発句は挨拶のメッセージを含む多くの意味を身にまとう。ところが、脇を付けようとするやいなやこれら多くの意味は一瞬のうちに蕩尽され、そこには「振売の提げるガンが哀れを催させるよ、夷講に沸く街で」という何一つ含意のない「物それ自体に媒介なしに適用される語」（フーコー）しか残らないのである。もちろん脇が付きこの発句が前句となったとたん、前句は新しい文脈を賦与される。したがってこの「物と物とが並置された透明な空間」（同前）が資料となる語群は一瞬の閃光のごとくに発現し消滅する。とはいえ、歌仙一巻中で少なくとも三十五回はこの運動が繰り返されるのである。

『別座鋪』（元禄七年）の序で子珊が伝える「翁、今思ふ躰は浅き砂川を見るごとく句の形、付心ともに軽きなり。其所に至りて意味ありと侍る」という芭蕉の比喩は、流れが浅く透明度が高いために川底の砂がはっきり見えるということだろう。もろもろの含意を払拭して「物それ自体に媒介なしに適用される語」は「砂」といえば砂それ自体しか指示しない、「透明な空間」を資料とする言語である。そういった言語を、しかし元禄六年に人は先験的に獲得できない。もろもろの意味とともに最初は「他の語やテクストや古文書」によって構築しなければならない。そうしてそれら過剰な意味を消費しつくしたら、あとには描かれている「物それ自体」しか意味しない一枚の当世風俗図が残ればよい。付句がまた新たな意味を賦与してくれるだろう。「かるみ」という詞で、そう芭蕉は所期したのではないか。付けるという俳諧のメカニスム、「利口」（『桐火桶』）という俳諧の本質、古典出版の盛行、そして言語表現の秩序が変質する歴史的過渡期という四つの要素が交錯したところに、『炭俵』という撰集は危うく存立するのである。

※引用の古注はすべて竹内千代子編『『炭俵』連句古註集』（一九九五）に拠った（但し読み易さを優先して表記を変えた箇所

もある)。記して感謝申し上げます。

第Ⅶ章　「八九間」四吟歌仙推敲過程の研究

はじめに

「八九間」歌仙草稿（『芭蕉全図譜』の名称に拠る）を用いて、初稿から『続猿蓑』の決定稿まで、すべての付合を逐一読んでみようというのが本稿の企図である。もちろん既に、小宮豊隆（一九三〇）等の『続芭蕉俳諧研究』があり、阿部正美（一九八八）の『芭蕉連句抄』があり、別に富山奏（一九七四）、阿部正美（一九九〇）両氏による推敲過程に的を絞った先行研究が存在する。屋下に屋を架そうとするのは、蕉風俳諧の付合はすべて俤付であるという私の仮説を証明するためであり、「芭蕉の推敲如何に対して、研究者が深く潜心するなれば《ママ》必ずや芭蕉の連句創作の心的過程を辿つて、かの何附といはれる架空な説以外に新しい連句論を発明するに至る」だろうと述べた勝峰晋風（一九二五）に共感するからである。

たとえば名残表七句目と八句目、「浜出しの牛に俵をはこぶ也／なれぬ娵にはかくす内証」という付合について露伴（一九三〇）は、「一句ふつゝかにして聞えず。……いづれにしても此句の附けかた無理にして仕立拙なるなり」、そしてその次の「なれぬ娵にはかくす内証／月待に傍輩衆のうちそろひ」についても、「いづれにしても一句の仕立拙なり」と評する。自分が読めないことを作品のせいにするのはお門違いというもので、私にいわせれば露伴の読み方が根本的に間違っているのである。

草稿の句形と『続猿蓑』での句形の異同が字遣いのみの場合は、草稿内の付合の検討で留めた。問題は富山奏（一九八二）が論じている作者名の記載状況だが、「要するに、この草稿を執筆している時には、もはや芭蕉は、平句の各句の作者が誰であったかなどを、いちいち問題としていない」という氏の要約のみを引き、本稿では専ら付合の解読に意を注ぐ。

1 発句

八九間《はちくけん》空で雨降《ふる》柳かな　　芭蕉

「柳」で正月（『増山井』）。陶淵明の五言古詩「帰田園居」の「方宅十余畝、草屋八九間」（『古文真宝前集』、以下漢籍国字解全書本に拠る）を踏むが、杜甫が淵明と同意で用いた「安得広厦千万間」（「茅屋為秋風所破歌」、『古文真宝前集』所収）とは違って、「間」を日本の長さの単位に取りなしている。伊藤正雄（一九七六）が述べるように、八九間ほど上空では春雨が降っているのに柳の下は全然濡れていないように見えるなあ、といった句意だが、「八九間」という上五は淵明のオリジナルだから、句の話者は「草屋」から門前の柳を眺める五柳先生を意識している。また、淵明の号に従えば、この「柳」は巨木が一本あるのではなく、複数本並んでいるものと知れる。現実のシダレヤナギに樹下で雨宿りを可能にするような撥水能力はないから、「密雨散ジテ糸ノ如」あるいは「微雨東ヨリ来」（いずれも『和漢朗詠集註』「雨」に見える詩題）のごとき「春雨」の含意を汲んだあくまで観念的な作である。

挨拶は何か。淵明の五言古詩「読山海経」に、「窮巷深轍ヲ隔ツ、頗ル故人ノ車ヲ廻ス、欣然トシテ春酒ヲ酌テ、我ガ園中ノ蔬ヲ摘ム、微雨東ヨリ来ル、好風之ト倶ナリ」（『古文真宝前集』）とあるので、それを踏まえれば、五柳先生さながらにあなたが私をもてなして下さるから春天まで「微雨」を以て歓迎してくれたようですよ、というメッセージが生じる。

2　脇

八九間《はちくけん》空で雨降《ふる》柳かな

春のからすの田をわたる声　沾

「春」。覆刻版『八九間雨柳』の芦竹の後記に、「真蹟中ニ行目「田を」の次に、一字四角に切抜て、うらから貼紙がしてあります」とあるので、「わ」を補う。『古文真宝前集』所収の劉禹錫「百舌吟」の冒頭、「暁星寥落トシテ春雲低《た》ル、初テ聞ク百舌間関トシテ啼クコトヲ、花枝空ニ満チ処所ニ迷フ、繁英ヲ揺動シテ紅雨ヲ墜《おと》ス」に拠って、前句の「雨」を「紅雨」とし、前句を、八九間上空で「百舌」が「花」の「紅雨」を降らせているが、それに対して「柳は緑花は紅」よろしく「緑」を際だたせている柳だなあ、の意とする。

脇はつづく「笙簧百囀音韻多シ、黄鸝声ヲ呑デ燕語無」に拠った、「百囀して声を弄する」（諺解大成注）「春」の「百舌」の鳴き声の俤である。「からす」が本来八月の季である「百舌」の、「田をわたる」が「処所ニ迷フ」の、それぞれ俤である。

挨拶は何か。「春の田を人にまかせて我はたゞ花に心をつくるころかな」（『和漢朗詠集註』田家）に拠れば、本業はそっちのけにしてこうして遊びに専念しておりますというのがメッセージである。「声」の汚い「からす」は沽圃自身の謙称となる。

八九間《はちくけん》空で雨降《ふる》柳かな

　春のからすの畠ほる声　　　見

脇の「畠ほる」は「繁英ヲ揺動」する百舌の動作の俤である。挨拶はどう変わったか。西行歌「ふるはたのそばのたつ木にゐる鳩の友よぶこゑのすごきゆふぐれ」（新古今・雑中、以下『八代集抄』に拠る）に拠れば、「からす」と同じく無季の「鳩」の「こゑ」の目的、すなわち「友よぶ」が挨拶となる。つまり、私がしきりに遊びに来いと呼んだので春雨の中わざわざいらして下さったのですね、というメッセージが生じる。「からす」は馬莧の謙称に変わる。

3　第三

　春のからすの田をわたる声
立年の初荷に馬を拵《こしらへ》て　　　見

「立年《たつとし》」で正月。前句を『湖月抄』寄生巻巻末の薫の一首、「かほ鳥のこゑもきゝしにかよふやとしげみをわけてけふぞたづぬる」に拠って、宇治の帰りに弁の尼君の屋敷で薫の聴いた浮舟の声の俤とする。「からす」が「かほ鳥」の、「田をわたる」が常陸の前司の姫君一行を初めて見た薫の「ゐ中びたるものかな」という感想の俤である。

付句は、浮舟巻で、二条院で遭遇した浮舟に会うために正月宇治を訪れる準備をする匂宮の動作の俤である。

春のからすの畠ほる声

初荷とる馬子も仕着せの布小《ぬのこ》きて　沾

「初荷」で正月。前句を『湖月抄』東屋巻、浮舟が移り住んだ三条の小家の有様、「たびのやどりはつれ〴〵にて、庭の草もいぶせきこゝちするに、いやしきあづまごゑしたるものどもばかりのみいでいり、なぐさめにみるべき前栽のはなもなし」という一節に拠って、浮舟を不快にする「いやしきあづまごゑ」の俤とする。「からす」は「にくきもの」(『枕草子』)としての「いやしきあづまごゑしたるものども」の、「畠ほる」は畠打ちをしてそれなりに整備しなければ「なぐさめにみるべき前栽のはなもな」い草茫々の小家の庭の荒れた状態の、それぞれ俤となる。

付句は、初案と同様、浮舟巻の一節、「御ともに、むかしもかしこのあないしれりしもの二三人《ふたりみたり》、此内記、さては御めのとごの蔵人よりかうぶりえたるわかき人、むつまじきかぎりをえり給て、……いでたち給」匂宮一行の様子の俤である。「初荷」が「御馬《みむま》にておはする」匂宮、初荷を積む馬の口をとる「馬子」が伴の者たち、「仕着せの布小きて」が「あやしきさまのやつれすがたして」の、それぞれ俤である。

春のからすの畠ほる声
初荷とる馬子もこのみの羽織きて　　馬莧

『続猿蓑』本文。付句に関して「当時、馬子が羽織を着るとは、普通には有り得ぬことである」という富山奏（一九七四）の見解があり、それが「有り得」るのは宇治の浮舟を訪ねる匂宮一行においてのみということになる。浮舟巻で匂宮一行が京へ戻る場面には、「風の音もいとあらましう霜ふかきあかつきに、をのがきぬぐ〳〵もひやゝかになりたるこゝちして、御馬にのり給ふほど、引かへすやうにあさましけれど、御ともの人々、いとたはぶれにくしと思て、たゞいそがしにいそがしいづれば、我にもあらで出給ぬ。この五位二人なん、御馬のくちにはさぶらひける。さかしき山こえはてゝぞ、をの〳〵馬にはのる」とあって、「五位二人」は『湖月抄』の頭注に「大内記と時方となり」とある。「初荷」たる匂宮の馬の口をとる「馬子」は二人とも殿上人であり、当然「このみの羽織」を着ることができる。「羽織」は「狩衣」等の俤であり、この決定稿で付句が匂宮一行の俤であることがさらに鮮明になった。

4　四句目

立年の初荷に馬を拵《こしらへ》て
庭とりちらす晩のふるまひ　　里

雑。前句を『鉢木』の後場、早打に応じて痩馬に騎り鎌倉に馳せ参じようとする佐野源左衛門尉常世の動作の俤とする。「初荷」は初めて鎌倉に上る常世の俤である。

付句は常世を召した最明寺時頼の語る「又何よりも切なりしは、大雪ふつて寒かりしに、秘蔵せし鉢の木を切り、火に焚きあてし志をば、いつの世にかは忘るべき。いで其時の鉢の木は、梅桜松にてありしよな」という回想の俤である。

初荷とる馬子も仕着せの布小《ぬのこ》きて
内《うち》はどさつく晩のふるまひ　　　里

前句を『徒然草文段抄』第二一五段の前半、「平宣時朝臣《タヒラノノブトキノアソン》老の、ちむかしがたりに、最明寺入道あるよひの間によばるゝ事ありしに、やがてと申ながらひたゝれのなくてとかくせしほどに、又使来りて、直垂なンどのさふらはぬにや、夜なれば、ことやうなりとも、とくとありしかば、なへたる直垂、うちくのまゝにて罷《マカリ》たりしに」という宣時の動作の俤とする。「馬子」は口取をすべき臣下の武者としての宣時の俤であり、騎上の「初荷」は当然最明寺入道の俤となる。「仕着せの布小」は鎌倉幕府の公服たる直垂の俤である。

付句は同段後半、時頼に「此酒をひとりたうべんがさうぐしければ申つる也。さかなこそなけれ、人はしづまりぬらん、さりぬべき物やあるといづくまでももとめ給へ」と命じられた宣時が、「しそくさして、くまぐを求し程に台所の棚に小土器《コカワラケ》にみその少しつきたるを見出てこれぞもとめえてさふらふと申し」たところ、執権が「事たりなんとて心よく数献《スコン》におよびて興にいゝ」ったというエピソードの俤である。「内」は内実の、「どさつく」は「しそくさして、くまぐを求し程に」という宣時の動作の俤である。

この四句目の俤は初案の『鉢木』から改案の『徒然草』第二一五段へと劇的に変わっている。時頼の回想ということで一応辻褄は合っているのだが、初案の前句と付句の動作の時間錯誤（アナクロニー）を芭蕉が嫌った結果ではないかと考えられる。

初荷とる馬子もこのみの羽織きて
　内はどさつく晩のふるまひ　　　里圃

『続猿蓑』本文。前句の「仕着せの布小」が「このみの羽織」となることによって、動作主が文字通り本物の「初荷」を騎せた馬の口を「とる馬子」ではあり得ないことがはっきりするとともに、「具足羽織」を介して武士を示唆する結果になっている。

5　五句目

　庭とりちらす晩のふるまひ
宵月《よひづき》の日和定まる柿のいろ　　　沾

「宵月」が八月、「柿」が九月だが、前者で八月。前句を『曾我物語』巻第一「同じく相撲の事」、狩競《かりくら》の酒盛の座興の相撲で、河津の三郎祐重が大庭の平太景信《へいだ》の舎弟俣野《またの》の五郎を二番続けて破ったため、大庭の平太が太刀を抜いたのをきっかけに伊東方と大庭方が一触即発となり、頼朝の一喝で大庭が矛を収めた事件の俤である。「庭」は「大庭」の俤である。

付句は「同じく相撲の事」の章末、相撲での諍いに便乗して主人の宿敵伊東の次郎祐親を射殺そうとたくらむ工藤祐経の郎等、大見の小藤太《ことうだ》と八幡《やはた》の三郎の様子の俤である。「宵月」は宵の間の月が沈むと闇夜で暗殺を示唆し、「柿」は「ここに祐経が二人の郎等大見、八幡是れを聞き、斯やうの所こそ好き便宜なれ。いざや我等便りを狙はんと、各《おのおの》柿の直垂に猪矢《ししや》さけたる竹箙取りて附け、白木の弓の射好げなるを打かたげ、勢子に紛れ、狙ふ所は何処何《どこど》処《こ》ぞ」（「大見八幡が伊東を狙ひし事」、以下日本古典全集本に拠る）とあるように、「柿の直垂」を着た二人の俤である。

内はどさつく晩のふるまひ
きのふから日和かたまる月のいろ　沾

「月」で八月。前句を『綾鼓』冒頭、「これは筑前の国木《き》の丸《まる》の皇居に仕へ奉る臣下にて候。偖《さて》も此処《このところ》に桂の池とて名池《めいち》の候に、常は御遊の御座候。爰に御庭掃《おんにははき》の老人の候ふが、女御の御姿を見参らせ、静心《しづごころ》なき恋となりて候。此事を聞し召しおよばれ、恋には上下をわかぬ習なれば、不便《ふびん》に思し召さるゝ間、かの池の辺《ほとり》の桂木《けいぼく》の枝に鼓を掛け、老人に撃たせられ、彼の鼓の声皇居に聞えば、其時女御の御姿まみえ給はんとの御事《おんこと》にて候ふ程に、この老人を召して申し聞かせばやと存じ候」という言葉に従って鼓をうつがいっかな鳴らず、桂の池に身投げして死んでしまう御庭掃の老人の行動の俤とする。「内」は「内裏」で皇居の謂である。

付句は老人の「出でもせぬ雨夜の月を待ちかぬる、心の闇を晴すべき時の鼓もならばこそ」の言と、後場の女御の

「現なきこそことわりなれ。綾の鼓は鳴るものか。鳴らぬをうてと云ひし事は、我がうつゝなき始なれ」の言とを踏まえ、最初から綾の鼓が鳴らないことはわかっていながら老人をそそのかした女御の魂胆の俤である。「月」は女御の隠喩、「いろ」はその胸中を示す。

五句目の俤も、初案の『曾我物語』から改案の『綾鼓』に完全に変わっている。

6 折端

宵月《よひづき》の日和定まる柿のいろ
薄の穂からまづ寒うなる　　　　蕉

「薄の穂」で八月。前句を『安達原』の前場、回国行脚の山伏阿闍梨祐慶一行が、奥州安達ヶ原の一軒屋で、主の女から「人里遠き此野辺の、松風はげしく吹きあれて、月影たまらぬ閨の内には、いかでか留め申すべき」と断られながら、「強ひても宿をかり」た瞬間に「定ま」った女の思惑の俤とする。「柿」は山伏が着用する「柿の衣」を介して阿闍梨祐慶一行を示唆する。「柿のいろ」で、あきらめればよかった一行の態度になる。

付句は同じ前場で、糸尽くしの糸繰り歌のあと、主の女が述べる「如何に客僧達に申し候。……あまりに夜寒に候ふほどに、上の山に上り木を採りて、焚火をしてあて申さうずるにて候。暫く御待ち候へ」という詞章の俤である。「薄の穂」は糸繰り歌の中で、「穂に出づる秋の糸薄、月に夜をや待ちぬらん」と歌われるだけでなく、実際の能舞台で作り物の萩小屋にあしらわれる。したがって、「薄の穂からまづ」というのは、それしか植物が存在しない以上、観客の実感でもある。

　きのふから日和かたまる月のいろ
　　ぜんまひかれて肌寒うなる　　　　蕉

「肌寒う」で九月。「ぜんまい」は三月の季語だから、いかに「かれて」とはいえ九月には場違いである。したがって、何かの比喩であることがわかる。

　前句を『湖月抄』角総巻、「(八月)廿六日ひがんのはてにて、よき日なりければ、人しれず心づかひして、いみじくしのびて(匂宮を宇治に)ゐて奉る」つもりの薫の様子の俤とする。「月のいろ」は匂宮の宇治初訪問の直前、六条院内の匂宮の曹司で宮と薫が語らった折りの、「あけぐれのほど、あやにくにきりわたりて、空のけはひひやゝかなるに、月はきりにへだてられて、木のしたもくらくなまめきたり」という光景の俤である。

　付句は同じ角総巻で、同年十一月、「世中をこと更にいとひはなれねと、すゝめ給仏などの、いとかくいみじきものは思はせ給にやあらん、みるまゝに物のかれゆくやうにて、消はて給ぬる」大君を看取った薫の様子の俤である。「ぜんまひ」は次の早蕨巻に見える中の君の歌、「この春はたれにかみせんなき人のかたみにつめる峯のさわらび」を踏まえた大君の隠喩、「肌寒うなる」は重態の大君の額に手をあてて「御ぐしなどすこしあつくぞおはしける」と感じた薫の、大君亡きあとの失意の様子の俤である。

　六句目の俤も、『安達原』から角総巻に大きく変わっている。

7　初裏一句目

薄の穂からまづ寒うなる
手を摺《すつ》て猿の五器かる草庵《くさのいほ》　見

雑。前句を『鸚鵡小町』のシテ、「今は百年《ももとせ》の姥《うば》となつ」た小野小町の述懐、「我いにしへ百家《ももか》仙洞の交《まじはり》たりし時こそ、事によそへて歌をもよみしが、今は花薄穂に出で初《そ》めて、霜のかゝれる有様にて、浮世にながらふるばかりにて候」の俤とする。

付句は、「帝より」下された「御憐《おんなはれみ》の御歌《おんぬた》」をワキの大納言行家から示された小町が、「何と帝より御憐の御歌を下されたると候ふや。あらありがたや候《ざうらふ》。老眼と申し文字もさだかに見え分かず候。それにて遊ばされ候へ」と述べるときの、「両手で懐紙を受け」、「頂いてじっと見つめ」、「懐紙をワキに返す」（以上、伊藤正義校注『新潮日本古典集成・謡曲集上』傍注）動作の俤である。「猿」は文字が読めないという点で小町の俤となり、動詞「かる」の主体となる。「五器」は「御歌」の、「草庵（読みはクサノイホか）」は「関寺の柴の庵」の俤である。ただし行家と小町が逢ったのは小町の庵ではなく「都路」でのことだから、「草庵」は適切な俤とはいえない。

ぜんまひかれて肌寒うなる
手を摺《すつ》て猿の五器かる旅の宿　見

雑。前句を『平家物語』巻三「有王《ありわう》が島下りの事」で、主の行方を尋ねて鬼界が島までやってきた有王が、俊寛に向かって発した「さてもこの御有様にて、今まで御命の延びさせ給ひたるこそ、不思議には覚え候へ」（以下、角川文庫本に拠る）という問いに、俊寛が「……この島には人の食物《くひもの》も絶えて無き所なれば、身に力のありし程は、山に上《のぼ》つて硫黄《いわう》と云ふ物を取り、九国より通ふ商人《あきんど》にあひ、食物に代へなどせしかども、日に副《そ》ひて弱りければ、今はさやうの業《わざ》もせず。かやうに日ののどかなる時は、磯に出でて、網人釣人《あみうどつりうど》に、手を摺り膝を曲《かが》めて魚を貰ひ、汐干《しほひ》の時は貝を拾ひ、荒海布《あらめ》を取り、磯の苔に露の命をかけてこそ、憂きながら、今日まではながらへたれ」と答えるのに拠って、食の確保に苦労する俊寛の胸中の俤とする。

付句は、「松の一むらある中《なか》に、より竹を柱とし、蘆を結《ゆ》ひ、桁梁《けたはり》に渡し、上にも下にも松の葉をひしと取りかけたれば、雨風《あめかぜ》たまるべうも見えず。有王、あなあさまし、元は法勝寺《ほつしようじ》の寺務職《じむしき》にて、八十余箇所の荘務《しやうむ》を司り給ひしかば、棟門《むねかど》・平門《ひらかど》の内に、四五百人の所従眷属に、囲繞《ゐねう》せられておはせし人の、まのあたりかゝる憂き目にあはせ給ふ事の不思議さよ」とあるのに拠った、有王の胸中の俤である。有王の目に映った俊寛の「御有様」は、「或る朝《あした》磯の方より、蜻蛉《かげろふ》なんどの如くに痩せ衰へたる者、よろぼひ出で来たり。本は法師にてありけりと覚えて、髪は空様《そらざま》に生ひあがり、万づの藻屑取り付きて、荊《おどろ》を戴いたるが如し。つぎめ現れて皮ゆたひ、身に着たる物は、絹布《ぬの》の分も見えず。片手には荒海布を持ち、片手には魚を貰うて持ち、歩むやうにはしけれども、はかも行かず。よろ〳〵としてぞ出で来たる。都にて多くの乞丐人《こつがいにん》は見しかども、かゝる者はいまだ見ず」というものなので、人並みではないという点で「猿」は俊寛の俤となる。「五器かる」は「五器提ぐ」の俤で、「乞丐人」まがいの物乞いをする俊寛の様子である。

改案は初案の「草庵」の相対的な弱点を補ったかに見えるが、「猿」が「俊寛」の俤となる点に初案の『鸚鵡小町』

同様の難解さが残る。何より問題は、杉浦正一郎（一九五二）が指摘するように初案も改案も「句に季のない事で、之を雑とすると、芭蕉は前二句丈で秋を捨てた事にな」る点は改善されていない。

狗脊《ぜんまい》かれて肌寒うなる
渋柿もことしは風に吹れたり　里

『続猿蓑』本文。「渋柿」で九月。前句を、伯夷と叔斉が首陽山に隠れて「薇《び》ヲ釆リテ之ヲ食ラフ。餓ヱテ且《まさ》ニ死セントスル」（『史記』伯夷列伝）有様の俤とする。「狗脊」は「薇」の俤である。また、『平家物語』巻二「教訓の事」の、「さればかの潁川の水に耳を洗ひ、首陽山に蕨《わらび》を折りし賢人も、勅命背き難き礼儀をば存知《ぞんぢ》すとこそ承れ」に拠れば、「狗脊」は「蕨」の俤となる。

付句は『徒然草』第十八段、「もろこしに許由といひつる人は、さらに身にしたがへるたくはへもなくて、水をも手してさゝげて飲けるを見て、なりひさごといふものを人の得させたりければ、ある時木の枝にかけたりければ、風にふかれてなりけるを、かしがましとてすてつ。又手にむすびてぞ水ものみける。いかばかり心のうちすゞしかりけん」という挿話に拠った、許由がかけたナリヒサゴ、すなわち瓢箪を二つに割った杓子が風に吹かれている俤である。「渋柿」は、醂さないと、あるいは皮を剝いて甘干しにしないと食べられないという点で、種子を取り去って乾燥させなければ容器として使えない「なりひさご」の俤となる。また、瓢と同意の「ひよん」は「渋柿」と同じ九月の季語である（『増山井』）。

8　初裏二句目

手を摺《すつ》て猿の五器かる草庵

みしらぬ孫が祖父《そぶ》の跡とる　沾

雑。前句を『平家物語』巻二「蘇武が事」、「次に蘇武を大将軍にて、五十万騎を向けらる。今度もまた漢の戦弱くして、胡国の軍勝ちにけり。兵六千余人生擒《いけどり》にせらる。その中に蘇武を始めとして、宗徒《むねと》の兵六百三十余人、すぐり出《いだ》いて、一々に片足を切つて追つ放《ぱな》たる。即ち死ぬる者もあり。程経て死する者もあり。その中に蘇武は一人死なざりけり。片足をば切られながら、山に上つては木の実を拾ひ、里に出でては根芹を摘み、秋は田面の落穂拾ひなんどしてぞ、露の命をば過しける。田にいくらもありける鴈ども、蘇武に見馴れて恐れざりければ、これ等は皆、我が故郷へ通ふ者ぞかしと懐かしくて、思ふ事一筆書いて、『相構へて、これ漢王に得させよ』と云ひ含めて、鴈の翅《つばさ》に結び付けてぞ放ちける」という雁書のエピソードの俤とする。「手を摺て」が「云ひ含めて」の、「猿の五器」が「鴈の翅」の、それぞれ俤である。

付句は、雁書を読んだ昭帝の命で百万騎が差し向けられ、「今度は、漢の戦強くして、胡国の軍破れにけり。御方《みかた》戦勝ちぬと聞えしかば、蘇武は曠野《くわうや》の中より這ひ出でて、『これこそ古への蘇武よ』と名のる。片足は切られながら、十九年の星霜を送り迎へ、輿《こし》に舁《か》かれて、旧里へぞ帰りける。蘇武は十六の歳、胡国へ向けられし時、御門《みかど》より下し賜つたりける旗をば、巻いて身を放たず持ちたりしを、今取り出でて御門の御見参に入れたりければ、君も臣も感嘆斜《なのめ》ならず。蘇武は君の御為に大功並びなかりしかば、大国《だいこく》数多賜はつて、その上典属国《てんしよくこく》と云ふ司をぞ下されける」

という挿話の後半の俤である。さぞかし十九年ぶりに凱旋した蘇武の跡は、蘇武の知らぬ間に生まれた「子」が襲ったことでもあろうか、といった余人の推測の形である。「祖父」の発音はおそらくソブで、同音の「蘇武」の俤であり、それに連れて「孫」も「子」の俤となる。

手を摺《すっ》て猿の五器かる旅の宿
みしらぬ孫が祖父《そぶ》の跡とり　沾

雑。前句を『望月』の前場、近江国守山の宿《しゅく》甲屋《かぶとや》の亭主、小澤《こざは》の刑部友房《ぎゃうぶともふさ》が、かつての主君の北の方、安田の荘《しゃう》司友治《じともはる》の妻と一子花若とに宿を貸し久々の邂逅を喜び合うが、同じ夜、安田荘司を討った望月秋長主従も泊り合わせたため、これ天の采配と友房が「思案」して、友治の妻を「盲御前《めくらごぜ》」に仕立て、花若にその手を引かせて、座敷に出、御前には望月の前で謡を歌わせ、花若には八撥《やつばち》を打たせ、自身は獅子舞を舞って、隙をついて望月を花若に討たせようと母子に計画を持ちかけたあと、母が「嬉しやな望みし事の叶ふよと、盲の姿に出たてば」（天和三年山本長兵衛刊本に拠る）、子方が「習はぬ業《わざ》も父の為」と応じる動作の俤とする。「手を摺て」が願ってもない花若の胸中の、「猿の五器」が「八撥」の、それぞれ俤となる。

付句は、首尾よく「本望とげぬれば、〳〵、彼本領に立かへり、子孫に伝え今の世に、其名かくれぬ御事は、弓矢の誷れなりけり」というキリに拠った、「祖父」安田の荘司友治の「みしらぬ孫」、すなわち花若の嫡子が父親の死後、「跡」を「と」ったことだろうよ、という第三者の推測の俤である。

渋柿もことしは風に吹れたり
孫が跡とる祖父《そぶ》の借銭　　莧

『続猿蓑』本文。雑。前句を『平家物語』巻五「富士川の事」、平家軍が初めて源氏に対して一敗地にまみれた様についての第三者の感慨の俤とする。「渋柿」は例年ならば食べられもせず、木守りのように高みに残っているが、今年は「風に吹れ」て地に落ちた平家の赤旗の俤である。落書にも「富士川の瀬々の岩こす水よりも早くも落つるいせ平氏《へいじ》かな」とある。

付句は同巻十「維盛の入水の事」、「はるかの沖に、山なりの島と云ふ所ありき。中将、それに船漕ぎ寄せさせ、岸に上り、大きなる松の木を削りて、泣く〳〵名跡《めいせき》をぞ書き附けられける。『祖父太政大臣平朝臣清盛公法名浄海、親《しん》父《ぶ》小松の内大臣の左大将重盛公法名浄蓮、三位の中将維盛法名浄円、年二十七歳、寿永三年三月二十八日、那智の沖にて入水す』と書き附けて、又舟に乗り、沖へぞ漕出で給ひける」という一節に拠った、維盛が入水によって清盛の悪行の始末をつける有様の俤である。「祖父の借銭」とは、二位殿が夢の中で、「平家太政入道殿の悪行超過し給へるによって、閻魔王宮よりの御迎ひの御車なり」（巻六「入道逝去の事」）といわれたように、富士川合戦の大将軍だった維盛が、「南無権現金剛童子、願はくは、子孫繁栄絶えずして、仕へて朝廷に交はるべくは、入道の悪心を和げて、天下の安全を得しめ給へ」（巻三「医師問答の事」）という父重盛の願いもむなしく引き継いだ、祖父清盛の悪しき遺産の俤である。

9　初裏三句目

みしらぬ孫が祖父《そぶ》の跡とる
脇指はなくて刀のさびくさり　　里

雑。前句を『切兼曾我』、梶原源太景季が曾我兄弟の継父、曾我太郎祐信のもとへ頼朝の使者として現れ、「其故は、故伊東殿の孫養育の由聞し召され、末の敵《かたき》なれば、急ぎ供して参るべしとの御使を蒙り参りて候」との用向きを伝え、祐信の「祖父《おほぢ》伊東が悪逆を、思し召し給ふとも、未だ幼き者なればなど御赦《ゆるし》なかるべき」という哀願もむなしく、三人を由井の汀に引き立てる場面を踏まえた、曾我兄弟の将来に対する頼朝の危惧の俤とする。

付句は、兄弟を自らの手で死なしめようと源太の太刀取から太刀を預かった祐信が、「目もくれ心乱れつゝ、何処をそこと弁へず、唯くれ〳〵と呆れしが、時刻移してかなはじと、太刀取り直し立ちけれど、足弱車よわ〳〵と、力もつきて叶はねば、太刀投げ捨てゝ伏しまろび、害してたべと叫べども、太刀取も斬り兼ねて唯さめ〴〵と泣き居たり」という、処刑の場での祐信の動作の俤である。

みしらぬ孫が祖父《そぶ》の跡とり
脇指に仕《し》かへてほしき此《この》かたな　　里

雑。前句を『調伏曾我』の前場、箱根権現を参詣に訪れた頼朝一行を眺めながらの子方の箱王とワキの箱根の別当との会話、「さて其次につき出したる扇づかひ」「今此方《こなた》を見候ふや」「あれをば誰とか申し候ふぞ」「あれこそ工藤一郎」「祐経候《ざうら》ふか」というやりとりを踏まえ、父の敵たる自分の顔を「みしらぬ孫が祖父」伊東「の跡と」った暁には、という工藤祐経の危惧の俤とする。

付句は、「彼の古武者の祐経に、泣いつ笑うつすかされて、……心もよわ〳〵と、呆れはてた」箱王が、参詣を終えた一行が門外に消えようとするのを見送って泣きながらも、気を取り直して「よく〳〵物を按ずるに、げに我ながら後れたり。今此時の折を得て祐経が手にかゝらんと、同宿の太刀を盗みとり、敵の跡を慕ひつゝ、駒の蹄にかゝらんと、門前さして追うて行く」ときに、箱王の脳裏に浮かぶ詮無い願望の俤である。箱王はこのあと別当に見つかって、「言語道断。かゝる聊爾なる御事にて候。さやうの御心中《しんぢう》あるならば、敵の前のたふれなるべし。唯先《まづ》帰りたまへ」と叱られ、別当の坊に連れ去られてしまう。「此かたな」が「太刀」じゃなくて「脇指」だったら見とがめられないのだが、という反実仮想の思いである。

孫が跡とる祖父《そぶ》の借銭
脇指に替てほしがる旅刀　　蕉

『続猿蓑』本文。雑。前句を『湖月抄』賢木巻に、「院のおはしましつる世こそはゞかり給ひつれ、后の御心いちははやくて、かた〴〵おぼしつめたることどもの、むくひせんとおぼすべかめり。ことにふれてはしたなきことのみいでくれば、かゝるべき事とはおぼしゝかど、みしりたまはぬ世のうさに、たちまふべくもおぼされず。左のおほいどのも、すさまじき心ちし給て、ことにうちにもまいり給はず。こ姫君をひきよぎて、この大将の君に聞えつけ給し御こころを、后はおぼしをきて、よろしうもおもひきこえ給はず。おとゞの御中も、もとよりそば〳〵しうおはするに、故院の御世には、わがまゝにおはせしを、時うつりて、したりがほにおはするを、あぢきなしとおぼしたるも、ことはりなり」とあるのに拠って、源氏にも影響が及んできた左大臣方の凋落傾向の俤とする。「孫」は「婿」の、「祖父」は「義父」の、それぞれ俤である。

付句は、同須磨巻の「かの山里の御すみかのぐは、えさらずとりつかひ給べき物ども、ことさらによそひもなくことそぎて、またさるべきふみども文集《ぶんじふ》などいれたるはこ、さては琴《きん》ひとつぞもたせ給。所せき御てうど、花やかなる御よそひなど、さらにぐし給はず。あやしの山がつめきてもてなし給」とあるのに拠った、第三者から見た源氏の動作の俤である。須磨には儀礼的で「よそひ」の多い「脇指」よりも、「ことそぎて」実用的で「あやしの山がつめ」いた「旅刀」を携行したいという無位無官の主人公の意向である。

10　初裏四句目

脇指はなくて刀のさびくさり
煤《すゝ》を掃へば衣桁崩るゝ　見

「煤掃」で十二月。前句を『太平記』巻第七「千剣破城《チハヤノ》軍《イクサノ》事」、兵糧攻めにあった千剣破城の正成が、「イデサラバ、又寄手《ヨセテ》タバカリテ居眠《ヰネブリ》サマサントテ、芥《アクタ》ヲ以テ人長《ヒトダケ》ニ人形《ニンギヤウ》ヲ二三十作テ、甲冑ヲキセ兵杖《ヒヤウヂヤウ》ヲ持《モタ》セテ、夜中《ヤチユウ》ニ城ノ麓ニ立置キ、前ニ畳楯《デフダテ》ヲツキ双《ナラ》ベ、其後《ソノウシ》ロニスグリタル兵《ツハモノ》五百人ヲ交《マジ》ヘテ、夜ノホノ〴〵ト明《アケ》ケル霞ノ下《シタ》ヨリ、同時ニ時ヲドツト作ル」とあるのに拠って、等身大の人形に持たせた「兵杖」の具体的な細部の俤とする。どうせ動かないのだから脇指は無駄だし、太刀も太刀の形をしていればいい訳である。

付句は、続けて「寄手人形ヲ実《マコト》ノ兵ゾト心得テ、是ヲ打ント相集《アヒアツマ》ル。正成所存ノ如ク敵ヲタバカリ寄セテ、大石《タイセキ》ヲ四五十、一度ニバツト発《ハナ》ス。一所《イツシヨ》ニ集リタル敵三百余人、矢庭ニ被討殺《ウチコロサレ》、半死半生ノ者五百余人ニ及《オヨベ》リ。軍《イクサ》ハテ、是ヲ見レバ、哀大剛《アハレダイガウ》ノ者哉ト覚テ、一足《ヒトアシ》モ引《ヒカ》ザリツル兵《ツハモノ》、皆人ニハアラデ藁ニテ作レル人形也」とあるのを踏まえ、「大石」「四五十」の土埃を払ってみると、「皆人ニハアラデ藁ニテ作レル人形」だったと寄手の兵が気づく様子の俤である。

　　脇指に仕かへてほしき此《この》かたな
　　　煤《すゝ》をぬぐへば衣桁崩る、　　　　見

「煤掃」で十二月。前句を『烏帽子折』の前場、三条の吉次とともに奥州へ下る牛若が、鏡の宿の烏帽子屋で源氏の左折の烏帽子を誂えさせ、その料に「さらば此刀を参らせうずるにて候」と自分の守刀を差し出すので、烏帽子屋は「いや〳〵烏帽子の代《かはり》は定まりて候ふ程に、思ひもよらず候」と辞退するが、重ねて「唯御《おん》取り候へ」といわれて「さらば賜らうずるにて候」と受け取る場面から、烏帽子屋に対する牛若の提案の俤とする。烏帽子の料として是非ともあなたの「脇指に仕かへてほし」い、わたくしの「此かたな」を。

付句は、同じく『烏帽子折』の後場、赤坂の宿で熊坂長範一党の夜討ちを待ち受ける牛若が、まずオモアイの小賊甲が投げ入れた松明を即座に太刀で切り落とし、続いてアドアイの小賊乙が投げ入れた第二の松明を踏み消して、最後にアドアイの小賊丙が手に持った第三の松明を奪って投げ返し、驚いて拾いに行った丙の背中を一太刀斬って転倒させる（以上、横道萬里雄・表章校注『日本古典文学大系　謡曲集下』に拠る）場面の俤である。「煤」は三本の投げ松明の、「衣桁」は「ああ切つたは、死ぬるはやい」と騒ぐ小賊丙の、それぞれ俤である。

脇指に替てほしがる旅刀

煤《すゝ》をしまへばはや餅の段　沾

『続猿蓑』本文。「煤（掃）」で十二月。前句を『安宅』で新関の検問に備え弁慶が考えた名案に従い、「御篠懸《おんすゞかけ》を脱ぎ替へて、麻の衣を御身《おんみ》にまとひ、あの強力《がうりき》が負ひたる笈を義経取つて肩に懸け、笈の上には雨皮肩箱《あまがは》取りつけて、綾菅笠にて顔をかくし、金剛杖にすがり、足痛げなる強力にて、よろ〳〵として歩み給ふ御ありさま」に変装する義経の意向の俤とする。「脇指」は「篠懸」の、「旅刀」は「麻の衣」の、それぞれ俤である。

付句は、弁慶の機転で関を突破した山伏一行が、関守の富樫某に追いかけられて酒を振舞われる場面の俤である。「煤」は安宅の関通過のための演技の（煤を顔に塗って素顔を悟られぬようにするのは常套である）、「餅」は「酒《しゅ》」の、それぞれ俤である。

11　初裏五句目

煤《すゝ》を掃へば衣桁崩る、

約束の小鳥一《ひと》さげ売に来て　　蕉

雑。前句を『芦刈』の「芦火たく屋は煤垂れて、おのが妻衣《つまぎぬ》それならで、またはたれにか馴衣《なれごろも》」の詞章に拠って、シテ日下の左衛門が鰥住みをする芦小屋の内部の俤とする。「衣桁」が「妻衣」をかけるためのものとすれば、「衣桁崩る、」で小屋の中に妻のいる余地はなくなる。

付句は、日下の左衛門の妻に「あの芦売る人に、其芦一本《ひともと》持ちて来れと申し候へ」と命じられた従者の、「あのお輿の内へ、其芦一本持ちて御まゐりあれと仰せ候……いや唯直《ぢき》に参らせ候へ」という指示に従おうとする左衛門の動作の俤である。「約束」は「さりながら様々契り置きし事有り。此処に暫く逗留し、かの人の行方を尋ねばやと思ひ候」という妻のことばを踏む。「一さげ」を「芦一本」の俤とすると、「小鳥」は「葦原雀」ないしは「葦切」を介して「芦刈」の日下の左衛門の俤となり、「売に来て」の動作主となる。

煤《すゝ》をぬぐへば衣桁崩る、

約束の小鳥一《ひと》さげ売に来て　　蕉

雑。「若葉して御目の雫ぬぐはばや」のように、「ぬぐふ」は何かでふきとる動作だから、「煤を掃ふ」の、箒やハタキでもって大掃除をする初案の漠然とした印象よりも具体的になった。同時に、改案の「煤」が「衣桁」についたものであることがはっきりした。

煤《すゝ》をしまへばはや餅の段
約束の小鳥一《ひと》さげ売にきて　　莧

『続猿蓑』本文。雑。前句を『鵺』の前場、「さても近衛の院の御在位の時、仁平《にんぺい》のころほひ、主上《しゆしやう》夜な〳〵御悩《ごなう》あり。有験《うげん》の高僧貴僧に仰せて、大法《たいほふ》を修せられけれども、そのしるし更になかりけり。御悩は丑の刻《こく》ばかりにてありけるが、東三条《とうさんでう》の森の方より、黒雲一村《こくうんひとむら》立ち来つて、御殿《ごてん》の上におほへば必ずおびえ給ひけり。すなはち公卿詮議あつて、定めて変化《へんげ》の者なるべし、武士に仰せて警固あるべしとて、源平両家《りやうか》の兵《つはもの》を選ぜられける程に、頼政を選び出されたり」とあるのに拠って、「有験の高僧貴僧」に「大法を修」するのをやめさせると、すぐに頼政による「変化の者」の「警固」に切り替える公卿たちの判断の俤とする。「煤」は「護摩」を介して「修法」の、「餅」は鳥黐の「黐《もち》」を介して変化の者を武士に射殺させようとする作戦の、それぞれ俤である。

付句は、射落とした鵺を天覧に入れようとする頼政の動作の俤である。「小鳥」が「鵺」の、「売に」が「御覧に入れに」の、それぞれ俤である。

初案・改案の場合、前句の芦小屋は『芦刈』では付句の動作のあとに登場するため、どうしても後先が逆の感が否めなかった。『続猿蓑』の大改訂でそれが払拭された。

12　初裏六句目

約束の小鳥一《ひと》さげ売にきて

　　十里ほどある旅の出かゝり　　　　里

雑。前句を『自然居士』の前半、「親の追善の為に、我が身を此小袖に替へて諷誦《ふじゅ》を上げた」「十四五ばかりなる女」の動作の俤とする。「約束」は追善供養の諷誦のためには施物が欠かせない意で、「小鳥」は「小袖」の、「一さげ」は「一重《かさね》」の、「売に」は「施しに」の、それぞれ俤となる。

付句は、「人商人《ひとあきびと》ならば東国方へ下り候ふべし。大津松本へ某《それがし》はしり行き留《とゞ》めうずるにて候」というアイを制して、「暫く。御出で候ふ分にてはなり候まじ。居士此小袖を持ちて行き、彼の女に代へて連れて帰らうずるにて候。……けふの説法はこれまでなり。……仏道修行のためなれば、身を捨て人を助くべし」と東へ向かう自然居士の様子の俤である。「十里」は京から大津までの道のり「三里」の往復の俤である。

　　約束の小鳥一《ひと》さげ売にきて
　　十里ばかりの余所《よそ》へ出かゝり　　　　里

雑。付句の「ほどある旅の」が「ばかりの余所へ」に改められる。初案は「旅」の全行程が「十里ほど」と読めるが、改案では「余所」までの道のりが「十里ばかり」と倍に伸びた。改案も『自然居士』で変わらぬとすれば、「十里ばかりの」は朧化の度合いを強め、逆に「余所」は「旅」とも違う追跡の性質により近づいた感がある。

13　初裏七句目

十里ほどある旅の出か丶り
す通りの藪の経《こみち》を嬉しがり　沾

雑。前句を『頼政』の後場、頼政の霊の「さるほどに、平家は時をめぐらさず、数万騎《すまんぎ》の兵《つはもの》を、関の東に遣はすと、聞くや音羽の山つゞく、山科の里近き、木幡の関をよそに見て、こゝぞ憂き世の旅心宇治の河橋打ち渡り、大和路さして急ぎしに、寺と宇治との間にて、関路の駒の隙《ひま》もなく、宮は六度まで御落馬にて煩はせ給ひけり。これは先の夜御寝《ぎょしん》ならざる故なりとて、平等院にして、暫く御座を構へつゝ……」という回想に拠って、頼政の霊が語る、三井寺を発って宇治で休息を余儀なくされるまでの高倉宮の「憂き世の旅」立ちの俤とする。「十里ほど」は三井寺から宇治までの道のりの俤である。

付句は、続けて「宇治川の先陣我なり」と名乗って流れに飛び込んだ田原の又太郎忠綱が「兵を下知していはく、水の逆巻く所をば、岩ありと知るべし。弱き馬をば下手に立てゝ、強きに水を防がせよ。流れん武者には弓弭《ゆはず》を取らせ、互に力を合はすべしと、唯一人《いちにん》の下知に依つて、さばかりの大河《たいが》なれども一騎も流れず此方《こなた》の岸に、をめいてあがれば……」という回想に拠った、頼政の霊が語る忠綱の会心の様子の俤である。「藪」は宇治川の流れの俤となる。

十里ばかりの余所《よそ》へ出か丶り
笹のはにこみち埋《うま》りておもしろき　沾

雑。前句を『藤戸』の前場、佐々木三郎盛綱が口封じのために息子を殺したときの有様を佐々木本人の口から聞いた漁夫の母の、「さては人の申しゝも、少しも違はざりけり。あの辺《ほとり》ぞといふ波の、夜の事にて有りし程に、人は知らじと思ひしに、やがて隠れはなき跡を、深く隠すと思へども、好事門《もん》を出でず、悪事千里を行けども、子をば忘れぬ親なるに、失はれ参らせし、こはそも何の報《むくい》ぞ」という慨嘆に拠って、佐々木の「悪事」が、「千里」はともかく「十里ばかりの余所へ」は「出かゝ」っていたよという老母の感慨の俤とする。

付句は後場、シテの漁夫の霊の、「藤戸の渡り教へよとの、仰せもおもき岩波の、河瀬のやうなる浅みの通りを、教へしまゝに渡りしかば、弓矢の御名《おんな》を揚ぐるのみか、昔より今に至るまで、馬に海を渡す事、稀代の例《ためし》なればとて、此島を御恩に賜はる程の、御《おん》よろこびも我故なれば、いかなる恩をも給《た》ぶべきに、思ひの外に一命を、召されし事は馬にて、海を渡すよりも、これぞ稀代の例なる」という恨み言に拠って、漁夫の霊が回想するその夜の佐々木のしてやったりの感想の俤とする。「笹のは」は「海」の俤である。

14　初裏八句目

す通りの藪の経《こみち》を嬉しがり
あたま打《うつ》なと門《もん》の書付《かきつけ》　蕉

雑。前句を『湖月抄』蓬生巻、「かかるまゝに、あさぢは庭のおもゝ見えずしげり、よもぎは軒をあらそひておひのぼる。むぐらは、にしひんがしのみかどをとぢこめたるぞたのもしけれど、くづれがちなるめぐりの垣を、馬《むま》うしなどのふみならしたるみちにて、春夏になれば、はなちかふあげまきの心さへぞめざましき。八月《はづき》野わきあらかりしとし、らうどももたうれふし、しものやどもの、はかなきいたぶきなりしなどは、ほねのみわづかにのこりて、立とまるげすだになし」という末摘花邸の荒廃した有様、および「この姫君の母北の方のはらから、よにおちぶれて、ずりやう領《りやう》の北の方に成給へるありけり。……わがかくをとりのさまにて、あなづらはしくおもはれたりしを、いかでかゝるよのするゑに、この君をわがむすめどものつかひ人になしてしがな、こゝろばせなどのふるびたるかたこそあれ、いとうしろやすきうしろみならんと思」う大弐の北の方の心理に拠って、末摘花家の「世の末」を、受領に嫁いだ自分がかつて「侮らはしく思はれた」ことへの報復の機会到来と捉える大弐の北の方の動作の俤とする。「す通り」するのは馬や牛を「放ち飼ふ総角」である。

付句は同巻、女房の侍従を介した手紙でのやりとりしかなかった大弐の北の方が末摘花邸に「にはかにきたれり。れいはさしもむつびぬを、さそひたてむの心にて、奉るべき御さうぞくなどてうじて、よき車にのりて、おもゝちけしきほこりかに、物思ひなげなるさまして、ゆくりもなくはしりきて、かどあけさするより、人わろくさびしきこと限なし。左右《ヒダリミギ》の戸もよろぼひたうれにければ、をのこどもたすけて、とかくあけさわぐ。いづれか、このさびしきやどにも、かならずわけたる跡あなるみつのみちとたどる」とあるのに拠った、末摘花邸の門の左右の扉の「よろぼひ倒れ」た様子の俤である。

笹のはにこみち埋《うま》りておもしろき
あたま打《うつ》なと門《もん》の書付《かきつけ》　　蕉

雑。前句を陶淵明「帰去来辞」、「僮僕歓テ迎へ、稚子門ニ候《マ》ツ。三径荒ニ就テ、松菊猶ヲ存セリ」（『古文真宝後集諺解大成』）に拠って、彭沢の令を辞して八十余日ぶりに郷里潯陽の自宅に戻った淵明の感慨の俤とする。初案の蓬生巻「みつのみちと」の『湖月抄』頭注に『河海抄』からとして、「蔣詡字ハ元郷、舎中ノ竹下ニ三径ヲ開ク、文選ニ曰、三径荒ニ就、陶淵明」とあるので、それがヒントになったようである。

付句は同じく「帰去来辞」、「園日ニ渉テ趣ヲ成ス、門設タリト雖モ常ニ関《トザ》セリ」に拠った、外から見た淵明宅の門の様子の俤である。常に閉門状態であれば、人の出入りは脇の潜り戸のみに頼ることになる。「あたま打つな」という注意書きが必要となる所以である。

15　初裏九句目

あたま打《うつ》なと門《もん》の書付《かきつけ》
いづくへか後《あと》は沙汰なき甥坊主　　見

雑。前句を『藤栄』の発端、ワキの最明寺時頼が諸国一見の僧として芦屋の里を訪れた際に借りた宿の外見の俤とする。「日の暮て候程に、宿をからばやと思ひ候。いかに是成塩やの内へ案内申候」「誰にてわたり候ぞ」「諸国一見の僧にて候。一夜《いちや》の宿を御《おん》かし候へ」「安きほどの御事《おんこと》にて候へ共、余りに見苦しく候ふ程に、お宿《やど》は叶ひ候まじ」「見苦しきはくるしからず候。道に行暮たる修行者にて候。ひらに一夜を明させて給り候へ」「さらばお宿を参らせむと、いぶせき床《とこ》の塵はらひ……」（天和三年山本長兵衛刊本に拠る）。

付句は、塩屋の中にいた「幼き人」が「芦やの先地頭《せんぢとう》藤左衛門《とうざゑもん》殿の御子息」月若で、塩屋の主がその家臣であり、月若が「おぢごの藤栄《とうえい》殿に跡を押領せられ、か様に不思議成所に」住む羽目になった経緯を聞かされた時頼が、「あら痛はしや候《ざうらふ》。今夜の御宿の御恩に、此おさなき人を三日間に世にたて、参らせうずるにて候。……唯某に御任せ候へ。……扨藤栄殿の在所はいづくにて候ふぞ。……さらばうらに出て、彼人にあひ申候べし」と述べるのに拠った、時頼の請け合いの俤である。「いづくへか」は「いづくへか藤栄殿の御出でたる」という問いの略、「後」は藤栄に「逢申候」いて決着を付けた後の意、「沙汰」は訴訟沙汰の意、「甥坊主」は「叔父御」の藤栄に対する月若への呼びかけである。

16　初裏十句目

いづくへか後《あと》は沙汰なき甥坊主
やつと聞だす京の道づれ　沾

前句を『土車』のワキ、「妻におくれ、うき世あぢきなく成行候程に、一子を捨」（天和三年山本長兵衛刊本に拠る）て出家遁世した深草の少将の行動についての、その一子の「傅《めのと》」たるシテの小次郎の慨嘆の俤とする。「甥坊主」は「いづく迄も御《おん》供申、父子《ご》に逢せ参らせ候べし」という小次郎の詞のなかの「父子」の俤である。「傅《ふ》の大臣《おとど》」など、守り役は実の父親より年上の場合も多いので俤として十分通用する。

付句は、善光寺にやってきた物狂いの主従が自分の子と小次郎であることに気づいたにもかかわらず、「今あひ見ずはつゐの悦び。誠に三界《さんがい》の絆を、爰にて切と思ひなし、なむあみだ仏ととなへてさらぬやうにて行過」ぎた少将が、「思ひきりたる事なれ共、又引きかへす心ちして、門前さして追て行」ったところ、「今は命も惜からず。まへなる川に身を投むなしくならばやと思ひ候」と提案した主と「さらば御供申身を投候べし」と従った小次郎とが「西に打向ひ、既うき身をなげんと」していたので、「あ、暫」と引き留め、「今は何をかつ、むべき。是こそ父の少将よ」と打ち明ける場面に拠った、「京」の深草から随行し善光寺では死出の旅の供までしようとする「道連れ」として、待ちに待った主の父少将の名乗りをようやく聞き出すことができた小次郎の俤である。

17　初裏十一句目

やつと聞だす京の道づれ

有明に花のさかりのたてあひて　　里

「花」で三月。前句を『湖月抄』葵巻、「まことやかの六条の御息所の御はらの、前坊《ぜんばう》の姫宮斎宮《ひめみやさいぐう》にゐ給ひにしかば、大将の御こゝろ《ミ》ばへもいとたのもしげなきを、かくおさなき御ありさまのうしろめたさに、ことづけて、くだりやしなましと、かねてよりおぼしけり。院にもか、ることなんときこしめして、……など、御気色《ミけしき》あしければ、わが御こゝちにもげにと思ひしらるれば、かしこまりてさぶらひ給ふ」とあるのに拠って、六条御息所が娘の斎宮に同伴して伊勢への下向を前々から考えていることを、桐壺院から聞かされる源氏の動作の俤とする。「京の道連れ」は六条御息所の京から伊勢への同道の俤である。

付句は、六条御息所方と葵の上方との車争いの俤である。「有明」は望を過ぎて衰えゆく月ということで六条御息所の、「花のさかり」は源氏の正妻の葵上の俤である。

やつと聞だす京の道づれ
有明にをくる丶花のたてあひて　里

「花」で三月。車争いの俤で変わっていないが、「遅る丶花」としたことで葵上の車が後から来たことの俤がより明確になった。

18　初裏十二句目

有明に花のさかりのたてあひて
みごとにそろふ籾のはへ(ママ)口　見

「籾のはへ口」で「苗代」「種まく」等と同じく二月ないし三月。前句を『二人静』の前場、吉野の菜摘川の川辺で若菜を摘むツレの菜摘女に、前ジテの里の女が「三吉野へお帰りあらば言伝《ことづて》申候はん。一日経《きやう》書いて我跡とひてたび給へとお申あれ」と頼むので、「是は思ひもよらぬ事を承候物かな。届申べき事は安き間の御事にて候。さてお名を何と申べき」と問い返すと、里の女が「いや我名はなのらずとも、先此事をおことのお主、其外社家の人々に委く届てたび給へ。若も疑ふ人あらば、其時わらはおことに付て、我名を名乗申べし。構て能々お届あれ」（天和元年井筒屋六兵衛政春刊本に拠る）と答えて姿を消す場面に拠って、菜摘女に里の女が唐突かつ理不尽な頼み事をする動作の俤とする。「有明」が小面の菜摘女、「花のさかり」が静御前の霊の化身たる若女の里の女の俤である。

付句は後場、静御前の霊に憑かれた菜摘女が宝蔵に奉納されていた静の舞衣装をまとって舞い始めると、静御前の霊が同じ装束で現れ、二人で「しづやしづ、賤の苧玉巻、くり返し、むかしを今に、なすよしもがな」と唱和する場面に拠った、ツレとシテの相舞の様子の俤である。『誹諧類船集』「小手巻《オダマキ》」の項には寄合として「苗代」と「もみ種」も挙がっている。おそらく「小田」と「蒔《まき》」ないし「播《まき》」との同音異義の組み合わせから「苗代田」やそこに蒔かれる「籾種」が関連語彙として認定されたものと考えられるが、この寄合に拠れば「籾の生え口」とは「しづやしづ」というワカの直後の序の舞の舞い始めの俤である。「口」は、『拾遺和歌集』巻七「物名」の一首「くちばいろのおしき／あしひきの山の木のはのおちくちはいろのおしきぞあはれなりける」の『八代集抄』頭注「落口。物の名なればこそあれ、このむまじきことばにや」（『岩波古語辞典』所引）に拠れば、動詞の連用形に付いて「……し始め」の意となる。

有明にをくるゝ花のたてあひて
みごとにそろふ籾のはへ《（ママ）》口　　見

「籾の生え口」で二月ないし三月。『二人静』のままだが、「遅るゝ花」でツレの後に登場するという前ジテの里の女の動作の俤がより明確になった。

19　名残表一句目

みごとにそろふ籾のはへ口（ママ）

春無尽先落札《らくさつ》が作太夫　　蕉

「春」。前句を『哥占』で、ツレの里人の目に映じたシテ度会《わたらゐの》某が所持する「小弓に短冊を付け」（天和三年山本長兵衛刊本に拠る）た手道具の俤とする。籾から出た新芽が「みごとにそろふ」状態が、小弓の弦から規則正しい間隔で五枚ぶらさがる短冊のイメージの俤となる。

付句は、「加賀の国白山のふもとに住居する」ツレの里人が、「けしからぬ正《まさ》し」い と評判の歌占を問おうと、度会某の息子であることが後で判明する同行の幸菊丸に先んじて、「一番に手に当りたらん短冊の哥を」引いた動作の俤である。「無尽」が「哥占」の、「作太夫」が「宇治賀太夫」、後の「加賀 掾《かがのじよう》宇治好澄」を介して加賀の白山々麓の里人の俤となる。

20　名残表二句目

春無尽先落札《らくさつ》が作太夫

伊勢のみちにてべつたりと逢《あふ》　　里

雑。前句を『草子洗』で、歌合の相手である小町の詠歌について、「是は古哥にて候」（天和三年山本長兵衛刊本に拠る）といって『万葉集』からの盗作と断定するワキの大伴黒主の動作の俤とする。「無尽」が「歌合」、「落札」が黒主の「難《なん》」、「作太夫」が小町の「扨はおことはいにしへの猿丸太夫のながれ、それは猿猴《ゑんこう》の名を以て、我名を余所に立んとや」という詞に拠って、「大伴黒主」の俤となる。

付句は、「此草子を取上見れば、行の次第もしどろにて、文字の墨付たがひたり。如何様小町独り詠ぜしを黒主立聞し、帝《みかど》へ古うたと訴へ申さむ為に、此万葉に入筆《いれふで》したるとおぼえたり。あまりにはづかしうさふらへば、みかは水の清き流れをむすびあげ、此双帋をあらはゞやと思ひ候」という小町に、「さらば草子をあらひて見よ」という勅諚が出て、「あらひ〳〵て取あげてみればふしぎやこはいかに。数々の其哥の、作者も題も文字のかたちも、少もみだるゝ事もなく、入筆《いれふで》なればうき草の、もじは一字も残らで消にけり。有がたや〳〵」の結末となる一連の場面に拠った、黒主の陰謀に遭遇した小町の胸中の俤である。「伊勢」を、『草子洗』に登場する三人のツレ、貫之や躬恒や忠岑と同時代の女流「伊勢の御」とすれば、「伊勢のみち」で「歌の道」の俤となる。「べつたりと」は一語で副詞と解さず、「べつたり」をべったりしたるものという意の名詞、「と」を動作の結果を表す格助詞と取ることによって、黒主の入筆による墨痕と出逢うことの俤となる。

春無尽先落札《らくさつ》が作太夫

伊勢の下向にべつたりと逢《あふ》　　里

『続猿蓑』本文。雑。前句を『平家物語』巻十「維盛の出家の事」、「明けければ、東禅院の知覚上人と申す聖を請じ奉つて、出家せんとし給ひけるが、与三兵衛重景・石童丸を召し」た維盛が、「汝等は命を捨つべからず」と言い渡すと、「二人の者ども、涙に咽《むせ》び俯《うつぶ》して、しばしはとかうの御返事にも及ばず。や、あつて、重景涙を抑へて」語り始め、「……君の神にも仏にもならせ給ひなん後、楽しみ栄え候ふとも、千年の齢《よはひ》を歴《ふ》るべきか。たとひ万年を保ち候ふとも、つひには終りのなかるべきかは。これに過ぎたる善知識、何事か候ふべき」といって、「手づから髻切つて、滝口入道にぞ剃らせける。石童丸も、これを見て、元結際より髪をきる」という場面に拠って、主従三人のうちまず重景が剃髪した様子の俤とする。「落札」は「落飾」の、「作太夫」は従者の「重景」の、それぞれ俤となる。

付句は同じ「維盛の出家の事」、「高野をば山伏修行者のやうに出で立つて、同じき国の内山東へこそ出でられけれ。藤代の王子を始め奉つて、王子王子を伏し拝み、参り給ふ程に、千里の浜の北、岩代の王子の御前にて、狩装束なる者七八騎がほど、行き会ひ奉る。『已に搦め捕らんずるにこそ。腹を切らん』と、おの〳〵腰の刀に手をかけ給ふ所に、さはなくして、馬よりおり、近づき奉つたりけれども、少しも過つべき気色もなく、深う畏つて通りぬ。『この辺にも、見知り参らせたる者のあるにこそ。誰なるらん』と恥しくて、いとゞ足早にぞさし給ふ。これは当国の住人、湯浅の権の守宗重が子、湯浅の七郎兵衛宗光といふ者なり」という場面に拠った、様変わりした維盛一行にニアミスした湯浅宗光の動作の俤である。「伊勢」が「熊野」の、「下向」が「参詣」の、それぞれ俤である。

「みちにて」から「下向に」に改変された理由は、おそらく前句の「春」とそれぞれの俤との整合性であろう。『草子洗』の季は「時しも比は卯月なかば」とあるように初夏四月、一方、維盛の屋島脱出は「寿永三年三月十五日の暁」（「横笛の事」）、那智沖での入水は「頃は三月二十八日の事なれば、海路はるかに霞み渡り、あはれをもよほす類かな。たゞ大方の春だにも、暮れ行く空はものうきに、いはんや、これは今日を最後、たゞ今限りの事なれば、さこそは心細かりけめ」（「維盛の入水の事」）という日付であるから、前者が捨てられるのは必然の成り行きだったものと思われる。

21　名残表三句目

伊勢のみちにてべつたりと逢《あふ》
長持の小あげに江戸へ此《この》仲間　沾

雑。原文は「長持小あげに」とあるので「の」を補う。前句を『伊勢物語拾穂抄』第九段、東下りの蔦の細道の場面、「うつの山にいたりて、わがいらんとする道はいとくらふほそきに、つたかへではしげり物心ぼそくすゞろなるめを見る事と思ふに、す行者あひたり。かゝる道はいかでかいまするといふを見ればみし人なりけり。京にその人の御ンもとにとてふみかきてつく」とあるのに拠って、昔男が修行者に託した手紙の書き出しの俤とする。「伊勢」は「宇津」の俤であるとともに物語の題名を指示する。

付句は同段、「そのおとこ身をえうなき物に思ひなして、京にはあらじ、あづまのかたにすむべきくにもとめに、とてゆきけり。もとよりともとする人ひとりふたりしていきけり」に拠った、人足渡しの安倍川の川越に際して、「もとより友とする人一人二人」に大きな荷を持たせようとする業平の胸中の俤である。「江戸」は「むさしのくに」の俤である。

伊勢のみちにてべつたりと逢《あふ》

長持の小揚の仲間そはつきて　　沾

雑。前句を『第六天』、伊勢参宮を志す解脱上人が、ワキヅレの従僧二人とともに、「やう〳〵行けば鈴鹿路や、多気の都の程もなく度会の宮に着」いたとたん、里の女が二人現れ、上人に請われるままに御裳裾川のいわれと伊勢神宮の由来を物語り、「御法《みのり》の障碍《しやうげ》あるべしと、夢に来りて申す」と告げ、かき消すようにいなくなる前場に拠って、やけに「懇ろに語」って聞かせる前ジテ前ヅレ、女二人に出逢った上人の胸中の俤とする。

付句は、後場、魔王団扇を持った第六天の魔王とそれを供奉する様々な「障碍の群鬼」が神前の上人の夢の中に現れるが、上人が「合掌して観念をな」すと、天空から「即ち素戔嗚《そさのを》現れ給へば、さしもに猛き六天なれども、恐をなしてぞ見えたりける」とあるのに拠った、魔王と群鬼が素戔嗚の出現に怖じ気づく動作の俤である。「長持」は「煩悩」やら「死」やら悟りの妨げになる四魔の入れ物の象徴で、それを担う「小揚の仲間」が後ジテの第六天の魔王たちの俤である。

伊勢のみちにてべつたりと逢《あふ》
長持の小揚の仲間そは〳〵と　　沾

雑。第三案。

伊勢の下向にべつたりと逢《あふ》

長持に小挙の仲間そは〱と　　沾

『続猿蓑』本文。雑。前句を、『道成寺』後場でワキの道成寺の住僧が語る女人禁制の謂われ、「むかし此処に、まなごの庄司と云ふ者あり。彼の者一人の息女を持つ。又其頃奥より熊野へ参詣する山伏のありしが、庄司が許を宿坊と定め、いつも彼の処に来りぬ。庄司娘を寵愛の余りに、あの客僧こそ汝がつまよ夫よなんどと戯れしを、をさな心に誠と思ひ年月を送る。又ある時かの客僧庄司がもとに来りしに、彼の女夜更け人静まつて後、客僧の閨に行き、いつまでわらはをばかくて置き給ふぞ。急ぎむかへ給へと申しゝかば、客僧大きにさわぎ、さあらぬ由にもてなし、夜《よ》にまぎれ忍び出で此寺に来り」という昔話に拠って、奥の山伏が参詣のたびにまなごの庄司の許に宿ってその娘と「べつたりと」逢っていたというワキの住僧の昔語りの俤とする。「伊勢」は「熊野」の、「下向」は「参詣」の、それぞれ俤である。

付句は、後場で物語りが終わり、「涯分祈つて此鐘を二度《ふたたび》鐘楼へ上げうずるにて候」というワキの意向で住僧たちが白拍子を入れた鐘に向かって祈り始め、「何の恨か有明の、撞鐘《つきがね》こそ、すはすは動くぞ祈れたゞ、〱、引けや手《て》ん手《で》に千手の陀羅尼、不動の慈救《じく》の偈、明王の火焔の、黒烟《くろけぶり》を立てゝぞ祈りける。祈り祈られつかねど此鐘ひゞきいで、引かねど此鐘躍るとぞ見えし。程なく鐘楼に引きあげたり」とあるのに拠った、鐘を鐘楼に首尾よく上げるまでは決して落ち着けない住僧たちの動作の俤である。「長持」は「鐘」の、「小揚の仲間」はその鐘を上げるべきワキとワキヅレの住僧たちの、それぞれ俤である。

22　名残表四句目

長持の小あげに江戸へ此《この》仲間
雲焼《くもやけ》はれて青空になる　蕉

雑。前句を『太平記』巻二「俊基朝臣再《アソンフタタビ》関東下向事《ゲカウノ》」、「俊基朝臣ハ、先年土岐十郎頼貞ガ討レシ後、召取レテ、鎌倉マデ下給《クダリタマヒ》シカドモ、様々ニ陳ジ申サレシ趣、ゲニモトテ赦免セラレタリケルガ、又今度《コノタビ》ノ白状共《ドモ》ニ、専《モツパラ》隠謀ノ企《クハダテ》、彼朝臣ニアリト載《ノセ》タリケレバ、七月十一日ニ又六波羅へ召取レテ関東へ送ラレ給フ。再犯不赦《サイホンユルサザルハ》法令ノ定《サダマ》ル所ナレバ、何ト陳《チンズ》ル共許サレジ、路次《ロシ》ニテ失ル、カ鎌倉ニテ斬ル、カ、二ノ間《フタツノアヒダ》ヲバ離レジト、思儲《オモヒマウケ》テゾ出ラレケル」とあるのに拠って、日野俊基を鎌倉に護送するに際しての「警固ノ武士」の一人の胸中の俤とする。「長持」は海道下りの馬上の俊基の俤となる。

付句は同「俊基被誅《チユウセラルル》事」、「工藤左衛門幕ノ内ニ入テ、余リニ時ノ移リ候ト勧《ススム》レバ、俊基畳紙《タタウガミ》ヲ取出シ、頸ノ回リ押拭《オシノゴ》ヒ、其紙ヲ推開《オシヒライ》テ、辞世ノ頌《ジユ》ヲ書給フ。／古来《コライノ》一句。無死無生《シモナクシヤウモナシ》。万里雲尽。長江水清。／筆ヲ閣《サシオイ》テ、鬢ノ髪ヲ摩《ナデ》給フ程コソアレ、太刀カゲ後《ウシロ》ニ光レバ、頸ハ前ニ落ケルヲ、自ラ抱《カカヘ》テ伏《フシ》給フ」という刑死の場面に拠った、俊基の辞世の俤である。「万里雲尽キテ」が「雲焼はれて」の、「青空になる」が「長江水清シ」の、それぞれ俤である。

長持の小揚の仲間そはつきて
くわらりと雲の青空になる　蕉

雑。前句を『湖月抄』明石巻、明石から夢のお告げで須磨に現れた入道の誘いに応じて源氏が明石に向かう場面で、「……うれしきつりぶねをなん。かの浦にしづやかにかくろふべきくま侍りなんやとの給ふ。かぎりなくよろこびかしこまり申す。ともあれかくもあれ、夜のあけはてぬさきに、御ふねに奉れとて、例のしたしきかぎり、四五人ばかりして奉りぬ」とあるのに拠って、源氏の移住の用意を急いで始めようとする従者たちの様子の俤とする。

付句は、同じく明石巻で、明石に一行が到着し、「舟より御車に奉りうつるほど、日やう〳〵さしあがりて、ほのかにみ奉るより、老《おひ》もわすれよはひのぶる心ちして、ゑみさかえて、まづ住よしの神をかつ〴〵おがみ奉る。月日の光を手にえ奉りたる心ちして、いとなみつかうまつる事、ことはりなり」とあるのに拠った、源氏の容姿に初めて接して今までの祈願が報われたと感じた明石入道の胸中の比喩の俤である。

長持の小揚の仲間そは〳〵と
　くわらりと雲の青空になる　　蕉

雑。第三案。

長持に小挙の仲間そは〳〵と
　くはらりと空の晴《はる》る青雲《せいうん》　　蕉

『続猿蓑』本文。雑。連体形「晴《はる》る」が修飾する「青雲《せいうん》」は「驪宮高処入青雲」（「長恨歌」）のような、高所に浮かぶ雲の意ではなく、王勃「滕王閣序」の「窮シテハ且ツ益《ますま》ス堅（ママ）フス、青雲之志ヲ墜サズ」（『古文真宝後集』）、あるいは王元之「観聖上親試貢士歌」の「指ヲ屈スレバ方ニ五六載ヲ経《フ》、如今已ニ青雲ノ梯ニ上ル」（『古文真宝前集』）での「朝廷」（「滕王閣序」注）ないしは「禁中」（「観聖上親試貢士歌」注）の意に解さないと、付句の文意が通らない。「大丈夫たる者は、彌堅固に保ち守て、再び青雲の路を踏て、君を致し、民を沢するの志を落し失ふべからず」（「滕王閣序」注）と期していたのが若紫巻で語られる明石入道であってみれば、娘を嫁がせるべき宮中の「空」が晴れ渡るさまはそのまま明石の浜で白日の下に源氏を一瞥した入道の感想の俤である。

23　名残表五句目

雲焼《くもやけ》はれて青空になる
禅寺に一日《いちにち》あそぶ砂の上　　見

雑。前句を『禅師曾我』の次第「散りにし花の名残には、香ばかり送る嵐かな」、そしてそれに続く「これは曾我兄弟の人々に仕へ申す鬼王、団三郎にて候。さても兄弟の人々は、過ぎにし二十八日の夜、井手の館へ忍び入り、易々と敵《かたき》を討ち、其身も即座に討たれ給ひて候」の詞章に拠って、本懐を遂げた曾我兄弟の義挙に対する一族郎党の心境の俤とする。

付句は後場、曾我兄弟の末弟の九上《くがみ》の禅師《ぜんじ》が「われ此間、別行の子細候ふ間、百座の護摩を焚かばやと」思っているところに、「鎌倉殿より搦め捕つて参れとの」命を受けた養父伊東の九郎祐宗一行が来襲し、応戦ののち自害しようとする禅師を取り押さえて鎌倉へ護送する顚末に拠った、兄弟の敵討ち後に激変した九上の禅師の最晩年の俤である。「禅寺」は「九上の寺」の俤であるとともに「禅師」を指示する。「一日あそぶ」は「砂の上」の境遇になってから省みられた、兄たちの敵討ちから祐宗に捕まるまでの短いながらも平穏な日々の俤。「砂」は「お白洲」の俤で、「砂の上」に座らされて鎌倉の頼朝の面前で取り調べを受ける禅師の様子の比喩となる。

　　くわらりと雲の青空になる　　　　　　見
禅寺に一日《いちにち》あそぶ砂の上

雑。改案。『禅師曾我』の俤で変わっていない。

　　くはらりと空の晴《はる》る青雲《せいうん》　　　　　　里
禅寺に一日《いちにち》あそぶ砂の上

『続猿蓑』本文。雑。前句を『邯鄲』の夢の中、「玉のみこしにのりの道。〳〵。栄花の花も一時の、夢とはしら雲の上人《うへびと》となるぞふしぎなる」（寛文五年丁子屋長兵衛刊本に拠る）の詞章に拠って、邯鄲の枕に臥して楚国の帝位に就いた盧生が抱く「雲の上人」としての感慨の俤とする。「青雲」は前の付合同様、宮中の意である。

付句は続いて、「有難の気色やな。〳〵。本より高き雲の上。月も光はあきらけき、雲龍閣や阿房殿。光もみち〳〵て実も妙なる有様の、庭には金銀の砂《いさご》をしき、四方《よも》のかどべの玉の戸を、出入人迄も、光をかざるよそほひは、誠や名に聞し寂光の都喜見城《きけんじやう》の、楽みもかくやと思ふ計の気色かな」とあるのに拠った、邯鄲一炊の夢の俤である。「禅寺」は「邯鄲の仮の宿」の、「一日」は「粟飯《あはいひ》の一炊の間」の、「砂」は「金銀の砂」の敷かれた「宮殿楼閣」の庭の、それぞれ俤である。

24　名残表六句目

禅寺に一日《いちにち》あそぶ砂の上
槻《けやき》の角《かく》の堅き貫穴《ぬきあな》　　沾

雑。覆刻版『八九間雨柳』の芦竹の後記に、「名残の表六句目一行、全部、短冊形に貼紙して、槻の角の果ぬ貫穴と、訂正してあります」とあるが、実物大コロタイプ刷を見てもよくわからない。

前句を『湖月抄』玉鬘巻、初瀬に詣でた右近が椿市の宿で玉鬘一行に遭遇し、宿願を果たした経緯に拠って、観音に参詣して右近に巡り会った玉鬘の俤とする。「禅寺」は「長谷寺」の、「一日あそぶ」は「三日こもる」の、「砂の上」は右近が玉鬘の呼び名にしていた「るり君《ぎみ》」の（瑠璃は宝玉、つまり石である）、それぞれ俤である。「砂の上」は「葵の上」や「紫の上」のように高貴な女性の呼称であり、したがって「あそぶ」は連体修飾語となる。

付句は同じく真木柱巻、玉鬘に父親鬚黒大将を奪われた真木柱が母とともに父の邸を引き払うに際して、「つねによりゐ給ふ、ひむがしおもてのはしらを、人にゆづる心ちし給も哀にて、ひめ君、ひはだ色のかみのかさね、たゞいさゝかにかきて、はしらのひわれたるはざまに、かうがいのさきしてをしいれたまふ／いまはとてやどかれぬともなれきつるまきのはしらは我を忘るな」という巻名の由来となった挿話に拠った、真木柱が歌を書きつけた檜皮色の紙を笄の先で押し入れた柱のひび割れの隙間の俤である。「槻の角」が「東面の」真木柱の、「堅き」が「狭き」の、「貫穴」が「乾割れたる間《はざま》」の俤である。

　　禅寺に一日《いちにち》あそぶ砂の上
　槻《けやき》の角《かく》の果《はて》ぬ貫穴　　　　　沾

雑。「果てぬ」に改変されたことで、笄の先で押された檜皮色の紙がひび割れのなかにすっぽり収まって、視界から消える一連のイメージが生じた。「果てぬ」という形容自体が「貫穴」にふさわしくないものだから、いずれどちらかが何かの俤でなければならないことは明白である。

25　名残表七句目

　槻《けやき》の角《かく》の堅き貫穴
浜出しの俵を牛にはこぶ也　　　　　里

雑。前句を『太平記』巻第四「備後《ビンゴ》三郎高徳《タカノリガ》事付呉越《ゴエツ》軍《イクサノ》事」、後醍醐帝が配所の隠岐に到着したあと、「佐々木隠岐判官《ノハングワン》貞清《サダキヨ》、府《コフ》ノ嶋ト云所ニ、黒《クロ》木《キ》ノ御所ヲ作《ツクリ》テ皇居トス。……昔ノ玉楼金殿ニ引替《ヒキカヘ》テ、憂節《ウキフシ》茂キ竹椽《タケタルキ》、涙隙《ヒマ》ナキ松ノ墻《カキ》、一夜《ヒトヨ》ヲ隔《ヘダツ》ル程モ可堪忍《タヘシノブベキ》御心地《オンココチ》ナラズ」とあるのに拠って、黒木の御所を造営中の大工の手元の俤とする。「角」はその正反対である「黒木」の俤となる。「堅」いと感じるのは竣工を急ぐせいである。

付句は同巻第七「先帝船上臨幸事《センテイフナノウヘヘリンカウノ》」、六条少将忠顕朝臣とともに黒木の御所を脱出した後醍醐帝は千波湊《チブリノ》から商人舟《アキンドブネ》で出帆するが、隠岐《オキノ》判官清高が十艘ばかりの帆掛け舟で猛追してくるのを見た船頭が、「角《カク》テハ叶《カナヒ》候マジ、是《コレ》ニ御隠レ候ヘト申《マウシ》テ、主上ト忠顕朝臣トヲ、舟底《フナゾコ》ニヤドシ進《マキラ》セテ、其上《ソノ》ニ、アヒ物トテ乾《ホシ》タル魚《ウヲ》ノ入《イリ》タル俵《タハラ》ヲ取積《トリツン》デ、水手《スキシュ》・梶取《カンドリ》其上ニ立双《タチナラン》デ、櫓《ロ》ヲゾ押《オシ》タリケル」とあるのに拠った、水手や梶取に対して「俵を移動しろ」という船頭の指示の俤である。「牛」は「丑」の俤で、方角の意である。

槻《けやき》の角《かく》の果《はて》ぬ貫穴
浜出しの俵を牛にはこぶ也　　里

雑。「堅き」が「果てぬ」に変わった分、仕事の量の多さが強調された感がある。

槻《けやき》の角《かく》のはてぬ貫穴
浜出しの牛に俵をはこぶ也　　蕉

『続猿蓑』本文。雑。前句を『太平記』巻第五「大塔宮熊野落事《オホタフノミヤクマノオチノ》」、山伏姿で南都から熊野の十津川に至った大塔宮一行が、戸野《トノノ》兵衛の妻に取り憑いた物の怪を加持祈祷で退治した礼として兵衛の屋敷に十日余り逗留したのち、兵衛のもらした「哀《アハレ》此里へ御入《イリ》候へカシ」という一言がきっかけで「アノ先達《センダチ》ノ御坊コソ、大塔宮ニテ御坐《ゴザ》アレ」と名乗ったところ、兵衛が「以外《モツテノホカ》ニ驚《オドロイ》テ、首《カウベ》ヲ地ニ着《ツケ》手ヲ束《ツカ》ネ、畳ヨリ下《シタ》ニ蹲踞《ソンコ》セリ。俄ニ黒木《クロギ》ノ御所ヲ作《ツクリ》テ宮ヲ守護シ奉リ、四方ノ山々ニ関ヲ居《スヱ》、路《ミチ》ヲ切塞《キリフサイ》デ、用心密《キビ》シクゾ見ヘタリケル」とあるのに拠って、黒木の御所を造営中の大工の手元の俤とする。改案前と同様、「角」は「黒木」の俤で、「はてぬ」気がするのは「俄ニ」作らなければならないからである。

付句は、同巻第六「楠出張天王寺事《テンワウジニイデハル》」に、「同《オナジキ》四月三日楠五百余騎ヲ率《ソツ》シテ、俄ニ湯浅《ユアサ》ガ城へ押寄《オシヨセ》テ、息モ不継責《ツガセズセメ》戦フ。城中ニ兵粮ノ用意乏シカリケルニヤ、湯浅ガ所領紀伊《キノ》国ノ阿瀬河《アゼガハ》ヨリ、人夫《ニンブ》五六百人ニ兵粮ヲ持《モタ》セテ、夜中《ヤチユウ》ニ城へ入《イレ》ントスル由《ヨシ》ヲ、楠風聞《ホノカニキイ》テ、兵《ツハモノ》ヲ道ノ切所《セツシヨ》へ差遣《サシツカハシ》、悉《コトゴトク》是ヲ奪取《ウバヒトリ》テ其俵《ソノタハラ》ニ物具《モノノグ》ヲ入替《イレカヘ》テ、馬ニ負《オフ》セ人夫ニ持《モタ》セテ、兵ヲ二三百人兵士《ヒヤウジ》ノ様《ヤウ》ニ出立《イデタタ》セテ、城中へ入《イラ》ントス。楠ガ勢是ヲ追散《オヒチラ》サントスル真似ヲシテ、追《オツ》ツ返《カヘシ》ツ同士《ドシ》軍《イクサ》ヲゾシタリケル。湯浅入道是ヲ見テ、我《ワガ》兵粮入ル、兵共《ツハモノドモ》ガ、楠ガ勢ト戦フゾト心得テ、城中ヨリ打《ウチ》テ出《イ》デ、ソヾロナル敵《テキ》ノ兵共ヲ城中へゾ引入《ヒキイレ》ケル。楠ガ勢共思《オモヒ》ノ儘ニ城中ニ入《イリ》スマシテ、俵ノ中ヨリ物具共取出《トリイダ》シ、ヒシ〳〵ト堅メテ、則《スナハチ》時ノ声ヲゾ揚《アゲ》タリケル」とあるのに拠った、臣下に奇策を打ち明ける正成の詞の俤である。「浜出し」は「山出し」の、「牛」は「馬」の俤である。

26　名残表八句目

浜出しの俵を牛にはこぶ也
名じまぬ嫁にかくす内証　　見

雑。前句を『烏帽子折』の冒頭、「これは三条の吉次信高にて候。われ此程数《かず》の財《たから》を集め、弟にて候ふ吉六を伴ひ、唯今東《あづま》へ下り候。如何に吉六、高荷どもを集め東に下らうずるにて候」とあるのに拠って、牛若丸に旅の目的を説明する吉次の詞の俤とする。「浜出しの俵」は「数の財」ないしは「高荷」の、「牛」は「丑」の、それぞれ俤となる。「丑」は牛若が目指す「奥」の方角である。

付句は、前場で、牛若が烏帽子の代として置いていった刀を見た烏帽子屋の妻が「さめざめと落涙」するので、その理由を亭主が尋ねたところ、「今は何をか包むべき。これは野間の内海《うつみ》にて果て給ひし鎌田兵衛正清《かまだひやうゑまさきよ》の妹なり。常磐腹《ときはばら》には三男、牛若子《うしわかご》生れさせ給ひし時、頭《かう》の殿《との》より此御《おん》腰の物を、御守《おんまもりがたな》刀にとて参らさせ給ひし、その御使《おんつかひ》をば、わらは申してさぶらふなり……」と言い出すので、初耳の亭主が「言語道断。この年月添ひ参らすれども、今ならでは承らず候」と驚きをあらわにするのに拠った、烏帽子屋の妻の行動の俤である。「名じまぬ嫁」が、夫の「名」に染まらぬ妻、つまり夫の烏帽子屋をして「何と鎌田兵衛正清の妹と仰せ候ふか」と言わしめた「あこやの前」の俤となる。

浜出しの俵を牛にはこぶ也
よめには物をかくす内証　　　見

雑。初案の「名じまぬ嫁にかくす内証」には、「かくす」の動作主がその家の他の誰かのようにも読めて（先注は皆そう読んでいる）、実際には「名じまぬ嫁」が「かくす内証」を有しているという、一種のカムフラージュ効果があった。改案は、「よめ」には「物をかくす内証」有り、と「よめ」が「かくす」ことに句意を限定しようと目論んだようだが、残念ながら「よめには物をかくす内証」がその家の他の誰かにある、という読みも相変わらず許容する言い回しに止まっている。しかも、「物をかくす内証」の持ち主が「よめ」だとすれば、『烏帽子折』の俤としてはストレートすぎて、前句の曲のある調子には合わない。

浜出しの牛に俵をはこぶ也
なれぬ娵《よめ》にはかくす内証　沾

『続猿蓑』本文。雑。恋。前句を『鉄輪』冒頭の名ノリ、「か様に候者は、貴布祢の宮に仕へ申者にて候。扨も今夜不思議なる霊夢を蒙りて候。其謂《いはれ》は、都より女の丑の時参りをせられ候に申せと仰らるゝ子細、あらたに御霊夢を蒙りて候程に、今夜参れ候はゞ、御夢想の様を申さばやと存候」（天和三年山本長兵衛刊本に拠る）に拠って、霊夢の中での神のお告げの俤とする。「浜出し」は「都より」「貴布祢の宮」までの行程の（「浜」には「船」が待っていよう）、「牛」は「丑の時参り」の、「俵」は「藁人形」の、それぞれ俤である。

付句は後場で、「下京辺《へん》に住」む男が「此程打続夢見悪く候程に、尋申さん為に」安倍晴明を訪ね、晴明に「荒不思議や。考へ申に及ばず。是は女の恨をふかく蒙たる人にて候。殊に今夜の内に、御命もあやうく見え給ひて候。もし左様の事にて候ふか」といわれて、「さん候《ざふらふ》何をか隠し申べき。我本妻を離別して、あたらしき妻をかたらひて候が、若左様の事にてもや候らん」と答えるのに拠った、男が晴明には隠し立てしなかったが、「新しき妻」には「此程打続き夢見」が悪いことや晴明の見抜いた事情を伏せておくだろうことの俤である。

27 名残表九句目

名じまぬ嫁にかくす内証
月待に傍輩衆《はうばいしゆう》の打《うち》そろひ　蕉

「月待」で八月。『増山井』名月には「廿日亥中、俳。廿三夜の真夜なか、同。これ月の出る時分也」とある。恋。

前句を『湖月抄』若菜上巻の巻末、柏木から小侍従のもとに届いた手紙を小侍従から見せられた女三宮が、「あやなくけふをながめくらし」という引歌に気づいて、「みもせぬといひたる所を、あさましかりしみすのつまをおぼしあはせらるゝに、御おもてあかみて、おとゞのさばかり、ことのついでごとに、『大将にみえたまふな。いはけなき御有様なめれば、をのづからとりはづして、み奉るやうもありなん』と、いましめ聞え給をおぼし出るに、大将のさることありしとかたり聞えたらん時、いかにあばめ給はんと、ひとのみ奉りけんことをばおぼさで、先《まづ》はゞかり聞え給ふ心のうちぞおさなかりける」とあるのに拠って、女三宮に源氏に隠さなければならない秘密が生じたことを告げる草子地の俤とする。「名じまぬ嫁」が、自覚のないまま六条院の秩序を乱す女三宮の、「内証」が、唐猫のせいで源氏以外の男に自分の姿を見せてしまった事実の俤となる。「かくす」の動作主は「名じまぬ嫁」である。

「かくす」の動作主を源氏と取ることは可能だろうか。そもそも源氏は女三宮に何を隠すのか。宮と引き比べて紫上のすばらしさを再認識したことか。紫上と女三宮との板挟みになって朧月夜のもとへ走ったことか。何も隠そうとしてはいない。ただ「いはけなき」女三宮が問い質さないだけである。一方、女三宮に「名じまぬ嫁」を紫上、「かくす」の動作主を源氏とするのも、紫上が薄々感付かないような「内証」が源氏にはないのであてはまらず、運命こそ受け入れがたくとも源氏の苦渋を頭では察している紫上は結局は宮に「名じ」む。右のように読まなければならない所以である。

付句は若菜下巻、「正月廿日ばかり」の「月心もとなきころなれば、とうろこなたかなたにかけて、火よきほどにともさせ」た六条院での女楽の様子の俤である。

よめには物をかくす内証
月待に傍輩《はうばい》衆《しゆう》の打《うち》そろひ　蕉

「目には青葉」（素堂）が見えるように、「よめには物をかくす内証」が存在するという、前句の句意をより明快にするための改訂である。その意味ではわかりやすくなったが、先に述べたように付句に比べてストレート過ぎて、俤とは言い難くなっている。

なれぬ娵《よめ》にはかくす内証
月待に傍輩《はうばい》衆《しゆう》のうちそろひ　莧

『続猿簔』本文。恋。前句を、若菜下巻巻頭、小侍従から「かひなきことを」という返事をもらって「ことはりとは思へど、うれたくもいへるかな、いでやなぞかく、ことなることなきあへしらひばかりをなぐさめにては、いかゞすぐさん、かゝるひとづてならで、ひとことをもの給ひ聞ゆる世有なんやと、思」った柏木が、猫好きの春宮に「六条の院のひめ宮の御かたにはべるねこそ、いとみえぬやうなるかほして、おかしうはべし(ママ)が、はつかになんみ給へし」と入手を唆し、明石の女御を介して春宮が手に入れた唐猫をまんまと自分のものにしてしまう条に拠って、自分のほうにはいっかな慣れ親しもうとしない女三宮には少しも気取られることなく、その飼い猫の略取に成功した柏木の術策の俤とする。「なれぬ娵」は靡かぬ人妻、すなわち「六条の院の姫宮」の、「かくす内証」は柏木が猫を入手するまでの内々の手管の、それぞれ俤となる。

付句は同巻、四年後の女楽の夜の俤のまま変わらない。

28　名残表十句目

月待に傍輩衆《はうばいしゆう》の打《うち》そろひ

畠の菊の名乗《なのり》さま〴〵　　里

「菊」で九月。前句を『曾我物語』巻第六「和田の義盛が酒宴《さかもり》の事」に、「然《さ》る程に和田の義盛一門百八十騎打連れて、下野《しもつけ》へ通りけるが、子共に向ひ云ひけるは、『都の事は限《かぎり》あり、田舎にては黄瀬川《きせがは》の亀鶴《かめづる》、手越《てごし》に少将、大磯の虎とて海道一の遊君ぞかし、一献進めて通らばや』『然《しか》るべく候』とて、彼の長《ちやう》の方へ使《つかひ》を立てて、『斯くぞ』とは云はせけるに、長斜《なのめ》ならず喜びて、遠侍《とほざぶらひ》の塵取らせ、義盛これへと請《しやう》じけり。虎に劣らぬ女房ども三十余人出で立たせ、座敷へこそは出だしけれ。朝比奈の三郎義秀、古郡《ふるごほりの》左衛門胤氏《たねうぢ》を先《さき》として、八十余人居流《ゐなが》れ、すでに酒宴《しゆえん》ぞ始まりける。然《さ》れども虎は座敷へ出でざりけり」とあるのに拠って、大磯の長者の奥座敷で長者の娘の虎を待ちながら盃を傾ける和田義盛一門八十余名の俤とする。なかなか姿を現さない「月」は「海道一の遊君」の俤となる。

付句は同巻第七「千草《ちぐさ》の花見し事」に、「『……いざや最後の眺めして、暫し思ひを慰まん』とて、兄弟共に庭に下りて、植ゑ置きし千草の栄えたるを見るにも、余波《なごり》ぞ惜しかりける。『心の有らば草も木も、如何でか哀れを知らざるべき』と、彼方此方《かなたこなた》に休らひけり。是に比《よそ》へて古き歌を見るに、／古里の花の物云ふ世なりせば如何に昔の事を問はまし／今更思ひ出でられて、情《なさけ》を残し哀れを掛けずと云ふ事無し。五郎聞きて、『草木《さうもく》も心無しとは申すべからず。釈迦如来涅槃《ねはん》に入らせ給ひし時は、心無き植木《うゑき》の枝葉《えだは》に至るまでも、嘆きの色を現はしけり。我等が別れを惜み候やらん、如何でか知り候べき』とて草を分けければ、卯の花の蕾《つぼ》みたるが一房落ちたりけり。十郎これを取り上げて、『如何に見給へ五郎殿、老少不定《ふぢやう》の習ひ今に始めぬ事なれども、老いたる母は留《とど》まり若き我等が先立ち申さん事、是れに等しきものを、開きたるは留まり、蕾みたるは散りたるとかや。名にし負ふ忘草《わすれぐさ》ならば、余波を思ひてや散りつらん。それは昔住吉に諸神影向《しよじんやうがう》なりける事あり、御《おん》帰りを留《とど》め奉らんとて、此花を植ゑて忘草と名づけ給ひけるなり。歌にも、／もみぢては花咲く色を忘草ひと秋ながらふたまちの頃／その忘草は、紫苑《しをん》とこそ聞きて候へ』とて、猶草むらに分け入りければ、深見草《ふかみぐさ》の盛りと咲きたるを見て」とあるのに拠った、曾我の屋敷の庭で千草の花が「物云ふ」のを聞き取る兄弟の動作の俤である。「畠」は「庭」の、「菊」は「紫苑」あるいは「曾我菊」（『増山井』）を介して「卯の花」や「深見草」の俤となる。

月待に傍輩衆《はいばいしゆう》の打《うち》そろひ
まがきの菊の名乗《なのり》さま〴〵　里

「畠の菊」だと出荷用に栽培しているようにも取れるので、改案で「庭」への連想が容易になったといえる。

29　名残表十一句目

畠の菊の名乗《なのり》さま〴〵
うそ火たき中《なか》にもさとき四十から　沾

「火たき」ないしは「四十から」で八月（『増山井』色鳥）。前句を『松虫』の前場、亡霊の化身である前ジテの市人がワキの酒売りに向かって歌う、「今は秋の風、あたゝめ酒《ざけ》の身をしれば、薬ときくの花のもとに、帰らん事をわすれいざや御酒《みき》をあひせん。たとひくるゝとも、〳〵、夜遊《やいう》のともになれ衣《ごろも》の、袂にうけたる月影の、うつろふ花の顔《かほ》ばせの、盃《さかづき》にむかへば、色も猶まさり草。千年《ちとせ》の秋をも限らじや、松虫の音《ね》も尽きじ、いつまで草《ぐさ》のいつまでも、かはらぬ友こそは、かひ得たる市のたからなれ、〳〵」（天和三年山本長兵衛刊本に拠る）の詞章に拠って、それを聞く酒売りの男の感想の俤とする。「畠」は市が立つ「阿倍野の原」の俤で、「菊の名乗さまざま」と思うのは「まさり草」という菊の異称を聞かされるからである。

付句は後場、友に恋い死にした後ジテの男の霊の、「面白や、千種《ちくさ》にすだくむしの音《ね》の、はたをる音《おと》の、きりはたりちやう、〳〵、つゞりさせてふきり〴〵すひぐらし、色々の色音《いろね》の中に、分て我忍ぶ松むしの声、りん〳〵りん〳〵として、よるの声めい〳〵たり」という詞に拠った、蟋蟀や茅蜩の鳴き声の中でも「分きて我が忍ぶ松虫の声」という亡霊の述懐の俤である。鳴き声を介して小鳥を虫の俤にする。「さとき」が「我が偲ぶ」の俤となる。

まがきの菊の名乗《なのり》さま〴〵
むれて来て栗も榎もむくの声　　沾

「栗」「榎」「むく」を、それぞれ実のなる時期と解して九月。先注がことごとく「むく」を「むく鳥」の略称とするのはよいが、それを季語とするのは以下の解から無理があるので採らない。前句を『花軍』の前場、里の女の姿をした前シテの女郎花の精が、京から草花を尋ねてやってきたワキの男に、「先づ此伏見の菊の花は、翁草《おきなぐさ》とて名草《めいさう》なり」と告げるのに拠って、ワキの男の感想の俤とする。「菊の名乗さま〴〵」と思うのは「翁草」という異称を知らされるからである。

付句は後場で、紅白の牡丹の精と（黄）菊の精の計三名が登場し、「草花《さうくわ》の大将」を決する花軍を始めるが、「ませの中よりも、姿もかゝやく天つ星、照り輝ける光のうちに白髪《はくはつ》の老人」が現れて、「抑《そもそ》もこれは、伏見の翁草とて、幾年経たる白菊《しらぎく》なり。げにも心は若草の、〳〵、位を争ふ花軍、理《ことわり》なれども翁に許し、互の軍止《や》めつべし」と止めに入るのに拠った、白菊の精の一声で花軍を止める花の精たちの動作の俤である。「むく」を「白菊の精」の俤とすると、椋と同じニレ科の落葉高木で、同じように生食用の実を付ける「榎」は「菊の精」の俤となり、ブナ科の「栗」は「紅白の牡丹の精」のそれとなる。付句のあとに「で軍をやめる」の意を補えばよい。

30　名残表十二句目

うそ火たき中《なか》にもさとき四十から

小僧を供に衣かひ《(ママ)》とる　　蕉

雑。前句を『三笑』のシテとツレの俤とする。すなわち「中にもさとき四十から」がシテの慧遠禅師、「うそ」が陶淵明、「火たき」が陸修静の、それぞれ俤となる。

付句は終章、「かなたこなたへ足もとは泥々々《でいでいでい》と苔むす橋を、よろめき給へば淵陸左右《えんりくさう》に、介錯し給ひて、虎渓を遙に出で給へば、淵明禅師にさて禁足は破らせ給ふかと、一度にどつと手をうち笑つて、三笑の昔となりにけり」とあるのに拠った、慧遠の動作の俤である。「小僧」は禅師の「左右に介錯」する淵陸二名の、「衣搔い取る」は「歩く」動作の、それぞれ俤となる。

むれて来て栗も榎もむくの声
番僧《ばんそう》走るのりもの、供　　蕉

雑。前句を『太平記』巻第三「主上御夢事《シユシヤウオンユメノ》付楠事《クスノキガ》」、笠置に着いた後醍醐帝が見た「所ハ紫宸殿ノ庭前《テイゼン》ト覚ヘタル地ニ、大《オホキ》ナル常盤木《トキハギ》アリ。緑ノ陰茂《カゲシゲリ》テ、南ヘ指《サシ》タル枝《エダ》殊ニ栄ヘ蔓《ハビコ》レリ。其下ニ三公百官位《クラキ》ニ依《ヨツ》テ列坐ス。南ヘ向《ムキ》タル上座《シヤウザ》ニ御坐《ゴザ》ノ畳ヲ高ク敷《シキ》、未坐《イマダザ》シタル人ハナシ。主上御夢心地《オンユメココチ》ニ、『誰ヲ設《マウ》ケン為ノ座席ヤラン』ト怪《アヤ》シク思食《オボシメシ》テ、立《タタ》セ給ヒタル処ニ、鬢結《ビンヅラユウ》タル童子二人《ニニン》忽然トシテ来《キタツ》テ、主上ノ御《オン》前ニ跪キ、涙ヲ袖ニ掛《カケ》テ、『一天下ノ間《アヒダ》ニ、暫《シバラク》モ御身《オンミ》ヲ可被隠《カクサルベキ》所ナシ。但シアノ樹ノ陰ニ南ヘ向ヘル座席アリ。是御為《コレオンタメ》ニ設《マウケ》タル玉扆《ギヨクイ》ニテ候ヘバ、暫ク此《コレ》ニ御《ゴ》座《ザ》候ヘ』ト申テ、童子ハ遙《ハルカ》ノ天ニ上《アガ》リ去《サン》ヌ」という夢、および帝自身による「木ニ南ト書《カキ》タルハ楠《クスノキ》ト云字也。其陰ニ南ニ向フテ坐《ザ》セヨト、二人ノ童子ノ教ヘツルハ、朕再ビ南面《ナンメン》ノ徳ヲ治《ヲサメ》テ、天下ノ士《シ》ヲ朝《テウ》セシメンズル処ヲ、日光月光《グワックワウ》ノ被示《シメサレ》ケルヨ」という夢判断に拠って、後醍醐帝が笠置で見た夢の内容の俤とする。「栗」と「榎」とは「二人ノ童子」の、「むく」は「楠」の俤となる。

付句は同巻第三「主上御没落笠置事《カサギヲゴボツラクノ》」、笠置から逃れた後醍醐主従が「山城国ノ住人、深須入道《ミスノ》・松井蔵人《クランド》二人《ニニン》」に発見され、「俄ノ事ニテ網代輿《アジロノコシ》ダニ無《ナカ》リケレバ、張輿《ハリゴシ》ノ怪《アヤシ》ゲナルニ扶乗進《タスケノセマヰラ》セテ、先《マヅ》南都ノ内山《ウチヤマ》へ入奉ル。其体《ソノテイ》只殷湯夏台《インノタウカダイ》ニ囚《トラハ》レ、越王《エツワウ》会稽ニ降《カウ》セシ昔ノ夢ニ不異《コトナラズ》。是《コレ》ヲ聞是ヲ見ル人ゴトニ、袖ヲヌラサズト云事無リケリ」とあるのに拠った、「是ヲ見ル人」の目に映った光景の俤である。「番僧」は「深須入道」の、「のりもの」は「張輿ノ怪ゲナル」の俤となる。

むれて来て栗も榎もむくの声
伴僧《ばんそう》はしる駕《のりもの》のわき　　蕉

『続猿蓑』本文。「供」が「わき」に改変されて、「供」のあとに「として」の意を補う必要がなくなり、すっきりとした。

31　名残裏一句目

小僧を供に衣かひ《（ママ）》とる

そぐやうに長刀坂《なぎなたざか》の冬の風　見

「冬の風」。前句を『熊坂』の前場、所の僧に回向を頼まれた旅の僧が、「さらばこなたへ御《おん》入候へ。ぐそうがあんじつの候に一夜《いちや》をあかして御《おん》通り候へ」（天和三年山本長兵衛刊本に拠る）といわれ、中へ入って室内を見て所の僧に、「いかに申すべき事の候。持仏だうに参りつとめをはじめうずると存候処に、あんちし給ふべきゑざうもくざうのかたちもなく、一ぺきには大長刀《おほなぎなた》、しゆぢやうにあらざるかねのばう、其外兵《ひやう》ぐをひつしと立をかれ候ふは何と申たる御《おん》事にて候ぞ」と問い質したところ、所の僧が「さん候此僧は、未しよほつしんの者にて候が、御覧候ごとく此あたりは、たるゐあふはかあか坂とて、其里々はおほけれ共、間々《あひだあひだ》の道すがら、青野が原の草高く、あふはかこやすのもりしげれば、ひるともいはず雨のうちには、さんぞくよたうの盗人《ぬすびと》ら、たかにをゝとし里通ひの、下女やはしたのものまでも、うちはぎとられなきさけぶ。左様の時は此僧も、れいの長刀ひつさげつゝ、爰をばぐそうに任よと、よばゝりかくれば実は又、一度《いちど》はさもなき時もあり。さ様の時は此所の、便《たより》にも成物ぞかしと、悦びあへば然べしと、思ふ計の心也」と答えるのに拠って、「未だ初発心の者」と自称する所の僧を伴って、彼の庵室で勤行を始めようとする旅の僧の俤とする。

付句は、同じく後場の冒頭、所の僧もその庵室もかき消えたあとの草むらで、ワキの旅の僧が「一夜《ひとよ》ふす、をしかのつのゝつかのまも、〳〵、ねられん物か秋かぜの、松の下ぶしよもすがら、こゑ仏事《ぶつじ》をやなしぬらん」と述べるやいなや、「東南に風立て西北に雲静ならず、夕やみの、夜風はげしき山陰に、梢この間《ま》やさはぐらん。有明ころかいつしかに、月は出てもおぼろ夜成べしきりいれせめよと前後《せんご》を下知《げぢ》し、弓手《ゆんで》やめてに心をくばつて、人の宝をうばひし悪逆、しやばのしうしん是御らんぜよ。浅ましや」と後ジテの熊坂長範の霊が薙刀を持って登場するのに拠った、熊坂の霊が語る「その時」の「夜風」の烈しさの俤である。「長刀坂」は「赤坂」の俤で、かつ「長刀」を所持する「熊坂」という固有名を示唆する。「冬の風」は「秋風」の俤である。

番僧《ばんそう》走るのりもの、供
そぐやうに長刀坂《なぎなたざか》の冬の風　見

前句を『船弁慶』の前場、「かやうに候ふ者は、西塔《さいたふ》の傍に住居《すまひ》する武蔵坊弁慶にて候。さても我が君判官《はうぐわん》殿は、頼朝の御《おん》代官として平家を亡ぼし給ひ、御《ご》兄弟の御中日月《おんなかじつげつ》の如く御座候ふべきを、ゆひかひなき者の讒言により、御中たがはれ候ふ事、かへす〴〵も口惜しき次第にて候。然れども我《わ》が君親兄《しんきやう》の礼を重んじ給ひ、一まづ都を御開きあつて、西国《さいこく》の方《かた》へ御《おん》下向あり。御身《おんみ》に過《あやまり》なき通りを御嘆きあるべき為、今日《こんにち》夜をこめ淀より御《おん》船に召され、津の国尼が崎大物《だいもつ》の浦へと急ぎ候」という名乗に拠って、弁慶の口から語られた都の館を出て淀の船着き場へ急行する義経一行「十余人」の様子の俤とする。「番僧」は弁慶自身の、「のりもの」は前ジテの静御前が乗る牛車の、それぞれ俤となる。

付句は、後場で、静を残して大物の浦を出帆した義経一行の舟の前に、「あら笑止や風が変つて候。あの武庫《むこ》山颪《やまおろし》弓弦羽《ゆづりは》が嶽《だけ》より吹きおろす嵐に、此御舟の陸地《ろくぢ》に着くべき様《やう》もなし。皆々心中《しんぢう》に御祈念候へ。……あら不思議や海《かい》上《しやう》を見れば、西国にて亡びし平家の一門、おの〳〵浮み出でたるぞや。かゝる時節を伺ひて、恨《うらみ》をなすも理《ことわり》なり」という弁慶の詞に続いて、「抑もこれは、桓武天皇九代《くだい》の後胤、平の知盛、幽霊なり。あら珍しやいかに義経、思ひもよらぬ浦波の、声をしるべに出舟《いでぶね》の、〳〵、知盛が沈みし其有様に、又義経をも、海に沈めんと、夕浪に浮べる長刀《なぎなた》執り直し、巴浪《ともゑなみ》の紋あたりを払ひ、潮を蹴立《けた》て悪風を吹きかけ、眼もくらみ、心もみだれて、前後を忘ずるばかりなり」と後ジテが登場するのに拠った、義経一行の舟を襲う北からの強風の俤である。「長刀坂の冬の風」が「武庫山颪」や「弓弦羽が嶽より吹きおろす嵐」の俤となり、かつ知盛の霊が持つ武器を示唆する。なお、本文中から『船弁慶』の季は知れないが、日本名著全集『謡曲三百五十番集』は「季十一月」とし、『義経記』巻第四「義経都落の事」の記述に一致させる。

伴僧《ばんそう》はしる駕《のりもの》のわき

削《ソグ》やうに長刀坂《なぎなたざか》の冬の風　　里

『続猿蓑』本文。「番」の字を「伴」に変えて、「供」の代わりに「わき」とすることで、前句がすっきりしたことは前述の通り。

32　名残裏二句目

そぐやうに長刀坂《なぎなたざか》の冬の風

まぶたに星のこぼれかゝれる　　沾

雑。前句を『木賊』で、シテの老人やツレの三人の木賊刈りの一行が登場し、「木賊刈る、山の名までも園原や、伏屋《ふせや》の里も、秋ぞ来る。梢はいづれ一葉《ひとは》ちる、嵐や音を、残すらん。面白や処は鄙の住居《すまひ》なれども、実《げ》に名所《などころ》の故やらん、山野の眺《ながめ》も気色《けしき》だつ。木曾の御坂《みさか》の梢より、浮ぶ雲間《ム》の朝づく日、園原山にうつろひて、木賊かる野の、青緑、草の袂もなほ深し」と述べるのに拠って、一行が語る園原山の秋の「嵐」の俤とする。「長刀坂」は「御坂（神坂）」の俤である。

付句は、老人の「木賊かる、〳〵、木曾の麻衣《あさぎぬ》袖ぬれて、磨かぬ露の玉ぞ散る。散るや霰のたま〳〵も、心の乱れ知るならば、胸なる月は曇らじ。実《げ》に誠何よりも研《みが》くべきは、真如《しんによ》の玉ぞかし。思へば木賊のみか、われもまた木賊の、身をたゞ思へ我が心。みがけやみがけ身の為にも木賊刈りて、取らうよや木賊刈りて取らうよ」という詞に拠った、木賊を刈り取ろうとして鎌の刃を入れた瞬間に、「砥草《とくさ》」が含む珪酸塩と鎌の鉄とが擦れ合い、あたかも火花が散るような気がして、つい目を閉じる動作の俤である。

ここで先注を引く。暁台（～一七九二）「寒夜ノ冴渡タル風情ヲ形容シタリ」、湖中（一八二六）「馨・響／冬の風といふより転じて、から風の寒きにあひて、涙ぐみたるさまを星のこぼれかゝれるとあしらひたる也」、曲斎（一八六〇）「前句、平岡より上嵯峨へ越える間の長刀坂と見立、其場の観想を付たり。瞼に星のこぼれかゝれるとは、凄じき暁の星影、広沢の池に移り、天地皆星満ちし如く覚ゆる寒天《さむぞら》にも休らふ日なく、高雄梅が畑より嵯峨桂辺へ梯子《はしご》、横槌《よこつち》、鞍懸《くらかけ》など戴き出《で》る女の、長刀坂より池を臨みたるを、あゝ朝に星を戴きて出で、夕べに星を戴きて帰る商人の身こそつらけれと、古語を思ひ出で、憐む様也。洛東洛西に同名あるを遣い分けて、虚実に情を転じたり。若し同名なき名所ならば岑麓にかへても転ずべし。或人曰く、洛東の坂にては星こぼれずや。答へて曰く、予曾て其長刀坂より臨むに、東に大文字山鹿ヶ谷山高く聳へて、瞼に星をもつ形容なし。古人の俳諧疎ならずと申しければ、其人身の毛を弥《よ》立《だて》て感心しけり」、太田水穂（一九二七）「長刀坂の急坂を木がらしに吹かれ乍らのぼつて行く、空は凄いほどの寒晴れで、きらきらとちりばめた星の光りが、坂をのぼりしなに見上げた眼瞼《まぶた》にこぼれか丶るやうに迫る。長刀といふ表象とこの星のきらきらのこぼれと感合して、二句一意の象徴である」、露伴（一九三〇）「一句立好く、前句をもはずさず、寒夜の冴渡りたる景色、いと好く形容し出されたり」、小宮豊隆（一九三〇）「夜、空が非常に近く感じられる様な高い所に立つてゐると、空には星がぎらぎらと光り、冬の風がその星の群を吹きまくる様にびゆうびゆう吹く。さういふ所を、例へば俯向きながらにでも歩いてゐて、ひよいと空を見上げると、まぶたに星がこぼれかかるやうな気がする。――さういふ刹那を描いたのが此句だらうと思ひます。もつとも此句は、どこに誰がどういふ風に立つてゐるといふ様な事は描写してない、唯いきなり「まふたに星のこほれか丶れる」とだけ云ひ放つて了つた。私の描いた境地は無論此句が前句と添つて出てくる境地であります。風の強い冬の夜の晴れた空を短い言葉の中に如何にも鮮やかに感じさせる句として、此句は随分面白い句だと思ふ。前句とはべたに附いてゐるやうにもとれさうですが、此句は自分の眼のまはりの感じだけを截り取つて投り出してゐるので、附いてゐて附かず、附かずして附いてゐる、不即不離な附合になつてゐる様に思はれます」、山口誓子（一九四〇）「私達はそこで、芭蕉翁真蹟の「八九間の巻」を観ることが出来た。晒したやうに新しい感じのものであつた。その一巻は／八九間空で雨降る柳かな　芭蕉／ではじまり、殆どすべての句が芭蕉の添削を享けてゐた。／私はしづかにながめ終へてから、あともどりをして／まぶたに星のこぼれか丶れる／といふ沾圃の句を、息をとめて凝視した。／これには芭蕉の筆が加つてはゐなかつた。／連句といふもの、この連句に限らず私にはその全体よりも、個々の句の方に興味があつた。殊にかういふ句を見ると、すぐれた「詩」は時代を超越してゐることを痛感せしめられるのであつた」、杉浦正一郎（一九五二）「前句の寒風の烈しい風情を、晴れ渡つた空の気分で承けて、物凄いばかりにきらきらと星が輝いて瞼の上にこぼれか丶る様に近々と迫つて見える、といふ景を附けたのである」、中村俊定（一九六二）「涙に星の光がうつっている姿である。前句にはげしい冷たい夜風が目にしみて涙が出ているさまを連想した付であるが、「涙」とすると寒風が露骨にあらわれ、意味付になるので「星のこぼれかかる」としたのであろう」、浪本澤一（一九六四）「長刀坂の冬の風が身を削ぐように吹く。この寒夜、きらきらと輝く星の光が瞼の上にこぼれかかったことだ。／前句、からっ風の吹く寒夜と見立て、空のさまを付けた。瞼に星のふりかかるとは、冬の寒夜の冴えわたった風情を実に巧みに描写している。前句からの移りも鮮やかであり、詩情掬すべき付句である」、中村俊定（一九六八）「雑。涙に星の光が映っている姿である。凄く冷たい夜風からの連想」、星加宗一（一九七五）「……勾配のきつい長刀坂を上って行く人は、仇さがしか、生業のためか、恋の憂いを懐いているか、色々の解釈が出来るとして、頭注はこれを雑と註しているから、31のはらはらと溢れ落ちる涙に星影がやどるという涙は、恋以外の涙と解したものらしい。／このまぶたに星がこぼれかかるというような表現は非常に美しい気の利いた表現で面白い表現だから、先例があるだろうと思って少々探して見たが、まぶたからまろび出る涙の玉に星が映るという、そのままの表現は知らないが、／袖の上に誰ゆへ月は宿るぞとよそになしても人のとへかし〔新古今恋二、1139〕／など、袖の涙に月が宿るという思想は古歌には沢山あるから、それからの奪胎ではあるまいか。この句は一句としては恋と決定することもむつかしいかも知れぬが、……」、伊藤正雄（一九七六）「〔寒風の吹きまくる長刀坂を行くと、目の前に星屑が落ちかかるやうに思はれる〕長刀坂を夜行、または早行する旅人と見て付けたもの。もはや駕籠とは縁が切れた。「まぶたに」で寒夜の冴渡った星が一段と間近に見えることを言ひ、「こぼれかゝれる」には烈しい風で星まで揺らぐやうな感じがある。……蛇足を加へれば、「削やうに」が「こぼれかゝれる」に響くところもある」、乾裕幸（一九七九）「寒風をまともに受けて目にしみるさま。こぼれる涙が凍て星のきらめくように見える。「星」は「冬の風」を受けて夜分への転」、島居清（一九八三）「凍てつく星が、今にも寒空から瞼にこぼれかかって来るような、凄まじく冷たい夜風の中。寒さで涙に星の光が映っている姿である」、阿部正美（一九八八）「前句の「長刀坂」を行く人の仰ぎ見る目に、空の星が降るやうな有様を斯く表現したもので、……「まぶた」「こぼれかゝる」何れも涙を聯想させる語ではあるけれども、単に寒風にあつて出る一種の生理現象としての涙では一向つまらない。こゝでは余り涙を強調しない方が鑑賞としてまさるであらう。……但し、景を主としながらも、句中に人あることは動かぬところである。……句中の人物は、坂を上つてゐても下つてゐてもよからう。『続猿蓑』には珍しい響きの付けであつて、……」、上野洋三（一九九〇）「雑。夜の坂道を登りつめると一段と風が吹きつけて、寒さのために涙ぐむ。満天の冬の星がきらきらと揺れて見える」。

実に二百年の長きにわたって、目をつむらなければ「まぶたに星のこぼれかゝ」ることはできないことが指摘されていない。ロマン主義的な不可視の思い込みで付句をなぞるだけで、なぜ目を閉じる必要があるのか徹底して考えようとはしていない。これをしもミシェル・フーコーは「ある時代のディスクール」と呼んだのだろう。瞑目のもつ意味に気づかないから次の付合も読めない。

33 名残裏三句目

まぶたに星のこぼれかゝれる

引立《ひったて》てむりに舞《まは》するたをやかさ　　里

雑。前句を『羽衣』のワキ、漁夫白竜《はくりよう》の「我三保の松原にあがり、浦のけしきをながむる処に、虚空に花降《ふり》音楽聞え、霊香《れいきやうよ》四方《も》に薫《くん》ず。是只事と思はぬ処に、是成松に可愛《うつくし》き衣掛れり。よりてみれば色香妙《たへ》にして常の衣にあらず。如何様取て帰り古き人にもみせ、家の宝となさばやと存候」（延宝八年山本長兵衛刊本に拠る）という詞に拠って、頭上から花が降ってきて思わず目を閉じる白竜の説明の俤とする。「星」が「花」の俤となる。

付句は「いかに申候。御《おん》姿を見申せば、余りに御《おん》痛はしく候程に、衣を返し申さうずるにて候」「荒嬉しや此方《こなた》へ給り候へ」「暫候。承及びたる天人の舞楽、唯今爰にて奏し給はゞ、衣をかへし申すべし」「うれしや扨は天上に帰らん事をえたり。此悦びに迚さらば、人間《にんげん》の御遊《ぎよいう》の形見の舞、月宮《げつきう》を廻らす舞曲あり。只今爰にて奏しつゝ、世のうき人に伝ふべしさりながら、衣なくては叶まじ。さりとては先《まづ》返し給へ」「いや此衣をかへしなば、舞曲をなさで其儘に、天にやあがり給べき」「いや疑《うたがひ》は人間にあり。天に偽《いつはり》なき物を」「荒はづかしやさらばとて、羽衣をかへしあたふれば」という白竜と天女とのやりとりがあって、天女が舞い始めるのに拠った、羽衣の返還と交換で天女の舞を見た白竜の感想の俤である。したがって、この句は恋の句ではない。

34　名残裏四句目

引立《ひつたて》てむりに舞《まは》するたをやかさ

そつと火入に落す薫《たきもの》　　　見

雑。恋。前句を『花筐』の後場、継体《けいてい》天皇の紅葉の行幸の先頭に現れた狂女主従、もとは天皇が大跡部《おほあとべ》の皇子時代に寵愛を得ていた照日《てるひ》の前とその侍女が、皇子から賜った花筐を供奉の官人《くわんにん》に打ち落とされて、それは皇子が毎朝花を手向けて礼拝したとき使った形見の品だと叫び伏して泣いていると、官人が「如何に狂女。宣旨にて有ぞ。御《おん》車《くるま》ちかふまいりて、いかにも面白ふ狂ふて舞遊び候へ。叡覧あるべきとの御事にてあるぞ。いそひで狂ひ候へ」（寛文五年丁子屋長兵衛刊本に拠る）というので、狂女が「うれしや扨は及びなき、御影《みかげ》をおがみや申べき。いざや狂はんもろ共に、御幸《みゆき》に狂ふはやしこそ、みさきをはらふたもとなれ。かたじけなき御たとへなれ共、いかなれば漢王は、りふじんの御別《おんわか》れを嘆き給ひ、あさまつりごと神《かみ》さびて、よるのおとゞも徒《いたづら》に、唯思《おも》ひの涙《なんだ》、御衣《ぎよい》の袂をぬらす」と、いわゆる「李夫人の曲舞」を舞い始めるのに拠って、狂った照日の前の舞う舞を観た継体天皇一行の感想の俤とする。

付句は「李夫人の曲舞」のなかで、「りせうと申太子の、いとけなくましますが、父帝《ぶてい》にそうし給ふやう、李夫人は本《もと》は是、上界《じやうかい》の嬖妾《へきせう》、くはすいこくの仙女《せんぢよ》なり。一旦《いつたん》人間に、生まるゝとは申せども終《つひ》に本の仙宮に帰りぬ。泰《たい》山府君《さんぷくん》にまうさく、李夫人の面影を、しばらく爰に招くべしとて、九花帳《きうくわちやう》のうちにして、反魂香《はんごんかう》をたき給ふ。夜ふけ人しづまり、風すさましく、月秋なるにそれかと思ふ面影の、あるかなきかにかげろへば、猶いやましの思《おも》ひ草《ぐさ》、はずゑにむすぶ白露の、手にもたまらで程もなく唯いたづらに消ぬれば、漂渺悠揚《へうべういうやう》としては又、尋ぬべき方なし」とあるのに拠った、照日の前が歌う「李夫人の曲舞」中の歌詞の一節の俤である。「落す」のは漢の武帝、「薫」は「反魂香」の俤である。

35　名残裏五句目

そつと火入に落す薫《たきもの》

花ははや残らず春の只暮て　　蕉

「花」で三月。恋。前句を『湖月抄』浮舟巻に、薫大将を装って浮舟の寝所に入ろうとする匂宮が、「『みちにていとわりなくおそろしきことのありつれば、あやしきすがたに成てなん。火くらうなせ』との給へば、『あないみじ』とあわてまどひて、火はとりやりつ。『われ人にみすなよ。きたりとて、人おどろかすな』といとらう〳〵じき御こゝろにて、もとよりほのかに似たる御こゑを、たゞかの御けはひにまねびていり給ふ。ゆゝしきことのさまとの給へる、いか成御すがたならんといとおしくて、我もかくろへてみたてまつる。いとほそやかになよ〳〵とさうぞきて、かのかうばしきこともをとらず」とあるのに拠って、薫大将に負けじと自分の装束に香を焚きしめる匂宮の動作の俤とする。「そつと」が匂宮の陰謀を示唆する。

付句は同手習巻に、横川の僧都の手で出家した浮舟が翌年の春、「ねやのつま近き紅梅《こうばい》の、色もかもかはらぬを、春や昔のとこと花よりも是に心よせのあるは、あかざりしにほひのしみにけるにや。後夜《ごや》にあかたてまつらせ給。下らうの尼のすこしわかきがあるめし出《いで》て、花おらすれば、かごとがましくちるに、いとゞにほひくれば、／袖ふれしひとこそみえね花のかのそれかとにほふ春の明ぼの」とあるのに拠った、浮舟が仏に奉るために「飽かざりし匂ひのする紅梅の枝を折らせたところ、「かこちがほに」（『湖月抄』師説）花を散らせて「袖触れし人」を思い出させたことはあったものの、ただ仏道にいそしむのみの春が移ろってゆくという語り手の感慨の俤である。「暮れて」が、後夜が終わりに近づいた「明ぼの」の俤となる。

そつと火入に落す薫《たきもの》
花ははや残らぬ春の只暮て　　蕉

「ず」が「ぬ」に変わって、「花ははや残らぬ春」と限定されることで、ほかの誰でもない出家した浮舟自身の「春」が「只」淡々と「暮れて」ゆくというふうに、付句の話者が『源氏物語』の語り手から浮舟の心内語に代わっている。

36　挙句

花ははや残らず春の只暮て
　河瀬の水をのぼるかげろふ　　里

「かげろふ」で二月。前句を『隅田河』の、渡し舟の客に「なうあの向ひの柳の本に、人のおほくあつまりて候は何事にて候ふぞ」（元禄四年大野木市兵衛刊本に拠る）と問われた渡し守が語り始める、「さん候《ざふらふ》あれは大念仏《だいねんぶつ》にて候。それに付て哀なる物語の候。此舟の向ひへ付候はん程にかたつてきかせ申さうずるにて候。扨も去年《きよねん》三月十五日、しかも今日《こんにち》に相《あひ》あたつて候、人商人《ひとあきびと》の都より、年の程十二三ばかりなるおさなき者を買取て奥《おく》へ下り候が、……」という詞に拠って、渡し守が述べる「去年三月十五日」という時期の俤とする。あくまでも三人称で語られた去年の話である。

付句は終曲で、「既に月いで河風も、はや更過る夜念仏《よねぶつ》の時節」となり、梅若丸の母が撞木で鉦を打ちながら、「角田がはらの、波風も、声たてそへて、なむあみだ仏、なむあみだ仏、なむあみだ仏、なにしおはゞ、都鳥も音《ね》をそへて」まで唱えると、ワキの渡し守たちの念仏に交じって子方の名号を唱える声が塚の中から聞こえるので、「なふ

〳〵今の念仏《ねぶつ》の声は、正《まさ》しく我子の声にて候。此塚の中にて有げに候ふよ」と渡し守に告げると、「我らもさ様に聞て候」と思った渡し守たちが念仏を控えてくれたため、母一人が「今一声社きかまほしけれ。南無あみだ仏」、それに応えた子方が「なむあみだ仏、なむあみだ仏と、声の内より、幻しに見えければ、あれは我子か、母にてましますかと、互《たがひ》に手に手を取かはせば、又消々と成行ば、いよ〳〵思ひはます鏡、面影も幻しも、見えつかくれつする程に、……」とあるのに拠った、一周忌の夜、念仏を唱える母の目に映じる、隅田川の畔の塚から現れた梅若丸の幻の俤である。「しの、めの空もほの〲と、明行ば跡絶て、我子と見えしは塚の上の、草茫々として只、験斗のあさぢが原と成社哀なりけれ」という『隅田河』の本文とは逆に、光がなければ生じない白昼の「かげろふ」が闇の中の梅若の「幻」の、「河瀬の水」が河辺の「塚」の、それぞれ俤となる。ちなみに「水を」の格助詞は、動作の起点を示すもので、現代語の「から」と同義である。

花ははや残らぬ春の只暮て
瀬の上《うへ》のぼる水のかげろふ　　　里

前句は「ず」が「ぬ」に変わることで、一年前を語る三人称の物言いが、渡し守の話を耳にするまでの女物狂たる梅若丸の母の胸中の俤に代わっている。「只」は今日も一日、我が子の消息が知れないまま終わってしまったという、落胆とも安堵ともつかない気持ちの表れとなる。

付句は「河瀬の水を」が「瀬の上」に変わり、「のぼる」が修飾する「かげろふ」の前に「水の」という別の修飾語が挿入された。「水のかげろふ」とは何か。あるいは次に見る『続猿蓑』本文の「かげろふの水」とは何か。

（山田）孝雄　わかりませんな、「かけろふの水」といふことは。

（岡崎）義恵　陽炎の動いて流れる様な感じを「水」といつたのではないでせうか。

（小宮）豊隆　さうですね。少し表現が新しすぎるが、さうもとれますね。

（太田）正雄　やつぱり「水の陽炎」のつもりぢやないかな。

（阿部）次郎　小宮説では「瀬かしら上るかけろふ」だけでいいのだね。「水の」といふ言葉はただ十七字《ママ》にするために附けたとなるのだね。

（太田）正雄　どうもまづいね。唯「瀬がしら」で持つてゐる丈だ。

（岡崎）義恵　「水のかけろふ」といふと、前の「瀬かしらのほる」にくつついて、水が瀬をのぼる様にとられる虞れがある。

（小宮）豊隆　さうですね、それだから「かげろふの水」としたのはしたが、そつちの心配はなくなつた代り、今度は言葉が不熟になつたのでせうね。

（阿部）次郎　ことによると見付けどころはいいから救けてやらうと思つて芭蕉がいろいろ骨を折つたけれど駄目だつたと見たらいいかもしれないね。解釈は小宮のが一番面白さうだ。（『続芭蕉俳諧研究』）


この五人はこの付合が、あるいはこの歌仙の付合すべてが俤付であるとはまるで考えていないので、結局「芭蕉がいろいろ骨を折つたけれど駄目だつた」と作品の「不熟」のせいにしているが、なぜ梅若丸の幻が現れたのか思い出してみればよい。梅若丸の母が亡き子のために念仏を唱え鉦を打ったから、つまり「水」を向けたからである。「不卜亡母追悼／水むけて跡とひたまへ道明寺　桃青」（不卜編『江戸広小路』）。したがって「水の」とは、間違っても、河瀬を流れる水で生じた、ではなく、母親の施した手向け水のおかげで出現した、でなければならない。渡し守たちの目に映じた梅若丸の幻の俤である。

花ははや残らぬ春のたゞくれて

瀬がしらのぼるかげろふの水　　里

『続猿蓑』本文。「瀬がしら」は瀬が始まる場所の意で、「河瀬」→「瀬の上」→「瀬がしら」と「瀬」が句中に残ったまま決定稿となったのは、せせらぎの音が「角田河原の波風」の「声」の俤になるためである。「瀬がしら」の上に立ち「のぼるかげろふの水」で、塚の中から現れ出でた幼子の幻を生じさせた母親の弔いの有り難さよ、という渡し守たちの胸中の俤となる。淵明邸門前の柳を掠めて始まり、隅田河原の梅若塚の柳で一巻の終わりとする。

[引用・参考文献]

暁台（〜一七九二）『秘註俳諧七部集』（但し引用は杉浦正一郎（一九五一）に拠る）
湖中（一八二六）『俳諧鳶羽集』（勝峰晋風校訂『芭蕉翁略伝と芭蕉連句評釈』）
曲斎（一八六〇）『七部婆心録』（佐々醒雪・巌谷小波編『俳諧注釈集下巻』）
勝峰晋風（一九二五）「八九間雨柳に就いて」（『八九間雨柳』覆刻版解説）
露伴（一九三〇）『炭俵　続猿蓑抄』
小宮豊隆（一九三〇）『続芭蕉俳諧研究』
太田水穂（一九三〇）『芭蕉連句の根本解説』

山口誓子（一九四〇）『宰相山町』
杉浦正一郎（一九五一）『芭蕉講座第五巻―連句篇下―』
萩原蘿月（一九五二）『日本古典全書・俳諧七部集（下）』
中村俊定（一九六二）『芭蕉句集（日本古典文学大系）』
浪本澤一（一九六四）『芭蕉七部集連句鑑賞』
中村俊定（一九六八）『校本芭蕉全集第五巻　連句篇（下）』
富山奏（一九七四）（一九八二）『芭蕉の芸境　異端の俳諧師』（一九九一刊）
星加宗一（一九七五）『芭蕉連句評釈』
伊藤正雄（一九七六）『俳諧七部集芭蕉連句全解』
堀切実（一九七七）「『続猿蓑』論」（「國文學」一九七七年四月号）
乾裕幸（一九七九）『影印芭蕉連句粋』
堀切実（一九八二）『蕉風俳論の研究』
島居清（一九八三）『芭蕉連句全註解第九冊』
加藤定彦（一九八三）「『続猿蓑』解説」（『蕉門俳書集四』）
阿部正美（一九八八）『芭蕉連句抄第十一篇』
阿部正美（一九九〇）『芭蕉俳諧の展望』
上野洋三（一九九〇）『芭蕉七部集（新日本古典文学大系）』
大内初夫（一九九二）「『炭俵』『続猿蓑』の世界」（『講座元禄の文学第三巻元禄文学の開花II』）
芭蕉全図譜刊行会（一九九三）編『芭蕉全図譜（解説編）』
三ツ石友昭（一九九八）「芭蕉最晩年の美的世界―『続猿蓑』「八九間歌仙」を中心として―」（「日本文学研究」一九九八・一二）

人名・書名索引（発音順）

発句・付句索引（発音順）

［あ］

［い］

［さ］

［し］

［す］

［せ］

［そ］

［ひ］

［ふ］

［も］

［や］

［ゆ］

［よ］

［り］

［る］

［れ］

［わ］

あとがき

本書の各章の初出は次の通りである。

第Ⅵ章 「振売の」四吟歌仙表六句（付恋） …「東大附属論集」第47号（二〇〇四・三）

第Ⅳ章 『丙寅初懐帋』百韻解読—『初懐紙評註』芭蕉自注説への疑義— …「東大附属論集」第48号（二〇〇五・三）

第Ⅶ章 「八九間」四吟歌仙推敲過程の研究 …「東大附属論集」第49号（二〇〇六・三）

第Ⅰ章 蕉風付合論序説 …「東大附属論集」第50号（二〇〇七・三）

この四編を除く次の三つが書き下ろしである。

第Ⅱ章 『冬の日』の発句に前書は必要ないのか

第Ⅲ章 「水の音」と「蛙とびこむ」—ポリフォニーからホモフォニーへ—

第Ⅴ章 「市中は」三吟歌仙の推敲過程をめぐって

ただし、第Ⅱ章は私の修士論文、「『冬の日尾張五歌仙』の研究」（一九八八・一二提出）、そしてその一部を用いた俳文学会第四十一回全国大会（於鶴岡市、一九八九・一〇）での研究発表、「『冬の日』の挨拶について」が元になっているし、第Ⅲ章の起源は、さらに遡って、修士課程入学試験第一次合格者提出論文、「一六八六年—芭蕉桃青論序説—」

（一九八七・二提出）と、その私見に拠る拙稿「江戸俳諧」（『スーパー俳句ゼミテキスト第三巻楽しみ方編』〈一九九〇・六、福武書店〉所収）中の発句「古池や」の解説にある。

ついでに記しておくなら、第VI章は旧師安東次男の「連句作法」（『時分の花』および『連句入門―蕉風俳諧の構造―』所収）と、同じく「解釈ということ」（文春文庫『芭蕉百五十句』所収「―解説にかえて―」）とを意識して書かれたものであり、これでやっとあんつぐに引導が渡せたというのが擱筆当時の偽らざる感想である。

本書は恩師森川昭先生の御慫慂がなければ成立しなかった。本書第VII章にあたる「「八九間」四吟歌仙推敲過程に関する一考察」の原稿を読んで下さった先生から、お電話で「君には今までにわかったことを社会に公表する義務がある」というお言葉をいただいたときは、もうこの世に知己は存在しないと覚悟を決めていた私にとって千人力を得た思いだった。本書を先生に捧げる所以である。

さらに、出版に際して総論執筆の必要性その他さまざまな御指示をはじめ実務上の労を取って下さった兄弟子の長島弘明氏、森川先生以外では先の「一六八六年―芭蕉桃青論序説―」の唯一の読者であり、院生の私と表六句を巻いて「おもしろいからもっとやろう」と私に俳号まで下さり（先生が「烏頭」で私が「章魚」である）、今でも発句を送って下さる久保田淳先生、おふたりに厚く感謝の意を表したい。

思えば私は、修士論文執筆以前からずっと、ある一つの、しかるべき比喩を求め続けていたのだろう。その比喩は、しかしながら生来の疎懶も手伝っておいそれとは見つからず、うかうかと十五年以上が経ってしまった。私が自分の追い求めていたものに出会ったのは、二〇〇三年十二月の国立西洋美術館、「レンブラントとレンブラント派」という展覧会の会場である。その結果、こうして冥途の土産（宣長なら「黄泉づと」というだろうが）ができた。とりあえずそれが率直にうれしい。

伝蕪村「洛東芭蕉庵再興記画賛」　清暉箱「蕪村謝翁真蹟無可疑　弘化丙午晩冬　清暉観之　印」

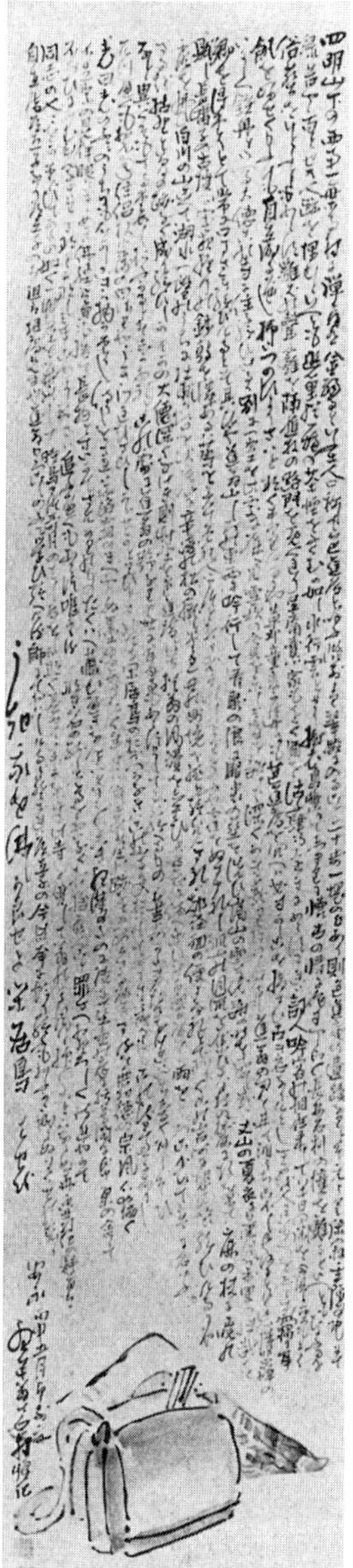

（『京都市西陣（橘屋）渡邊潤泉氏所蔵品入札目録』昭和三年十月）

ここに掲げた図版は「東大附属論集」第47号に、「全集未収録存疑蕪村画賛六点」という題で載せたうちの一幅である。表六句のつもりで適当な六点が揃ったところでまとめた西部古書会館通いの副産物だが、結果は惨敗で、四点は「どう見ても偽筆、よろしくありませぬ」、一点は「大礒先生がすでに紹介」済み、そして残る一点が「真筆の可能性大」という、雲英末雄先生の御鑑定をいただいた、その残る一点がこれである。久保田先生が白百合を定年退職されたあとのパーティーで会った長島さんに、「君の今回の蕪村、あれはよくないなー」と開口一番告げられて、「いや、でも一枚は本物らしいって雲英先生が御返事下さいましたよ。だから確率六分の一ですよ」とまぜっかえしたのを覚えている。発表してしまったものを片端から一文字助光でずたずたに切り裂く訳にもゆかず、かといって真筆の可能性があるのにこのまま埋もれさせておくのもどうかと思って再掲載した。下の絵が頭陀袋を交えた「夏炉冬扇」

のイメージ化であれば、これもまたうれしい。

全集にもれたる冬の扇哉

二〇〇七年九月

梅原章太郎

梅原章太郎（うめはら・しょうたろう）
1958年11月青森市生まれ。東京外国語大学フランス語科卒。東京大学大学院国語国文学専攻修士課程修了。東京大学教育学部附属中等教育学校教諭。論文：「世阿弥の付句について」（「観世」1988年９月号）、「蕭山と彫棠―其角門の伊予松山藩士たち―」（森川昭編『論集近世文学４　俳諧史の新しき地平』〈勉誠社、1992〉所収）。

蕉風付合論

二〇〇七年一〇月一二日　初版第一刷発行

著　者　梅原章太郎
発行者　大貫祥子
発行所　株式会社青簡舎
〒一〇一-〇〇五一
東京都千代田区神田神保町一-二七
電　話　〇三-五二一八三-二二六七
振　替　〇〇一七〇-九-四六五四五二
印刷・製本　株式会社太平印刷社

ISBN978-4-903996-01-1 C3092